寡人无疾

③

祈祷君

著

GUAREN WU JI

百花洲文艺出版社
BAIHUAZHOU LITERATURE AND ART PUBLISHING HOUSE

目录

第一章
夺嫡？谋位？

但凡改革，都是困难重重，除了改革会触动既得利益者的利益，最重要的原因就是即使是皇帝，想要将政令完全正确地传达下去，也是很困难的。

无论改革者多么强有力，制定的律法多么严谨合理，只要执行的人出现了问题，改革就会从最下层分崩离析。

代国的律法和政策，无疑是这个世界上最先进的律法和政策。但由于人是有私心的，再好的德政也会慢慢变得腐坏，原本是为国为民的律法，却成了祸国殃民的原罪。

到了这种地步，想要慢慢根除国之大患已经不可能了，但如果直接将根源拔除，就必须要动兵。

只有杀一片、灭一方，彻底将既得利益者完全洗牌，将土地收归国有，再还归于民，才能彻底解决掉这个问题。

但是那些得到好处的势力，会乖乖引颈受戮吗？

没有人会这么傻，这世上如同萧家、薛家、赵家这样的门庭，毕竟是少之又少的，大部分人依旧是以家族为先。所以从他们开始以国策横征暴敛之时，就一定料想到了天子会有雷霆震怒的那一天。

反抗和自保的力量，从开始"违法"的时候，就已经在积蓄了。而如方党这种想要浑水摸鱼的，不过是给这些人提供了保护伞，互相得利而已。

至于天下是姓刘、姓方还是姓其他，对于这些根深蒂固的家族来说，并没有太大差别，因为无论是谁在当政，都不可能小瞧了他们的力量。

腐化吏治只是第一步，接下来的杀招，才是方孝庭真正的埋伏。

刘凌走向东宫的步子越来越快，他的思绪也越来越清晰，以至于到了后来，戴良见到他时，吓了一大跳。

"殿下，您怎么了？"

"什么？"刘凌的眼睛亮得可怕。

"殿下，您没发现您一直在抖吗？"

戴良捂着嘴，吓得说话都不利索了。

"要……要……要不要找个太医给您看看？今日招魂是把您的魂弄丢了吗？"

刘凌这才发现自己由于激动，身体一直抑制不住地在抖动，想必脸也红得可怕，所以吓到了戴良。

刘凌打开窗子，站在窗边吹了好半天的冷风，直到心绪平静下来，才考虑着该怎么把这个消息传给父皇。

他自己去说肯定不行。

王家当年被族诛，回京勤王的各路兵马当年对王家抄家灭门，便是太后下的令，如果暴露了王七的身份，说不定这王家的遗孤也就从此见不得光了。

告诉陆博士或是薛棣，都会让人生疑。他们一个是文士，一个是儒生，从未在民间涉足过经商之事，如果突然有了这么多数据上报，那一定是非常突兀。

那就只有……

刘凌扭过头，眼神熠熠生光地望着戴良。

戴良胳膊上鸡皮疙瘩直窜，抱臂哆哆嗦嗦地说道："殿……殿……殿下，您……您……您看我干什么……"

殿下是中邪了吗？为什么用这种眼神看他？他可没先帝的癖好啊！

"戴良，我记得你父亲未进入殿试任工部官员之前，曾游历代国各地十余年，相交满天下，是否？"刘凌没管戴良的表情，自顾自问道。

"是。"戴良听到刘凌是问这个，心里总算舒坦了一点，点点头，"我父母都爱游山玩水，代国各地，北至幽州，南至越州，东至胶州，西至凉州，他们都去过了。"

"沈国公府是不是一直在经商？我曾听陆博士说，你家数代无人出仕而不倒，就是因为经商能力了得。"刘凌继续发问。

"殿下，您问这个干什么？"戴良有些困惑地挠了挠头，"经商毕竟不是光荣的事情，这个……这个……"就因为这个，加上他们家那些乱七八糟的家规，所以他们家的男人才一直娶不到什么好出身的姑娘。

"不，你家经商，实在是大大的好事。"

刘凌踱了踱步子，心中忐忑不安。

沈国公府真的值得信任吗？

沈国公府也在经商，粮价和马价暴涨，他们府中的人不可能不知道，他们为何一直都不曾告知户部？如果他把这种大事告诉了沈国公府的人，他们没有出手帮他，而是私下开始囤积粮草，推波助澜，那他岂不是助纣为虐？

可如果没有沈国公府的帮助，这样的消息是很难送到父皇那里的，很有可能折子到了半路就被压下去了。

"殿下，您是不是有什么重要的事情，想要让我家的人去办？"戴良敏锐地察觉到了刘凌心中的挣扎，直率地问出了口。

"如果您有什么差事，只管提就是。我爹说我做了您的侍读，我们沈国公府一门就已经和您拴在一起了，一荣俱荣，一损俱损。我祖父也说，我这样的庸才能跟着您，就是祖坟上冒了青烟。他老人家只准我给您帮忙，不准我给您添乱……"

戴良是个直肠子，家中长辈私下里叮嘱的话竟一下子倒了个干干净净。

刘凌听了戴良的话，忍不住笑出了声。就算沈国公和戴执大人不可考，以戴良的心性，确实是很难在他面前隐瞒什么的。

刘凌想，如果沈国公府真的在私底下做了些什么，他告不告诉他们这消息，也没什么区别。

"戴良，我接下来要说的事情非常重要，重要到我无法用笔书写下来让你带出去，而是必须你休沐回家后原原本本地告诉你父亲和你祖父。"刘凌看了眼王宁，示意他去把住门，继续说道，"我知道你记性不好，我会说两遍，原原本本地分析给你听，你必须要记住……"

刘凌顿了顿："这关系到江山社稷！"他重重地说道。

"那殿下，您还是不要跟我说了吧，我怕我记不住！"戴良不要脸地张大了嘴，"我祖父常说，知道得越多，死得越快！"

"你这愍赖的家伙，说的都是什么鬼话！"刘凌紧绷的情绪被戴良彻底给弄没了，哭笑不得地摇头，"沈国公都说了，你成了我的侍读便是我的人了，我让你做什么，你就得做什么。"

他清了清嗓子，开始给戴良说起这件事："我今日出宫，偶然知道了一个消息。这消息的来源非常可靠，但是具体如何，还得麻烦沈国公派人细细查证……"

他没有说出王七的身份，也没有说出是从哪儿得知的消息，只是将粮食、马匹的事情和其背后的隐患说得非常明白。

"……正因如此，我根本无法平静下来。一旦民间因为缺粮而动乱，那么只要有心之人加以引导，百姓不会对有众多家丁和护院的富商或豪族下手，只会攻击以大量粮食作为赋税的官府。一旦有官府出事，其他暴民便会纷纷效仿，等他们尝到了甜头，就会集聚起更多的力量……"刘凌沉下脸，"我不怕百姓造反会生出剧变，因为代国的吏治虽然出了些问题，但百姓对于官府依旧有着敬畏之情，王师所到之处，百姓必定是俯首称臣。但我怕幕后有用心险恶之人，趁机混入乱民之中生事，甚至给有野心之人提供粮草、马匹和军备，从而造成更大的灾祸。”

戴良再怎么资质鲁钝，听到这里也明白为何刘凌回来时身体在不住地颤抖了，他现在也已经紧张得连话都说不出口了。

“那我怎么办？和我爹、我祖父说了这件事，就有用吗？”

“我根本做不了什么，戴良，我能做的，只有借你父亲、你祖父的口把这件事告诉我父皇。你父亲是工部大员，你祖父贵为国公，他们的人脉广阔，无论是查证此事，还是送呈上奏，都会引起重视。一旦这件事被发现，户部有许多经济上的人才，朝中又有众多能臣干吏，他们必定会想出解决的法子。再不济，他们都想不出什么法子，及早预防、想法子平抑粮价总是做得到的。”

刘凌只恨自己没有早一点见到王七，早一点知道这个消息。

“我明白了，我会一字不漏地告知他们的。”戴良点了点头，“殿下您放心！”

“我怎能放心……”刘凌闭了闭眼，幽幽地叹气。

就算神仙的预言没错，他最终能够成帝，这交到他手中的江山，也是危机四伏，急需变革。

他父皇想要改革吏治，却没想过方党一开始想要的就不是把持朝政、富贵泼天，而是想要更进一步……

方孝庭想效法高祖，趁着天下大乱之时，更进一步！

想起那位长相和蔼，总是慈爱地对着二哥谆谆教诲的方老大人，刘凌忍不住打了个寒战。

此人最可怕之处，在于能忍，他如今已近致仕之年，却依旧忍而不发，他等着的，恐怕就是一场足以导致天下大变的灾荒。

也是上天疼爱代国，代国国运昌隆，从父皇当政开始，小的洪涝或旱情一直都有，但大的天灾却是从未有过。方孝庭恐怕已经等了很多年，终于等不得了，才开始想着人为地制造灾祸。

山崩、大雪、旱灾都不是人力能够控制的，但洪涝就不一样了。

只要地方豪强们在上游修起堤坝，必定就会使得河流改道、水枯泽困。

再加上调任河防的官员都是一些利欲熏心之辈，用不了多久，不需要等到天降暴雨，河防上就要出事。

今年关中又有旱灾，父皇如今动了方党，已经是对吏治宣战，他细细想来，如果今年没有动乱，明年春夏之际，恐怕方党也要放手一搏了。

什么储位之争、后宫之争，全都是虚的。难怪方孝庭根本不让淑妃娘娘在后宫里做什么，甚至不让她争权夺利以自保。他着眼的，根本就和后宫、储位无关。他一直在扶植二哥，也不过是障眼法罢了！一旦方家真的成了势，就算二哥坐上了那个位置，日后也会沦为傀儡，更有甚者，可能还会被逼禅位给……

这一刻，刘凌由衷地感谢赵太妃和薛太妃从小对他的教导。若不是她们毫无保留地将自己学会的东西教导给他，以他今时今日的眼界，是根本想不到这么多干系的。

若不是他从小在赵太妃那里听过众多朝代兴替的故事，他根本就不会知道很多时候那些"英主"根本不是趁乱而起，而是这乱世就是他们造成的，也许是两三代人十几年，甚至是几十年的布局。

若不是他得了薛太妃那张薛家历代先祖为帝王开出的书单，那么他应该和大哥、二哥一样，每日读着圣贤之道、治国之策，将《水经注》《山河志》之类的书籍当作杂书，不屑一顾，更不会知道山河地理对于治理一个国家有什么样的作用。

若不是王太宝林教他经济之道，告诉他商人对一个国家的作用、物价对于百姓的影响，在听到粮食和马匹的价格有了波动时，他根本理解不了其中的奥妙，说不定还在懵懵懂懂之间。

若不是萧将军教他武艺，若不是陆博士为他搜寻书单上的书籍、为他和沈国公府牵线搭桥……

在冷宫里的那么多年，每当他学得心力交瘁、彻夜难眠时，他也常常问自己，学这些东西有用吗？如果他一辈子都出不了冷宫，学这些东西又有何用？

如果父皇一直不肯正视他，他的满腹经纶，是不是会比懵懂无知更加让他痛苦？

而如今，他终于懂了。

他由衷地感谢那些严厉教导他的太妃。

正是因为她们，如今的他，才能像刘氏皇族的诸多祖先一般，为这个国家贡献出自己的一份力量，而不是随波逐流，犹如被大潮推动的浮萍一般，只能祈求着上天给予他一线生机。

薛棣为什么会冒着生命危险出仕？王家为什么会在隐藏身份这么多年后毅然回京？其中固然有他们从各个方面知道了亲人的消息的原因，更重要的是，这个国家已经到了危急存亡的时刻。

对于国家的责任之心，让他们摒弃了旧怨，没有冷眼旁观，而是甘愿冒着生命危险来敲响最后一次警钟。

他们赌赢了。

直到此刻，刘凌才由衷地敬畏起这些士族的传承，即使被灭了族，薛家依旧有薛家的气节，王家依旧有王家的风骨。

如果这都不算是国士，那又有谁能够称得上国士？

这个国家曾经是无数个薛家、王家这样的国士和高祖共同创立起来的，如今大厦将倾，他们对皇室纵有怨恨，对国家和百姓却不改初心。

如今的代国，也许已经到处都是方党之流，也许地方豪族、列强已经摩拳擦掌准备着要翻天覆地，但只要希望百姓安居乐业、国家兴盛和平之心不灭，则天地间的正气不灭。

在国运清明太平的时候，这股正气呈现为祥和的气氛和开明的朝廷；在国运艰危的时刻，胸怀正气的义士就会出现，并且力挽狂澜。

人为地引起灾祸，只会让上天厌弃，唯有为生民立命之心，会万古长存。

"只要正气不灭，代国绝不会被这些奸臣乱党所覆灭！"刘凌深吸一口气，然后重重地呼出。

他一个无知少年尚且会为了国家的命运而战栗，那些曾经为了国家呕心沥血的忠臣义士，只会更加坚定自己的信念。

那些奸臣乱党是不会得逞的。

他坚信！

＊　　＊　　＊

戴良是个心中揣不住事的人，当刘凌对他和盘托出事情的原委，并托付重任时，他的身上就背上了重重的责任，这让他整夜都睡不着觉。

他曾是一个厌恶责任，只愿意及时行乐的人，但不知从什么时候开始，他也学会了去关心别人，站在别人的立场上考虑问题。

他甚至在床上辗转反侧，思考着如果祖父和父亲并不想管这件事，他该怎么办。

如果从家族的利益上来讲，他应该是站在家族这边，选择和家族共进退；可如果从他个人的立场上来说，他已经是刘凌的臣子，应当以全君臣的道义来选择为了这个国家而鞠躬尽瘁。

他的人生阅历还太浅，甚至不如从小在冷宫里长大的刘凌，所以在思考了几天这样的"人生大事"后，连刘凌都有些担心自己是不是太过乐观，将这种事情告诉戴良，活生生把他给折磨成了这个样子……

不管怎么说，戴良还是在休沐那天起了个大早，穿戴整齐之后，像是上战场一般回了家。

那一天，连刘凌都坐立不安。

第二天，戴良回了宫，一见到刘凌就行了个大礼。

"殿下，臣幸不辱命！"

听到他这句话，刘凌才算是真正松了一口气。

戴良用"臣"来称呼自己，说明沈国公府已经有了自己的决断。

他们选择站在皇帝，不，应该说，他们选择站在国家这边。

沈国公府虽然淡出政治核心很久了，但沈国公府历经五朝而未倒，必定有些不为人所知的过人本事。

从戴良回家的第二日起，沈国公府就派出了家中四个管事赶赴各地去查账，这件事对京中之人来说连个水花都溅不起来，因为现在已经快到年底了，各家都在查账、对账，沈国公府又是出了名的会经营。

除此之外，沈国公还悄悄拜访了好几个巨贾，其中有几家是惠帝时期曾经任过皇商的。沈国公的行动很小心，几乎没有人知道他约见这些巨贾的事，只是这里毕竟是京中，有些消息传得比别的地方要快些。渐渐地，一股不安的气氛就在京中弥漫了起来。

刘凌每日听政，对朝政的变化最为敏感。最先起了变化的，便是朝中的争议变得越来越激烈，一件政事想要推行下去，往往要先扯皮半天，经过许多的阻碍，他的父皇才能够最终确定下来。

兵部和刑部还是像往常一般坚定地站在父皇这边，但礼部和户部都有些摇摆不定，工部则是事不关己的典型，一下子帮着兵部这边，一下子帮着礼部和户部这边。看得出即使是六部，也不是铁板一块。

这样的情况，使得两位宰相施政变得更加困难，尤其是新上任没多久的门下侍郎庄骏。他毕竟是从大理寺卿调任到这个位置的，过于讲究条理和证据，时日一久，得罪了不少人。

今日又是一个普通的朝会，刘凌在一旁昏昏欲睡地听着吏部奏着今年各地官员考核的情况。好不容易等到吏部奏完了，刘凌才忍下一个哈欠，悄悄抹去因忍着打哈欠流出的眼泪，强打起精神，再抬头一看，自己的二哥也在做着同样的事情。

两兄弟相视一笑，还没轻松片刻，就听到堂上有朝臣提出了奏议，让气氛紧张了起来。

"陛下，如今后位空悬，宫中又无太后能够理事，贵妃薨逝，方淑妃失宠，德妃之位无人，唐贤妃无子，其余众妃更是不能服众，竟没人能够管理后宫。"

上奏的是礼部的官员。

"陛下今年已经三十有五，却子嗣不丰，臣恳请陛下能够重开大选，选取有才有德之女入主后宫！"

选妃？如今这时候，竟然要选妃？

刘凌和刘祁两兄弟皱起眉头，仰头悄悄向父皇看去。

皇帝的脸上不见喜忧之色，他只是淡淡地说道："真是奇怪，你们之前操心朕的儿子们的婚事，现在居然又开始操心起朕的事！"

"后宫安稳，陛下才能够安稳，如果后宫混乱，陛下便要将心神分散在治理后宫之上。陛下乃是一国之君，当对江山社稷负责。如果您日日埋首于琐事中，又如何能够治理好国家？"礼部的官员慷慨陈词。

"更何况，阴阳相合才是天地间的正道，如今乾宫强盛，坤级无主，岂非有违天和？哪怕百姓人家，失去了元妻也要纳一继室，更何况天子。"

这已经不是逼着皇帝开大选选妃，而是要早日确定皇后的人选了。

"此乃朕的家事。"刘未显然不想再在这个话题上多说，"爱卿的提议，朕会考虑……"

"陛下，臣认为礼部侍郎言之有理！"一位官员站了出来。

"陛下应当重开大选，广纳有才德的女子入宫！"

"臣反对。"另一名官员站出来，"如今储位未定，如果继后先有了名分，又生下了皇嗣，究竟是立长、立嫡，还是立贤？如果是立长，那身体有疾的肃王必定不是合适的人选，应当尽早立二皇子为储，以免日后因储位引起大乱。"

"臣反对！"大理寺卿见刘未脸色已经沉了下来，立刻出声反驳，"我代国立储，向来是先以嫡为重，而后以贤。如今二皇子和三皇子尚未理政，根本看不出谁更贤德，怎可草率地以长立储？这般视储位为儿戏，难道就是国家之福吗？"

刘未看到新任大理寺卿开口就知道坏了。大理寺卿凌胜虽然对他忠心耿耿，但这个人实在年轻，又急着在他这里得到信任，做事未免太过心急。

前面几位官员的奏议，明显就是在钓鱼。

果不其然，大理寺卿的话音刚落，吏部尚书方孝庭就慢悠悠地开了口："既然如此，那就请陛下让两位殿下早日协同理政。六部之地，皆可让两位殿下历练。"

刘凌心头巨震。原来方孝庭在这里等着呢！

如果他和二哥一起入六部历练，以方孝庭在六部中的人脉，从一开始，二哥身后就拥有巨大的助力，加上二哥身边的庄扬波之父乃是刑部尚书，其祖父是当朝宰相，根本不用怎么"历练"，也知道谁更能表现出能力。

更何况他如今只有十二岁，即使过完年也才十三岁，但二哥已经十五岁了，无论在年纪，还是人脉上，都不是自己能够比的。

他甚至可以想象，一旦自己真进了六部历练，恐怕就面临遭冷遇或被当作空气的局面，说不定还有更大的陷阱和危险在等着他。

一旁的刘祁听到了百官的议论，眼中陡然爆发出兴奋的神采，侧耳认真地倾听着众人的对话，他显然对于"协同理政"这件事盼望已久了。

他知道此时父皇肯定在盯着他，想看看他的反应，但他实在是掩饰不住自己的情绪。没有哪个皇子能抵挡得住这样的诱惑，他们从牙牙学语时就在学着如何治理国家，他们等着的，不就是这一天吗！

代国一直有皇子入六部历练以验明能力的传统。

先帝刘甘未登基之时，外戚干政的情况是历朝之中最严重的，可他依旧被选为了太子，并非惠帝心宽，而是因为刘甘在六部历练时表现出了非凡的才能、狠辣的手段和说一不二的决断力，在诸子之中实在是出类拔萃，让惠帝明知有种种困难，依旧选定他为储君。

惠帝没有看错人，刘甘登基后根本没有因为母子之情放任太后干政，不但重重地削弱了吕家等外戚的势力，更是一点点扶植起寒门和清流与外戚对抗。

但惠帝没有想象到平帝虽有帝王之才，却是个天生的断袖，他的一生也因为这一点，充满了矛盾和挣扎，根本无法坐稳那个位子。

由此可见，在确定储君之前，必须要经过漫长的考察，绝不能草率地决定。但代国成年皇子早早离宫就藩的传统，又决定了在皇子成年之前如果不能被确定为储君，可能这辈子就没什么机会了。

越早出生，反倒越是不利。

毕竟没有几个皇帝希望自己还在壮年时，就有儿子盯着自己的位子，等着自己早死。

一直被皇帝淡忘甚至是刻意忽视的储位之争，终于以一种残酷的方式被揭开了虚伪的掩饰，赤裸裸地摆在了朝堂之上。

刘未立刻就出现了目眩头晕的情况，全靠着毅力苦苦支撑。他冷眼望去，只见朝中大半官员都双目有神地盯着刘祁和刘凌，就像是发现了猎物的鹰隼，又像是等候着货物的商人。

即使是最中立的官员，在听闻储君之事后，都表现出了和以往不一样的热情。储君之事毕竟是国家大事，即使是忠臣良将，也希望国家能够完成平稳的过渡，而不是争得血流成河。

刘未知道，这件事已经是避无可避了。什么选妃立后，什么子嗣不丰，都是在逼着他早日做出决定！

"选妃之事可以暂议，立储事关重大，不是一朝一夕可以确定的。"刘未冷着脸说道，"众位大臣有心思讨论立储的事情，不如先解决关中今年大旱的事情。已经有数州的刺史上奏，希望朕能够减免百姓今年的赋税了，众位如何看待？"

他想转移众人的注意力，先将这件事按下，可方党却不想如他的愿。

"陛下，先是泰山地动，而后是关中大旱，这就是上天的示警！无论是泰山还是关中，自古都是国家的象征，只要陛下早日立储……"

"朕还没死呢！"刘未气急地打断了御史大夫的话，"你就已经想着泰山崩了是不是？！"

御史大夫咬着牙，硬着头皮继续说："陛下应当以社稷为重！"

"你们也是这样的意思？"刘未铁青着脸，望着殿中的众臣。

"陛下，立储是国之大事，也是陛下的家事，照理说，臣等不应该咄咄逼人……"一直作为中立派的太常寺卿叹了口气，缓缓站了出来。

他是刘未的表兄，其母乃是大长公主，是刘甘的姐姐。他一直都是刘未信任的人，就连刘未也不明白为什么在这个时候他突然站出来支持朝中想要立储的一方。

只见太常寺卿斟酌片刻后，继续说道："但陛下，自今年开春以后的近一年时间里，您已经罢朝了七次，头风发作了三十余次，平均每个月要发作三回以上。太医局的太医们都说您必须要静养，在这种情况下，臣认为您最好先确定储君，在您养病期间也可以让储君代为监国，以免疏忽了重要的国事。"

"你居然敢刺探内廷！"刘未怒形于色。

"陛下，非臣刺探内廷，而是太医局归属太常寺所管，每月的医案都会送呈太常寺核对，臣想忽视都难啊！"太常寺卿面露委屈之色。

"陛下的身体已经大不如前，哪怕为了保重自己的身体，也应该放下重担……"
不要再揽权了！

一时间，刘未最耿耿于怀的事直接被太常寺卿扯出摔在众臣面前，这句话一说，原本还持观望态度的大臣们也纷纷求刘未立刻慎重考虑，最好先让二皇子和三皇子学着理政。这局面让刘未额上青筋直冒，恨不得让侍卫拖几个大臣出去杖毙。

老三无依无靠，刚扶植起来的沈国公府和薛棣之流还不成气候，这个时候把刘凌丢入六部，无异于送羊入虎口。宫外可不像宫内，还有重重护卫保护着刘凌，等到真的出了事，这些护卫可伸不进手去！

"今日天色已晚，这件事明日再议！"刘未只能打出缓兵之计，"再说，自入秋之后，朕的头风已经好了许多，想来今年冬天不会再犯。这病又不是什么大问题，何至于让诸位爱卿当作不治之症？趁着还有些时间，我们先把关中大旱之事讨论了吧！"

方孝庭等人还欲步步紧逼，无奈刘未装聋作哑，任凭下面各种反对和支持之声大作，咬死了就要议关中大旱的事情。

　　可想而知，这时候哪有人把注意力放在这上面，什么旱情赈灾也就草草带过几句言语，就已经到了下朝的时间。

　　刘未像是热火烧身一般迫不及待地退了朝，连看都没有看刘凌和刘祁一眼，也没有让身边的舍人吩咐他们今日的功课。显然刚刚百官逼着立储之事，已经让他生出了慌乱和不安。

　　散了朝，刘祁被方孝庭喊了过去，刘凌站在原地观望了一会儿，见二哥对着方孝庭连连点头，脸上俱是欢喜之色，心中忍不住一叹。

　　就像大哥和二哥忽然就水火不容一般，只要自己对那个位子还有野心，他与二哥昔日的感情，恐怕也要慢慢地耗尽了。

　　如果是之前，也许他还会惋惜，但到了现在，在知道了代国已经危机四伏，罪魁祸首有可能是以方家为首的各地豪强之后，刘凌已经生出了无比的斗志，绝不会让二哥登上那个位子。

　　通往那个位子的道路，对自己来说，犹如上刀山下火海一般艰难，对二哥来说，却是唾手可得。

　　但一旦二哥真坐上了那个位置，恐怕就是改朝换代的开始。

　　为了那个位置，自己必定要和方家死争到底，这便是父皇想看到的局面。

　　如果二哥有先帝的决断和狠辣，硬得下心肠血洗自己的至亲，剪除方家的羽翼，那么恐怕不必他们二人争什么，父皇就会将那个位子给二哥。

　　可他和父皇都明白，二哥并不是这样性格的人。

　　那二哥就只能沦为傀儡，任人摆布。

　　他不会让二哥走到那一步。

　　他会赌上一切，哪怕是作为父皇的棋子，他也不会就这么认输。

　　他活，他赢，他的兄弟、冷宫的太妃们就都能活。

　　他输，二哥赢，在方党的野心下，他和大哥必死，冷宫里的太妃们恐怕也不得善终。

　　他输不起，也不能输。

＊　　＊　　＊

　　宫中，内医院。

　　内医院是太医局在皇宫中的医疗之所，由八位太医轮流当值，其他太医可能还会去惠民局、御药局等下辖的部门当值，但太医令每日在内医院的时间不得少于八个时辰。

能在这里当值的，无一不是太医局中出类拔萃之辈，或有起死回生之能，或有妙手回春之力，哪怕是在太医身边辅助的一个普通医官，在宫外恐怕都是大名鼎鼎的良医。

所以每个医者都以能进内医院为荣，内医院简直就是医者们的圣地，因为孟太医好静，内医院每日都是安安静静的。

可今日的内医院，就像是一锅热油里滴进了一滴水一般，彻底沸腾了起来。为的，还是最近内医院里的话题人物——李明东。

"这是怎么回事？为什么陛下每日的平安脉，让李明东去诊了？"一直负责为皇帝诊平安脉的陈太医简直胡子都要气飞了。

"他何德何能！"

"没办法，谁让陛下看上他那些歪门邪道了呢？许是新面孔，陛下也正新鲜着，过一阵子就好了吧。"

何太医安抚着明显动了怒的陈太医。

"说起来，太医令已经很久没被皇帝单独召过了。"一位医官看了看在内室中批阅医案的孟顺之，小声地讨论着，"自从袁贵妃死后，太医令除了整理医案，就是为皇子们诊病，这可不太妙啊……"

难道孟太医失宠了？

"算了吧，孟太医这大半辈子几经起落，早就练得宠辱不惊，你真是杞人忧天，没见到孟太医自己都没急吗？再看看陈太医，就差没有下毒药死李明东了。"

另一位医官笑着打趣。

"说实话，我也见不得李明东那小人得志的样子。前些日子他还冒犯了太医令，也不知道太医令为什么那么忍着他……"年轻的医官撇了撇嘴。

"也是出了鬼，合该他鸿运当头，接二连三地交好运！"

"嘘，别说了，李太医回来了。"一个医官眼尖，赶紧打断了他们的话。

李明东替皇帝诊完了平安脉，按照他的性格，应该是得意洋洋，或是出言挤对一直敌视他的陈太医几句。但今日他却十分奇怪，不但没有显现出什么敌视的样子，回到内医院后，反而满脸慎重地先对诸位太医行了礼，然后不紧不慢地进了内医院的书库，去翻看书库中的各种药典。

"咦，这小子今日转性了？难道去了陛下身边，知道伺候陛下不是什么好差事了？"何太医摸了摸胡子，诧异道。

"我看，恐怕是在陛下身边受了训斥。他那一套用在皇子身上还好，用在陛下身上，就是自寻死路！"陈太医幸灾乐祸地说着，"也该他长长心，灭灭那股子跋扈的气势了！"

因为李明东去了书库，几位太医议论的声音不免大了些，在内室中的孟太医听到了几句，手上的毛笔顿了顿。

人说江山易改，本性难移，哪怕是被皇帝训斥了，也断没有突然夹着尾巴做人的道理。除非是发生了什么事，让李明东不敢再兴波作浪。

究竟是什么事？难道和皇帝召他诊脉有关？

孟太医不动声色地看了一眼书库的方向，悄悄吩咐了身边伺候的医官几句。

* * *

半夜，御药局中。

满脸疲惫之色的李明东握着一张书页，不停地喃喃自语。

这地方是太医们试验药性的地方，养着专门的兔子和猪用以喂药，每个太医都有自己的一间房，毕竟每个人都有自己的不传之秘，并不希望其他人知道。

用药前必须先经过三轮试药的规矩，还是杏林世家张家定下来的，如今所有医者在用新药、新方之前，都会用这些动物做试验。

御药局也有御药局自己的规矩，所有试药的房子和残药都必须销毁，太医们仅着中衣入内，在御药局中换上专门的衣衫，出门之前也要脱到只剩中衣，再由专门的宫人查验有没有夹带药物，这才能够出去。

这是为了防止医官倒卖药材，或挪用御药局中的御药以作他用。整个御药局被管理得滴水不漏，即使是孟太医想要给张太妃开些药，也得假借刘凌生病的由头。

而现在，李明东已经在御药局里待了一个多时辰了，看样子大有熬夜不出的态势，实在是令人生疑。

只见他不停地在药柜之间穿梭，偶尔取出不同的两味药研磨成粉，而后让兔子吸入，最后他总是不住地摇头顿足。

"丹砂、雄黄、白矾、慈石……"一个带着冷意的声音从药柜后出现。

"谁？！"李明东骇然地猛退了几步。

"我已经在这里看了你一夜了。"孟太医无声无息地显出了身形，皱着眉头，"你在配五石散？"

他看着李明东的表情，若有所思地点了点头。

"不，应该说，你在尝试着改良五石散。"

第二章
是进？是退？

若说政治倾轧、权谋决断，孟顺之不如这宫里绝大部分人，但要说到治病救人、用药用毒，那他在宫中绝无敌手。

他在太医局里经营了这么多年，耳目之灵通，影响之深远，绝不是李明东这么一个后来者可以想象的。在李明东还没有进入御药局之前，就已经有药童过来报信，又想办法支走了李明东一阵子，让孟顺之顺利先进入药室，可以看明白李明东在做什么。

李明东在配让人兴奋的五石散。

世人皆知五石散毒性极大，而且用药之人还会上瘾，这种药物已经被所有的方士和医者所唾弃，几乎不会有人去配它。

几乎是一瞬间，孟顺之就明白了，不是李明东要配五石散，而是皇帝要配提神之药。李明东来自民间，医术学得庞杂，这种有钱人玩的东西恐怕他知道得不多，皇帝找上他，也算是病急乱投医了。

皇帝的身体不行了。

这是一个重要的讯息，重要到让孟顺之忍不住兴奋起来。

即使心中澎湃，孟顺之依旧压抑着自己的兴奋，看着像是见了鬼一般的李明东，他摇了摇头。

"五石散毒性太大，且每日都要发散，瞒不过有心之人的眼睛。如果五石散那么好改良，这么多年也不会被人当作洪水猛兽一般，提之色变。"

李明东紧张的神情一点点放松了下来。

"我不知你要将五石散给谁用，但如果他知道你用的是五石散，不但不会感激你，还会怪罪于你。"

没办法，谁叫五石散臭名昭著呢！

李明东早上被皇帝叫去请平安脉，原本是喜出望外的，他以为自己因为大皇子放血、招魂等事在皇帝面前终于露了脸，让皇帝记住了自己，从此就踏上了一步登天之路。结果皇帝将他找去，却是递给了他一把双刃剑。

皇帝说能保他富贵，甚至可以让他当上太医令，但他必须悄悄地为皇帝配一服能够提神醒脑之药，至少是短期内不会让皇帝头风发作、手脚麻木。

但凡风痹、消渴之类的病症，除了家族通有外，也绝非一日所能累积而成的，是无法根除之病。更何况他翻过医案，知道皇帝的案牍劳累之症（颈椎病）也很厉害，几症并发，除了静养，别无他法。

这些话，他原本该诚恳地告诉皇帝的，可看着皇帝期望的眼神，再想着自己能坐上医者都希望坐上的最崇高的位置，他竟鬼使神差地应承了下来，并且在皇帝的催促下，承诺了十日之内必定把药配好。

但他自己知道，想要十日之内配成这种药容易，但皇帝身边不可能没有试药和验药之人，一旦药出了一点点问题，那他的富贵路就会变成抄家灭族之路。

可他已经没有回头路了，只能咬着牙尝试。

一想到十日之后配不出药会犯下欺君之罪，又或者十日之后匆匆配出来的药有问题，李明东就生出悔不当初之感。

这种对于未来的惶恐和对于自己的不自信，像是巨大的阴影压着李明东，让他根本没有办法像往日那般快意或是对未来充满憧憬。

他原以为自己能够扛得住，可是孟太医状似关心地这么一提，李明东的心防就彻底崩溃了，几乎是痛哭流涕地跪倒在地。

"太医令救我……救我！"他号啕大哭，"是我之前鬼迷心窍，竟想着一步登天，太医令救我，呜呜呜……我家中还有幼子和寡母，我不能就这么赔上性命啊！"

"你没有在宫中残酷的斗争里浸淫过，又是少年得志，心性实在是差了点。"孟太医感慨。

他还没使出什么手段呢，李明东就已经崩溃了。

"陛下命我十日之内配成提神之药，我听他的意思，是要能让他精神振奋如常人之药。可我才疏学浅，实在想不到既能压制人的病痛，又不会损耗人精血和埋下根本之隐患的……"

李明东见孟太医沉默不言，还以为他准备撒手不管了，连忙膝行过去，一把拽住孟太医的裤子。

"我知道孟太医您医术高明，请教教我吧！之前是我被猪油蒙了心，我说的那些话以后再也不提了，我抄的那些医案等会儿就交给您……"

"我从不担心你会把这些事抖出去。"孟太医俯视着李明东惶恐不安的脸，露出了一个可谓冷酷的笑容，"你能看到的那些不合规矩之事，都是往日里陛下授意我去做的。你说，你若抖到陛下那里去，先倒霉的是谁？"

"是是是，是我蠢笨如猪！求孟太医提点！"

上钩了！

"你先起来，我也极少接触这样的药物，让我好好想想。"

孟太医嫌恶地抖了抖自己的大腿，将李明东拽住他裤子的手抖落。

李明东听到孟太医愿意帮他，哪里还顾得上孟太医的嫌恶，连忙爬了起来，恭恭敬敬地站直了身子，像是普通的医学生那样准备着聆听孟太医的教诲。

孟太医装作沉思的样子，低着头一言不发，实际上他的脑子里已经飞快地思索了起来。

用龙虎散？

不，不行，龙虎散有亢阳的情况，皇帝如今没有心思沉溺在女色之上，如果用了龙虎散，恐怕夜间休息不好，他不会用的。

那就用销金丸？此药若煎酒服用，却有奇效。

不行，此药毒性太大，陛下身边试药之人用上个十几日，就会形容枯槁、骨瘦如柴……

一时间，孟太医也有些理解李明东为何会如此惶恐不安了。

给天子用药，绝不像在民间治病那么简单。

"我昔日在《药王录》里似乎见到过一个药方，叫作'八物方'，是道人'升仙'之前服用的方剂，可保耳目灵敏，精神振作数月而不亏心神。只是其中需要的药材十分复杂，有肉芝、独摇芝、云母、云沙等多种不常见的药材。有一些御药局里或许有，但像是肉芝这种道门养生之物，御药局里却是不曾储备。"孟太医思忖了一会儿，抿了抿唇道，"云母我那里还有一些，是上次给袁贵妃配药所剩，可以暂借给你。下次御药局进了药，你要用你的配额还我。"

李明东大喜过望，连连点头："是，是，我一定加倍奉还！那肉芝是何物，为何连御药局都没有？"

"肉芝是年岁老到已经发黑的蟾蜍，以药材喂养的虫子喂大，在五月初五日中时杀之，阴干百日，可得肉芝。这物有剧毒，御药局是不会存的，但道家却常用肉芝炼丹、制符箓，你要自己想法子解决。"孟太医顿了顿，"时日太久，我已经记不具体了，你可以去书库自行寻找《药王录》。既然陛下让你配药，你要是有什么药材无法凑齐，也可以去寻陛下要。"

"是！谢孟太医！"

"我不知陛下配药为何不找我，想来这是机密之事，陛下不希望任何人知道。陛下找你，是因为你是新进的太医，迫切地需要往上爬，而我已经任太医令许久了，不会为了富贵冒险……"孟太医的一句话戳破了李明东的野心，"如果你想好好地谋这般富贵，最好不要让陛下知道是我帮了你。陛下生性多疑，一旦知道你不是嘴严心硬之人，你就会有杀身之祸，切记！"

李明东此时已经是进也有危险，退也有危险，皇帝随时都能杀了他。虽然他不信任孟太医，但至少孟太医能让他把眼前的坎儿给过了。

日后的路，他也只能走一步算一步了。

李明东千恩万谢地送走了孟太医。此时已快到拂晓之际，他迫不及待地直奔书库，一刻也不愿意耽搁。

回到自己值夜之所，孟太医翻出自己柜中的云母，嘴角露出了一丝志得意满的笑容。

云母有五种，大部分人不能将它们分辨出来，用于药中多为药引，所用区别不大。可在八物方中，一旦用错，便成剧毒。

五云中，其中五色并具而多青者名云英，宜以春服之。五色并具而多赤者名云珠，宜以夏服之。五色并具而多白者名云液，宜以秋服之。五色并具而多黑者名云母，宜以冬服之。青黄二色者名云沙，宜以季夏服之。晶莹纯白名磷石，可以四时长服。

即使五云都分辨清楚了，这五云也不是能直接使用的，服五云之法，或以桂葱化之以为水，或以露置于铁器中，或以玄水熬之为水，或以硝石合于筒中埋之为水，或以蜜搜为酪，或以秋露渍之百日，皆有其法。

他会知晓，是因为当年在偏僻之地行医时，得遇一元山宗的老道，相处了百日有余，得其传授。那《药王录》也是一医道所著，只是八物方所著不详。李明东若想要配成药，还是得找他。

他这里的云母正是冬季所用的五色并具而多黑之云母，如今寒露刚过，此时使用自然是毫无所害，反有裨益。

可等到冬日一过，依旧还用云母，不换成云英，就会积下暗毒。时日一久，服用之人便会精血耗尽、瘫软在床，彻底成为一个废人。

刘未得的头风虽然麻烦，却不至于立刻就亡，反倒是痹症更为致命。但痹症和风疾会不会致死都看运气，刘未毕竟年轻，说不定就能硬扛过来。

但刘未用虎狼之药，亏空掉自己的精血，那就是自寻死路了。

刘未不死，刘凌如何能有机会……

这事，他不会告诉任何人，包括吕鹏程，但最终会有什么结果，就要看刘凌自己的造化了。

此外，李明东此人心性不坚，不能完全信任，必须留有后手。

"小七，你明日是不是休沐？"孟太医唤起自己的药童。

"大人，您不会又不准小的休沐吧？我这身上都要臭了！"药童愁眉苦脸。

"不是，城西的富商老王托我给他儿子写一个方子，你明日休沐，帮我顺便送过去。"孟太医从匣子里拿出一封书信。

"告诉他，他儿子的病拖不得，赶快照方抓药。"

"是。"

＊　　＊　　＊

第二日大朝，大臣们依然谈论着前一日的话题，一面求皇帝明年春天选妃，一面求皇帝让皇子们去六部历练。刘未依旧推托不行，想办法顾左右而言他。但所有人都知道他是拖不了多久的，因为这件事已经彻底被推上了台面。

多日博弈之后，刘未屈服了，同意选妃的要求，正式下了诏令，从冬至起，禁止民间和官宦人家婚嫁，各地开始为选妃做准备，凡三品以上官员的人家，必须送入人选。

选妃之事一定，储君的事情就暂时被压了下去。刘未还没松一口气，沈国公就进宫了。

沈国公进宫，自然是为了刘凌所告知之事。只是和刘凌不同，戴执和戴勇都是思虑周全之人，一旦开始调查，自然是遍访各地，向好多巨贾讨教，又悉心收录了这几年来粮食和马匹的价格，这才上呈御览。

这其中的门道，连刘凌都看得懂，更别说是刘未了。他当时差点就掀翻了御案，心中明白此事已经避无可避，唯有你死我活。

既然已经撕破了脸，刘未自然也不会客气，一边下令让各地的军队戒备着可能发生的动乱，一边下令对关中受了旱灾的地区减免今年的赋税，又召了户部官员入宫，准备等冬天一过，就对各地的粮储情况进行彻查。

就在刘凌还没松一口气的时候，朝中出事了。

先是以方孝庭为首的吏部官员纷纷称病拒不上朝，而后各府衙的衙役也有称病的。

还有"告老还乡"的，请求"辞官回乡"的，一时间，早朝上居然有近半的官员罢朝了。

"什么？中书侍郎遇刺？"刘未倒吸一口凉气，"天子脚下，中书侍郎居然会遇刺？！你这个京兆尹怎么当的！"

"陛下，卢侍郎去京郊为亡父扫墓，刺客藏于坟茔之中，暴起伤人，这种事情怪不得京中防卫不力。"冯登青也是委屈无比，"谁能想到会有人这般下手？"

"他伤得如何？如今还能上朝吗？"

刘未五内俱焚。中书侍郎乃是宰辅，中书省负责掌管机要、发布诏书，彻查粮仓、减免赋税的事都需要加盖御印和中书省的印章才能发布各州各府。现在正是需要卢侍郎的时候，他却遇了刺，此事背后之人的心思真的是很明显了！

"他的肩部、胸部和腹部各中了一箭，凶手在极近的位置用弩行刺，卢侍郎能保下一条命就不错了，现在还在昏迷之中。"京兆尹低下头，"臣入宫也是为了此事。我朝律法规定，弩与弩箭不得私下使用，私藏弩与弩箭者视为谋逆，如今京中出现了这等兵器，还用来行刺中书侍郎，臣担心有人蓄养了死士。"

"死士？"刘未脸色阴沉。

"正是如此。所以臣请陛下暂停冬日的一切祭祀和庆典，也请停止来年上元节在宫门城楼前与民同欢的庆典。如果陛下真的不能停下这些，可以请两位皇子代为出面。有些死士善于易容改扮，陛下不能冒这个风险。"京兆尹冯登青跪求。

"朕不能冒这个风险，朕的儿子们就能去？"刘未蹙眉，"你可吩咐四门戒严，多方搜查刺客！"

"可是陛下，如今正是年底，京中多有返京过年的商人和官员，加之京中人口庞杂，想要找到一名早有预谋的死士，无异于大海捞针。这样的死士，即使被抓到，也是立刻自尽在当场，不可能让人查出什么端倪。"冯登青壮着胆子直言，"陛下是万乘之尊，有心之人自然愿意花费极大的心血图谋不轨。可如果是两位皇子，那些人就未必会用上所有的本钱了。"

在众军保护之下刺杀一个皇子和刺杀一个皇帝的难度一样大，养士不易，不见得就会用来刺杀皇子。

刘未心中挣扎了一会儿，在儿子的性命和自己的性命之中衡量了半天，最终如壮士断腕般说道："既然如此，今年的迎冬之祭和明年的春祭，都让老二刘祁替朕去祭祀。上元节灯会登城楼与万民同庆之事，交由老三刘凌代为出面。"

春祭和冬祭都在城外的社庙之中，相比宫门登城楼，危险更大。但刺客十有八九是方党蓄养的，他们想要扶植老二刘祁，相比之下，他主持祭祀的危险要比刘凌小得多。

登城楼观灯是在内城与宫城之间，又是在高楼之上，刘凌有少司命保护，应当安全无虞。

冯登青听到皇帝做出了决断，舒展开了眉头，连忙领旨。

皇帝一旦在宫外出事，他就该丢官丢命了，他当然比所有人都要慎重，甚至比皇帝自己都怕出事。

"我将两个儿子的性命都交到你手里了！"刘未压下心底的不安，"他们如有不测，你提头来见！"

"保护两位皇子的安全，臣万死不辞！"冯登青重重顿首。

＊　＊　＊

东宫。

"什么？让我和三弟主持今年的祭祀和灯会？"刘祁掏了掏耳朵，以为自己听错了。

国之大事，在祀与戎。虽说祭祀需要穿着重重的祭服奔波辛劳一天，但除非皇帝老迈，又或者久病在身，否则每任皇帝都会亲力亲为。

更何况冬日主"杀"，所以冬祭一个重要的内容便是祭祀亡灵，尤其是祭拜为国捐躯的将士。如此，冬季的休养生息才会安稳，这让迎冬之祭有别于其他几个季节的祭祀，而多了一丝庄严。

往日刘祁也跟随父皇陪祭过，但陪祭和主祭相差极大，刘祁不过是个连冠礼都没举行的少年，乍听得自己要代替父皇去北郊主持迎冬祭礼，顿时瞪目结舌。

"上元灯会不是帝后亲临吗？我一个皇子去为百姓祈福，真的合适？"刘凌比刘祁也好不了多少，他眨了眨眼问道。

来传旨的薛棣笑了笑，为两位皇子解释。

"陛下的头风到了冬日更容易发作，太医们都建议陛下冬天不要着风。冬祭正在北面，冬日多刮北风，陛下如果吹上一天风，恐怕头风要更严重。因为太医局苦苦相劝，陛下只好择一位皇子主持冬祭。"薛棣给刘祁戴了高帽，"三皇子从未陪祭过迎冬之礼，陛下怕他去会有差错，便点了二殿下您主祭，三殿下陪祭。二殿下，京中您如今居长，为陛下分忧责无旁贷。"

刘祁听到又是因为头风，不由得露出焦急的表情："父皇头风又犯了吗？"

"那倒没有，但是小心谨慎一点，总是好的。"薛棣耐心地回答。

他又偏过头，细心为刘凌解释。

"至于上元灯会，往日都是陛下和贵妃一起在宫门城楼会见百姓，共赏花灯，但今年贵妃娘娘薨了，陛下未免有些触景伤情之感，竟不愿形单影只地登楼了……"薛棣感叹道，"登楼会见百姓，原是为了向百姓展示帝后和睦，朝堂安稳。但如今是多事之秋，两位殿下也知道，先前百官为了立储之事，竟罢朝了过半，也不知上元节灯会有多少官员前来。如果到时候楼上只剩陛下，楼下官员稀稀拉拉，未免难看，请三殿下主持登楼，也算是好看一些。"

至少可以对外宣称今年陛下怕触景伤情，不愿单独登楼，所以派了三皇子前往。既然不是皇帝亲至，百官来得少些，在家中和家人共聚，也是正常。

刘凌看了一眼二哥，好奇地问："那为何不让二哥主持登楼赏灯之事？"

薛棣看了看刘祁，摸了摸鼻子，有些难以开口。

刘祁看了看刘凌，再看了看自己，突然明白了原因。

只是这原因太过伤人自尊，所以他只是冷笑了一下，便摇了摇头，直率地跟薛棣说道："劳烦舍人亲自过来传旨，既然立冬的迎冬之礼由我主祭，那时间还剩不到一个月了，恕我先行回殿，好生安排一下主祭的事情。"

别的不说，至少在精气神上他不能弱于刘凌！

"殿下请慢走……"薛棣躬身相送。

等刘祁走了，刘凌还是一头雾水的模样，也不知道为什么二哥突然恼了。

薛棣看到刘凌这个样子，哑然失笑，凑到了他的身边，小声地解释着："登楼观灯，自然是要站到高处，让百姓们看到楼顶之人的英姿。殿下从小身量便比同龄之人高大，又长相不凡，替陛下主持灯会，百姓一见殿下如此俊朗，自然就会对皇家生出敬畏之情……"薛棣的眼睛都笑得眯了起来。

"二殿下长得也十分清秀，但……咳咳，总而言之，倒不如三殿下适合登楼。"他顿了顿，又透露了一个消息，"您可能有所不知，往日陛下登楼，为了显示自己威武过人，鞋底比旁人要垫高些许，连冠冕都选择通天冠。您明年登楼，最好也和陛下一样，精心打扮……"至少看起来不那么稚嫩。

刘凌恍然大悟，又有些啼笑皆非，连连向薛棣道谢，谢过他的提点。

东宫里的人来来往往，刘凌想要再和薛棣说说话，无奈薛棣的相貌太过出众，无论在宫里还是在宫外，他走到哪儿，宫人也好，侍卫也罢，甚至连官员们都喜欢注意他的一举一动，根本做不到低调，更别说私下密谈。

刘凌搜肠刮肚地想了一会儿，才用了一个没那么蹩脚的理由，缓缓道："我这几日练字总是不得要领，薛舍人的书法是连父皇都夸奖过的，能不能向薛舍人要一纸墨宝，让我回去临摹？"

"殿下谬赞了，我不过是从小苦练罢了。"薛棣顿了顿，笑着说道，"陛下还等着下官回去复命，不能在东宫久留，这样吧……"他看了眼刘凌身边的戴良，"劳烦戴侍读将背借给下官一用，在下以指当笔，给殿下写几个字。"

刘凌知道他是要用无色水给自己传递什么消息，连忙点头，吩咐了戴良靠过来，弯下腰将背给薛棣用。

薛棣从腰上取下一个鎏金的墨盒，在怀里掏了一会儿，苦笑着说："殿下，下官的墨块用完了，盒中只余一点清水，我给您写几个字，你看我如何运笔，至于字帖之事，下次下官有时间，再给您认真写一幅。"

什么？连墨都没有，用水？

戴良苦着脸弯下腰弓着背，只觉得那位薛舍人用手指蘸了一点湿漉漉的东西，在自己的背上指指画画，痒得他不住地抽抽，又不敢动弹，只能咬着牙坚持。

"您这位侍读大概是在抽个子，老是抖。"薛棣写了一会儿，挑了挑眉打趣戴良，"戴侍读多喝点骨汤，也许这种情况会好点。"

你才老是抖！这大冷天的，你用冷水在背上写字试试看！

戴良躬着身，龇牙咧嘴。

"殿下可看明白了？"薛棣打趣完，收回了手。

刘凌的面色已经渐渐严肃起来，慎重地点了点头："是，谢过薛舍人，我已经看清您是怎么运笔的了。"

戴良闻言大喜，直起身扭了下脊背，只觉得冷风一吹，后背凉飕飕的，自己身体中的热量像是被背上的水字给吸走了似的，让他十分难受。

薛棣没有多耽搁，也没和刘凌多攀谈，写完几个字便施施然带着几位宫人回去复命了。

刘凌送薛棣到了门边，直到他和宫人都没了影子，才领着戴良回了自己的寝殿，对戴良抬了抬下巴。

"脱！"

"什么？！"戴良张大了嘴。

"脱掉你身上的外衣！"刘凌有些郁闷，戴良和他怎么这般没有默契！

"殿下，这不太好吧？"戴良看了看四周，"这是冬天呢！"

"你外衣上有薛舍人的墨宝，我要看！"刘凌无力地翻了个白眼，"你脱不脱？你不脱我就动手了！"

"啊！是这样？可殿下，他只是用手指蘸了少许的清水，这外衣给我穿了这么一会儿，水迹早已经干了，我脱下来您也看不到了啊！"戴良一边絮絮叨叨，一边顺从地脱下外衣，"薛舍人的字到底哪里好了，看着跟老树枯藤似的，您和其他人都那么宝贝……"

"总比你的狗爬字要好！"刘凌嗤笑着接过戴良的外衣，"话说字如其人，你那字才该好好练练，日后你出去说是我身边的侍读，我真丢不起这个人！"

"……您又笑话我。"

"你这外衣便给我吧，回头我让王宁取一匹贡缎还你，就当是补偿。"刘凌看了看戴良的外衣，笑着说道，"好歹薛舍人在这上面给我赐过字，我留着做个纪念。"

"疯了，你们都疯了……"戴良喃喃自语，"不过就写了几个字……"

刘凌可不管戴良怎么诧异，提着那外衣就回了自己的主殿，命王宁守在门外，自己小心翼翼地打开外衣，仔细看着衣服上的水迹。

确如戴良所言，他身上的温度已经烘干了衣服上的水，什么都看不清了。

刘凌想了想，点起一根蜡烛，将衣服小心地在上面烘烤了一会儿，果然显出清晰的几行字迹。

"宰辅遇刺，陛下心忧。方党难除，天下将乱。小心自保，出入慎重。静观其变，切莫妄动。"

刘凌看完这几行字，心头犹如坠了一块巨石，手中的外衣一时没有拿稳，掉到了蜡烛上，火舌舔了一下那件衣衫，顿时烧出了一个大洞。

刘凌想了想，干脆看着那火烧了一会儿，将写着字的部分烧了个干净，才对着屋外叫了起来："来人伺候！我不小心把衣衫烫了个洞！"

＊　　＊　　＊

不只宫中暗潮汹涌，朝堂上剑拔弩张，就连国子监中也比往日更加喧闹。

国子监的徐祭酒压下了一批又一批想要去宫外"叩宫门"的学子，早已经是疲惫不堪，连脸色都比之前憔悴了许多。

"去把陆博士叫来。"徐祭酒吩咐身边的司业。

没一会儿，陆凡翩然而至。

"你究竟想做什么？"徐祭酒叹了一口气，"我年纪已经大了，唯一的心愿便是教书育人，保护好国子监中的学生，实在不愿意这么折腾。"

"祭酒，雏鸟总是要学会飞的，老虎也不能一直困顿于围墙之中，如今有了合适的机会，您应当高兴才是。"陆凡知道若不能说服这位老者，自己图谋之事是不可能成功的。

"你入国子监的第一天，我就知道我这里留不住你，可我没想到，你志不在朝堂，竟在这国子监一留就是二十年。我原以为你和我一样，不喜欢权谋争斗，只想要教书育人，弘扬薛家的门风。我还想着再过几年，便请陛下将国子监祭酒的位置授予你，却没想到你竟是以退为进……"徐祭酒的眼神中露出失望之意，"你煽动那些不知世事的学子，难道就不觉得羞耻吗？"

"在下对功名利禄，确实没有兴趣。"陆凡眼神灼灼，"但在下不认为今日策动之事，乃是一桩罪过。在下在做的，正是为陛下排忧解难！"

"叫国子监的学子们去叩宫门，请求再开恩科，是为陛下排忧解难？我看你是唯恐天下不乱！"

徐祭酒怒喝道："如果天子震怒，你是想宫门前血流成河吗？"

"祭酒，朝中已经有过半官员罢朝了！如今朝官罢朝，各地必定有地方官员纷纷效仿，文官一旦不作为，便无人治理国家，到时候代国将陷入一片混乱！"陆凡毫不退让，"那些文官为什么敢如此逼迫陛下？正是因为他们笃定了自己无可替代！如果让他们知道陛下并不是只能靠他们才能治理国家，又有几个人会冒着真的丢官的危险继续罢朝？"

从地方官一级一级爬到京中，如果不是蒙荫入仕，要用上十几二十年。罢朝是为了谋求更大的利益，可如果假借罢朝让皇帝能顺理成章地辞了这些官员，还有谁甘冒这个风险？

方党势力再大，那也是以利惑人，如果丢了官，一切都是白搭，还有什么利益好谋取？

"就凭国子监那些年轻人，能够治理国家？"徐祭酒痛心疾首，"所谓老成谋国，一群空有抱负而无经验的太学生恐怕为一吏都不合适，更别说替代这些官员了！"

"在下知道，所以他们并不是去求官，而是去求恩科。"陆凡意气风发，傲然应道，"只要开一场恩科，天下学子和有识之士便会纷纷应科入仕。就算他们不能填补高位，但如上任县令、县官、吏胥之类总是能解燃眉之急。以此为机，再对官职由下到上地进行调整，或许能暂解吏治之危。

"更重要的是，太学生中不乏朝中官宦子弟，即使为了这些荫生的安全，朝中也不会对这些太学生施加毒手。此时除了国子监的学子们，再无更好的人选了！"

"吏治之争，朝中自然会有办法。六部之中，并不是人人都屈从方党的威逼利诱，只要再等些时日……"

"等不及了，已经有太学生告诉我，家中有长辈在密谋着弹劾门下侍郎庄骏，让他为陛下顶罪，暂时平息局面。如今中书侍郎遇刺生死不明，门下侍郎要再下野，两位宰辅便都成了方党的囊中之物，陛下会变成方家的傀儡。到那时，除非杀一个血流成河，否则不可能有所转机！"陆凡捏紧了双拳，"徐祭酒，你是知道的，以陛下的性格，最大的可能就是大开杀戒！"

"方党等着的，就是陛下将屠刀对准自己的臣子！所谓'杀士不祥'，一旦这般杀伐开了头，那才是真的大厦将倾了！我代国历朝历代，除了先帝之乱时局面无法控制，何曾有过皇帝大量屠杀臣子之时？"徐祭酒突然起身，顿时明白了陆凡说的是什么意思，满脸不可置信。

陆凡从未如今日这般慷慨激昂，他一直是漫不经心、放荡不羁的。

可现在，他的眼中显露出强烈的斗志，那是一股绝不会为任何人让步和低头的坚决。

"徐祭酒，你们都以为方党发动百官罢朝是借机逼迫陛下低头，我却担心方党是在一点点磨灭天下人对刘氏皇族的信任。这个头一开，日后就无人再敢出仕了！"

他的言语间有些咬牙切齿，在徐祭酒看来，陆凡的面容甚至因为激动而有些狰狞之色。

陆凡就这么咬着牙，一字一句地喝问："当年高祖为何而起义？百姓为何揭竿而起，纷纷归附？不正是因为暴君杀高祖之父，杀了自己的臣子吗！"

第三章
出兵？拉拢？

早朝前。

"方大人，见好就收，不要弄得大家都下不来台！"门下侍郎庄骏见方孝庭如今身边冷冷清清的样子，不但生不出欢喜，反倒更加忧虑。

卢侍郎被刺，庄骏便是唯一的宰辅，一夜之间几乎成了光杆司令，实在是讽刺得很。

方孝庭似乎一夜没有睡好，只见他微微打了个哈欠，对着庄骏拱了拱手："庄侍郎，老夫不明白您的意思。冬季寒冷，生病的人多一些，也是很正常的嘛……"

"户部已经到了核算之时，秋收也已经结束了，这个时候生病，确实对朝政没有什么大碍……"庄骏气急，也撂下了狠话，"只是吏部这个时候撂挑子，明年是不准备再授官了是不是？"

"明年的事，明年再说。"

方孝庭看着这个几乎和自己作对了大半辈子的新任侍郎，心中升起一丝不屑，都懒得敷衍他了。

"方孝庭开始傲慢起来了。"另一边一直注意着局势的吕鹏程和身边的太常寺卿窃窃私语，"他似乎觉得胜券已握。"

"我代国立国以来，哪一朝也没见过百官罢朝的，方孝庭自然有狂傲的资本。"太常寺卿叹了口气，"我有些后悔请陛下立储了，现在的局面似乎越来越僵啊！"

"立储之事，是躲不过去的。"吕鹏程沉声说道，"只是方党越是嚣张，陛下就越不敢立二皇子。三皇子势力单薄，很难和二皇子抗衡……"

吕鹏程压低了声音："若我们帮三皇子一把，来日说不定都是股肱之臣，能再进一步。"

"你是说，帮三殿下？"太常寺卿有些犹豫，"现在提这个，还为时尚早吧？陛下拖着不立储，不见得就是属意三殿下啊……"

"总归就三位殿下，大殿下傻了，陛下又对二殿下身后的人很是忌惮，除了三殿下，也没什么可选的人了。"吕鹏程笑了笑，"你看，兵部尚书在做什么？"

吕鹏程指了指突然向刘凌走过去的兵部尚书，道："看来和我有一样想法的，大有人在啊！"

兵部尚书雷震是历经三朝的老臣，原是侯门出身，也算是权贵门户。皇帝对他一直很信任，他也一直保持着对皇帝的尊重，从不结党营私。

雷震突然向着刘凌走去，引得好几方的人马脸色大变。

"见过雷尚书……"

刘凌也很是诧异，他几乎和兵部尚书没有过接触。

"殿下，陛下让臣从明日起去东宫教授您兵法韬略，不知殿下可曾接触过兵法？"雷尚书笑着询问。

"读过《孙子》《吴子》《六韬》，但都是囫囵吞枣，不曾深读。"刘凌满脸受宠若惊之色。

"父皇竟让您亲自教授我兵法，二哥那边……"

"如果臣听到的消息没错，二殿下应该是由刑部尚书教授刑名律法之学。"雷尚书透露了一些。

"两位殿下所学的东西并不相同，恐怕也不在一处读书了。"

"您……您是说……"刘凌恍然大悟，"今天父皇要……"

"呵呵，老臣可是很严格的！"雷尚书对刘凌挤了挤眼，笑着说道，"到时候您别觉得苦。"

父皇妥协了？父皇居然妥协了！

刘凌不敢置信。

究竟是为什么？

* * *

"从明日起，二皇子刘祁入刑部历练，三皇子刘凌入兵部历练。"刘未看着殿中稀稀拉拉的朝臣，面无表情地开口，"众位爱卿要好生督促两位皇子学习治国之道，不可因他们皇子的身份就加以迁就。"

"陛下，臣有异议！"一位大臣站了出来，看了一眼刘祁，继续奏道，"如今正是年底，刑部与兵部都在闲时，倒是吏部此时主管一年的考核，户部核计年底的赋税，礼部准备祭祀、使者入京等实务，这三部最是能够锻炼人，臣请两位皇子进入吏部、礼部或者户部历练！"

"正是因为其余几部正是繁忙的时候，朕才不想让两位皇子去添乱。等到来年这几部闲暇时，再让他们去锻炼。六部他们是都要去的，哪个都不可能落下！"刘未完全不想理这位大臣，"他们如今既没有阅历也没有经验，如何进其他几部参与年底的要务？休要胡搅蛮缠！"一国之君连"胡搅蛮缠"都说出来了，可见有多不满。

其余几位大臣还想再奏，被方孝庭一个手势制止了，只能悻悻地端立于堂下。其他几位武官奏了一些朝事，都是关于来年修缮军备、操练新兵等事宜，刘未对于军队一向重视，一一应允。

由于礼部、吏部和许多主管实务的文官都罢了朝，许多事情根本没有办法进行下去。刘未原本准备讨论的减免关中赋税一事，也因为中书省卢侍郎不在而无法进行下去。

这件事迫在眉睫，刘未冷着脸命令户部派人去受灾的各州府调查当地官仓存粮情况，还没有命人草拟诏书呢，户部官员就出来反对了。

"陛下，年底的户部官员实在是分身无暇，没有多余的人手去检查官仓的情况。而且如今已经入了冬，关中各地的存粮已经入库封存，此时彻查，来年春季稻谷容易发霉啊，陛下！"户部尚书苦着脸。

"朕就怕官仓里已经没有了粮……"刘未的眼神状似无意地扫过方孝庭，"没有粮食，何恐发霉！"

"陛下，关中往年的存粮都已经达到了朝中要求的数量，即使今年大旱收不上来租庸，也不至于无粮可用。"户部尚书觉得皇帝有些杞人忧天，"即使关中粮草不济，京中十座官仓皆是满仓，亦可调用！"

"既然如此，那就先抽派人手检查京中的粮草存储情况吧。"刘未退而求其次，"此事要尽快，如果京中的存粮数量不够，关中今年的灾情就不能轻视了。"

"是！"

"诸位还有何事上奏？"刘未有些提不起精神地询问着。

"陛下，臣有本上奏。"方孝庭破天荒地主动上奏。

"讲！"

"陛下，自入冬以来，臣就时常感到四肢乏力，且口舌发麻，身体实在是大不如前。每日五更之前起身上朝对臣来说已经是一种负担，臣请致仕，请陛下准许！"

一句话，惊得还在上朝的官员如同听到了什么骇人之事，甚至有几位官员直接大呼："怎么可能！"

"既然方爱卿身体不适，那这阵子就告假回家，好生休息一阵子便是，何必请求致仕。"刘未眯着眼，不以为然地拒绝了方孝庭的请求，"我看方老大人身体还硬朗得很，略微休息一阵，便能继续为国效力了！"

"臣如今已经六十有九，即使今年不致仕，明年也是要致仕的。老臣明白陛下的拳拳爱护之心，但臣如今疾病缠身，确实已经到了该致仕的年纪，还望陛下体恤！"方孝庭继续请求。

"方爱卿再考虑考虑吧，今日不提这个。"刘未依旧打出"拖"字诀，"刘祁！"

"儿臣在。"

刘祁一时没能接受这突然转变的局面，有些茫然地出列回应。

"方尚书身体不适，朕准他告假一个月休养身体。这一个月，朕准你每日午时过后出宫去探望方尚书，宫门落锁之前返回。"

"儿臣遵旨。"

刘祁一震，不知父皇这葫芦里卖的是什么药，再用眼角余光扫了一下刘凌，却见他满脸深思的表情，心中更是不安。

"陛下深恩，臣实在是惶恐！"方孝庭连忙谢恩，"只是陛下之前刚令两位殿下入六部历练，怎可因老臣的病症延误了正事？还是请陛下收回成命！"

"方爱卿是国之柱石，朕若不是政务缠身，必定是要亲去你府中探望的。如今派老二替朕关心着，朕才能安心。方爱卿不必客气了。"刘未笑着说道，"此事就这么决定了！"

方孝庭没想到皇帝竟然借着他生病之事，直接让刘祁无法顺利进六部历练，忍不住在心中暗自感慨刘未的心机和机变。他暗暗叹了口气，没有再拒绝下去，却在心中打定主意……

得加快动作了，否则迟则生变。

下了朝，刘凌像往常一般跟着二哥准备回东宫，却被父皇身边的宫人召了去。

见刘凌被父皇召走，刘祁脸上阴晴不定。

刚刚知道父皇终于妥协，准了他们入六部历练时，刘祁还有些高兴。他一直自诩自己的能力和才干都不弱于任何人，只是没有展示的机会。即使不是为了夺嫡，入六部能够好生锻炼自己一番，也是幸事。

然而曾外祖父想要告老，父皇就这么轻描淡写地缩减他去六部历练的时间，让他升起了一股挫败感。

刘凌被父皇召走，更像是透露出某种信号，让刘祁心中更加不甘。

"殿下，该走了。"庄扬波仰起脸，看着脸色突然难看起来的自家殿下，心中有些忐忑不安。

庄扬波最近几次休沐回家，祖父和父亲总是在府中长吁短叹，家中来往出入的官员也比往日更多了，这让庄扬波明白肯定是发生了什么大事。

他年纪尚小，无法为家人排忧解难，也没办法为二皇子分忧，更不愿意见到两位殿下相争。

但眼前的二皇子，是这样让他觉得陌生……

"你说，父皇找三弟过去，是为了什么？"刘祁像是无意识一般问着庄扬波。

还没等庄扬波回答，他又喃喃自语："不会是什么大事，三弟一向过得浑浑噩噩，别人推一下才动一下，兴许父皇是要嘱咐他在兵部历练时勤勉一点，我又何必耿耿于怀……"

"兵部啊……"他幽幽地叹出了一口气。

＊　　＊　　＊

紫宸殿。

刘未命身边的宫人去给刘祁送出入宫门的腰牌，他的脸上已经没有了上朝时郁郁的神色，反倒有些兴奋。

他见刘凌沉静地立在堂下，浑身上下没有年轻人该有的浮躁，心中十分满意，竟有些想不起刘凌小时候那副懦弱的样子了。

那时候的刘凌，似乎让人讨厌得很，那般无能……

"朕已经秘密召了京畿几座大营的将军入京。"刘未望着刘凌，"朕准备对地方动兵了。"

"什么？"刘凌一时没有忍住心中的诧异，惊得开了口，"父皇准备对地方用兵？"

"不用兵不行，再不动地方，恐怕关中要乱。"刘未吸了口气，"前几日沈国公入宫，呈上了一本账册，关中六州今年受灾，粮价暴涨，又有商人囤积居奇。再过几个月，大雪若封了路，想要赈灾或运送粮草就都不容易了，朕必须在深冬来临之前解决掉可能引起动乱的根源。"

刘凌总觉得哪里不对，却又弄不明白究竟是哪里不对，只能皱着眉头静静听着。

"方党蓄谋已久，地方上官商勾结，又有门阀豪族大肆侵占良田，与其等到百姓被煽动作乱，不如朕先抄几家囤积居奇的商户杀鸡儆猴。如果他们真的反抗，朕再调大军镇压，顺势将关中方党的势力清理干净。"刘未看着刘凌，突然问道，"你可知道打仗最重要的是什么？"

刘凌几乎是不假思索地开口："粮草和武备！"

—— 030 ——

不愧是萧家教出来的孩子！刘未心中赞叹。

"正是，大军未动，粮草先行。朕让你此时入兵部历练，便是为此。"刘未说出了召刘凌来的意图。

"方党最忌惮的，便是朕手中的军队。但军队作战，必须要保证将士们的粮草和军备齐整。关中是我代国重要的粮仓，一旦出了问题，假以时日，朕便无力支撑那么多军队的粮草和军饷。如果朕不能保证将士们的忠心，军心哗变，便是更大的祸端。"

"父皇希望儿臣做什么？"刘凌开门见山地问。

"朕要知道兵部和军中有多少人不愿意对地方动兵……"刘未叹了口气，"养兵千日，用兵一时，但这十几年来，除了边关，鲜有战事。高祖曾经说过，军中若久无战事，其贪腐之重，更甚于别处。朕要动兵，必定要弄明白各地兵马的情况，一旦进行彻查，这么多年来吃空饷、贪墨粮草兵甲的事情就会暴露出来，朕担忧得很……"

刘未并不是傻子，不是不知道军中这么多年来的恶习，但这种事情屡抓屡生，除非在大战之时用强硬的手段禁止，否则他也只能保证禁军和边关驻军的质量，无法让各地的军营一直保持着极强的作战能力和清廉的作风。

加之如今是募兵制，维持庞大军队的开销极大，唯有战时才会大量征召兵丁。禁军拱卫宫中不能轻易动用，若是地方上的部队吃空饷的情况严重，战斗力难以保证。

对关中用兵，一是为了练兵，二是敲山震虎，三便是到了不得不用的地步。

刘凌原本还以为最大的麻烦在土地兼并、在吏治腐败、在粮价暴涨，却不知道父皇最担心的，是军队还能不能作战。

如果粮草出现补给不足的情况，确实就要一直削减军队兵员的数量，这对现在的父皇来说，是致命的威胁。所以父皇必须要先用兵，以"抄家灭户"来缓解来年粮食不足的情况，顺便给百姓一个发泄的通道。

杀几个富户、贪官，至少能让百姓没那么容易绝望而反。

"是。"刘凌点了点头，"冬天确实是用兵的时候，父皇的顾虑儿臣明白。但儿臣去兵部，一来初来乍到，二来兵部并非军队，能打探到什么，儿臣也不能保证。"

他顿了顿，又试探着问道："父皇，情势已经这般严峻，非用兵不可了吗？"

"要不然呢，你觉得还有什么法子可以缓解关中的危机？"刘未好笑地说。

刘凌思忖了一会儿，想起王七和王太宝林，犹豫着说道："父皇有没有考虑过重新起用皇商？"

刘未正兀自好笑，听到刘凌的话，脸上的笑容突然慢慢地收了起来。

"你是说，重新提拔一批皇商？"

"是。惠帝之时，曾有过好几次大的灾荒，全靠皇商们联手平抑物价，才没有生起大乱。如今比起惠帝时，已经好多了。如今商人纷纷囤积居奇，一方面是为了逐利，更大的原因是已经没有了约束他们的力量。如果父皇重开商路，允许以抛售粮食、平抑粮价换取商人经营盐、铁、铜的资格，儿臣相信有许多商人会暂时放下这祸国殃民的小利，而去谋取能够富贵数代的官职！"

由商人官，简直难如登天，这世上也不知有多少商人愿意倾家荡产，为的就是改换门庭，一跃进入士族。

昔年王家富甲天下，但经营国家的商业几乎是不赚钱的，到了大灾之年甚至亏本，却依然不肯放下身上"侯爷"的虚职，便是因为到了皇商这一步，商人已经不算是商人，而是天子的家臣，无人敢随便动手盘剥他们。

刘未和这世上大部分人一样，从心底瞧不起商人，更看重农业和士人的力量。但他也不得不承认，如果按照刘凌的建议，双管齐下，一面对还怀有忧国之心的商人以利、以大义相邀，协助平抑物价，一面对冥顽不灵的商人抄家灭族，夺其家产填补空虚，其实比单纯用兵要容易得多。

只是……

"户部如今实在是……"

"父皇，为何非要将皇商置于户部之下？"刘凌一直不理解为什么名曰皇商，其实却是官商。

"官、商一旦勾结，便会欺上瞒下。盐铁专营之权在国家，所以设立特许之商也就罢了。可户部的银两乃是国家的赋税，用来经营商业实在是风险太大，也不合适。但父皇有内库和皇庄，大可以让这些商人来打理，让皇商成为名正言顺的皇商。"刘凌头脑清楚，越说越有条理，"更何况，一旦动用的是您的内库，百官便不能以其他理由制止您重用商人。而商人一旦违法，既然是您的家臣，当然可以不经过吏部、大理寺，直接被您免职或处置，这些商人便会更加忠心，岂不是比受户部管辖、与民争利更强？"

刘未望着侃侃而谈的刘凌，竟有些无法反驳。

刘凌的想法虽然稚嫩，但已经隐约有了集权的影子，重要的不是他的话正不正确，而是他的大局观决定了他已经有了为君的潜质。

相比起刘祁总挣扎着是否要放弃一方而痛苦，刘凌的思路早已经走在了他的前面，开始想着该如何让所有的势力发挥自己的作用，形成一个互助互利、缺一不可的循环。

这孩子天性厌恶争斗，所以总想着该如何避免争斗，从根本上解决掉争斗的根源。虽然这种方法是施政之中最难的一种，可毫无疑问，这种方法也是最能保证国家长治久安的。

若在治世，这孩子一定不同凡响。

但如今……

"你的谏言，朕会慎重考虑。"刘未难得地露出了欣慰的神色，"但确立皇商之事，非马上就能……"

"天下的商人，都是逐利而往，何须父皇自己操劳？"刘凌躬身奏道，"只要父皇在外面散播一点想要重建皇商，专营盐、铁和内库的消息，全天下的巨贾就会疯狂的！到时候，他们会钻各种门路，便是挤，也要挤到父皇面前来的！"

刘未听到刘凌的说法，忍不住笑了起来："你道皇宫是杂耍班子吗？"

"对于治国，儿臣远不如父皇，只有一些不周全的想法，该如何去做，还得父皇和众位大人细细参详。"刘凌也知道自己提不出太多的细则，脑子里也只有一个模糊的概念而已，这件事情具体落实下去，不知道会有多难。

"说起来容易，做起来难啊！"刘未叹了口气，"你先下去吧，待……"

"陛下！陛下！"紫宸殿外突然响起高呼之声。

"是岱山！"刘未面色一凛。

岱山绝不会随便大呼小叫，一定是发生了什么事情！

刘凌也是吃了一惊，不由自主地扭头向门外看去。

"进来！"紫宸殿的内书房，没有刘未的旨意，即使是岱山也只能在外面伺候。

只见满脸激动的岱山快步进入了书房，就地一跪，高声说道："陛下，国子监的太学生们叩宫门了！"

什么？

什么！

刘未脸色一沉，刘凌也是错愕。

"怎么回事，为何太学生们要叩宫门？！"

他既没有耽于酒色，又没有任用奸臣祸乱朝纲，为何高祖给予太学生们的特权这么多年都没人用上，偏偏这个时候被用了起来？

"说是如今百官尸位素餐，置百姓与君王于不顾，已经引起了士族的不满。这些太学生联合各地官学、书院的学子，递了血书进来，希望陛下加开恩科，向各州下达招贤令，重新广纳贤士，肃清吏治！"

　　刘未这才知道岱山为何满脸激动。

　　莫说是岱山，就连他都想对天大笑三声了。

　　他大喜过望，满脸快意地笑了起来。

　　"血书在哪儿？快快呈上！"

第四章
福兮？祸兮？

国子监，脱胎于周代的太学，又历经春秋战国时期各国的学宫，方有了如今的格局。

在代高祖刘志之前，这世上根本没有开科取士，官员全靠朝官子弟蒙荫入仕，或是各地举孝廉、举贤达。上位者代代为官，很容易就形成了门阀，致使寒门和士族泾渭分明，朝政也被门阀所垄断，皇帝很容易变成傀儡。

刘家原本也是门阀出身，自然知道门阀之祸，不可不除。加之高祖用人惟才，知道寒门有许多人才，无论是智慧还是能力远胜于士族之人，只是没有学习的机会，便顶住了重重压力，做出了开科取士的创举，使得平民能通过自己的能力来改变命运。

在开科取士之前，国子监便不是什么受欢迎的地方，甚至时兴时废。因为高门大族完全可以靠着父母或门第的关系蒙荫入仕，根本无须考试，也就不需要如寒门子弟一般刻苦读书，学习百艺来谋取晋升。而寒门因为上升无路，即使读书也只能屈为吏胥，很难做官，更进不了国子监读书，普通百姓对读书的欲望和热情就没有那么高涨了，国子监便沦为了闲散士族和纨绔子弟们混日子的地方。

但高祖开科取士之后，大大刺激了各地百姓对读书的追求，进而为了适应科举的需要，地方上的官学、书院、私塾不断发展，原本无以为生的寒门文人也可以通过科举或者授徒来改变自己的生活。加上国子监中，每年都有相当多的人无须经过考试便可以直接进入官僚系统，国子监才真正兴旺发达起来。

高祖开科取士，自然受到了门阀阶级的大力阻挠。事实上，从高祖开始，历经五朝到了刘未当政的时候，科举依旧不能形成常例，而且往往每科只能取几十，甚至十几人，极少加开恩科，根本满足不了朝廷对官员数量和质量的需求。所以除了开科之外，从国子监选取才德出众之士、地方推举贤良等办法，就成了取士的不同手段，相辅相成。

国子监作为制定天下学子读书标准，以及官学的最高管理机构，自然受到了高祖的重视。当年为了表示对国子监的重视，第一届国子监太学生中自然是人才济济，其中有宰相的子侄、朝中百官的子弟、寒门庶子，甚至还有宗亲外戚，可谓是海纳百川。

当年的太学生，被民间称为"潜相"，意为入了国子监，就等于已经踏入了朝廷的大门。"朝为田舍郎，暮登天子堂"的生活引发人们的遐想，使人们对读书更加向往。

代国的国子监创立之初，太学生们由于出身不同，自然摩擦也不少，各种欺凌和不公之事时有发生。高祖为了让学子们不过早学会倾轧和结党营私之道，也是为了兼听则明，便给了太学生们一项特权，那便是叩宫门。

国子监的太学生之首叫作"掌议"，掌议有直入内城的权力，太学生们如对国家律法和皇帝施政不满，或是有极大的委屈，可以联名上奏，由掌议叩宫门向内官递交奏疏，对天子直抒己见。任何被叩宫门的皇帝不得推托、敷衍太学生的请求，必须立刻做出批复。

一开始高祖的想法当然是好的，但是当叩宫门变成一种特权和一件时髦的事情之后，就变得一发不可收拾了。到后来，高祖不停地见着各种异想天开，或是因为鸡毛蒜皮就来叩宫门的学子。

到了最后，在百官的幸灾乐祸下，高祖只好又加设了一条——不到奸臣乱政、皇帝昏聩、朝纲不振的情况下，太学生们不得无故叩宫门，如非情况危急而擅叩宫门者，从此不得入仕。

因为有了"不得入仕"作为皇帝约束的手段，太学生们对叩宫门才没有那么热衷，也谨慎了起来。既然要叩宫门，自然就要抒发对朝政和皇帝的不满，但谁也不能肯定叩宫门的时候，皇帝的情绪如何。又或者皇帝可能小肚鸡肠，虽然见了学生，也做了批复，但是就是不给你入仕了。

再说，皇帝做了批复也不代表就会听你的，说不定就是敷衍，何苦拿自己的仕途去赌？

所以自高祖之后，太学生们很少动用这个特权，不到实在没办法的时候，没人会去叩宫门。每朝的皇帝，往往也拿自己担任皇帝期间，太学生们不叩宫门作为治理国家还算平稳的标志，往往以此自得。

上一次太学生们叩宫门，还是由于惠帝给商人们封爵，以表彰他们在平抑物价、救灾修路上的功劳时，引起了士林的震动。

那一次叩宫门以太学生们大获全胜结束，惠帝从此以后再未对任何商人封过爵位，或者授过官职。那一批封爵的四位皇商就成了代国仅有的几位封爵商人。

刘未宠幸贵妃、子嗣不丰，乃皇帝的私事，太学生们当然不会以这个来抨击皇帝当政不稳，也没有叩过宫门。即使当年刘甘有断袖之癖，也没让太学生们叩过宫门，皆因皇帝的癖好不能够当作治国的弊端。

所以不仅仅是刘未，就连朝中所有的官员都没想到，在这种时候，太学生们居然叩宫门了，为的还是这么要命的事情。

＊　　＊　　＊

方家。

"他们为什么会叩宫门？他们怎么敢叩宫门？"方孝庭脸色铁青，双眼中满是血丝，恨声叫道，"不过是一群什么都不懂的毛孩子，他们绝不会自己做出这种事情来，一定有人在背后指使！"

"父亲，您看，是不是皇帝……"方孝庭的儿子方顺德不安地开口。

"他若看得起这些太学生，也就没有今日了！"方孝庭摇了摇头，"没想到还有人能看出老夫的盘算，竟横插了一手！"

"现在太学生们上议要开恩科，儿子就怕皇帝真的开了恩科，引得其他人不安。"方顺德并不担心皇帝真的能找到替代这些官员的士子，但不代表其他人不会担心。但凡当官的，没有不爱惜自己的官位的。

"就算开了恩科，也要吏部授官才能上任，有什么好担心的？"方孝庭刚刚准备讥笑，突然他脸上的笑容一僵。

同样面色僵硬的还有方顺德。

"父亲，您刚刚才求了致仕……"

方孝庭原以为大局已定，想要抽身以便更好地控制局面的举动，如今竟成了作茧自缚之举！

"不仅如此！"方孝庭寒着脸。

礼部管着科举，因为他称病还家，让刘祁错过了进入礼部历练的机会，这一届的恩科，刘祁怕是插不上手了！

这才是最大的损失！

＊　　＊　　＊

所谓人逢喜事精神爽，虽说不知道这些太学生身后推动之人是谁，此人有何目的，但这个时候国子监的太学生们甩了百官一记巴掌，这巴掌给得实在是太有力了！

所谓人要脸，树要皮，一旦太学生们叩了宫门，很快就会成为全天下的话题。

· 037 ·

尤其是各地的官学和书院，几乎是地方上的喉舌，方党一流原本想要威胁皇帝的罢朝举动，很快就会成为众矢之的。但凡哪里政不通、人不和，大可以把祸水引到这件事上去。

什么？赈灾不力？

不是皇帝不给力，是百官不上班呢！

什么？说好了减免今年的赋税却没见到张榜通知？

不是皇帝不给力，是百官们闹罢工呢！

什么？百姓的日子一天比一天不好过了？

不是皇帝昏庸，是官员们不干活，光拿俸禄，不作为呢！

总而言之，皇帝是圣明的、是勤奋的，都是官员不好！

官员不好，百姓没好日子过，怎么办？

换！

读书的老爷们都说了，民贵君轻，皇帝累死累活，都是为了百姓有口饭吃，凭什么你一个当官的比皇帝老爷还过分！

太学生们叩了宫门，没等一个时辰，皇帝身边的总管太监岱山就请了太学生之首的秦掌议进去。

这位掌议见皇帝反应这么快，也是激动得红光满面，结果他不但得到了皇帝的嘉奖，还带出了皇帝正月初八即开恩科的批复。

这是自惠帝以来，太学生们的又一次大获全胜！

而且这还是最好的机会，吏部尚书抱病，其他官员罢朝，皇帝完全有理由把主持开科的人选把持到自己的手中，包括授官的权力，也能顺手夺回来！

这一届的恩科，将不是方党一流的囊中之物，各地书院的学子们出头有望，他们肯定会前赴后继！

于是乎，这一届的太学生们被天下的学子当作英雄一般，即使京中的百姓在路上见到了身着白衣的太学生，也亲切地喊他们"潜相老爷"，送水送食，恨不得感恩戴德才好。

这样的结果，使得太学生叩宫门的第二天，就有近三分之一的官员销假回朝。要知道官员休假是吏部批复后才能同意的，这么多官员一起罢朝，自然有吏部推波助澜的结果，只要吏部不同意，你病死了也得上朝，否则便是渎职。

但销假就不需要吏部同意了，你病好了就能回朝，吏部能管你退，不能管你回。这么多官员回朝了，可见他们心中也不是十分坚定，担心皇帝一时不管不顾，真顺应"民意"，把他们撂在那里了。

这回朝的三分之一官员中，又有大半是礼部和工部的官员。一旦要开恩科，礼部就要负责主持考试之事，座师是有很大权力的，礼部恨不得人人都争做主考官，这个时候在家称病，傻子才干！

即使方孝庭威逼利诱，也不见得就能强迫得了所有人。

到了第三天，又有一小部分官员回了朝。虽然他们办事依旧不积极，但还是做出了霸定位子不放手的样子。

刘未立刻通过回朝的官员确定了哪些人是方党的死忠，哪些人是为了利益而屈从，又有哪些人是观望着的投机者。

一次叩宫门，就犹如试金石，立刻试出了所有人的立场，这也算是意外之喜。

刘未立刻通过回朝的情况，迅速采取了或拉拢，或排挤，或直接杀鸡儆猴的措施，假戏真做地罢免了几位官员，又对最早回朝的礼部官员进行了嘉奖，亲点他们做了主考官，主持这一届的恩科。

此时方孝庭再想力挽狂澜，已经来不及了。

与此同时，刘凌带着戴良入了兵部，开始跟着雷尚书在兵部中历练，而太医局的李明东也有了一些进展，向皇帝说出了搜集药材的需求。

那一味肉芝实在无处可寻，李明东将主意打到了天师道道魁太玄真人的身上，笃定道门肯定会有此物。

＊　　＊　　＊

紫宸殿。

"太玄真人，这方子如何？"刘未生性多疑，自然不敢随便用药，即使李明东再三保证此药短期服用绝无问题，刘未还是请了精通医理，又无什么利害关系的太玄真人来查验。

不仅如此，那肉芝他确实从未听说过，真要配药，还得仔细搜寻。

太玄真人一拿到这个方子，脸上就露出了诧异之色。

"陛下何处得来这个药方？"

"怎么，这药方有问题？"刘未的脸色一下子就沉了下来。

太玄真人连忙否认："不不不，此八物方乃天师道不传之秘，原本是得道真人兵解之前用以激发潜能之秘，能聚集天地间的元气以为其所用。三四个月内，即使是沉疴在身的人，也能如同常人。如传我掌教之位的前任掌教，便是服用了此药之后，安排好了后事，才安然升仙的。"

太玄真人如此一说，刘未就知道这个药方是做什么的了，他稍微松了口气："如此说来，这药用之不祥……"

临死之前才用，也太晦气了些。

"并非如此，此药对身体的负担不大，只是材料过于稀少，尤其是其中的肉芝和云母，非方士不可得之，凡人穷其一生恐怕只能配上一服，自然是留在最关键的时候用它。"

太玄真人明白刘未想要八物方做什么，所以说得非常明白："这肉芝我泰山宗原有一些，前任掌教养了那蟾蜍四十年才得之，已经用掉了，所以老道也无能为力。"

刘未原还高兴着此药能用，一听到太玄真人说他也没有肉芝，失望之情顿时溢于言表。

"实不瞒真人，如今正是朕最需精神振奋之时，否则也不会用这种虎狼之药，可否请真人再制成一些肉芝？"

闻言，太玄真人笑了。

"陛下，您以为肉芝能随意得之？寻常的蟾蜍，能活十年就已经很难得了，往往养上几百只蟾蜍，一点肉芝都得不到！"太玄真人摇了摇头，"况且现在再制，已经来不及了，唯有一个办法，能以最快的速度得来一些肉芝。"

刘未急忙询问："什么办法？"

"此八物方，既然是天师道的秘药，自然是从元山宗传下来的。我泰山一宗会用此药，皆因开山祖师出自元山山门。如今元山宗的掌教已经继位三十多年，自然留有一服八物方以备自用。虽说向元山宗要这服药有些……咳咳，不过陛下只是要些肉芝，而且也不会白拿，可以从元山宗那边想想法子。"

太玄真人轻笑着说："陛下信任老道，又给泰山宗诸多恩宠，元山宗恐怕眼睛都红了，您这时候向他们要些肉芝，他们必定会双手送上。"

"既然如此，那朕立刻派人快马去元山讨要肉芝。"刘未大喜，"朕要赐他们法衣三千件、法器三百副，以换取肉芝，不知可否？"

"哪里需要这么破费？"太玄真人摸了摸胡须，笑得像一只老狐狸。

"陛下只要手书一封'仙山正宗'，就足够了。"

第五章
历练？ 座谈？

"汪汪汪！汪汪汪嗷！"

"蠢蛋，别叫！"

刘凌尴尬地一拍座下的宝马，脸色羞窘得通红。

绝地不知道主人为什么要打它，委屈地"嗷呜"了一声，垂着头拖着脚在街上走着。

"三殿下的马，倒是有趣得很。"一大早就被兵部尚书派去宫门口迎接刘凌的兵部文书笑着替刘凌化解尴尬。

"这马看着像是汗血宝马。"

"是。"刘凌点了点头，"是父皇御马苑中的汗血宝马，我们三兄弟一人得了一匹，此马名曰绝地。"

皇族的人还真是让人羡慕。

那文书还没资格在内城骑马，凭着一双脚在刘凌身边快步走着，心中不由得感慨万分。虽然那马叫得怪异，但也不让人觉得是什么缺点。

只要是男人，天性中都爱这种自由的生灵。

六部衙门在内城，与皇宫只有宫墙和宫门相隔，每部衙门都占有广阔的土地，内外城和宫城与六部衙门相通的那条路，就以该部的名称命名，譬如面前的这条"兵部街"。

和兵部紧紧相邻的是工部，毕竟兵部武备的督造经常要和工部合作，两个衙门的官员也互相交好，比其他几个衙门要相处得更加融洽一些。

内城只有极少数极受皇帝信任、从开国就一直住在内城的公侯宗室人家，其余大部分地方是京中办事的衙门，人称"官城"。

既然是官城，来来往往的官员也不知有多少，刘凌骑着高头大马，又穿着皇子的常服，但凡脑子不坏、眼睛不瞎的都知道他是什么来头。绝地还未到旁边，官员们就已经恭恭敬敬地避开了。

那文书平日里不过是兵部衙门一个不入流的小吏，靠着好人缘得了这么个差事，狐假虎威了一把，脚步都迈得轻快了一点。

"三殿下去兵部上差？"也有脑子机灵的官员壮着胆子搭讪，混个脸熟，总是没错。

"是，我怕误了点，一过午时就来了。"

"哈哈，兵部下午的点心可难吃了，殿下明日来，要记得自备些点心！"

"无妨，无妨，谢大人提点。"刘凌笑着对马下的官员拱手，"大不了，送作'活人饭'去。"

那官员大概没想到刘凌一个住在深宫里的皇子还知道"活人饭"，微微一怔，再回过神时，这位皇子已经骑着马走远了。

长久以来，人们的习惯都是只吃朝食和晚膳，但对于早上要起早上朝、中午要在宫中轮值、下午又要回衙门办公的朝官们来说，只吃两餐实在架不住。

于是乎，为了体现皇帝对下属的体恤，京中各衙门在正午过后还会准备一餐。这一餐大多是方便边办公边取用又不会掉碎屑的食物，极少会准备汤水，所以一到了冬天，各种点心被冻得硬邦邦的，被各部衙门戏称为"硬餐"。

对于当年大多锦衣玉食、蒙荫入仕的官员来说，硬餐自然是不受欢迎的。但是百姓们对于官老爷们能被国家包一顿伙食都十分羡慕，即使在官员们看来难吃的硬饼、馒头等物，也被百姓们叫作"状元饼""宰相团"，表明这是只有当上官老爷才能吃得上的。

在赐下硬餐的福利时，就有官员们吃不下或是不爱吃这些点心，又怕被御史知道后弹劾自己浪费粮食，便将硬餐包起来由衙门里的差人送出去，发给外城忍饥挨饿的乞丐或受难的百姓，引起一时效仿。

久而久之，送硬餐就变成了一种传统，收到这些食物的人，都叫它们"活人饭"，又叫"皇帝饭"。因为六部和其他衙门的官员加餐的福利是皇帝赐予的，最终却是百姓得了恩惠。

于是每天午时一过，总是有许多无家可归或穷困潦倒的流民早早等在内城入口的城门处，或坐或卧，安静无声。

没有人敢在这里生乱，也没有泼皮无赖会在这里骗官老爷的东西，只有最需要帮助的人，才会聚集到这里来。

走投无路之下的流民，原本应该是最容易生乱的一群人，可因为有了希望，便能和平共处。他们大多数人，都充满感激地熬过了人生中最艰难的一段时间，全靠内城里送来的这些"活人饭"，自己颠沛流离的命运才得到了改变。

这也算是京中的一道景致。

刘凌会知道这么多，是因为刘凌曾经听赵太妃说过景帝时期的轶事。

据景帝时期的《起居注》记载，景帝经常微服私访，在六部下班之前于内城游荡，观察索要"活人饭"的流民有多少。

是人都要脸面，只有衣食无着，实在无以为继，才会出去乞讨，毕竟官府对于流民的管制非常严格，京城恐怕是天底下乞丐和流民最少的地方。

如果天子脚下索要"活人饭"的百姓都开始增多了，那么景帝就会知道国家最近一定出了什么问题，再去查找原因，也算是他自己了解世情的一个独特的法子。

皇帝微服私访，到后来肯定是瞒不住的，知道这件事的人多了，就有京中的官员开始暗中驱赶讨要"活人饭"的乞丐和流民。

景帝知道此事以后，自然是大为感叹，认为他身为皇帝，想要了解外面的事情却如此艰难，可见皇帝高坐在庙堂之上，也有许多力有不及之处。

从知道百姓因他的微服私访而被驱赶之后，景帝便不再去内城溜达了，以免"活人饭"成了"害人饭"。

毕竟，断绝别人的活路是件缺德的事情，景帝不再微服私访，又有百姓和其他性格刚正的官员盯着，驱赶百姓的事情便慢慢绝迹了。

在民间的百姓们看来，当皇帝是天底下最好的一件事。皇子生下来就锦衣玉食、衣来伸手、饭来张口，成为皇帝后又能睡天底下最美的女人，差使天底下最杰出的人才，所有人都要对他俯首称臣。

却很少有人明白，作为一个想要有作为的皇帝，究竟有多难。

刘凌原本也不了解皇帝的责任和无奈。他生于冷宫，长于冷宫，起初对皇位的看法，便是坐在那个位子上的人能随意将别人送去冷宫，又或者可以把一个人宠爱到宫中无人敢忤的程度。

而他对皇位真正的认识，是从幼时起听赵太妃一点一点说着历朝历代皇帝们的往事而建立起来的。

有景帝的欲兼听而不得，如何以军队部署对门阀进行制衡，也有景帝如何求美而被拒，最终养成恋足的毛病。

有惠帝的心算过人，如何设法填补国家财政的空虚，也有惠帝如何锱铢必较，简朴到令人发指。

有平帝的杀伐决断，如何削弱外戚与权臣的实力，也有平帝性烈急躁后缺乏深思熟虑的那些举动对国家带来的灾难。

有时候刘凌听着听着，甚至觉得人生的目标不应该是当皇帝，而是当一个随心所欲的暴君才对。

如此劳心劳力、呕心沥血，其他人还有休沐、辞官和致仕之时，皇帝却不得休息。如此辛劳，做皇帝又有什么滋味？

背负着无数人的命运和未来而活，一有不慎便是生灵涂炭，岂不是人世间最大的一种痛苦？

刘凌一边怀揣着对硬餐的好奇，一边不停地和沿途来往于官道上办差的官员们打着招呼，望着他们充满活力和自信的神色，刘凌也忍不住笑容满面。

这些都是刘凌在宫中看不见的光景。

在宫中，宫人们都是严肃而谨慎的，即使有趋炎附势、阿谀奉承之辈，也向来表现出一种带着小心翼翼的试探。

这并不是一种会让人心情豁达的氛围，有时候刘凌也有些理解，为什么大哥、二哥和父皇会养成一种无法站在别人的角度思考问题的性格。

生活在皇宫里的人，连求这些高高在上的主子为他们想一想的想法都不敢有，他们被这种氛围所感染，变得越来越卑微。

连宫人自己都表现出一种无须当他们是人的姿态，父皇和兄长们又如何会意识到这些宫人是人？

相比起宫内的宫人，宫外的官员们就十分自由了。他们即使有意与他人交好，也是带着快乐和自信与人攀谈的，这种交谈是充满智慧和平等的，让人不由得心生好感。

这大概就是仰人鼻息的奴婢与靠着自己能力生活之人间最大的区别。

刘凌说不上自己喜欢哪一种人。他生来便是皇子，早已经习惯了前者，而未来，他则要慢慢适应和后者的相处之道。他要学会养士，而非驭奴之道。

随着马蹄"嘚嘚嘚嘚"的声音停止，引路的文书在兵部衙门的大门前停下了脚步。

皇帝派出两名侍卫保护刘凌，又有刘凌身边差用的王宁和侍读戴良作为随从，一行五人还未站定，便有兵部的两位侍郎迎了出来，亲自接刘凌入部。

"三殿下，对不住，对不住，尚书大人被陛下留在宫中，他嘱咐我等先领着殿下在兵部中走一走，熟悉下环境。再过一个时辰，尚书应该就回来了。"

兵部左侍郎是一位性格爽利的中年人，留着一撮山羊胡子，边笑着让兵部门房的门人牵着刘凌的马去安置，边介绍着兵部的情况。

"兵部有四属，分属四院，中央是兵部上官们的坐班之所，四属分别是兵、职方、驾、库各部，臣先领您去……"

"汪！汪嗷！"

兵部左侍郎滔滔不绝的声音突然一顿，他疑惑地向四处张望："我兵部街上，何时来了野狗？"

"扑哧！"

一旁的戴良实在忍不住了，靠在王宁的身上抖着身子，就差没笑翻过去了。

刘凌摸了摸鼻子，红着脸喊了一声："我那马不爱和其他的马在一起，劳烦单独拴着，喂点豆料。"

兵部左侍郎这才发现发出狗吠声的是一匹马。他的眼睛睁得浑圆，另一边的兵部右侍郎大概是个爱马之人，已经满脸痛惜地叫了起来。

"你给我小心点！那可是大宛马！大宛马！不是你养的那骡子！"

原本还有些紧张和陌生的气氛，因着绝地叫唤的几声，顿时融洽了起来，左侍郎也悄悄松了口气。

他想，这三殿下果然是个好说话的，想来他在兵部历练，也不会给我们添什么麻烦。

右侍郎是个粗人，向来同僚说什么，他就附和什么，心中想的也差不多。

然而没到片刻，他们就知道自己错了。

"啊，原来这就是山河图志！咦，为什么这一大片都是红的？

"原来职方是负责给武将授官的，那以什么标准授官？什么，等我再待一阵子就知道了？那可不行，万一父皇问起我今天学了什么，我该怎么回答？

"哦，原来一般训练是没有真家伙的，都是木刀和木剑，临出阵之前授予兵甲。不可能每个地方都这样吧？难道边关用兵，还千里迢迢地运武备过去？什么，又要我再待一阵子？这不是一句话就能解释完的事吗！"

刘凌装作什么都不懂的样子，恨不得连墙上多个钉子都要问一遍。

他来之前已经寻思过了，装傻充愣肯定不行，要表现出英明神武也不切实际，唯有一副什么都好奇的样子，才能打探到父皇想要知道的消息。

毕竟他是年轻人，平时又不出宫，好奇一点也不算突兀。

他玩"你问我答"玩得不亦乐乎，却可怜两位兵部侍郎了。他们揪胡子的揪胡子，揉眼睛的揉眼睛，满身大汗。

这位皇子，麻烦倒是不麻烦，可架不住是个话痨！

他居然什么都不懂，什么都要问！连吃喝拉撒都要问！

雷尚书，快来救命啊！

他们再也不想带小孩了！

＊　　＊　　＊

刘凌在兵部历练得还算顺利，刘祁这边却是一团乱麻。

和大多是武官的兵部，以及注重实务的工部不同，礼部是六部中公认的最不好待的一个衙门。

吏部是方孝庭的一言堂，你再有才干，不入方孝庭的法眼也是白搭，所以在吏部里混，只有两个字——听话。因为没什么选择，在吏部里混起来也不费心力。

刑部则需要极丰富的刑侦经验，哪怕你有大才，也背完那本厚厚的《代国律》，熟知了各种量刑的案例，不历练个三五年根本不能胜任。所以在刑部里，人人都是擅长某个方面的人才，没有什么大错轻易不会动他们的位子，比如前任刑部尚书，就一直做到了致仕才回乡。在刑部里，人事是固定的，相处起来也容易。

户部则是朝中蒙荫最厉害的地方，几乎是三步一公卿，两步一大夫。人和人之间不能轻易闹矛盾，每个人的背景都很深厚，相处起来也就特别客气。加之户部掌管天下土地、户籍、钱谷之政、贡赋之差，轻易不可出错，使得户部的官员都十分谨慎。

相比之下，兵部直来直往，工部闷头做自己的事，各有各的风格，而礼部的风格就是"文人相轻"。

所谓武无第二，文无第一，礼部掌管吉、嘉、军、宾、凶五礼，管理全国的书院及科举考试，还有藩属和外国往来之事。可以说，随便把礼部的哪个长官提出来，都是一方有名的大儒。

他们之中，有曾在国子监任过司业的学官，也有因为学问做得特别好而被特别提点的，还有通晓其他民族的文字、礼法而出名的，总而言之，就是有学问。

想在这里混，除了人要八面玲珑，还必须有让他们看得起的文采。

刘未的治国风格是注重实务，不重辞赋，薛芳和赵太妃也是一样，所以刘家这三兄弟，除了老大受母亲影响在辞赋方面好些，老二刘祁和老三刘凌都是文辞并不华丽之人。

刘祁刚入礼部，每个见到他的官员都"好心"地考校他的文辞，聊聊他读过什么书，问问他会些什么，直把这个平日里冷傲矜持的皇子问得冷汗连连，眼睛充血。

刘祁在同龄人中已经算是极为出色的了，可考校他的都是什么人？这些都是当朝状元和榜眼的主考官。他是皇子，便是天下同龄人的表率，这一考校完，有些老成的面上没露出什么，可有些轻浮的，对他就有些轻视了。更有甚者，还会背着刘祁窃窃私语。

"这二殿下，学问似乎不怎么扎实啊！"

笑话！在宫中，他可是被人人称赞学问扎实的！三兄弟里，就数他的功课做得最为慎重和认真！

"二殿下那笔字也没什么筋骨，还不如在冷宫里长大没启蒙多久的三殿下，是不是心性不太坚定？"

可恶，给他软毫，却要他有筋骨！干脆用筋骨来写算了！

"他居然说不会赋诗！读史书使人明智，读诗书使人灵秀，身为皇子，必须脱离庸俗，使志向和情操得到陶冶与提升，怎能死读书？没灵气，没灵气！"

他就是俗人，他愿意当俗人行不行！做功课都做不过来了，哪里有闲情逸致去吟诗作对，伤春悲秋！

刘祁是何等骄傲的一个人，何曾被人这样嫌弃过？他差点没跑出去当场翻脸！

还是庄扬波咬着牙死死抓住他的衣袖，才没让他出去给别人下不来台。

原本，礼部和吏部的关系极好，毕竟考完了的进士们等着授官，授出去才能当座师，否则收一个穷秀才做门生，对个人声望和日后的前途一点作用都没有。

在两部关系融洽的情况下，刘祁在礼部历练，怎么也会被给予各种方便。

偏偏现在的情况和之前又不相同，闹出太学生叩宫门的事情后，皇帝加开了恩科。开恩科明显是拉拢礼部、杀吏部威风的事，偏偏礼部这么多官员根本没办法拒绝这样的诱惑，又或者他们早就想找个理由不和吏部同流合污，竟甩开吏部操持起恩科的事情了。

一旦开恩科的情况增多，礼部顺势而起，获得不亚于吏部的重要地位也指日可待，何必处处看吏部的脸色！

在这种情况下，刘祁就变得更加尴尬了。

刘未将刘祁和刘凌送去礼部和兵部，是有着自己的想法的。但他没有想到，原本清闲的礼部，会因为叩宫门加开恩科的事情变得极为繁忙，这样刘祁除了尴尬以外，也确实找不到什么人带他学习历练，倒变得进退为难。

现在，礼部的一部分人在忙着冬祭和来年的春祭，一部分人在忙着过年时各地藩属进贡和回礼的事情，剩下的则全部在忙活明年科举的事情，一下子就把刘祁晾在了一旁，让他成了隐形人一般的存在。

于是乎，这两兄弟进六部历练，人人唯恐避之不及。

兵部对刘凌避之不及，是因为他太能问；礼部对刘祁避之不及，是怕他不太能问。

刘祁比刘凌麻烦就麻烦在他性格高傲，还不愿意先低头去讨好别人。如是这般待了三天，他彻底熬不住了，提了父皇给的出入宫牌的腰，拉上庄扬波就去探望自己"生病"的曾外祖父去了。

＊　　＊　　＊

方府。

"阿公，你怎么……"刘祁望着行走如常的方孝庭，诧异极了。

他最是明白这位长辈的性格，那是行事从来滴水不漏的。

既然他的曾外祖父向父皇报病，以身体不适为由休了病假，那即便是什么病都没有，曾外祖父躺也要在床上躺几个月，绝不会给人指摘的机会。

可如今他气色如常，龙行虎步，哪里有半点虚弱的样子？

是因为他要致仕了，所以无所谓了，还是什么其他的缘故？

"殿下来了。"方孝庭微笑着，没有接刘祁的话，"您今日怎么来了？怎么不在礼部办差？"

方孝庭在礼部也有不少眼线，这样说，自然是故意引起刘祁的不快。

刘祁知道方孝庭是什么意思，可还是抑制不住地吐起了苦水："什么办差，我连礼部尚书房间里的桌子都没摸过！他们一天到晚就让我读书，仿佛我把天底下的书全部读完了就能治国似的！"

"哈哈，对于礼部来说，还真是如此。"方孝庭哈哈大笑，"所以殿下当了逃兵，逃到老臣这里来了？"

刘祁沉默不语。

"殿下，老臣其实并没有什么病，只是陛下如今已经不信任老臣了，老臣再在朝堂上留着只会徒增嫌恶，所以老臣不如在家中闲散闲散。老臣对那个位子也看淡了许多……"方孝庭慢悠悠地说道，"殿下反正也是闲着无事，不如跟老臣下盘棋？"

"我棋力远不如您，何必自取其辱……"

他这几天被虐得还不够吗？琴棋书画都被考了，就差没问会不会卖艺了！

"那就让您执黑，老臣再让您五目！"

方孝庭干脆地堵了刘祁拒绝的路。

刘祁无法，被方孝庭引着入了书房，上了罗汉床，两人开始了"手谈"。

执黑先手，所以刘祁占据了很大的优势，通常是水平低者执黑，方孝庭又愿意让子，这便是"饶子棋"。

三兄弟中，刘恒最善音律，刘祁最善围棋，刘凌最善书法。刘祁虽然嘴上谦虚地说自己的棋力不如方孝庭，但他执黑又被让了五个子，便自认有八成的胜算，一拿起棋子之后，便不由自主地认真了起来。

他素来就是个对什么都认真的性子，所谓"手谈"，就是用手中的棋子说话，双方一言不发，你来我往。庄扬波年纪小，没一会儿就熬不住了，看着看着，就坐在了罗汉床的脚踏之上，靠着罗汉床，慢慢地睡了过去。

刘祁和方孝庭都没有管他，只是看了他一眼，就继续下棋了。

刘祁一拿到黑子，立刻占据了有利的位置，开始慢条斯理地布局。

方孝庭也是浸淫棋道多年的人，步步紧逼，不肯放弃。

刘祁占据优势的局面保持了很久，他有着有利的地盘，有着可供进退的活"气"，还有随时可以连纵的余地，而方孝庭却只能偏安一隅，保持着自己的势力不被蚕食，再一点点反击。

没过一会儿，刘祁的表情变得越发凝重起来。不知道从什么时候开始，他的优势局面被一点点扭转过来，除了左边的半壁江山，右边已经没有了什么气数，只能往左边尽力一搏，才有胜利的可能。

可等到他真的放弃右边，往左突进之时，方孝庭突然连连变子。右边被堵死的局面原来是个幌子，刘祁在接连"杀"了方孝庭的几个白子之后，右边被堵死的路重新焕发了生机。可此时，左边和右边之间的活路，已经因为刘祁放弃右边的举动被彻底截断。

堵在中间的刘祁进退不得，左边和右边都是活路，却没有办法再和任何一边连成一气，他眼睁睁地看着自己的曾外祖父慢慢收官，将整片江山都吃了下去。

不必一颗颗棋子数，刘祁眼睛一扫，就知道哪怕再让五目，自己也是彻彻底底地将这一局输了个干净。

刘祁连日来频频受到打击，先是在礼部被人小瞧，又在自己最擅长的方面输了个干干净净，加上方孝庭似笑非笑地看着他，让他胸中一股郁气顿时暴起。

哗啦！

暴起的刘祁伸出手去，将棋盘直接掀翻。

无数黑白交错的棋子像是一颗颗星子，瞬间飞散出去，散落于地，发出清脆的响声，世界瞬间倾覆，山河从此倒转……

这一局，再没有回天之力。

随着棋子落地，庄扬波也因这么大的动静惊醒了过来，一头磕在了罗汉床的床沿上，迷迷糊糊地望向刘祁，顿时大惊失色。

只见刘祁捂着胸口，面红耳赤，气喘如牛，他看着地上棋子的表情哪里像是看着什么物件，简直就像是在看洪水猛兽一般。

而一旁的方孝庭像是觉得刺激刘祁刺激得不够似的，慢条斯理地弯下腰捡起棋盘，一边收拾着棋子，一边淡淡地说道："殿下一开始占据优势，又听老臣说让您五子，您心中已经存了必胜的信念，所以开局随心所欲，再没有了平日和老臣对弈时的谨慎。此乃轻敌，这便是大败的先兆，此其一。"

刘祁像见了鬼一样地望着地上的棋子，浑身不住地颤抖。

"诚如老臣所言，您确实占据优势，若是稳扎稳打，步步紧逼，老臣也会十分头疼。然而您却试图一下子吞下整个地盘，顾此失彼，首尾不能相连，前后恍如两人，此乃自大，兵家之大忌，此其二。

"不先想着置之死地而后生，却先行退却另谋他路，置自己曾经的努力和步步经营的棋子于不顾，此乃不仁，此其三。"

旁边的庄扬波听得懵懵懂懂，耳朵里听着的似乎是方老大人在指导二皇子如何下棋，仔细听起来又像是蕴含着什么大道理。他一时间云里雾里，只觉得方孝庭异常高大和神秘莫测，心中油然升起了一种敬畏之情。

庄扬波尚且如此，身为当事人的刘祁会有多么受震动，也可想而知。

随着"其三"被方孝庭说出，刘祁一下子瘫软在罗汉床上，整个人完全没了精气神，只能痴呆呆地仰头看着方孝庭。

"最让人可惜的是……"这位已年近古稀的老大人满脸惋惜。

"其实殿下无论是向左，还是向右，只要能坚持己见，不为老臣自找死路的举动乱了手脚，只认准一条路徐徐图之，最后都能通向胜利。老臣虽截断了您选择的路，但每条路的气数都尚存，可您总记着之前右边送死的那些棋子，每走一步，都瞻前顾后，不愿意再送出一子。"

方孝庭一边说着，一边将地上的棋子捡起了大半，又拿了些棋盒里的棋子，开始一点一点复原刚才的棋局。

"不是我不愿意再送出一子，而是我怕到了最后，虽然赢了江山，可收官之后棋的数目依旧不及您的白子，是以我格外谨慎，不愿意再有任何损失。"刘祁苦笑着，"比起之前执黑又饶子的优势，到了那时，我将再也损失不起了。"

"正是如此。您若有置之死地而后生的勇气，便不会被左边的大好局面所诱惑，左边和右边的大局都不会有失；若您已经选择了放弃右边，那就应该专心经营左边，彻底绝了自己左右兼顾的路，这样无论老臣在右边如何动作，也干扰不到您的决断，反倒该老臣左右为难。"方孝庭意有所指地继续说道，"到最后，您的生路已断，可也并不是没有赢的法子，譬如到了这一步……"他指了指其中几个位置，"您若彻底堵死自己一边的道路，不再想着两边都顾全，臣即使胜了，也是惨胜。别忘了臣和您相比，先天就少了许多优势，还需要饶您几个子。所以即使臣赢了局面，到了收官的时候，但没有终局，谁也不知道胜负究竟如何。"

刘祁到了这时，才真正是面如死灰。

"可您却看着大局将定，一抬手就将棋盘给掀了。"方孝庭摇了摇头，"是您自己先放弃了这盘棋。

"殿下，您的棋并不是臣教的，想来除了您自己的天赋以外，也受了不少环境的影响。老臣确实无病，在家中不过是偷懒躲闲，您即使来老臣的家中，也不比去礼部好到哪里去。"方孝庭见刘祁听懂了他的意思，笑得更加快意。

"向左或向右，一旦选择，便不可再行更改。无论选择哪条路，您都有一拼之力，只是切莫再犹豫不决、瞻前顾后，更不要未战先败。

"这便是老臣，在棋道上给您的教诲。也是一位曾外祖父，对自己从小关心的曾外孙的教诲。"

刘祁的嘴唇不住地颤动着，不知道是因为方孝庭的话，还是因为自己即将要做出的选择。

"臣不需要您侍疾，臣只问您……"方孝庭竟是一点都不把身边的庄扬波放在眼里，"您是继续在礼部历练，还是每日来跟臣学下棋？"

第六章
向左？向右？

刘祁从方府出来的时候，还是失魂落魄的。

这是一种自己所有的努力和价值被人全盘否定后的迷茫，这种打击对于一个骄傲的人来说更加致命，以至于连他身边惯于撒娇卖傻的庄扬波都不敢和他说上一句话，只能默不作声地跟着。

会走到这一步，是刘祁怎么也想不到的。

他和大皇子不同，他的母妃从小并没有向他灌输"你一定要登上那个位子"的想法，所以他的童年虽然并不受什么重视，却过得远没有大哥那般压抑。

但万年老二的经历，有时候也会让他生出一些不甘，这种不甘大概萌发在他发现自己比大哥更容易学会先生教的东西时。

后来老三出生了，对于大哥来说，老三更像是个符号、是个传说，是"我们有个弟弟"这样的证据，但他们却看不见也摸不着老三，更谈不上跟老三有什么感情。

刘祁对于刘凌的态度是很复杂的。

天性希望自己不落于人后的他，自然希望能多一个比自己更小的皇子。但刘凌从小表现出来的懦弱和无能正好是他最讨厌的一种性格，他就隐隐以一种兄长的优越感照拂着刘凌。

在父皇说出为什么把刘凌送进冷宫之后，他就对刘凌产生了一种同情，甚至有了"日后我要对他好点，送他去个富饶的地方就藩"这样的想法。

这是何其傲慢的想法。

下完棋，被曾外祖父劈头盖脸地羞辱一番，刘祁后背惊出了一身冷汗，为自己，也为身边所有人那深不可测的心机。

他开始放手和大哥一争，并且对大哥寸步不让，表现出志在必得的态度，就是从父皇在东宫和他的一番密谈之后发生的事。

大哥并不是个蠢人，从那之后，大哥一定也察觉出了什么，所以也越来越偏激，越来越敏感，越来越疯狂，对他简直有一种刻骨的仇恨。这种悲愤和了然的情绪交织，将大哥逼成了一个活死人。

大哥傻了，刘凌势单力薄，自己又有父皇那般的提示在前，除了偶尔涌上心头的"真的会这么顺利吗"这样的不安，他得意得犹如刚刚在曾外祖父面前执黑一般。

他年纪比刘凌长，原本就有各种优势，更何况刘凌还是个没有野心、性情温和的人。这种温和并非刘凌的伪装，是一种从小生活在没有冲突的地方的坦然，是他和大哥都不具备的豁达，这种性格让他和大哥都非常安心，从未将刘凌当作一种威胁。

直到现在，他都没有将刘凌当作自己失败的原因，非但是他，包括他的曾外祖父，那位老奸巨猾的政客所忌惮的也唯有父皇而已。

谁也不知道父皇这样的性格，上一刻是这样，下一刻会不会就变成那样。也许人人都去争储位，他就谁都不给；不去争的，他反倒看顺眼了。

曾外祖父像是讽刺一般敲打着刘祁："你本来就具有优势，只是你太笃定自己会胜，先将自己摆在了不败之地去经营，一旦局面变化，你就会措手不及。其实无论你选择倒向母族势力，还是倒向你父皇那边，都有获胜的可能。但你摇摆不定，顾此失彼，两方都无法信任你，也没有办法完全为你所用。到最后你只能坐困围城，眼睁睁看着大好的局面被你自己一下掀翻，再也无路可走。"

到了这一刻，他必须做出选择了。

是跟父皇一起，全面肃清朝中的吏治、剪除母族的势力，还是干脆成为外戚势力的一面旗帜，靠外力坐上那个位子？

选择父皇，便是忍辱负重，母子离心，豪赌一场。

选择母族，便是父子反目，兄弟阋墙，孤家寡人。

他的曾外祖父看清了他犹豫不决的本性，逼着他不能再退。无论他选了哪条路，曾外祖父都不会觉得意外。

只是选择了父皇，他就不要再想得到曾外祖父的任何帮助，反之亦然。

一时间，他甚至羡慕起老三来。

老三什么都不需要选择，他只要一条道走到黑就行了。

＊　　＊　　＊

"殿下，这不是回宫的路啊……"

庄扬波有些不安地看了看左右，冬日天黑得早，内城的天色已经泛黑，气氛隐隐有些压抑。

"暂不回宫，我去礼部。"刘祁一抖缰绳。

"礼部？可是殿下，这个时候礼部衙门也快没人了吧？如果回去得太晚，宫门会落锁的！"庄扬波大惊失色，"陛下会生气的！"

"父皇不会生气的。"刘祁冷静无比，"让父皇派出来的侍卫回宫说一声，就说我下午去方府侍疾，耽误了在礼部的历练，今夜宿在礼部翻看卷宗，明日宫门一开，便上朝听政。"

"天啊，殿下您要住在礼部班房？那里什么都没有！您不如住在礼部官员轮值在宫中的班房，也好有个照应。"庄扬波哈了一口气，看着自己呼出的气在渐暗的夜色中凝成一道白雾，他用脚指头也想得出晚上会有多冷。

礼部可不是宫中，谁知道有没有炭盆！

刘祁知道，在这个时候，不管他做得有多任性，父皇都不会降罪于他，因为他需要配合父皇下这一盘棋。

"如果你曾外祖父那里有什么不对的地方，或者联络你要你做什么，你可以先应承下来，但之后一定要告诉朕。"

父皇是故意将自己送去曾外祖父身边侍疾的，曾外祖父也知道这一点。

他们都在逼他，逼他破釜沉舟，逼他壮士断腕。

他们了解他的性格、他的弱点、他的一切，但他不甘心。

他要试一试，难道两边都顾全的路，就一定走不通吗？！

刘祁重新回到了礼部，这一举动自然让所有人都惊掉了下巴。

没有就藩分府的皇子，是不能在宫外留宿的，除非有皇帝的恩旨。眼看着宫门就要落锁，这位皇子没有回宫，重新返回礼部，自然引得礼部衙门里留守的官员们一片慌乱。

其中，有不少正是等着看刘祁笑话的人，有些人甚至开了赌局，赌这位皇子能忍几天。

刘祁下午出发去方府之时，不少人得到消息，都露出了"果然如此"的表情，并对这位皇子的忍耐力更加不以为意。

可是他又回来了！

而且他一回来，就径直去了礼部多年来掌嘉礼、军礼及管理学务、科举考试之事的仪制司，入了放置档案卷宗和历年来殿试结果的档室，再也没有出来。

* * *

仪制司，档室中。

"殿下，您冷不冷？要不要我出去找人要几个炭盆？"

满放着卷宗、书籍和各种资料的档案里阴冷又昏暗，庄扬波觉得自己的两只脚已经木了，完全坐不下去，只能来回跺着脚。

"使不得，使不得，这里满是卷宗，连用的灯都是特制的油灯，明火不能入内，万一燎出几个火星子，这一屋子里的东西就全毁了！"

两个管理目录和负责为案宗入库的小文吏满脸惶恐，连连摆手。

这位二皇子在他们这里留下了，而且大有不想离开的趋势。可这里除了值班巡夜的差吏以外，哪里会有什么大人彻夜苦读？

莫说炭盆，这里就连能歇息的床铺都没有！

刘祁此时正拿着档室里的目录索引找着自己感兴趣的东西，听闻两个文吏的话，一下子抬起头，对着身边的庄扬波满怀歉意道："我只顾着自己找东西，倒忘了你还是个七八岁的孩子，熬不得夜。左右这里是内城，不是宫中，我找两个人送你回家去吧。明日上朝之时，你再和你父亲、祖父一起入宫。"

这两个文吏早就听说二皇子身边的侍读是当朝宰辅的孙子，刑部尚书的独生子，比起皇子，其实凭他的身份更容易得到别人的逢迎。

但他们都没想到这位侍读是个这么小的孩子，还以为庄扬波是刘祁身边的哪个小宦官改了装扮。如今，他们听刘祁一说，才知道这个就是之前让礼部讨议纷纷的宰辅之孙，不禁眼睛瞪得浑圆。

"既然殿下不回去，我自然也不能回去。"庄扬波听着刘祁的话，连忙摇头，"魏坤哥哥曾经说过，我们一入了宫，便是臣子了。哪有自己的主君还在工作，身为臣子的却只顾着自己安乐的道理？"

刘祁听到他的话，忍不住笑了。

"我只是担心这里太冷，您晚上着了风，生了病，就不好了。"庄扬波摸着自己的小脑袋瓜子，眼睛突然一亮，"对了，我有办法了！"

他扭头问两位文吏："你们这里有棉被没有？厚毯子也行！"

"有有有，下官值夜，自然是什么都准备的！还有个汤婆子！"两个文吏连连点头，"殿下和这位小……小……小大人要用吗？"

"什么小大人！"庄扬波噘了噘嘴，"大人就是大人，还什么小大人！"

"是是是，大人要用吗？"

"把东西都拿来吧。"庄扬波老气横秋地指挥着，"殿下是不会让你们白干的，他不会亏待你们的！"

"是是是，就算没有赏，下官也不能让殿下和大人冻着！"

庄扬波模仿着他娘的语气说话，倒把一旁的刘祁逗笑了，心头沉重的压抑感也瞬间减轻了不少。

刘祁环视着身处之地，满目全是书柜和书架，屋子里有一种油墨特有的香气，以及一股难以忽视的霉味。整个屋子里只有正中央这处放着书案和一张巨大的工作台，工作台上堆放着打孔装订用的锥子、麻绳、皮绳和封存绢帛用的竹筒、纸筒等杂物，摆得满满当当。

比起他住着的冷宫和上学的东宫，甚至于在道观里清修的静室，这里的环境很差，脏乱又阴冷。

可就在这间乱糟糟的档室中，埋首于这些卷宗里，刘祁却有了一种久违的平静，一种心灵上的祥和。

他竟不觉得冷，也不觉得苦，更不觉得难受……

等等！

"这些都是什么东西？"刘祁看着文吏们送过来的棉被和厚毯子，眉头皱得死紧。

被子倒是挺厚，只是原本应该是蓝色的被子，因为长年累月使用的关系，一部分隐隐泛绿，一部分已经全然褪色，露出了里面结了块的丝绵。

整个棉被散发出一股难闻的味道，像是食物馊了的气味，又像是泥土的腥气。总而言之，刘祁从小到大锦衣玉食惯了，竟想象不出这是什么味道。

"这是去年上官给蒋文书赐下来的丝绵被，料子是上好的贡缎，里面也是干净的……呃，干净的丝绵……"其中一个文吏有些尴尬地开口，"殿下见谅，我们这里留宿的极少，其他几位大人班房里的棉被，咳咳……"

上好的贡缎？干净的丝绵？

他该感谢自己不像大哥吗，否则他岂不是要吐死？

"殿下切莫嫌弃，并非小的们不爱干净，只是但凡贵重点的料子，洗几次后就会褪色坏掉，丝绵也不再暖和。我等不过是吏胥，上官赐下的东西，一旦有所损毁，实在是天大的不好。"

另一个文吏说道："另一床毯子也是如此。"他指了指另一个原本是米白色，现在已经成了驼色的毛毯，"其实这是上好的毯子，只是太沾灰，既不能暴晒又不能水洗，所以我们就一直这么用着。其实像我们这样的身份，即使给我们好东西，我们也是维护不起的。"他隐隐有些叹息，"是什么样的身份，就用什么样子的东西，即使得了在外人看来的富贵，也是种负担啊！"

"在外人看来的富贵，反倒是种负担吗？"刘祁若有所思地喃喃自语，又抬眼笑道，"你这小吏，倒是挺有想法。"

"您别看蒋文书在这里做个小吏，其实他也是进士出身，只是……"另一个小吏笑着插嘴。

"小江！"被叫作蒋文书的人连忙喝止。

听说蒋文书居然是进士出身，可没有当上官，却成了吏，刘祁也是吃惊不已。

那姓蒋的大约认为自己是沦落到这里的，十分羞愧，满面通红，不想再多说什么。

一旁的庄扬波没注意到其中的暗潮涌动，拿起他们送来的棉被和毛毯，左右看了一圈后，眼泪都泛了出来。

他和殿下何曾盖过这样的东西！

等下次休沐回家，他一定要抱几床好被褥过来！

"你说什么样子的身份，就用什么样子的东西，你的言语中已经有了认命的意思……"

刘祁看着庄扬波手中的棉被，脸上突然升起了认真之色："既然如此，为何上官赐下丝锦、缎被和毛毯等物，你却没有辞而不受呢？"

蒋文书身子一震，似是从没有想过这个问题，思忖了片刻之后，才感叹着说道："一来，我是怕辜负了上官的一片好意，上官不喜。二来，我也未必是真认命了，只是想得越多，伤得越重，索性一开始就不想。可我毕竟努力过一场，一旦得了机会，也想要好好表现。三来，比起裹着麻布葛衣，在寒风中瑟瑟发抖，即使是不可承受之贵重，也自然是接受了更为明智。"

他苦笑着摇头："殿下，说到底，下官也只是一介俗人！"

原来人和人都是一样的，皇子和吏胥，也没有什么不同。刘祁心中感慨良多。

"来来来，听君一席话，比在这档室中翻看卷宗有意思多了。庄扬波，再搬个凳子来，我要和蒋文书好好聊一聊。"

"哦！"

"哪里用得着庄大人搬？下官来，下官来！"

叫作小江的文书十分机灵，立刻去搬椅子了。

"殿下真是让下官受宠若惊……"蒋文书看着面前的凳子，还有一脸为自己高兴的同僚，心中七上八下。

"下官实在是……"

"我久在宫中，对很多事情都不太懂，反倒没有你们看得明白。如今我既然在礼部历练，自然要多学点东西。无奈礼部如今要准备来年的恩科，官员们都忙得很，我也不能给他们添乱，只能自己多看。只是术业有专攻，我毕竟没接触过这些，看是看了，但有许多东西都看不懂。"刘祁一反平日里高傲的性子，虚心向这位吏胥请教起来。

"譬如说，既然你是进士出身，那便是储官之才，为何做了一介文书？"

*   *   *

紫宸殿。

"老二下午去了方家，然后又回了礼部？"

刘未有些错愕地看着面前复命的宫卫。

他抬头看了看外面的天色："现在宫门不是已经落锁了吗？他晚上没有回来，住在哪儿？"

"陛下，殿下说要宿在礼部。他说下午去了方府，耽误了在礼部的历练，晚上应该多看看书才是。"

那宫卫也是头疼。

这大概是代国开国以来第一位不愿意回宫的皇子了吧？

老二突然心性大变，难道是在方孝庭那里受了什么刺激，还是他有了什么决断？

刘未沉吟了一会儿，决定先静观其变。

"既然如此……岱山！"

"老奴在！"岱山连忙回应。

"回头在紫宸殿中给老二选两个可靠的伺候之人，再拨点银霜炭、棉被等日常用的东西过去。礼部那群大臣，叫他们吟诗作对行，让他们记得老二还在挨冻受饿却不一定……"

刘祁居然没有受到责备，为什么？！

"陛下慈爱，老奴记下来了，立刻就去办。"岱山有些诧异，怔了一下，但给出的反应很快。

"这孩子，真是胡来。"刘未叹了口气，揉了揉眉角。

"老三这些日子如何？"

"启禀陛下，三殿下还在每天不停地问各种问题，兵部人人对他避之不及。"

一旁负责刘凌安全的宫卫笑着回禀。

"现在兵部的人私底下都唤三殿下'三问殿下'，意思是问话不是一次问一句，是一次问三句。"

刘未摇了摇头，对刘凌的机灵又有了些新的认识。

相比之下，刘祁却像重新走一条很笨的路子，一条勤能补拙、天道酬勤的

058

路子。

难道礼部那些家伙，真的让刘祁感到挫败了？让他知道自省了？

如果真是这样，那倒是他的福气。

只可惜了老大……

刘未越想越是头疼，连忙提醒自己现在不能多思，以免发病，他揉额角的动作也越发快了。

"肉芝的事情如何？"刘未小声问身边的岱山。

"还没消息，不过其他几味药李太医已经全部准备齐了，就等着肉芝送来。"岱山低声回应，"所以陛下，您这阵子千万不要劳神啊！"

"朕明白。"

刘未笑着站起身，左右动了一下，扭了扭脖子。他还没有如何伸展开筋骨，就猛地听得宫中的东南角传出几声浑厚的钟声。

咚！咚！咚！

"哎啊！"

只听得一阵"嘎啦"声后，刘未以一种可笑的姿势僵硬地捂住了脖子，眼睛里满是不可置信。

"陛下请勿多思！"岱山听到这一声钟声就知道不好，立刻跪下来一声尖叫，打断了皇帝的思绪。

满殿伺候的宫人脸上都涌起了各种不安的神色，保卫宫中安全的宫卫们的眼中却是升起了奇怪的神色，他们都有些跃跃欲试。

"朕不多思，朕不多思……"刘未喃喃自语，连连吸气。

也许只是不那么紧急的军报。

东南方向，怎么会是东南方向？！

关中有战事，急报钟明明应该响在东面或北面！

"陛下！"岱山膝行着过去，一把抓住刘未龙袍的下摆，"先召集大臣们入宫，您别多劳神啊！"

"朕没劳神！"刘未回过神来，捂着脖子，面色僵硬地看向岱山，"但朕的脖子扭了！"

第七章
结束？开端？

代国的历任皇帝都明白驿站的重要性，代国境内几乎是每二十里一座驿站，在驿里服役的都是身份低下的驿卒。这些驿卒无论是在烈日之下，在倾盆大雨之中，还是在狂风暴雪中毫无例外地要身背文书袋，匆匆奔驰在驿路上，可谓苦差。

唯有一种驿卒，谁要阻拦，那便是阻者死、逆者亡，这便是手持兵部火符文，背插彩旗的兵部加急快报使者。

兵部的加急快报，是加急公文里最要紧的一种，驿卒过境不但要派兵保护，而且传递公文的速度一旦达不到每天三百里，沿途的所有驿站都要受罚。

如果是紧急的情况，传递的速度甚至达到每天四百里、六百里，更甚者，能够达到每天八百里，也就是常说的"八百里加急文书"。

除此之外，如果到了交战之时，为了避免有人半路截取军报，往往会派出几人甚至十几人各携带一份文书，以防万一。驿卒每到一个驿站都有记录，想要完全隐瞒某个消息，是不切实际的。

为了让皇帝警醒，即使是他在休息之时也必须马上处理兵部送来的八百里加急文书，高祖还在皇宫的八个方向各设了一座钟楼。一旦入夜送报，宫门关闭，哪个方向的钟声响起，哪个门的宫卫就必须在查验火符之后立刻打开宫门，允许使者直入宫内，送上战报。

八座钟被称作"急报钟"或者"警世钟"，莫说是刘未了，便是平帝刘甘之时，除了边关，都少有战事。急报钟上次响起，还是宫变之后各地藩王入京时候的事情了。

宫中东南边的急报钟一响，现在又是入夜之时，住在外城和南城的百姓听得还不算清楚，可是对于住在内城和东城的官宦人家来说，这声音无疑是晴天霹雳。只要有些见识和权力的，都不可能高枕无忧，纷纷起身等候着宫中皇帝的召见，或是派人出去想法子打探消息。

东南方向，那是荆州、郎州、越州和崖州等州府的方向。除荆州等几座汉人为主的州府外，其余诸州境内土著众多，蛮族和汉民杂居。

因为高祖立下尊重蛮族生活传统的规矩，加之蛮族多住在山林里，而汉人住在平原耕种，双方互不侵犯，所以多年来两方相安无事，就算有些小的摩擦，往往也能在官府的调解下及时得到解决。

刘未一直警惕着关中因旱灾有人造反，或是湖州、扬州等州府因为土地兼并之事而出现动乱，所以他派了心腹注意着关中数州的情况。但他没想到关中没出什么大事，东南方却出了乱子！

战报入宫时，刘祁在内城之中的礼部，与蒋文书聊着士子科举后"有官无缺"的窘迫情况。而刘凌则在东宫中细细整理着自己在兵部的所见所闻，一一记录在案，准备他日为父皇所用。

警钟响起时，两人起先都是一惊，后来意识到发生了什么事，脸色顿时难看了起来。

如今已经是宵禁，两人都不能乱跑，更没有什么关系去打探消息，只能惴惴不安地一直熬到了早上。等快到早朝的时间了，刘凌和刘祁两兄弟早早就到了宣政殿外，向交好的官员一打听……

竟真是东南方的蛮夷部族反了！

由于刘凌是在兵部历练的，所以等他绕一圈回来，消息已经了解得七七八八。毕竟有战报入宫，父皇肯定先召兵部的官员入宫，所以兵部得到的消息也比其他衙门更详尽。

到了这个时候，刘祁也顾不得什么面子了，凑到刘凌的身边就低声询问："怎么回事？是哪几部反了？"

即使是蛮族，也分很多部，从江淮之间，分布于数州，东联寿春，西通巴蜀，南至交趾，分为桂阳蛮、巴蛮、苗蛮、荆州蛮、南郡蛮、豫州蛮等数十支蛮部。

其中荆州蛮的土司向氏一直和朝中多有往来，算是亲汉人的一支，巴蛮、苗蛮则隐居山林之间，极少和汉人往来。

弄清楚是哪一部造反，就能知道很多事情，所以刘祁才有如此一问。

"是南郡蛮和苗蛮，他们杀了荆州蛮的土司向武龙满门，在荆州和豫州反了。"

只见刘凌面色凝重，对兄长也不避讳。

"这下糟了，南郡蛮人多势众，苗蛮人人凶猛，为何这两蛮会和荆州蛮斗起来？"刘祁听闻之后也是大吃一惊，"而且既然是他们内斗，东南守将又怎么会发加急文书？"

"具体的我也不太清楚，似乎是和苗蛮境内的银矿，还有南郡蛮耕种的土地有关。"刘凌突然想起了王七之前所说的粮价暴涨之事，心中不由得升起了一股不祥的预感，站在那里定定出神。

"三弟去了兵部，消息倒是比我灵通多了。"刘祁见刘凌在思考什么，略有些酸意地感慨了一声。

刘凌这才回过神来，摇了摇头："都是些人人都知道的消息罢了。我们虽身为皇子，但对这些大臣来说，却是外人。有些事即使你问了，也不见得就能得到答案。"

他一目十行，记忆力超群，在兵部里翻看各方卷宗，可还是有许多不解之事。人人都说他是"三问皇子"，并非因为他问题多，而是他看得多、记得多，想要知道的事情也就更多，到了不问不行的地步。

只是每个部门都有自己的一些潜规则和小九九，皇子是皇帝一派，除非真有什么利害关系，否则谁会将这些给你答得通透？

刘祁找到两个熟悉礼部情况和卷宗详情的文书小吏，比起刘凌其实还算找对了门路。

在这一点上，刘祁和刘凌几乎是难兄难弟，所以刘祁心有戚戚焉地附和起刘凌的话，然后便眼观鼻、鼻观心地等候着上朝。

没一会儿，礼官来宣百官入殿，所有的大臣迫不及待地进入了宣政殿，等候着皇帝商议昨夜钟声响起之事。

果不其然，今日第一件要讨论的事情便是东南方的战事，只见门下侍郎庄骏和兵部尚书齐齐出列，兵部尚书言明军事，门下侍郎庄骏言明政事，两者互相补充，朝中众臣才明白发生了什么。

这几年江河流域频频受灾，夏季的洪涝延误了秋收，使得粮食稀缺，京中这几年又不赈灾了，连泰山地动都是责令地方官员自己想办法。于是各州互相拆借存粮和租庸，等到秋收之时再还债。几年下来，粮仓已经渐渐没有往年丰盈了。

加之有些官员总是从中获利，虽然是地方官府之间拆借，可还是要加利息和差价，导致秋收之后粮价不减反增，百姓苦不堪言。

好在被称为"关中粮仓"的几个州府一直被皇帝重视，粮仓的粮食充足，也经常协助赈灾，这才没有出现什么大乱。粮价暴涨使得许多商人看出了其中的有利可图，开始纷纷想法子从其他地方搜集粮食。关中、江河所在的诸州粮价都太高，于是他们就把主意打到了南方。

南方地广人稀，但土地肥沃，阳光充足，若算起粮食的平均产量，比其他州还多些。只是南方人少，土地开垦又最费人工，南方住着的大多是土著，蛮族又不善经营，所以南方的粮食一直保持着稳定的价格和数量，并无大增。

商人们看到了其中发财致富的门路，纷纷走了荆州蛮、南郡蛮的路子，开始在南方购置大量肥沃的良田，雇用百姓开垦，然后收取粮食向北方贩卖，或是囤积居奇，以待他日抛售。

南郡蛮还好，他们被汉化已久，已经习惯了耕种。但是南郡蛮大多有朝廷授予的土地，只有极少部分的南郡蛮愿意为别人耕种。渐渐地，这人力就跟不上了。

荆州蛮的土司家族向氏和汉人合作之后，渐渐发现了这其中的暴利，先是让自己的族人去帮助这些商人耕种，后来人手实在不够，就把主意打到了其他蛮部上。

蛮族的生活方式落后，依旧还保有奴隶制，被打败后成为别人的奴隶是常有的事。譬如巴蛮、苗蛮都十分好斗，骁勇无比，部落间常常发生争斗，有时候甚至是满族为奴，或是全族被屠尽。

向氏家族把主意打到这些蛮部上后，就经常挑起各族间的争斗，扶植一批，帮忙斗倒另一批。他们帮助其中一些蛮部获胜后，作为获胜方的部族就将战败部族的人掠为奴隶送给荆州蛮作为感谢。如此一来，荆州蛮就获得了大量的人口，再由汉族的商人将这些人遣往崖州、越州等地耕种。

只是奴隶和佃户不一样，前往崖州、越州的道路上蛇虫鼠蚁丛生，又有毒瘴和各种未知的危险，往往奴隶还未到这两州，就已经死了近半。再加上蛮族不善耕种，日以继夜地忙于田间，又会累死、累病一批，可谓是惨烈至极。

也有些官员发现这种苗头不太好，但高祖立下的规矩便是蛮人治蛮，汉人官员只能提供引导，为蛮人的头领授官、收取蛮人的山林税和其他赋税，而蛮族自己的争斗，汉人不宜插手，只有起了大乱的时候才会派兵镇压。

像荆州蛮挑动其他蛮族争斗之事，就属于蛮族的内务，朝廷可管可不管。有些官员认为这种事不算什么大事，又有些官员受了商人的巨额贿赂，从下到上一起隐瞒，这么多年来，竟没有人发现。

直到今年关中大旱，荆州蛮和商人们的行动变本加厉。加之他们劫掠人口时在苗部所住的十万大山中发现了大量的银矿，为了更大的利益，荆州蛮联合数十个部落屠尽了一支苗部，想要贪下这处银矿。

苗部平时虽然互相争斗，但面对外族时却特别齐心。这支白苗被屠，虽说鸡犬不留，但苗族自蚩尤起便生活在这处土地上，有着许多神奇的本事，在这支白苗被屠尽之前，消息就已经传了出去。

荆州蛮亲近汉人，早就引起了不少蛮部的不满。再加上荆州蛮四处挑起战争，又有这么多年来的斑斑劣迹，三苗立刻暴动，出山向汉人的官员告状，想向汉人的皇帝老爷申冤。

管理苗部的地方官员姓冉，是汉人和南郡蛮的后代，在当地颇有威望，而且处事公允，被当地蛮部亲切地称为"汉人土司"。汉人和蛮人之间要是有了摩擦或有了冤屈，都向他申冤。

这位姓冉的官员听说这事和银矿有关，又涉及这么多年来的一系列复杂干系，自然不敢大意，连日走访当地各蛮部。结果，他还没有搜集到足够的证据，就在去巴蛮诸部的路上被刺杀了。

随从的冉姓护卫也是蛮族人，拼着一口气回到族中，说出动手的是荆州蛮的向氏，就死了。官员被刺自然是大事，当地刺史立刻派人去查，却发现荆州蛮的土司向武龙那段时间没有离开驻地，而且有多位证人，此事因证据不足，便成了无头公案。向武龙也因此逍遥法外，只被当地官府没收了银矿的开采权。

然而这位冉姓官员太有威望，三苗也太过团结，有此血海深仇，又有天大的冤屈，冉姓官员治理之地的蛮部和其他受过压迫的蛮部齐齐反了。他们举着绑了"冉"字的血旗，操起刀枪棍棒，一齐杀向了该州的富商和荆州蛮得势之人的家里。

巴蛮、苗蛮一反，劫掠人口、侵占良田、官商勾结的事情就瞒不住了。东南诸州犹如星火燎原一般，又有长期以来对汉人不满的蛮部从中生事，原本是为冉姓官员报仇的举动，竟成了向所有汉人复仇。

汉族的商人就是这些蛮部首要的复仇对象。汉族的商人在诸州中纷纷遭殃，被屠家灭族、掠尽家财的事情屡屡发生。

事情发生后，当地镇守的武将不敢怠慢，一边组织军队镇压，一边派出有威望的官员去安抚，八百里加急的文书急传入京，希望能平息这场灾祸。

于是便有了昨日急报钟响起的事情。

第八章
足够？不够？

像这种级别的政事，远不是刘凌和刘祁两个小虾米可以插得上手的，即使在文武百官之中，了解南蛮部族的大臣也是寥寥无几。

由于事关南方大局，即使南方没多少人，还是穷乡僻壤之地，也没有一个人会轻视这件事。整个朝中分成了两派，吵了个天翻地覆。

主战的大臣以大理寺卿、兵部尚书和刑部尚书为首。

他们认为，一旦让天下人发现朝廷不能打仗或是对军事不够重视，百姓就会对朝廷彻底失望。如果有了冤屈的人都杀官而起，实在是乱了天下的纲纪，开了一个极坏的头。

主和的是户部、吏部和御史台的大臣。

他们认为南方会乱，事出有因，不是当地官员不作为，而是蛮人治蛮的国策约束了这些官员，使他们束手束脚。加之商人逐利，终酿成大祸。

归根结底，是中原地方的乱摊子影响了南方。南方的百姓和蛮族还是信任朝廷的，不该让南方因此而起战火。所以他们主张以安抚为主，再对荆州蛮加以惩罚，对个别冥顽不灵的部族，再出兵镇压。

在刘祁和刘凌看来，两方说得都有理，好像两种办法都能平息此次的祸事。主战的和主和的两派官员昨夜大概已经私下碰过了头，双方都说得有理有据，甚至有大量的数据支持，莫说是两位皇子了，就连刘未也很是头疼。

对于南蛮部族，还是和他们打交道最多的鸿胪寺和礼部最有发言的权力，遂刘未开始征求鸿胪寺卿和礼部尚书的意见。

"启禀陛下，下官并没有去过这些蛮族聚居之地，鸿胪寺的官员也仅仅是和荆州蛮接触得多些。荆州蛮聪明矫健，和汉人相差无几，但在诸蛮之中，也数荆州蛮最为狡猾，庄侍郎所陈之事，很有可能就是荆州蛮挑起的争斗。"

鸿胪寺卿看了眼自己右手边正在打瞌睡的魏乾，接着说道："不过，我鸿胪寺中有一人曾经入越州数次，又接待过来往蛮族使者数回，陛下询问他，应当更为合适！"

"哦，是哪位爱卿？"刘未好奇地问。

鸿胪寺卿用胳膊碰了碰身边的魏乾，咳嗽了一声："咳咳，正是我鸿胪寺的典客魏乾！"

魏乾昨夜被鸿胪寺卿等人拉去问了一夜南蛮的情况，早上困得眼睛都睁不开了，睁着眼睛都睡得着，猛然被鸿胪寺卿一碰，立刻就地一倒，摔了个大马趴，引得满朝文武官员大笑了起来。

这是御前失仪，说大不大、说小不小，怎么说全看皇帝当前的心情如何。显然刘未现在的心情并不好，他眉头一蹙，就要发难。

鸿胪寺卿也没想到会惹出这么个麻烦，在刘未发难之前急着叫道："魏乾，陛下问你对南蛮是打还是抚！"

魏乾虽然摔倒在地，不过脑子里还残留着前一晚同僚们问的类似的问题，迷迷糊糊地跪坐起身，茫然道："当然要打，你要让蛮族服，说道理是说不通的啊！"

刘未正准备问责魏乾御前失仪的事，结果他来了这么一句，刘未顿时升起了兴趣："金吾卫，把魏典客带出宣政殿吹吹风，等他的脑子吹清醒了再带回殿中，朕有话要细细问他。"

可怜魏乾还没反应过来发生了什么，就有两个膀大腰圆的侍卫把他架了出去，往宣政殿门口一按，那冷风呼呼地刮，吹得魏乾鼻涕直流。

还别说，这效果确实是立竿见影，也不知道皇帝精神不好的时候，是不是也这么吹过自己。

被吹清醒的魏乾立刻明白了鸿胪寺卿给他送了一场什么样的富贵，这对于几乎要没落的方国公府，对于自己弟弟被发往肃州的局面来说，真的是最能翻身的机会了。

他心中十分感激主官对他的照拂。他害怕关键时刻自己出差错，所以虽然已经清醒了，但还是在殿门外多站了一会儿，想好自己等下要说什么，将条理整理清楚，这才返回到殿中。

"魏典客，你这是清醒了？"刘未似笑非笑地问道。

"是，为臣已经清醒了。"魏乾对皇帝躬了躬身子，"陛下适才问臣，究竟是战是抚，臣的意见自然是战！

"蛮人生性倔强强硬，且不知变通，这让他们能保持自己的传统上千年不变，也使得他们很难接受外界的一切。加之他们与我们的语言、文化、生活习惯皆不相同，所以更难沟通。"他侃侃而谈，"不只是对外族如此，他们本族之内也极少有意见相同的情况发生。同族、同胞之间意见不合而大打出手都是常事，要想彻底让对方弄清楚你的意思，只有一个字——打！

"打完了，再跟他们说清楚，输在我手上，就得听我的。这便是蛮族人根深蒂固的思考方式。

"荆州蛮受楚文化影响颇深，生活习惯和语言文化已经和汉人无异。但他们依旧保持着这样的习性，其他诸蛮部族如何，众位可想而知。陛下若想先以抚为主，那是没有用的。此时已经造反的蛮人，不会接受任何安抚，也听不进去任何言论。如果只是安抚，反倒会让蛮人以为朝廷怕了他们，会让他们的血气更盛。"

魏乾对此似乎感触很深。

"但如果你打赢了他们，还对他们抱有该有的敬重和优待，这些直性子的蛮子就会心甘情愿地臣服于你，敬你如天神。"他顿了顿，"当然，既然要赢，就要赢得漂亮，大获全胜，且不能引起太多杀戮，否则哪怕你再怎么优待他们，他们心中也会存着仇恨，就如对待荆州蛮一般。"

"听起来，对蛮族用兵的方法，和对其他地方用兵的方法也没有什么不同。"御史台的一位御史不以为意道，"这不都是废话吗？"

"正因为他们坚守传统和信义，又是一根筋，所以一旦他们对你信服，可能是世世代代都矢志不渝。"

魏乾的眼神十分坚定："昔年大汉代楚而起，楚国三壁皆失，各郡各府闻风而降，大汉得了大半天下。唯有南壁这些蛮族依旧奉楚国为主，战至十不存一，最后躲入深山之中，血脉才得以保存。

"即便如此，这些蛮部在此后数百年中都不奉篡楚者为君。直到汉末大乱，他们甚至还起兵跟着反汉，打的是'为主复仇'的名义，可见他们的忠诚和恒心。

"诸位同僚可能觉得这些人就是头脑僵化的傻子，但臣要说的是，正是因为他们这种性格，东南的蛮族生事决不可姑息。我代国历来对这些异族都十分宽厚，如果这次南蛮的事情处理得漂亮，一劳永逸也许不太可能，但数代之内不起争端却是可能的。"

魏乾看着刘未若有所思的表情，继续说道："此外，商人最是敏锐，我国缺粮，连朝廷都没有办法解决的问题，他们却能另辟蹊径。虽说现在起了大乱，但未必不是给我们一种启发，南方大片土地空旷无人耕种，等安定下来，或迁罪户去安置，或给予政策鼓励迁徙，说不定可解粮荒。"

"好一个魏典客，果然思维敏捷，头脑清醒！"刘未听到最后一句，重展笑颜，"鸿胪寺有你这等人才，何愁蛮族不定！"

魏乾被这么一夸，竟有些忐忑不安，他平日里善言，此时却茫然得像个孩子一般，木讷得连客气的话都憋不出来了。

但刘未最喜欢这种看似精明，实际上没什么花花心思的大臣。于是乎，他对魏乾大为欣赏，不但赐了锦衣玉帛，还给了他在蛮族事务上随时入宫的权力。

这便等于在御前行走了，是大大的美差，可称得上一步登天。

接下来的时间里，便是讨论这仗怎么打，派谁去打，发多少兵。按照魏乾和几个了解蛮族事务的官员的说法，这仗要赢，而且要赢得漂亮，赢得争取人心，不但不能多生杀戮，还得做好安抚工作。

国中多年不打仗了，京中虽有很多武官，但他们都已老迈，经验是有的，谈论起兵法和大局也头头是道。但现在让他们到那山高水远的地方领军，难免会体力不支。

而驻军南方的各地守将虽在身强力壮之年，可要想打得漂亮，还是在那种穷山恶水之间，能力又都差了点。

一时间，刚刚解决的是打是和的问题，反倒变成一件简单的事了。

更重要的是，这领军之人不但得有能，还必须有德，对待异族不能抱有成见。否则打起仗来把蛮部当作猪狗，结下不解之根，就算事后再好好安抚，也是无力回天。

刘未的生性多疑在这时候又表现出来了。

事关军权，现在正处方党全面发难的时候，京官推荐的所有人选刘未都不置可否，生怕被方党钻了空子，掌握住一支军队，日后有力起兵谋反。然而地方上的守军刘未既不熟悉又不能肯定他们的能力，左看右看，竟定不下人选。

皇帝定不下人选，百官们就轮流推荐，兵部也好，军中武官也罢，个个摩拳擦掌，跃跃欲试，就想着夺下这个主将之位。

天下承平已久，武将们无仗可打，都恨不得以一战立下威名，在官途上更进一步。

武将不似文臣，晋升更加艰难，皇帝把军权捏在手上，一直养着他们，却无法凭空给他们送军功。没有军功，武将就不能封侯拜相。到了这个时候，这些武将哪里还顾得上什么同僚情义，一个个在朝堂上争得脸红脖子粗，就差大打出手了。

此事虽紧急，但刘未也不愿意把精兵强将全派出去解决东南作乱之事。到最后，他还是点了军中颇有威望的一位老将领军出征，又命了魏乾作为参赞，带了鸿胪寺五位精通蛮族语言的译官，一起出征。

出于担心士卒水土不服，刘未只给了这位将军一万精兵和随军的将兵五万，又给了他一道兵符，可在南方四州中调拨人马。六万兵甲齐整的大军对上一万乌合之众，刘未思忖着怎么样人都够了。

刘凌和刘祁都对这位将军不太熟悉，但等候上朝时也经常能见到他和其他武将相谈甚欢，显然是个人缘很好的将军，料想他的心性也不会太差。他们心中总算有了些数，父皇选这位将军，大概是因为不用担心他会得罪人。

东南出兵之事确定之后，百官们以为皇帝会说起明年年初开恩科的事情，谁料刘未的手指在御座上摩挲了片刻，做了一个惊人的决定："东南之事，让朕越发觉得如今对待商人有所轻慢。朕欲重新选拔皇商，约束天下商人，平抑物价，诸位爱卿可有什么意见？"

什么？开皇商！

一时间，朝中炸开了锅，其讨论之热烈，更甚于之前对东南战事的讨论。

东南战事虽然十万紧急，但南方蛮部兵甲落后，人数又不多，起不了大乱，王师一至，收服不过是时间问题。

但开皇商就不一样了，皇商就是国家选拔出来的最优秀的商人。也许他们并非一开始就富甲天下，可有了官府的助力，但凡有些能力的，最终都能如当年王、林等数家皇商一般富可敌国。

最重要的是，皇商对朝中大臣的孝敬，远远要比地方官员们的孝敬多。而且官员们拿着这些孝敬还不觉得烧手，但凡皇商存在的时候，官员们都过得很是滋润。

不过，总是有人不愿意重开皇商之路，还没有等其他官员发表意见，吏部的官员就已经跳出来反对了。

"陛下，如今已经不是惠帝时期，重新选拔皇商，绝非一两日能够成事的。现在东南有战事，来年又有恩科，可否暂缓一段时日？"

"朕只是问问爱卿们的意见，自然不是马上就办。"刘未的脸上甚至还能挤出一丝笑容，"好在皇商之事早有前例，户部近期最好上个表，参照先帝时皇商选拔、罢免和惩罚的规矩，定下一个章程。"

"陛下，此事……"

"嗯，此事现在还只是提议，具体的事宜，等户部的章程出来了再行讨论。"刘未轻飘飘地将此事回了过去。

"户部尚书，这件事你先记下！工部尚书，你协助户部尚书订立章程！"

"是！"

"臣遵旨！"

最近吏部官员闹罢朝，礼部从中得了便宜，皇帝为了拉拢礼部，加开了恩科。户部作为一个重要的部门，却没有得到什么重视，官员们原本已经有些不满，可就在这个时候，皇帝居然要重开皇商！

历来管理皇商的都是户部，皇帝要重新选拔皇商，根本绕不过户部。昔年天下的商人为了赢得盐铁专营的权力，挤破头也要走户部的路子，那时候户部的人简直是横着走、吃得撑，谁人不羡慕？

至于让工部协助，是因为交由皇商经营的盐、铁、铜等矿产和井田都归于工部之下，由什么样规模的皇商获取哪几座矿产和盐田的经营权，则是工部进行审查，看这家商号有没有开采的能力。

皇帝轻飘飘的一句话，将原本如同铁板一块的吏部和户部就分了开来。人都有私心，户部的官员们但凡有点脑子，都要争破头促成此事，别说罢朝回家了，这个时候你让他休沐他都不会干的。

听到父皇一句话就重新把户部拉拢到了手里，刘祁产生了深深的敬畏之情。

这便是王权，这便是能使人一言生、一言死的权力！

就如同下棋，一开始执了黑子，就坐拥了天下，哪怕你手眼通天，布局数十载，一旦天子警醒，哪怕你再深思熟虑，也可能伸手间，满盘皆覆。

他不知道他的曾外祖父最终想要什么，但曾外祖父真的能敌得过父皇吗？

刘祁精神恍惚，竟没有发现一旁的刘凌长长地呼出了一口气，脸上也浮现出兴奋的神采。

待下了朝，刘祁还有些神思不宁，刚刚走出宣政殿，就被一位宦官请了回去，说是父皇要见他。

待入了殿，那宦官将他引入了一间偏室，只见父皇已经换了一身常服，在屋子的一角逗着几只鸟儿。见他进来，皇帝丢下手中的鸟食，笑着接过岱山递过来的热帕子，擦了擦手，问道："在礼部历练得如何？"

刘祁脸一红，他知道自己被人考问后愤而离开的事情父皇一定是知道了，只能羞惭地道："儿臣不及礼部的大人们，唯有勤奋向学，方能不让父皇失望。"

"勤奋向学是好事，但朕把你送到礼部去，不是让你去做一个合格的礼部官员的。有些迂腐的酸东西，不学也罢。"

看得出刘未的心情很好，连语气都带着几分轻快："明年要开恩科，礼部肯定事多，没人顾得上你。你若真要晚上宿在礼部，最好多添几件衣服。"

"是。"

虽知道父皇会同意他住在宫外，但父皇这么轻易地就同意了，还是让刘祁有些受宠若惊。

等寒暄得差不多了，刘未才像是不经意般问道："听说你昨日下午，去方府看望方尚书了？"

刘祁知道避不过去，暗暗叹了口气，点了点头道："是，儿臣去陪方尚书下了盘棋。"

"哦，下了盘棋，谁输谁赢？"刘未挑了挑眉。

"儿臣棋力不及方尚书……大败。"刘祁闷声道。

"朕在你这个年纪的时候，也下不赢方尚书。"刘未意有所指道，"不过下棋只是下棋而已，赢了输了，也不能代表什么。"

刘祁不好说自己输得差点丧失了斗志，只能低着头受教。

"既然方尚书在府中待着清闲，你便经常去陪他下下棋吧。"刘未似乎无所谓地说道。

刘未的话让刘祁一震，几乎站不稳身子。

"不过正如朕所说，下棋只是下棋，你也别太认真，别真当一回事。"刘未笑着看了儿子一眼，"谁输谁赢，那是在既定的规则之上，你若成了制定规则之人，你想赢就赢，想输就输，你可明白？"

父皇的话比曾外祖父的话不知深奥多少，刘祁似懂非懂，心中如一片乱麻。再见父皇对他挥了挥手，又逗起了鸟儿，他只能半退着身子，在岱山的相送下离开宫室。

父皇的话是什么意思？是放弃他了吗，还是希望自己能够更进一步？

他心头一片空白，迷惑得像是个无助的孩子。

见到他这个样子，一旁的总管岱山在心中叹了口气，好心地开口："二殿下，历来还没有哪位皇子能长宿宫外的。陛下对您如此宽爱，定是希望您能早日成才，为陛下分忧，您可千万不要让陛下失望才是啊！"

岱山如此一说，刘祁立刻清醒了过来，连忙对岱山的提点道谢，脸上的迷茫之色也褪去了一些。

怎可又被他人的言语所迷惑！你不是已经决定了该走的路吗！

刘祁甩了甩头，看着眼前层楼叠榭的宫阙，深深地呼出了一口气。

下了朝，刘祁先回了趟东宫，让庄扬波和身边伺候的宦官收拾了些随身的衣物，还有一些日常所用之物。当他得知父皇已经派人来过，礼部早已经安排妥当后，心中不由得一暖。

徐枫是他曾外祖父的人，以往刘祁对他多有重用。但现在肯定是不如往时了，除了庄扬波，刘祁不准备再亲近身边的任何人。

他回了东宫，安排好一切，想要和刘凌打个招呼，却得知刘凌根本没有回来休息，领了功课就去了兵部，更是不敢浪费一点时间，也学着刘凌领着功课出了宫。

刘祁出了宫，直入礼部。因为有皇帝派来的人送了不少物件，前些日子还对刘祁有些轻慢的礼部官员竟热络多了，连带着负责仪制司档室的两位文书都水涨船高，让上官叫去耳提面命了一番。

刘祁回到礼部，进了档室，让庄扬波先休息一会儿，自己却整理起昨日的所闻所感，开始伏案读书。

"'三千索，直入流；五百贯，得京官。'昨日与小吏闲谈，得知有官无缺之怪状，乃惊骇……"

＊　　＊　　＊

半个月后。

正如刘凌所言，一旦皇帝想要重新选拔皇商，全天下的商人就都会挤破了头想要一步登天。

昔年选拔皇商，是按经营之专项划分，有粮、铁、盐、铜、牲畜、官造器、珍货等十几项，由商人自己呈报。经营的项目最多不能超过三项，得到每一项经营权后，商人都要在户部留下巨额的保金，一旦他们经营国家资产出现亏损的情况，国家就会在保金里扣除相应亏损的部分。

但凡做生意，没有只赚不亏的，这条规矩看起来霸道至极，国家只赚不赔，商人却要承担所有的风险。照理说商人好利，不可能接受这样的条款，其实却不然。

一旦握有专营的权力，以粮食为例，官仓之中的陈粮从此就由负责经营粮草的皇商售出，再根据当时的市场价格重新购置新粮填充官仓。这其中的差价，由户部负责弥补，此曰"收储"。

粮价是有波动的，陈粮购入之时，价格可能十分便宜，抛售到市场上时，陈粮和新粮的价格相差不大。商人可以按之前陈粮购入的价格和新粮购入的价格进行增补，获取差价，得到国家的补偿，这便是一笔巨利。

而从事粮食生意的皇商往往存有大量便宜的粮食，按照市面上的价格售给国家，便可获得巨大的利益。加上陈粮经营的利益、朝廷补上的差价，只每年粮食的买卖，就抵得上以往数年的经营。

朝中补贴差价看似花了钱，但如果是地方上自营官仓，常常有贪墨、以次充好、仓储数量不足等弊病，有时候甚至要花超过市场价格很多的钱，才能补满粮仓。

而陈仓里的陈米往往会以贱价卖出，换取商人的回扣，或是干脆不卖，做假账目，陈米当新米。最严重时，待开仓用粮之时，粮草早已经发霉，不能再用。

有了皇商之后，这种事情就被很好地杜绝了。皇商是要经营的，断不会让官仓里的米留置到不能出售的地步。他们为了赚取差价，也会按时督促各地官仓改换新米。

因为经营被垄断了，其他商人贿赂官员或者走通门路以谋粮草就成了不可能的事，效率也变得高起来。

再加上有时候为了平抑物价，朝中特许皇商提前以官仓的粮草进行抛售，待粮价平抑后再补充。这种消息属于商人们最需要的信息，往往皇商们在还没有开始启动平抑之前，就把手中囤积的粮食大量售出，等朝廷平抑物价之后，再用低价购回，获利巨大，且没有风险。

除了粮食以外，盐、铁、马匹、牲畜等项亦是如此，所以商人们才会甘愿吃亏许多，来获取这皇商的权力。

更别说一旦成了皇商，他们在社会上地位也就提升了。

商人原是贱籍，不能参加科举，如今摇身一入仕门，子女的婚嫁都会水涨船高，家中子弟也可以读书入仕，不再只能做个不入流的小吏。

惠帝之时，宫中甚至有不少嫔妃是皇商之女。即使是平帝时，也有商家女入宫，使得许多商人一眨眼就成了国丈、国舅之辈。只为了这个，就有许多商户愿意劳心劳力。

户部疯了，工部疯了，天下的商人疯了，东南兴起了战争这么大的事情，竟然一个水泡都没泛起来，就这么无声无息地过去了，也不知气歪了多少有心之人的鼻子。

其中鼻子气得最歪的，恐怕就要属方孝庭了。

* * *

方府。

见到刘祁的眼睛已经闭上了，方孝庭忍不住弹出一颗棋子，惊得刘祁猛然惊醒，茫然四顾。

"该……该我了？"刘祁睁大了眼睛，努力看向面前的棋盘，"我刚刚走了哪一步？"

"殿下一步也没走。"方孝庭放下棋子，嘲讽道，"殿下早上上朝听政，下午陪老臣下棋，傍晚又要回礼部留宿，一翻卷宗就到大半夜，这么连轴转下去，老臣真怕哪天殿下病倒在老臣府中，老臣还要被别人弹劾！"

刘祁这才知道曾外祖父在气什么，揉了揉眼睛，装傻笑道："和您下棋，我所欲也；礼部历练，亦我所欲也。既然都为我所欲，我就只能辛苦一点，想法子两全其美了！"

"想要两全的结果，往往是一头都抓不到。"方孝庭最近有些坐不住了，语气也变得不那么从容了，"您再这样下去，不但得不到什么，到最后，还会被三殿下压上一头。"

他顿了顿，面无表情地说道："听说三殿下，已经在跟着兵部的左右侍郎学着调配粮草了。而殿下，还在礼部抄着过去的文书。"

方孝庭的一句话，彻底撕开了刘祁脸上虚伪的面具，让他的表情渐渐凝重起来。

"您如今已经处处被他压制，想必这位殿下一直以来都在藏拙，现在他得了机会，立刻如鱼得水，崭露头角。"方孝庭自顾自地说着，"您若再不能让百官刮目相看，等你们在六部历练完了……"他冷笑着，"您大概也就可以去就藩了。"

刘祁心中一惊，面上却若无其事，他开口道："那也是以后的事了，眼下还是先顾好我自己的事情。这不是您教我的吗？不可顾此失彼！"

方孝庭没想到刘祁居然会顶他的话，目光一凛，直盯着刘祁不放。

刘祁倔强地抿着嘴唇，没一会儿就败下阵来，先服了软："阿公觉得我该怎么做？"

"您既然选择跟老夫下棋，就该明白，老夫总是希望您好的。"方孝庭抚着胡须，"您下午在老臣这里下棋，晚上在礼部历练，想法没有错，只是做错了。"

"愿闻其详。"

"礼部现在最要紧的，是明年的恩科。恩科一开，各地官员和书院便会举荐有才有德之士入京，这些人往往会找各部的主考官'投卷'，或者向有能力的官员举荐自己。往年礼部和吏部每到科举之前都非常热闹，今年虽然是加开的恩科，至多再过几天，各地陆陆续续来的士子便会齐聚京城，开始'投卷'。"

代国的科举允许"公荐"和"通榜"，即允许名士向主考官推荐有才的人选，称为"荐生"。考生可以将自己的文章和诗词择优编成长卷，投献给达官显贵或名士高人以求得他们的赏识，从而提高自身的知名度和及第机会。

"投卷"对于努力想要进士及第的普通学子来说，即使投了也没什么用。但凡"投卷"的，都是对自身的能力极为自信，直奔着上金殿三鼎甲去的。

要知道皇帝和主考官们点三鼎甲，有时候看的就是此人的知名度，甚至是长相和年龄。每年金殿的殿试，考生们甚至要仔细打扮一番，有的还涂脂抹粉，就是为了让自己看起来更加精神，更容易得到欣赏。

方孝庭见刘祁似乎有些明白了，继续说了下去。

"您和三殿下不同，三殿下从小生长在冷宫之中，虽天赋不错，但毕竟底蕴不够。而您后来虽然去了道观，但从小教授您的都是当世大儒和有名的文士，文之一道上您远比三殿下要出色。您在礼部里历练，自然也会有荐生和有才德的学子向您'投卷'，您若想要有一些名气和威望，不妨在这里下手。"

"虽然我是皇子，又在礼部历练，但并没有这样的权力……"刘祁的话说到一半，突然止住。

方孝庭傲然一笑，见刘祁了然的神情，缓缓地说道："只要老臣还活着，想要得官的士子，便会向您'投卷'，努力得到您的赏识。"

如今他已经闭门不出，想要向他"投卷"的有心人苦无门路，莫说刘祁是皇位有力的竞争者，哪怕他只是一个无权无势的皇子……

就凭每日能够进方府侍疾，他便是天底下最受欢迎的行卷之人。

*   *   *

紫宸殿。

"已经七日了，你可有什么不适？"刘未看着面前为自己试药的宫人，满脸紧张。

试药的宫人是个身染沉疴多年的老宫人，如今已经年近古稀，是刘未精心从宫正司里挑选出的老宫人。

刘未想得很清楚，自己的身体再弱，也不可能比身染沉疴多年的老人还弱。而且这宦官是无根之人，身体比其他人更容易受到药物的影响，但凡这药有一点不对，都应当能够很快地看出来。

这老宫人已经是将死之人，虽说要为皇帝试药，但皇帝保证了他身后的风光，又愿意恩赐他的家人，他也没有什么怨言，此时更不会说什么假话，当下面色轻松地回复着："陛下，老奴从患病以来，从没有像这几日一般，觉得自己是个正常人。不但精神好多了，老奴的脑子也很少像以前那样疼得厉害，只是隐隐有些疼痛，可以忽略不计。"

他头疼已经不是一两天了，他的头风比刘未的厉害得多，他还中了风，手一直在抖。

刘未听了他的话，再仔细观察一番，发现他果真是气色红润，两眼有神，和之前被岱山寻来时形如槁木、面有死气的样子比起来，不可同日而语。

这么一比较，刘未的心中就安定了许多。再加上之前太玄真人和元山宗都肯定过这个方子，李明东配的药也是找太玄真人看过，确认没有动过手脚的，他终于下了决心。

"岱山，把那剩下的八物方拿来吧。"

"陛下，是不是要再等一阵子，再看看他是不是……"岱山谨慎地建议着。

"不用了，药不够了。"

他费尽心思弄来的肉芝，配出来的药先给这老宫人试了一半，剩下来的，只够他用到明年春分过后。

如今局势紧张，恩科在即，东南战事未定，关中粮价暴涨，皇商的选拔也迫在眉睫，他绝不能在这个时候再犯风痹。

若没有旺盛的精力和强健的体魄，他怎么能渡过这个难关？！

三个月的时间，已经足够！

第九章
不行？ 不行也得行

这个冬天，二皇子和三皇子一下子跃入了天下人的视线之中。

不提外界传闻已经成了傻子、被分封到肃州，且已经成亲的肃王，皇帝让二皇子和三皇子一同进入六部历练，已经代表了储君会从这两个儿子中选取。

二皇子在年纪上、经历上无疑都是最合适的，但二皇子身后的方党让人细思极恐，皇帝也对二皇子身后的这股势力颇有忌惮。二皇子最终会不会得到储位，还得看他能不能做到和当年的先帝一般，大义灭亲，以国家为重。

三皇子算是一匹杀出来的黑马。

在三皇子未听政前，人们对于这位皇子的印象就是"冷宫里生，冷宫里长，被奶娘养大，长于妇人之手，九岁才开蒙，大皇子和二皇子的小跟班"这样。寻常官宦人家的孩子都是三四岁就开了蒙，一个九岁才由国子监博士开蒙的皇子，再有能力，积累也不够。

几乎所有人都这么想。

可这并不代表三皇子就不受其他大臣重视。

一个皇子能不能登上储君的位子，有时候并不看他的才干，而是看他是不是符合各方的利益。

对于很多大臣来说，无论是与不是，刘祁一生下来就已经盖上了"方党"的章。这就和老大刘恒一出生就差点被王宰相逼迫着立为储君一般，这是每个后戚家族想要长保权势不得不行的一步。

但刘凌不同，刘凌没有母族，除了一个侍读戴良外，没有亲近的势力。他的年纪尚幼，和他的君臣情义还可以慢慢培养。虽然说也许他的才干不及刘祁，可对于很多想要有所作为的大臣来说，君王的才干越不优秀，就越容易听取他们的意见，他们也就越容易出头。

否则像现在这位陛下刘未，没人能欺瞒得了他，什么事都需要他同意了才能做，一不留神还要掉脑袋，这并不是大臣们希望的相处模式。

但凡是士人，都希望被人所倚仗，希望自己所提出的谏言都会被认真听取和采纳，希望自己能够掌控住朝廷的大局。一旦成为皇帝的老师，有时候比做权臣更加容易受到重视，也更容易青史留名。

所以三皇子刘凌反倒更加受到各方的注意，只是没有人敢大张旗鼓、旗帜鲜明地去支持他。

而对于很多怀念高祖德政的贵族勋臣来说，刘凌那张和高祖十分相似的脸，有时候也起到了很玄妙的作用。

当他用那张脸向你请教时，你若有一点敷衍，就总会油然生出一种负罪感，晚上做梦都能梦到高祖满脸怒容地训斥你。

是人都会对鬼神有些敬畏之心，这种事情发生得多了，大臣们互相一讨论，心里也隐隐有些害怕，对刘凌更不敢怠慢。

这种变化来自于内心，而且羞于启齿，却客观存在，无法规避。

更何况，刘凌有一种先天上的优势，那就是他更符合世人对于帝王在形象上和性格上的要求。

在历代的典籍中，说到帝王的长相，都会有这样一些描述：要么是日角龙颜，要么是天日之表、龙凤之姿，要么是龙行虎步、龙睛凤目，要么是奇骨贯顶、河目海口，等等。

最后大抵都有一句"雄姿杰貌"做个笼统的概括。

总之，帝王之相貌，在于两个字：一个"奇"字，一个"雄"字。

刘未的长相和身高无疑是不合格的，但架不住上一代就剩他了。况且他性格坚毅，气质凌厉，倒也符合"雄"的标准。

但这一代，大皇子太过儒雅，二皇子太过清秀，这些都是贤王良相的形象，不是皇帝的。

刘凌长得像高祖，高祖是已经为帝的人，面相自然是贵不可言。刘凌比高祖的长相更奇，他有一双比高祖更具神光异彩的眼睛和比高祖更加挺直的鼻梁。这从《东皇太一图》里就能看得出来。

刘凌的眼睛很漂亮，约莫是和他那来自西域的母亲有关。而他的鼻梁高挺，这是高祖之母萧氏一族的特征。萧家当年又被称为"凤族"，所以刘凌其实兼具了龙凤之姿。

加上他从小学武，气质和身材都不似两位兄长那般文弱。他的年纪越长，身材越发颀长，而且猿臂蜂腰，体态极为潇洒。

虽说他自己清楚那是学武的结果，可满京城的文臣武将谁也不知道他学过武，还以为他天生就是这副骨架，更是心中生奇。

从古时候起，人们就非常讲究和相信这方面的东西，很多自诩为名士的高门大族或学问不错的大臣，私下里连选婿和选门生都是要看面相的。

当年老三是留在深宫无人知，一旦开始在内城里行走，有些人看到了他的长相和外表，不免就议论纷纷。再加上陆博士等大儒们的推波助澜，刘凌面相"贵不可言"的说法就被传播开了。

陆博士虽不是什么有名的人物，但他结交甚广，国子监中许多精通相书和易学的大儒名士都是他的朋友。在城中，又有结交了三教九流中人王七。他们在闲谈之间，在觥筹交错之际，一个负责在上层从玄学上宣扬，一个在市井集市中以童谣和秘闻的方式将刘凌传得玄之又玄。虽说都不是在明面上宣扬，但有心之人听到了，还是会记住三皇子的名字和长相，先有了个"三皇子不凡"的意识。

这便是广而告之的作用。

这些方方面面的优势汇集起来，立刻让刘凌有了一种无形的力量。这种无形的力量是不能言传的，却又直指人心。

所以，就连方孝庭和其他人也都没有想到，明明两相比较之下怎么样都是刘祁的人品和才干更出色，却似乎让刘凌占了上风。

方孝庭向刘祁说出那一番话，并非为了威胁刘祁，或是逼迫刘祁早早下定决心，而是刘凌所带来的压力已经到了他无法忽视的地步。这位老谋深算的大臣，没有想到一个冷宫里从未被当作一回事的皇子，还能带来这么大的变数。

所谓相由心生，在意识到刘凌有些不同寻常之后，方孝庭很快就怀疑刘凌是皇帝潜藏的一步暗棋，又或者刘凌身后有高人相助。他立刻派出人手去探查，可除了查到陆博士这重关系外，其余的什么都查不出来。

也不怪他查不出来，又有谁能知道刘凌的关系网都在那废弃的冷宫里，在那重重封锁的禁地之中？

"父亲，怎么办？现在外面传得可玄乎了！"方孝庭之子方顺德满脸不以为然，"说他是高祖转世的都有了！真是莫名其妙，高祖要转世，也不会往冷宫里投胎啊！"

方孝庭捻着胡须，陷入了沉思之中。半晌后，他幽幽地说道："其实到了这个时候，谁登上那个位子，对我们来说都没有什么不同了。除非真是高祖转世，否则这一团乱麻的局面，连我们自己都无法处理，更何况那位子上的人？"

方顺德面容一肃，低下头来仔细听着父亲的教诲。

"你弟弟做得很好，现在东南已经乱了。发了兵之后，陛下很快就会发现兵部多年来的不作为和贪腐情况比吏部更甚。"

方孝庭冷笑："他生性多疑，从前对兵部有多信任，现在就会对兵部有多猜忌。这猜忌一旦开了口子，就不可能止得住。你等着，有刘凌难熬的时候。"

方顺德沉默了一会儿，才带着一丝好奇地问道："今年宜君回来过年吗？"

方宜君，是他弟弟的名字，是他一母同胞的亲兄弟，他们相差十岁，从小就很亲近。

由于他父亲所谋甚大，所以他娘去世后，父亲没有再娶。他上面没有亲母也没有继母，家中也没有庶子，只有几个庶妹，早就已经各自嫁人。这个兄弟，便是除了他父亲外和他最亲近的人。

方宜君年轻时游手好闲，不爱读书，有纨绔之气，父亲在外面都宣称自己不喜欢这个儿子，一到成年就把他赶出家门，时人还以为父亲说的是气话。结果到了方宜君成年后，父亲果真既不给他谋官职，也不给他分家产。后来他结交狐朋狗友，斗鸡走狗，花钱如流水一般，顿时成了京中的笑话。

但没人知道，等方宜君渐渐淡出人们的视线之后，这位"浪荡子"便开始借助吏部的人脉操起了经商的营生，并敏锐地发现了商人和商道在国家局势上的作用。于是弟弟和父亲一起，慢慢布下了今日的局。

若说父亲是在朝野间布局的圣手，那方宜君就是天生长袖善舞、一点点掌握庙堂之外力量的天才。

人人都知道他方顺德是父亲的左右手，是方孝庭的长子，他的女儿在宫中为淑妃，他的外孙是这个国家的皇子，所有人都注意着他的一举一动，却似乎忘了他还有个一样"不务正业"的弟弟。

父亲所谋之事，他从一开始就知道，并由衷地为之疯狂。没有人不想坐上那个位子，更何况他的父亲已经年近古稀！

可随着布局一点点被真的实现，且朝着他们既定的目标越来越近，方顺德心中渐渐升起了不安。

皇帝立皇储，尚且不看嫡长，父亲这般虎狼之心的人，真会因为他是长子，便将所谋之位传给他？

他已经不是什么都不懂的小孩了，也不是刘祁那般给点期待就忘了身份的单纯之人。他如今已经是知天命之年，方家又不是什么公侯之家，他想要再进一步，难上加难。而他的弟弟，却正值壮年。

多年来，方宜君在外积攒了庞大又根深蒂固的人脉。而他自己留在京中，唯父亲马首是瞻，虽说也是身份显赫，一呼百应，但有几个人是看在他的面子，而不是方孝庭之子、国舅老爷这样的身份上？

不过，他们方家人最擅长的就是忍，他心中虽然不甘也不安，但依旧忍了下来，一点点蚕食着父亲手中的人脉和权力。如此一来，他日即使他继承不了父亲的家业，至少还能自保，并且放手一搏。

只是听到弟弟的事，他心中总还是有些不悦罢了。

听方顺德提到方宜君，方孝庭的脸上才终于有了些高兴之意，捻着胡须连连点头："他在外奔走辛劳，已经有好几年没回京了。如今形势已经这样，不需要他在外继续冒险，眼见着到年底了，最多再过一个月，到了腊月，他应该就会回京过年。"

方孝庭拍了拍儿子的肩膀。

"你和你兄弟多年没有相聚，应当好好相处，切莫生疏了兄弟间的感情。我已经吩咐你媳妇将南边的院子收拾出来，等他们一家回了京，就住在南边。"

南边是父亲当年未成家住的院子。后来父亲娶了妻，又升了官，祖父做主让父亲住进了主院继承家业，南边就空了出来，当作父母闲暇时小住的地方。

方顺德自己住在东院，西院是他的子女们住的地方。虽然他知道府中只有南院可以收拾出来给弟弟一家住，但是听到父亲将昔年所住的地方给了弟弟，他心中的纠结更多了一点。

方孝庭却没注意到儿子这点变化，接着感慨道："已经到了收官的时候，一点差错都不能出。这次老二回府，我准备让他一点点把家中的财产都转移出去，你也选一个儿子和孙子送出去，我们得做好最坏的打算。"

方顺德闻言一惊："这么快？不是说再等几年吗？现在这关头……"

"皇帝似乎已经知道了点什么，否则不会在这个关头要选拔什么皇商。他毕竟当了这么多年的皇帝，若这点手段都没有，我还需要布局这么久？现在怕就怕他不管不顾，你别忘了他是怎么坐稳这个位子的。"方孝庭的脸上升起后怕之色。

"我可不想我方家步上萧家、薛家的后尘。只要在外面还有子孙，我们所谋之事便仍有周旋的余地。"

方顺德见父亲到了这个关头反倒有些患得患失起来，心中也只能感叹，恭恭敬敬地点头："那我便将珑儿……"

"珑儿愚钝，不堪大用，把琳儿送出去。"方孝庭摸了摸胡须。

"琳儿？可他性格顽劣……"

"你懂什么！他性格顽劣，是因为他主见过人，不肯人云亦云。这孩子心中自有丘壑，你的几个孙子之中，唯有他能够成大器。他已经到了游学的年纪，就以这个名义，把他送出去吧！"

"……是。"

方孝庭向来说一不二，左右都是自己的孙子，又不是到了什么家破人亡的关头，方顺德只是略顿了顿，就依了父亲的主意。

"礼部已经被恩科这根肉骨头引得忘了往日给他们好处的人是谁，户部似乎也已经把自己当成了皇商的主子。如今再罢朝已经没有意义，让他们都各回各位，准备打一场硬仗吧。"方孝庭胸有成竹地笑着。

"开了恩科又有何用？我吏部有官无缺已经不是一两天了，这些人考功名又不是为了一个进士的名声，最后还是得乖乖找吏部。皇商，哈哈哈……"他大笑着。

"皇帝以为这样我就没有法子了？他却没想到宜君这么多年做的是什么。他这个时候选皇商，就是把鱼送到了猫面前，就等着猫下嘴了！"

方顺德面色一凛。

他知道弟弟改名换姓扶植了好几家商号，也有不少的产业，可听父亲的意思，似乎是想让宜君也去争一争这个位子。

积攒了那么多粮草不够，还要把主意打到官仓上面吗？

若弟弟真的得了势……

"告诉下面的人，户部的事情，不必阻拦，关键时候还可以卖个好，要些方便。户部尚书柳思成是个明白人，知道该怎么做。"

"是！"方顺德点了点头，"那二殿下那边，不用帮帮他吗？听说已经有人向他行卷了。"

只要父亲在外传出几声称赞行卷人的话，这些士子就知道向刘祁投卷是最走得通的道，刘祁的威望也会因此提高。

"现在我们明目张胆地帮他，就是把他往与皇帝背道而驰的方向推。不能这样帮……"方孝庭摩挲着腰上的玉带扣，慢慢思索着。

"有了！"他忽然眼睛一亮，大笑着说道，"人人不都说刘凌长得像高祖，是高祖转世吗？皇帝那样的性格，怎么能忍得了这个，你去多找些人，编些歌谣，传得越厉害越好，干脆说刘凌明天就能当皇帝算了。

"对了，还有他的生母，编些其生母失德、淫乱后宫之类的传言。胡女妖媚，天生多情，用此作为她被打入冷宫的原因。有些酸儒就喜欢这种风月之事，保准传得比什么都快。"

捧杀！

失德！

方顺德有些头皮发麻，心中对父亲的狠辣和老练更加畏惧，除了言是，做不出任何其他的反应。

方顺德离开了书房，径直走到院子门口，他的耳边似乎还回响着父亲得意的大笑，这让他忍不住冷汗淋漓。

这样的父亲，真的是他能够抗争得了的吗？

还有那个不知深浅的弟弟……

他正在忐忑不定间，却见一红衣少年被管家引着前来。沿路的下人见到这个少年经过，纷纷半跪在地上行礼，此人正是他的外孙刘祁。

方顺德抬头看了看天色，才发现日已过半，都过了午时。他在父亲房中，竟已经议了两个多时辰。

刘祁也没想到自己会在这里见到外祖父。曾外祖父年纪毕竟大了，许多事情都是这位长辈亲自操持，譬如人情往来，等等。所以外祖父常常不在府中，又因为自己的女儿是妃嫔，他也不能太过干政，如今只领着一个清闲的职务。

不过也没有人会因此小瞧他就是了。

看着外祖父和母亲有七分相似的清秀面孔，刘祁心中不由得升起了一股亲切之感，连忙躬身行了个晚辈礼。

"问外祖父安。"

这其实已经不合规矩了。

方顺德却很吃这一套，有些感动地扶起了刘祁，很自然地问了句："您吃过了吗？"

今日刘祁下朝出宫晚了点，礼部那硬餐他也是吃不惯的，是以真的没吃。他原本想着胡乱忍过去算了，反正方府这里下午也有些点心，结果被方顺德这么一问，就傻乎乎地接了话："没呢，没赶上。"

这祖孙两个一问一答，都突然愣住了，有些尴尬。

这不过是寻常客气的话。

该说是血脉天性，实在掩饰不得吗？

方顺德愣了一会儿后，大概也觉得好笑，哈哈大笑了几声后，摸了摸外孙的脑袋，慈爱地道："可不能让殿下饿着肚子陪家中老父亲，否则就是怠慢了。

"走，和臣一起去用个膳，先填饱肚子。"

* * *

夜晚。

因为最近的事情比较顺利而终于不用通宵达旦的刘未，破天荒地临幸了后宫的妃嫔。

因为八物方，他一直不觉得疲倦，精神也变得十分集中，就连处理公务都前所未有地有效率。

这样的他让身边的舍人们都吃了一惊，毕竟皇帝精神不济，颈椎又有毛病不是一两天了。皇帝突然之间如年轻人一般，除了人逢喜事精神爽，实在也找不到其他原因了。

可皇帝去了唐贤妃宫中，没到下半夜就又回了紫宸殿，根本没宿在她那里，这让不少宫人吃惊不已。

为了第二天上朝精力充沛，皇帝一旦宿在哪里，是很少再回紫宸殿的，第二天都是从后宫妃子的殿中去上朝。

难道唐贤妃做了什么，惹恼了皇帝？

还是皇帝还在思念那位袁贵妃？

*　　*　　*

紫宸殿。

铁青着脸的刘未像是吃了苍蝇一般咬牙吩咐着岱山："去悄悄把李明东唤来！还有太玄真人，让他不要再在皇观中了，从明日起，继续在宫中侍奉！"

"是，可是陛下，您这个时候传诏李明东，是个人都会猜到……"岱山欲言又止。

刘未跺了一下脚，恶狠狠地道："是，是不能这个时候。那就明天下了朝后，让李明东来请平安脉！让他给朕说清楚！"

第十章
官商？皇商？

突然不举，对一个男人来说，是致命的打击。

尤其这男人刚刚准备解决掉自己心头最大的问题，想要大生特生的时候。

李明东当然不知道这是什么情况，他这方子都是按照孟太医的指引配的，自己更是没有用过。当皇帝隐晦地问出来的时候，李明东差点把幕后的孟太医给供出来。

若不是他想着自己那服云母还要靠孟太医继续支持，而且将此事说出去对自己有百害而无一利，恐怕他真就吓得什么都招了。

他只能支支吾吾地说自己也没用过这个方子，只知道此药无害，将刘未气得差点没一个巴掌甩过去。

那试药的老宫人都快七十岁了，又是个宦官，自然试不出这药的副作用，而李明东又语焉不详。刘未不知道自己以后就是这样了，还是只有这个时候是这样，当然又气又急。

等到太玄真人来了，李明东的一条命才算是保住了。

原来这种药是道家所用，讲究的是固精归元，而且一般是弥留之际的人为了交代后事用的，自然是一点精元都不能随意泄掉。而且道门魁首到弥留之际都已经八九十岁了，都快死的人了，谁还会注意这个副作用？所以这其中的副作用也就没有记录过，更没有人知道能不能复原。

太玄真人也只是半路出家，他好打听，身边又有张守静这位真正的嫡传之人，许多秘闻自然是知道不少。但这种事情他也知道得不多，只能从这张道家方子用药的原因上推理出来。

这样的答案刘未自然是不能接受的，可他实在没有什么法子了。送走了李明东和太玄真人后，他一个人呆呆地坐在御座之上出神。

也许这就是他之前轻视那么多没出世的孩子的结果。因为他间接害死了那么多自己的孩子，所以老天爷不愿意再给他孩子了。

刘未的眼皮不自觉地跳动着，心里说不出是失望还是后悔。

老实说，如果以后半辈子无子来换取身体的状态一直这么好，他是愿意的。只是男人证明自己的方法，除了权势以外，男性的能力也是很大的一个方面。

他现在可以无所谓，当后宫开始风言风语，传他不行时，他真的能顶得住这个压力吗？

当年父皇……

他懊恼地捶了御座一记。

如果袁贵妃还活着，以她对他的依赖，自己继续独宠着她，他这种毛病根本不会有人知道的，贵妃可以帮他抵挡掉大部分的闲言碎语。可如今贵妃死了，他虽然喜欢后宫里唐贤妃的品貌性格，可她对自己的忠心却是要打个问号的，他不敢冒险。

难道他要一直表现出勤政爱民、不近女色的样子？

刘未一时间竟有些惶恐。

惶恐之外，刘未又陷入了深深的担忧之中。

如果说他日后不能有孩子了，那刘恒、刘祁和刘凌就成了他不得不确定的人选。老大成了那样，基本与废人无异，就算日后好了，他也不能冒险选一个随时会陷入离魂症的人为王储。

他想把老三送上那个位子，可万一老三英年早逝，没留下子嗣，又或者其中出了什么问题，就只剩老二这个人选了。

老二和老三都不能出事，尤其是老三！

他决不能坐视自己的位子，最后因为他没有子嗣而拱手让人！

不能让别人发现自己……

否则方孝庭和其他有心之人，一定会处心积虑地让他无人可以传承帝位。

"可惜大司命不在我手中。"刘未幽幽地叹了口气，吩咐身边的岱山，"我那药，让李明东想法子再配一些。"

"陛下，这药不是够用了吗？是药三分毒，能少用点就少用点，说不定情势大好，连这么多都用不完呢。"岱山苦心相劝，"太玄真人都说这个用久了，不太好。"

"你不懂。"刘未接受了岱山的好意，但执意如此，"叫李明东多配一点，早日送来。"

泰山宗一门的生死都捏在太玄真人手里，他不会乱说什么，但李明东不一定。此人野心大，脑子又不是很灵光，万一被诈出来什么，就会出大事。

此人不能留了。

"唉，陛下真是……"岱山连连叹气，"身体要紧啊！"

"朕知道你从小看着朕长大，不愿意朕冒险。不过宫里有这么多太医，连太玄真人都说此药没有什么致命之处，你也别瞎操心了。"刘未坚定道，"你去吧。"

"是。"岱山只能一边摇着头，一边出去办差了。

这边太玄真人一离开紫宸殿，就直奔他在宫里被供奉的道观，急急忙忙地找到了小师叔张守静，把皇帝的情况告诉了小师叔。

"你说，要不要把这件事记在道籍之中？若是日后有后人不知道这药有问题，像陛下这般用了……"太玄真人有些担忧，"这是害人子嗣的事情啊！"

"我没听说这药还有这种作用啊。"张守静错愕，"会不会是药本身有什么问题？"

"我看过方子了，绝无问题。"太玄真人摇头，"肉芝是我检查过的，其他七味药我也看过，一点问题都没有。配完药后，陛下也让宫人试过药，我想不出还能是什么原因。"

"陛下这是治标不治本，这一阵子熬过去，身体从极精神变为极糟糕，恐怕会有一场大病。"张守静摇了摇头，"总之他不是长寿之相，你也不要想太多。我们的任务是振兴泰山宗，这位陛下不是长主，我们跟好三皇子就是了。"

"哎，总归受了这位陛下不少恩惠。"太玄真人有些唏嘘，"也是，我们只是道士而已……"

哪里管得了这些改朝换代之事。

＊　＊　＊

第二天上朝之后，从两位听政的皇子，到满朝的文武大臣，都有些吃惊。

除了因为以吏部为首的诸多罢官文臣终于上朝了以外，皇帝的情绪明显不是太好也是一个主要的原因。

这阵子皇帝可谓顺风顺水，前往东南的大军虽然还没有到地方，但兵部已经安排妥当。南方诸地又有训练有素的乡兵，在人多势众又熟悉地形的情况下，一些小乱掀不起多大的风浪来。

礼部为了恩科人人都拍皇帝的马屁，想要谋一个主考官之职；户部的算盘每天打得啪啪响，得到消息的商人蜂拥而来，户部官员每天笑得都合不拢嘴，铆足了劲想要给皇帝一个最好的方案。

二皇子勤勉，三皇子聪慧，他们都被人称赞。今天连吏部一直硬着来的倔头都来上朝了，皇帝为什么还臭着一张脸？这就成了个谜。

不过皇帝不高兴归不高兴，再不高兴还是要理政的。户部尚书强迫着自己忽略掉皇帝今日心情不好这一事实，拿出整个户部殚精竭虑、累得半死做出的方案，开始一五一十地宣读。

整个选拔皇商的过程几乎和惠帝时期一样，先由符合条件的商号自己上报，然后派人核查资格，选取历年来经营得最好的几家，在缴纳过保金之后，授缺一年，算是实习，看看他们能不能胜任。待授缺委任期过了以后，再择优选择合适的皇商。

这整个过程要一到三年，其中的门道更是数不清。这一到三年里，整个户部都能吃得饱，他们恨不得审核的周期越长越好。

刘未却是等不了这么久了。

他的心情本来就烦躁得很，此时见户部尚书洋洋得意，俨然一副将皇商收入囊中的样子，心中更是厌烦。

等户部尚书说完长篇大论，刘未笑着挑了挑眉，点了点头，道："整个章程不错，尤其是选拔诸地商人这块……"

户部尚书心中大喜，笑着回道："谢陛下夸赞，这也是我户部同僚……"

"不过现在粮价暴涨，事急从权，朕不准备花这么长的时间去做这件事，朕需要马上就选拔出皇商来！"

刘未打断了户部尚书的话。

户部尚书的面色一变，有些为难地开口："陛下，即使是选拔各地有资历、有能力的商人，也需要一些时日。马上就选，万一选到了骗子……"

"敢骗朕，就让他满门鸡犬不留！"刘未不见得对商人真的有什么尊重，加上他的心情不好，那一股杀气简直喷薄而出，惊得户部尚书鼻尖冒汗，连连吸气。

"是是是，自然没有人敢骗陛下，臣等也会把好关。只是户部存银事关重大，各地粮储也不是小事……"

看到别人不开心，刘未就开心了。

他不露痕迹地看了一眼刘凌，在刘凌诧异的眼神中点了点头。

"是，正因为皇商之制多年不存，朕也不能拿国家的赋税开玩笑。所以这次选拔的皇商，就先不记在户部名下，先给朕打理朕的内库和皇庄吧。待打理得好了，直接就从授缺到授编，再按照过去的惯例来。"刘未轻飘飘地丢下了自己惊人的决定。

"这不合规矩吧？"户部尚书岂止是冒汗，简直要大哭出来了。

整个户部累死累活，为的就是能捞上一笔，顺便得些政绩。如今皇帝嘴巴一开一合，就把皇商真的纳入"皇"商了。

经营内库和皇庄，那就和户部没半点关系了。户部不可能插手皇商的事情，商人们就会跳过户部这一关，去讨好皇帝。他们肯定会把原本用来打点孝敬朝中大员的财帛直接用在皇帝身上。

这位陛下，比惠帝还狠！自己吃肉，连汤都不让人家喝一口！

"朕自己的内帑，赔了也就赔了，至多不过少置办点东西，少吃几个菜，总比国家损失一大笔银钱好。爱卿这件差事办得不错，户部也确实辛苦了，这个月午膳便加一道点心，从上到下多发三个月的俸禄吧。"刘未心情大好，金口一开，就这么决断了，又笑着吩咐户部尚书，"你等好生挑选出合适的皇商人选，等过完年朕还要亲自接见这些商人，听一听他们准备怎么经营朕的内库和皇庄。"

听到刘未的话，满朝哗然。

"不要嫌有些商人不够财大气粗就把人拒绝了，说不定这些就是人才，只是苦无本钱。"

什么？！

户部尚书眼睛一翻，差点没晕厥过去。

皇帝要亲自接见这些商人？

那户部连最后一点希望也……

不带这么玩的！

＊　＊　＊

不带这么玩的！

同样差点气得掀桌的还有接到消息的方孝庭。

"皇帝说这次挑选的皇商是经营内库和皇庄的？"方孝庭不敢置信地咆哮道，"那他还兴师动众地选拔皇商做什么？随便找几个宦官就能经营！谁敢让皇帝亏本！"

方顺德被父亲吼得满脸唾沫，可一想到自己弟弟的如意算盘恐怕要落空，他就有说不出的高兴。

他强忍着自己想要笑出来的冲动，做出一副失望的表情，说道："正是如此。皇帝应当是为了不让户部插手这一届皇商的选拔，怕是过不了一两年，这些商人还是要经营官银和专营之项的。只是这一两年内，是插手不了……"

"叫宜君不要轻举妄动！陛下生性多疑，多问几句，宜君手底下那些见钱眼开的家伙恐怕就要露馅。这一次皇商选拔之事，就放一放吧。反正我们囤积的粮草也足够多了，谋划不到官仓之事也无伤大局！"

话虽这么说，方孝庭还是气得后槽牙直痒。

最近，他总是不顺，就跟犯了太岁似的。

他心中冒火，像是解释给儿子听，又像是解释给自己听，咬牙切齿地恨声道："不能因小失大！"

"是！"

第十一章
童谣？预言？

兵部。

"三殿下，昨天那些算好了没有？"

一个超大的声音打破了安静的氛围，惊得满屋子的人都放下了手中的东西。

刘凌因陷入了耗费心神的心算之中，对这震天的声音没有任何回应，一只手无意识地在桌子上画来画去，间或在一张纸上记录着一些数字。

兵部右侍郎是个糙汉子，喊过一嗓子后发现刘凌没有回应，向前几步还想再喊，却被一个小个子一下子拉住了胳膊，给拽到了后面去。

拽人的当然是刘凌身边的戴良。

"别叫，别叫，我们家殿下算东西的时候，一吵就会算错！"戴良有些不高兴地皱眉，"让皇子为你们算账就罢了，你们还真把殿下当账房先生了？"

右侍郎这段时间已经见识过了刘凌的出众之处，被戴良这么一挤对，抓了抓后脑勺，委屈地说道："我天生嗓门大，怪不得我啊！"

戴良看了眼刘凌桌子上堆着的案牍，努了努嘴："你看，就剩那么一小堆了，等个一时半会儿就好。"

"那行，我再等会儿。"

右侍郎笑了笑，随手拉过一张椅子坐下。椅子划过地面的时候发出刺耳的拖拽声，引得戴良又是一皱眉。

好在这些都没影响到刘凌。大约过了半个时辰，刘凌将所有的账目算好，丢下笔长舒了一口气，还没来得及活动筋骨，突然眼前就凑过来一颗大脑袋，那络腮胡几乎扎到他的脸上。

"殿下，算完了吗？武库那边的令史已经在催了。"

刘凌往后一仰脑袋，神情僵硬地点了点头，右侍郎脸上喜色更甚，拿过桌上一张明显是核算完毕的书稿："殿下，是这一张吧？那我拿走了。"

"算是算好了，不过最好还是核……"刘凌瞠目结舌地看着已经拿着算簿大步流星离开书房的兵部右侍郎，"核算一下。"

他的性子一直都是这么急的吗？

这种事也是能这么急的？

"殿下，您说这兵部的人做事，怎么都这么奇怪？"戴良有些埋怨地帮刘凌整理着书稿，"您明天就要去祭祀了，今天不让您休息好就罢了，还让您算账！"

"无妨，现在是什么时辰了？"刘凌一站起身，才发现全身酸痛，书房里也黑乎乎的，所以才有此一问。

"宫门快要落锁了，殿下在这里坐了一下午。"戴良有些担忧地看着刘凌，"您还好吧？骑得了马吗？"

"我哪有那么娇气！"刘凌笑着回答，"既然快关宫门了，我们现在就走吧。"

其实以刘凌的身份，可以不必帮兵部做这种事情。算账是书吏之流所为，刘凌亲自算账，算是辱没了他的身份。

但刘凌会这样做，也是没有法子。随着东南出兵之事已定，兵部已经随军调配了足够多的兵甲和武备。可由于是紧急出兵，这些武备的核算和出库账目并没有完全地整理出来，每月大朝之前，必须把这些整理出来以呈御览。

往常这种事，兵部也不是自己计算的，而是从户部调配书吏专门核计，兵部只负责将出库的兵甲和账目计算出的数目对上就行。

无奈今年户部为了皇商选拔之事忙得焦头烂额，就连兵部的事情都再三推脱。兵部尚书也是个暴脾气，在户部发了顿脾气，丢下了狠话，回来就让兵部的几个司自己算了。

这几个司正好都归兵部右侍郎管。

兵部大多是武将任职，说到计算，真没几个精通的。刘凌只不过看着乱糟糟的账目有些忍不下去，随手帮忙整理了一下，这整理一下不得了，马上就被人尽其用的兵部右侍郎给赖上了，开始帮着各司核账。

这种事情其实是非常敏感的事情，但凡精于计算之人，从调配的兵甲、马匹和粮草等数目上就能算出总共有多少人出征，准备作战多久，前方要等多久才能等到粮草，等等。

这些事情在一般人看来就是些无聊的数字，但在军中，也属于机密。若不是刘凌是位皇子，谁也不敢把这种事交给他。

如今离大朝已经没有多少天了，兵部等着交差，所以才对刘凌再三催促，引起了戴良的不满。

"话说回来，殿下居然精于算学，真让人诧异。"戴良有些感慨地说道，"谁能想到一位皇子居然会这个！"

"我也不是精于算学，只是对这个有兴趣，所以比旁人多下了些功夫。"刘凌想起自己在冷宫里被王太宝林逼着学算账，并且被她吼"你想以后被人骗着花一两银子买一个鸡蛋吗"的样子，忍不住嘴角含笑，"没想到兵部居然连会看账的长官都没几个，倒真让我诧异了。"

"那些大老粗……"戴良撇了撇嘴，"莫说看账了，我看他们连说话都有些乱七八糟的。"

"休要胡言，这些都是朝中的大臣，也是各地一级一级选拔出来的人才，你也不会算账，有什么好说别人的！"刘凌笑骂了一句，看着已经近在眼前的宫门，幽幽叹了一口气，"明天要和二哥一起去冬祭，看样子去不了兵部了，希望那些账目别出什么岔子。"

"能出什么岔子？"戴良好奇地问。

"底下吃克扣的情况似乎很严重，我发现要调配一万人的兵甲，却出库了一万五千人的。起先我还以为是怕有损耗或者别的什么原因，后来一问兵部的老人，才知道这是各地的规矩。如果是一万人的武备，须得准备一万三千人的，才足够层层'损耗'，完全装备上一万人。"刘凌沉着脸，"如果加上正常的损耗，须得一万五千套。要是矛尖、箭头等消耗量较大的，要出库得更多。"

对于这一点，戴良却是毫不奇怪。

"这有什么，我家给下面的人发东西，都还要多准备三成才够，管家和发东西的人总要分点好处。这上面要是省了，下面人得不到足够的东西，就该闹事了。这算是另一种优待。细想起来虽然令人恼火，可身为主家，哪里有那么多时间去管有没有面面俱到？还不是靠这些管事的。就当是花钱省麻烦了。"

"这种事上怎么省麻烦……"刘凌摇了摇头。

两人说说聊聊间，一路入了宫，回了东宫，却发现东宫里人来人往，人流如织，还多了许多不认识的新面孔。

刘凌愣住了，和戴良看了一会儿，发现庄扬波不停地跑进跑出，才知道原来是二哥没有在宫外宿下，今日回了宫中。

"明天要从宫中出北郊冬祭，二殿下怎么可能还住在宫外？"戴良了然地说道，"这些恐怕是明日的礼官，差来协助二殿下主祭的。"

刘凌只是陪祭，没有什么要准备的，只要跟在二哥身后洒几杯酒，站上一会儿就行了，无论是念诵祭文还是行祭，都是二哥的事情，所以刘凌有些好奇地看了一会儿这些人，就无聊地回到了房中。

到了第二日一早，天还未亮，紫宸殿里就来了人，生怕刘凌和刘祁误了点似的，一边提醒着祭祀应当注意的事情，一边领着熟练的宫人为两位皇子整理祭服、调配人手。

刘凌自然是很放松的，刘祁却像是被这身祭服压得快要喘不过气来，连连松着颌下的丝带，还十分紧张地走来走去。

到后来，连被吩咐来提点的礼官们都看不过去了，纷纷劝说刘祁先吃些干粮，以免祭祀进行到一半体力不支。这时候刘祁才想起来要吃些东西，连忙派人去取，汤水自然是一点都不敢用的。

刘凌在一边看得直摇头，想到自己要主持上元节的登楼观灯，心中也有些忐忑。就算与民同乐没有主祭这么多的讲究，人却是少不了多少的，可能更甚于冬祭。真到了那时，他说不定还没有二哥镇定。

因为冬祭还要祭祀战死的英灵，所以无论是在祭服上，还是在仪仗上，都比其他几个重要的祭祀要严肃得多。刘凌身上这一身祭服就是黑色的，腰上还有佩剑。

刘祁的个子要比刘凌矮，为了不刺激到这位哥哥，刘凌选择离他远远的。一直到祭祀的队伍从宫中出发，在宫外和文武百官会合一起出了宫，刘凌都没有接近自己的兄长。

无奈皇子的服饰太过显眼，而所有打头之人中只有他和二哥骑着的是神俊不凡的汗血宝马，一出内城，他们立刻就引起了无数人的指指点点。

为了弘扬天子的威严和国家的气势，祭祀的路上一般并不封路，只是派了京中的差吏和禁卫军沿途守卫，以人墙将祭祀的队伍和百姓隔开。在这一天，百姓可以上街瞻仰天子的圣容，也可以看见平日里在朝堂上协助天子治理国家的朝臣们是什么样子的。

街上自然也少不了怀春的少女和看热闹的纨绔子弟。

因为刘祁和刘凌处于队伍的最前头，他们隐约可以听见人群中的议论。

"皇帝呢？皇帝老爷怎么不在？领头的是个毛孩子？"

"什么毛孩子，那是位皇子！听说皇帝得了什么毛病，头吹不得风，就派了皇子来！"

"皇帝老爷生病了？宫里的太医们都是吃干饭的吗？"

"前头的是二皇子，还是后面的是二皇子？怎么看起来后面的个子还高些呢？"

"人也是后面的长得气派些！"

"还有那马！看到没有？二皇子那马一路走一路拉！跟个骡子似的！"

刘祁听到有关骡子的议论，恨不得回身戳刘凌的绝地一记，让所有人听听刘凌那匹蠢马的叫声。无奈今日绝地就像是嘴巴被缝上了一般，不但没发出一点声音，人越多它越是昂首挺胸，显得神俊非凡，让刘祁气歪了鼻子。

相比之下，刘祁的奔霄就是个饭桶，从早吃到晚，也从早拉到晚，就连这时候也不得停歇。

如果说刘祁之前还没有感受到相貌对于人气上的影响，那现在他总算是有了深刻的认识。

而且关于刘凌的讨论还没有过多久，就歪到了其他地方。

"三皇子长得俊是应该的，没听说三皇子的母妃是个胡人吗？听说三皇子的娘进宫的时候，从侍卫到宦官都看呆了，明知那是陛下的妃子，还是找着法子想要接近……"

"这你也知道，你从哪儿听来的？"

"前阵子不是有一大批宫人放出来吗？我听那些放出来的宫人说的。还有更香艳的，你听不听？"

"看到三皇子的脸没有？听上朝的官老爷说，那张脸跟高祖一模一样！你说官老爷怎么知道的？金殿上挂着高祖的画像呢！你说怪不怪，这儿子像老子自然是正常，可隔了五代，还是一样的脸，都说三皇子是高祖转世呢！"

"高祖转世？那三皇子以后不是要当……"

"我看着恐怕像……"

等听到这些，莫说是刘祁了，就连刘凌的脸都黑得要命。两位皇子坐在马上四处张望，只觉得声音从四面八方传来，可真要去寻找声音的来源，却怎么也听不真切。

只是讨论这些的人一定不少，有许多声音还颇大，已经传进了后面一起参与祭祀的百官耳中。

这些官员有的眉头紧皱，有的望着刘凌若有所思，有的满脸气愤，恨不得出去痛斥这些百姓一番。

好在这种混乱没有维持多久，因为有禁军开道，没多久一行人就浩浩荡荡地出了城，直奔北面的郊庙。

刘祁做什么事都十分认真，之前就把整篇祭文背过，此时用读的，更是一点差错都不会有。除此之外，相应的步骤他也做得一丝不苟，不见慌乱，这让许多官员的脸上露出了赞许之色。

刘凌作为陪祭，自然没有多显山露水，中规中矩，总之找不到错处就是了。

一场祭祀算是顺利地结束了，东宫众人都累了个半死，一夜无梦睡到了第二日早朝的时间。刘祁和刘凌从在六部历练开始难得上早朝，两人匆匆忙忙上了朝，脚跟还没有站稳，几道折子就把刘凌惊得呆若木鸡。

"臣弹劾三皇子狂妄无礼，以鬼神之说愚弄百姓！"

"臣亦有奏！昨日冬祭，百官都风闻百姓谈论三皇子有'天子之相'一事，京城的百姓认定三皇子是储君的人选。臣认为其中必有蹊跷，须得细细探查其中的究竟！"

"臣弹劾三皇子妄议朝政，历练未过便插手兵部事务，视兵务为儿戏！"

一时间，三道弹劾接连而至，每一道弹劾的理由都是诛心之言，足以将刘凌打入万劫不复的境地。

但凡是皇帝，没有一个听到这样的言论不会变脸的，就连刘未也不例外。

只见他满脸不悦，冷声开口："三皇子如何狂妄无礼？如何愚弄百姓？如何妄议朝政？诸位爱卿不如细细说说！"

听到刘未支持他们的弹劾，御史大夫立刻面露急切之色地首先奏议道："根据御史台在京中探查轶事的御史回报，如今京城中已经有了不少孩童在街头巷尾传唱童谣，'燕飞来，啄冰凌，逐燕日高飞，高飞上帝畿！'言语中大有影射三皇子问鼎帝位之意。陛下，臣弹劾的奏状在此！"

由于代国传承的是楚巫文化，诸多复杂的自然、社会现象，尤其是具有偶然性、巧合性而又频发的事件往往令人无从解释，童谣和谶语便应运而生。古代一直有人认为，神灵有时会借助童谣或民谣，来向人间暗示未来的吉凶祸福。这种预言性质的童谣，在历代史籍中多有记载。

纵观历史，从有明确文字记载以来，历朝历代都有不少的预言以童谣、诗歌、石碑等形式流传。这些预言往往是以类似于字谜或其他形式让人悟，而不直说。因此往往只有个别人能在事发之前了解预言的真实含义，而大众只能等到事后才明白。

这街头巷尾的童谣说着"燕飞来"云云，听起来莫名其妙，但燕子向来和吉祥的预兆是相连的。"啄冰凌"隐喻的便是刘凌，明白的人一听便知是什么意思。

奏状一送到刘未手中，刘未就不置可否地看了几眼，继续望向其他人："你们又有什么意见？"

刘祁也没想到局势会如此变化，但他心中有数，御史台和今日上奏的几位大臣都是曾外祖父方孝庭的嫡系，今日这件事少不了他曾外祖父的手笔，所以他惴惴不安地看了父皇一眼，发现父皇面无表情，便扭头又看了刘凌一眼。

刘凌一改之前吃惊的样子，抿着嘴唇面色凝重，更兼有一丝疑惑的神色，就是不见慌乱。

听到皇帝的问话，另外一名官员立刻紧跟着启奏："近日来，臣听闻有人以三皇子的长相为由，在朝中及民间传扬三皇子乃高祖转世之言。高祖乃陛下及几位皇子的宗祖，以高祖的名分烘托自己的地位，实乃一种僭越！臣请求彻查此事，找出幕后传出此等说法之人！"

说罢，他的眼睛紧盯着刘凌，眼神中流露出一种"凶手就是你"的深意。

"除了这些，臣还听闻三皇子对户部多有不满之言，更是擅自插手兵部核计之事，未经过兵部其他官员的核算，便将核查的结果呈交中书省。"那官员是一位户部的官员，素有才干，弹劾起此事来，颇有些愤慨之意。

说到这里，皇帝才算是有了点兴趣，"哦"了一声后低头问殿下的刘凌："老三居然已经在兵部理事了？"

刘凌没想到只不过是前几天发生的事情，就已经有各方拿来弹劾了，想来平日里他的一举一动，更是有人一直盯着，心中不由得庆幸他平时没有做出什么不合规矩的举动来。

"前阵子户部事忙，儿臣确实帮着兵部司库核计了一些账目，但并非主理，也没有发表过什么对户部的不满之言。"

刘凌回答得坦坦荡荡："核计账目只是些琐事，并无关紧要，况且按规矩，事后都有主事审计，所以儿臣并没有任意妄为。"

听到刘凌的回答，兵部雷尚书连忙出列附和："确实如此，对户部发表不满之言的并非三殿下，而是老臣。老臣在户部数次申请调拨人手不成，暴脾气一上来，便骂了几句，陛下要罚，就罚臣无状吧！"

"雷尚书，你这脾气三十年不改，再这么下去，你就真要单打独斗了！"刘未脸上没露出什么不悦之色，笑笑便揭过了这件事。

众大臣见刘未还有笑意，便知道户部这官员不但没弹劾成功，还砸了自己的脚，其他两位大臣也相差无几。

果不其然，刘未笑了笑，摇头道："所谓街头童谣，向来是一些语焉不详的话语，像是'啄冰凌'一句，可以说是刘祁的'祁'（冰冷）字，也可以说是刘凌的'凌'字。朕一共就三个儿子，像这种预言，说是你也行，说是他也罢，全是穿凿附会，实在没什么意思。"他又看了一眼刘凌的相貌，露出更加愉悦的表情，"至于老三长得像高祖，既然他是高祖一脉，是刘家子嗣，长得像高祖那也是寻常。什么'高祖转世'云云，如果是真的，反倒是我代国之福。一个人若能和高祖有一样的品行，对天下人而言，不是福气，又能是什么？”

这句话，说得堂下众人齐齐惊诧，刘祁的脸色更是铁青，满是不可置信地望向御座之上坐着的父亲。

刘凌看到二哥这样的表情，心中"咯噔"一下。

刘祁的神色若说是愤怒，不如说是伤心更多一点。

三兄弟中，他和二哥要更亲近一点。可从在六部历练之后，他们两人的接触便越来越少，就算见面也只是点点头而已，感情已经维系得越发艰难了。

按这种趋势发展，他们间势同水火也就是时间问题了。

"不过之前御史大夫说得没错，一时间满天下都是风言风语，绝不是巧合，应该是有心之人故意散布谣言，想要离间朕与皇子之间的父子情谊。京兆尹冯登青！"刘未点起大臣的名字。

"臣在！"冯登青出列，躬身回应。

"朕命你彻查此事，务必细细查探谣言的源头在哪里。"

"是！"

于是乎，一场声势浩大的弹劾，就这么雷声大雨点小地停了，三位递出奏状的大臣没有受到嘉奖，也没有受到责罚，就像是什么都没发生一般茫然地出了宣政殿，大约是没想到这件事就这么被大事化小了。

余下一干大臣，对于皇帝耐人寻味的态度更是议论纷纷。想到皇帝竟然对刘凌的脸和那种童谣都没有太大的意见，心中更是有了些主意。

在这么多人之中，最不甘心的大概就是刘祁了。他昨日主祭没有出分毫差错，百官也都夸奖他风仪有度，他原本想着今日说不定还能得到父亲的嘉奖和肯定，却没想到今天的早朝上大家提都没有提他主祭的事情，却围绕着那些愚民村夫的谣传说事！

曾外祖父真是越老越糊涂了，刘凌平日里根本和"狂妄"二字沾不上边，以这样的理由弹劾刘凌"窥伺皇位"，简直就是谬妄无稽！

下了朝，刘祁愤愤地准备出宫，半路上却遇见了也要出宫的外祖父方顺德。刘祁想了想，破天荒地没有选择避嫌，而是径直在宫外的驻马处牵了自己的马，又叫庄扬波先去礼部等着，这才驱着马跟在了方顺德的马车边。

"三弟被弹劾的事情，是不是阿公的手笔？"刘祁终是没有忍住，靠近马车的窗边，低声问道。

几乎是眨眼间，马车的车窗竹帘被人从里面掀起，露出方顺德的脸来。

他看着满脸不快的刘祁，沉默了一会儿，还是点了点头。

"阿公为何如此做？这样做除了让三弟的声望更高以外，起不了任何作用！"刘祁的神色更为凝重，"而且三弟并无野心，你们找了一群这样的生事之人大张旗鼓，说不定会勾起他心中一丝侥幸，真要相争了！"

方顺德像是看着一个要不到糖的孩子那般，无奈地叹了口气："殿下，不会到了今时今日，您还觉得三殿下温和无害吧？即使我们是从中推波助澜，可绝不是无事生非，市井间确实早有了这样的传言。"

他看着刘祁愣住的表情，继续说道："三殿下也许不想坐上那个位子，难保别人不想让他上去。如果是陛下呢？如果是其他人呢？更何况，今日我们试探一二，原就不指望能将三殿下弹劾下去。"

刘祁缓缓吐出胸中的浊气，冷声问道："那是为了什么？"

"一来是让陛下埋下怀疑和猜忌的种子，二来是为了试探陛下对三殿下的信任有多深。"方顺德为难地摇了摇头，"如今看来，情况不妙啊！"

刘祁原还对方家满腹怨气，听到外祖父的话，顿时愣住了。

"先不提这些，您是臣等的血脉亲人，臣等自然不会害您。倒是殿下，您母妃被幽禁在宫中这长时间，可有什么消息？臣和贱内十分关心娘娘的安危，只是不能入宫探望，实在是心有不安。"方顺德面带愁容地看向刘祁，"殿下有没有……"

刘祁听到外祖父说起母亲的事情，羞惭的神色立刻爬了满脸，半天说不出话来。

自他去礼部历练之后，早上听政，下午在方家和方孝庭探讨些朝政问题，晚上又回礼部学习理政，已有许久没有关心后宫的事情了。

大概是因为父皇应允了他母妃不会有生命危险，之后也可以让她颐养天年，所以他便下意识地忘了母亲还在冷宫中受尽委屈，却对她自己的冤屈一言不发。

如今被外祖父关切的眼神一望，刘祁立刻想起自己在冷宫里的母亲，从脸烧到了脖子，恨不得挖个地洞钻进去。

他几乎是丢盔弃甲一般随便和方顺德寒暄了几句，就借口自己去礼部还有事，匆匆骑着马向内城疾奔而去了。

"还是嫩了点啊。"方顺德收回脸上的愁容，长长地舒了一口气。

"大人，我们现在去哪儿？"马车外的车夫回身询问。

"宜君一家今日回来，估摸着要下午才到。今日下朝下得早，我们索性出城相迎吧。"方顺德的手指在车窗的窗沿上弹动了几下。

父亲既然希望他们兄弟和睦，他就多做一点，反正也无关痛痒，不过是些面子上的事情罢了。

他想要拥有自己的力量，还不能操之过急。

如今父亲还想着宜君能把族中的资产一点点转出去，他得想法子趁机挪一些到自己的手里，这个时候不能和宜君撕破脸。

就怕宜君也把主意打到了刘祁身上。

罢了，左右宜君也翻不到天上去。

"出发吧！"

"是！"

＊　　＊　　＊

冬至过后没多久，东南战事就发生了新的变化，直搅得百姓人心惶惶，兵部人人唉声叹气。刘未即便是吃了秘药，乍闻消息还是头痛得差点跳起来。

被封为"征南大将军"的苏武义，领了一万大军终于到了南方，命了传令官手持皇帝的虎符调遣各地将领率部来见。结果四道十二路兵马，零零散散应召而来的不足三万。

人数不足三万也就算了，这应召来的三万地方乡兵，竟人人兵甲不齐。他们不仅没有兵甲，还是步卒，穿着粗衣草鞋就进了军中，一进军营就嚷着要吃饭、要兵器、要甲胄，什么都要，就是不要操练。

更有甚者，不但自己来了，还拖家带口。这些像是流浪汉一般的士卒自己来当兵，还带了半人高的儿子、发落齿摇的双亲和自家的婆娘一起当兵，口口声声称这些都是入了军籍一直在军中效力的编役，也要一并带上，否则便不出征。

代国的军制，除了边关上世代为兵将的士兵，大多采取的是募兵制。各地根据防务的需要募集士兵，统一由军中操练和指挥，闲时操练，忙时耕种，若有征召，立刻入军。

这样的好处是保证了农业生产，但士兵的素质就全看将领的水平了。而且没有大战时，即使从军也不容易晋升，国家又承平已久，没有多少人愿意当兵，百姓情愿在家种田。

所以为了刺激男儿当兵，军中便有了一种编役，就是当兵后，当地军队可以征召一部分士卒的家属入军充当杂役，譬如厨子、马夫、传令官等。这些人没有粮饷，军队只管他们吃饭。

这原本是为了照顾士卒兼顾家庭的德政，可以让士卒安心在军中当兵，却渐渐成为一种难以根除的陋习。

说到这种陋习，还跟军中普遍吃空饷、拿空头的惯例有关。往往军中上报自己有三千人，而实际上能有两千个人就不错了。

军中但凡有些能力或是钱财的，都为家中的老弱病残寻了几个编役，或是挂了吃空饷的人头，顺带再来个编役。如此一来，就可能变成只有一半的兵丁，却有超过四倍的编役，满营都是老头、老太太、光屁股的小孩和柔弱的女人，也就不奇怪了。

　　像这种一打仗就拖家带口的，战斗力能强到哪儿去？况且为了家小的安全，逃兵的情况也非常严重，根本就是一战即溃。

　　苏武义年轻时是凉州名将，将门出身，从小受到的都是兵家的正统教育。他成年后打了几次胜仗，又有家中余荫，很快就升入京中，成了禁军一名中郎将，也算是赫赫有名。

　　但他在行伍之中混了半辈子，也没见到这种传说中的"兵老虎"。所以当发现应虎符而来的都是明摆着谋兵甲武器、占朝廷便宜的人时，他立刻拿了几个想要看他笑话的地方将领来，拖出辕门外斩了，把人头挂在辕门上，想要杀鸡儆猴。

　　结果这一斩，顿时像是炸了军营一般，不过是一夜之间，三万多来投效的士卒，竟跑了一大半。

　　苏武义得到消息后，命令看守营门的士卒和京中带来的禁卫军阻拦，却被编役们的屎盆子、烂菜、唾沫等物恶心得晕头转向。对方又人多势众，不但没有拦成，还在踩踏中伤了近千人。

　　更可恨的是，这些兵油子走的时候还趁乱牵走了许多战马，搜刮了不少兵甲，苏武义第二天清点武备时，差点没骂娘。

　　那些剩下来的地方军，也不是为了杀敌立功，而是大多在地方上还有家累，不敢跟着一起跑，怕连累族中的人。也有一部分是想看苏武义的笑话，再趁机谋一些好处的。

　　苏武义能打仗，在京中人缘也好。为了在东南战事上打得漂亮，为了以德服人，京中挑选的这位将军是个正人君子，君子遇见这样的事情，没气晕过去就已经是好事，更别说拿出什么手段来了。

　　还是随军过去的鸿胪寺典客魏乾帮着苏武义的几位副将收拢了残兵，清点了损失，又想法子安抚了剩下来的地方将士。只是士气经此番打击之后，一落千丈，恐怕没办法在短期内出兵剿灭叛匪。

　　而且要真把这些兵痞和编役送去和蛮人作战，恐怕还不够蛮人下菜的，不经过操练，实在是用不得。

　　苏武义事后向魏乾仔细询问，才知道他之前杀的那几个将领虽然不是什么大将，但他们手下的士卒全是同族同乡，有的有血缘关系，有的有姻亲之谊，苏武义为了敲山震虎杀了几个敲竹杠敲得最厉害的，结果这些人的同族同乡就不干了。加上苏武义也不像是个识趣的人，他们发财的路被堵了，所以剩下的人煽动了其他人，一下子就跑得没影了。

苏武义还想着去找，却被当地的官员苦笑着制止了。

但凡在当地招募的士卒，往往一出事就逃回家里或乡中。这些人全靠军中蒙荫生活，一人当兵，全家不愁吃穿，举族包庇之下，不但帮着他们隐藏踪迹，有时候还会驱赶官差，不准官差捉拿逃兵。

南方的人数比关中和江河流域的人数要少得多，这些逃兵逃回山中或家乡，军中没有了足额的士卒，只能继续招募。于是这些人再改名换姓，重新出来当兵，如此反复，根本没有办法根治逃兵问题，除非你想当光杆司令。

大军未到战乱之地就停住了，驻地周围的百姓听到军营里有冲杀喊叫之声，第二天当地的医官都被派去了驻地，又有人说军营里少了不少人，立刻就有各种流言蜚语传出，弄得人心惶惶。

可怜苏武义出师未捷先出了大乱，一纸奏疏把兵部那些建议当地征召兵丁的官员骂了个遍，又请求皇帝从京中派出精兵，数量不用多，再来一万就行，足够他去剿匪的。

奏疏中，简直是字字泣血，就差没直接说地方上的将士都是土鸡瓦狗，根本不堪一击了。

刘未原本以为自己掌控天下兵马，坐拥数十万大军，如今一听苏武义所说地方上的士卒都是这样的，而且应召入伍的士卒连甲胄兵马都不齐整，当场就雷霆大怒，宣了兵部所有主事进宫。

也就无怪乎兵部最近人人唉声叹气了。

第十二章
兵老虎？小老虎？

从精兵强将到土鸡瓦狗，中间需要多久呢？

答案是一个月。

一个月前，刘未信心满满、意气风发；一个月后，刘未暴跳如雷、灰心丧气。

苏武义已经是京中公认能打仗、品性好、对名利没有什么野心的将军了。可是一到南方，他就被一群兵油子打击得体无完肤，几乎束手无策。

魏乾呈送回来的奏折说，就是"此地风俗习性异于中原，须非常人行非常手段，方得统御"。

换句话说，就是这里穷山恶水出刁民，当地的百姓还不如蛮族率直诚恳，最好还是换个花花心思多的将军来，治一治这些兵油子。

这就直接打了苏武义的脸，想来魏乾发这封折子的时候苏武义也知道，可他居然没有阻止，可见这位将军已经被打击成什么样子了。

恐怕这位将军已经破罐子破摔了。

到了此时，又有曾经在南方做过生意的商人陆陆续续传出一些消息来，朝中众人这才知道那些商人在南方大肆劫掠蛮人做奴隶耕田，不是没有原因的。在越州、崖州各地，雇用汉人耕种十分困难，而且这些汉人还经常讲各种条件，一旦不能实现，往往一夜之间跑个干净，临走还牵走你的耕牛、糟蹋你田中已经种下的粮食以做报复。

这些地方原本是没有汉人的，迁居过来的汉人不是罪人之后，就是在中原地区实在活不下去的汉人。生活条件的艰苦和资源的匮乏让他们习惯了以自己的能力来解决问题，凡事以自己的福祉为先。很多人不服朝廷教化，更不知皇帝是谁，他们以宗族长老为执牛耳者，聚族而居，举族抱团对抗世道的艰辛。

朝廷对于士卒的各种优待是皇帝控制军队的手段，到了这里，便变成了"有便宜不占就是笨蛋"。皇帝做了冤大头，除了要乖乖养军队，还得养军队上下老小，最郁闷的是，养完了这些人还不给你打仗！

不打仗，养着那么多兵做什么！

也无怪乎刘未这些日子脸色就一直是黑的，朝中大臣们都躲着走。

与此同时，东南的战事越演越烈，已经有商人举家逃回中原，连家财都不要了。而东南也有不少亡命之徒看出了其中的好处，跟随造反的蛮族一起对商人和官府烧杀抢掠、巧取豪夺，甚至为这些蛮人通风报信、站岗放哨。

让这些亡命徒当兵，他们不愿意，将刀子对准自己人却利索得很。要不是许多蛮族之人根本不信任汉人，恐怕蛮人造反的人数会大大多于现在的数字。

此时已经到了腊月，东南一带的战火居然烧了两个多月还未平息，大大地超出了所有人的意料。尤其这动乱的消息还是在祭祀战死者的冬祭后不久传来的，这样的预示更是让人不安。

渐渐地，京中有了些传言，说是因为皇帝没有亲自主持冬祭，只派了个小娃娃出去主祭，所以老天爷才降下灾祸，警醒皇帝。

也有扯到二皇子刘祁主祭时心思不诚，招了天谴的。百姓向来迷信，这一传十、十传百，到了最后，连刘未自己都没办法了，命令太玄真人在宫中重新进行一次小规模的祭祀，他亲自主祭，刘祁陪祭，才压下一部分流言。

一个月前，人人还在笑话户部竹篮打水一场空，户部官员颓丧到恨不得重新罢朝的地步，一眨眼间，就成了兵部人人夹紧尾巴做人，皇帝几乎每天都会把兵部从上到下训斥一顿，兵部的官员也成了朝臣们同情的对象。

相比开始结交今科士子的刘祁，刘凌的日子确实不好过。

*　　*　　*

兵部。

"陛下让我们把历年来各地乡兵的消耗呈交上去，开什么玩笑！"

兵部左侍郎一把拽下官帽，往案桌上狠狠一摁。

"各地乡兵的消耗历来都由各州的刺史和都尉统计，都尉府又不是每年都会上报消耗，有时候一年数次，有时数年一次，让我们把这十年间的全部呈交上去，再给我们几百个人也不够啊！"

"平时存了侥幸心理，真到大战的时候就出事了。本官以前就跟你们说过，刺史向来报喜不报忧，州府都尉们都只希望不出乱子，你们要时时去各州巡查甲胄兵马的情况，你们就只关心边关。"雷尚书眼底全是红血丝，"这下躲都躲不过去了！"

"谁知道乡兵的情况这么差！去年陛下还在夸奖我们募兵和农事两不误，现在

104

就骂我们都是乌合之众了，又不是久战之地，要不是作乱，哪里需要那么多的兵马？兵部的银子也不是大水冲来的！"兵部右侍郎狠狠地拍了下桌子，"这些兔崽子，吃空饷吃得这么狠！"

刘凌坐在一旁，没有参与到兵部的讨论之中，而是翻看着历年来的军册，按照最差的情况，即东南诸州三分之一空饷人头和四倍编役的数字来计算现有地方乡兵的数量。

饶是他心算能力惊人，也不过才算了十分之一的数字，可这么一算下去，可谓胆战心惊，越算越是握不住笔。

缺了三分之一的兵丁，就代表国家交给各地军营耕种的公田收益有三分之一到了各地将领手中，因为将士们的粮草大多数来自于驻军所在之地划分给军营的公田。

公田的配给要大于军营将士的数目，所以多余的田往往会租出去，除了士卒们耕种后得到的收成用于军中，把田租出去得来的换作银钱，以高利贷的形式经营收取利息。这些收入作为军队的公用经费和将领们的开支，也包括平时维护兵甲、马匹和武备等的费用。因为这一笔开销，很少是从兵部直接走的，所以兵部才说有的都尉府消耗几年才报一次。

只有打仗时大量征召人手，需要新的兵甲和武备，才会由兵部统一调配，否则地方军日常操练都要从京中调拨这些战争物资，兵部岂不是要活活累死？

"诸位大人，你们有没有想过，各地军营和都尉府不报消耗，不是因为军营中的消耗小，而是……"刘凌丢下笔，抹了把脸，"因为根本没有什么操练，或者是贪污倒卖军备太过，武备库里已经没有东西，根本就没什么消耗可报。为了不让你们核查消耗数字，这些军营索性不报消耗了。"

刘凌的话一出，齐聚在尚书书房里的主官们都被惊到了，兵部右侍郎更是直接大呼："那怎么可能！"

"为什么不可能？我刚刚细细算了一下，就拿关中最繁华的秦州来说，镇守秦州的地方军数量是四千五百余人，这还不包括守卫城池的士卒和地方上维持治安的差吏。"

性情温和的刘凌第一次露出这么冷厉的表情："这么多军队，而且数量还在逐年递增，按照十年前兵部核算军队人数而授田的面积，能够维持军队日常的粮饷就已经很勉强了，更别说军中常备马匹、操练时的箭矢和刀枪等日常的消耗……"

雷尚书听到刘凌的说法，难以置信地拿起他案前计算用的稿纸，发现上面密密麻麻地写着一堆数字，有的是一个成年男人一日的消耗，有的是刀枪箭斧消耗的估计数字，然后是土地的亩产、粮食的市价、武备的市价等，林林总总，写满了一张纸。

他并不精通计算，但粗粗一看，也知道刘凌用的是商家最常用的记账格式，虽然数字凌乱，但分类精确，往下一合计，竟估出近二十万贯的差额！

这还只是一州之地，只是差额而已！

整个朝廷去年的赋税不过两千七百万贯，各地富州不过两百万贯，贫瘠的州府一年连五十万贯都没有，这还是包括粮食在内折价计算的。

就算秦州之地的都尉府自己铸币，一年也铸不出二十万贯来，这么大的亏空，这些州府不但有三年没报过消耗了，年年报给兵部的存粮和武备还都是充足的。

底下的兵都喝西北风不成？

"这……这怎么可能……"兵部尚书咽了口唾沫，看着秦州都尉府几位主将的名字，苍白着脸道，"这几位都是老将，因为政绩突出，这几年消耗少，兵甲武备和人员操练情况都不错，陛下还下令嘉奖过。"

兵甲报的消耗少，说明该地的将领已经自己通过经营公田，或是削减军营不必要的开支等办法，自行在当地补齐了日常的消耗，所以需要中央补贴的地方就少。像这样同时能够练兵又会经营的将领，在什么时代都是宝贝，所以皇帝才会下令嘉奖，以鼓励各地将领纷纷效仿。

可如果情况不是他们想象的那样……

要知道，各地军营一报消耗，兵部肯定要派出人马和工部一起核查兵库的消耗情况，然后根据消耗来调配兵甲。

如果真是这样糟糕的情况，这些地方将领自然不希望兵部来查库房，否则倒卖兵甲、不修武备、操练过少的情况一查便知。

这是个恶性循环，原本只是为了隐瞒兵库里数量不符的情况不敢让兵部来查，所以他们只能报没有消耗。但实际上，一操练肯定有所消耗，为了不让消耗过大没办法平衡，索性操练都减少甚至不操练了。

再加上削减人数、吃空饷等问题，这情况像是滚雪球一般，越滚越大。一开始这些人可能只是想小赚一笔，到后来就被逼着直接走上了不归路。

更可怕的是，这样的将领反倒因为每年消耗少而得到了嘉奖，像是这种不打仗的年岁，这种嘉奖就成了晋升的好路子。其他原本遵守规矩的武将看到守规矩仕途反而无望，可中饱私囊反倒可以得到嘉奖，就会纷纷效仿。

反正这么做，既能富得流油又能得到名声，何乐而不为？

一瞬间，兵部几位大员的脸色都黑了。

"也……也许没有那么糟糕，也许只是殿下……殿下想太多了……"兵部左侍郎讷讷道。

"我也希望是自己想太多，是不是我想太多，诸位大人只要悄悄派出一支人马，以抽查的名义直奔秦州都尉府，不必和当地军营打招呼，开库盘查即可。"刘凌心中一点都不乐观，"四千五百人，就算有空饷，也应当有三千人吧？按照兵部'以三取一'的规矩，武库中至少有一千副兵甲和弓箭刀枪，再加上每个士卒至少有一副操练所用的兵甲武备，合计四千多件。但我想来，恐怕能有一半就不错了。还有，秦州是关中的大州，又是关隘之地，守军四千五百人，加上编役，秦州应该有一万士卒的日常消耗。一万人就算不发粮饷，光吃饭都能吃掉公田里所有的出产，毕竟那是十年前核定的田亩数量。诸位大人可想过，万一贪墨太过，兵士哗变怎么办？秦州离京中，不过就是五日的行程！"

"不，不……"兵部尚书面色晦暗，整个人犹如被霜打的茄子一般。

"我想，父皇应该也是想到了这些，所以才下令让兵部将各州府历年来的消耗情况统计上去。"刘凌跟着王太宝林和萧太妃学习多年，这点眼力还是有的，"要想知道哪些州府还能打仗，看报上来的消耗数字就能知道。"

那些消耗多的、年年哭穷不够发粮饷的将领，才是真正一直在尽心尽力维持军队的战斗能力，并且坦荡无私到可以任由兵部前来核查的将领。

地方将领和京中的将领不一样，一旦有一环贪墨，肯定是上下一起贪污。但相反的，只要一地主将不去贪腐，下面也不敢有人伸这个手。

但要顶住这样的压力，不知有多难。远的不说，皇帝前几年"助纣为虐"的嘉奖行为肯定寒了一片固守信念的武将的心。

"快快快！快叫职方去拿，去拿历年来各地兵库的消耗情况的军册！全部搬来，一本都不能剩！"兵部尚书雷震几乎是咆哮着下令，连连点了七八个人去盯着兵部所有还当值的人去库里取军册。

话都说到这种地步了，还不知道情况有多么严重，那就是傻子。

雷震是先帝年间的京中宿卫军出身，又是大族子弟，对下面的情况恐怕不那么清楚。但兵部从地方升上来的将领也不是没有，这么多主官，不可能没有知道下面情况的，说不定就有人已经被买通了，即使知道地方上贪腐的情况，也隐瞒着不报，甚至为他们提供方便。

雷震一想到这么多年来他一直被蒙在鼓里，甚至还和陛下一起欣喜于军中兵强马壮，天子一声令下，数十万大军便可立刻动用。如今想来，皇帝没一怒之下砍了他们的脑袋，只是每天训斥上一遍，已经是极为克制了。

还有这位皇子……

雷震敬畏地看向刘凌。

此时的刘凌似是很满意雷尚书的决定，点了点头，长长地舒了一口气。

因为是兵部内部的会议，这位皇子为了避嫌，连侍读戴良都没有带在身边，他们才能放开来直抒己见。

"殿下不过是个十二岁的少年，却能一叶知秋，通过核算数目看出各地军中情况大有不对，实在让下官佩服不已！"兵部左侍郎和雷尚书一样，望着刘凌的表情已经是大为不同。

他走出桌案后，恭恭敬敬地对着刘凌行了一个重礼："若不是殿下提醒，吾等还在这里埋怨陛下给我们新添了无数麻烦，又或者还在得意于吾等往日的政绩，连为虎作伥都不知。如果真是这样，待各地覆水难收之时，便是吾等灭族连坐之时。殿下明察秋毫，救了吾等一命，实在是如同再造之恩！"

刘凌一直在兵部打杂，每天问来问去被人当作瘟疫一般躲避，要不是会算账，现在还在兵部闲晃，哪里能想到自己会被这些大人感激，一见到左侍郎行礼，连忙避让。

"殿下，您当得这一礼！"雷尚书声如洪钟，"钱侍郎说得没错，国之大事，唯戎与祀，陛下重视军务，所以才一直对军中施以仁政。有些人不思报恩，却总想着自己的好处……"

他的眼神如闪电般快速扫过其他几位缩头缩脑的主官。

"天子一怒，伏尸百万！虽说现在时日尚短，一时没有暴露出问题，但这种情况越来越多之后，上下一起牵动也就是个时间的问题。到了那时候，贪墨的那些黑心钱，可够买全家上下所有人的性命？"

他话说到此时，已经是狠戾至极。

"殿下救了我们一条命，不，是救了我们全家老小的命！军队出事，兵部上下就算被族诛，恐怕都不足以平民愤、平帝王之怒！"

雷尚书一声厉喝，从腰间拔出佩刀，只见一道寒芒闪过，面前的桌案被削下一块角来。

兵部主官的桌案何其结实，有些用上百年都不见变化，雷尚书一刀下去斩了一大块，固然有其宝刀锋锐的缘故，但他的臂力和爆发力也不可小觑。

刘凌不是不懂武艺的少年，望着雷尚书的眼神顿时有了几分兴奋。

"从今天起，在这里坐着的诸位同僚不准离开兵部！"雷震手按佩刀，用威胁的眼神冷冷地扫过屋子里的所有同僚。

"在军册没有盘查结束之前，在陛下没有做出定夺之前，一片纸都不准传出去！除了殿下以外，你们吃喝拉撒住都得给我在这个房间里！如果给我发现有人偷溜出去或是夹带消息……"他将刀尖一指地上的案角，"如同此案！"

到了这个时候，不少兵部的官员似乎才想起来，这位兵部尚书也曾是踩着无数的尸体，从勤王之军中杀出一条血路，最后才直达金殿的人物。

若没有杀伐决断的能力，若没有皇帝百分之百的信任，皇帝又如何能任由他坐着这么重要的位子，一坐就是这么多年？

一时间，仅剩的几个还有其他想法的官员都收起了自己的心思，认命地准备迎接接下来没日没夜的日子。

正如雷尚书所言，别人的银子虽好，可命更重要，不是吗？到了这个时候，就不能怪他们不顾别人死活了，毕竟死道友不死贫道嘛！

有了刘凌的提醒，接下来的事情就简单得多了。

天下州府的数量虽多，但并不是每个州府都有那么多军队，就算有的州府贪墨得多，可也有不少是只有一千甚至不到一千人的戍卫部队。这些部队就算是劣迹斑斑，也很容易查，更容易处置。

而有步卒、甲兵、骑兵、弓手的部队成了优先和重点彻查的对象。此外，驻军人数超过三千的大州也是重点核查的部分。

这些先被文书挑挑拣拣拿出来，就筛掉了一半的军册。

被提前核计和查看的一半军册分到尚书、左右侍郎和刘凌手里，四人一起查看，再加上有其他各司主官在一旁记录、计算，很快就看出了一些端倪。

消耗数字变少、各地库存充足的情况，大约是从六年前开始的，也就是刘凌刚刚得到冷宫里太妃们重视的那个时候。

而在三年前，皇帝嘉奖秦州经营有方的将领之后，这样的现象便越来越普遍。

其中是什么原因，不言而喻，雷尚书的脸黑得都快和他的官帽一个颜色了。

要镇有七十多座，这七十多座要镇中，只有十四座年年报了消耗，请求兵部和工部派人维修器械、配发消耗的兵甲，有六地的将领年年都求着再多加公田。

往年兵部对这十四座城镇的镇军自然是没有什么好脸色，而要公田就涉及户部、工部一起核算，更加麻烦，就被兵部无视了。如今细细一想，不光是左右侍郎，就连雷尚书都羞愧成了一张大红脸。

如今军中的希望，竟都寄托到了这些往年的"刺儿头"身上。

刘凌看着手里的军册，见到赣州地方的将领"毛小虎"这个名字，差点喷饭，也就不由得多看了几眼。

这一看不得了，刘凌摸了摸下巴，看得不愿意放手。

"殿下为何看得满脸古怪之色？"注意刘凌一举一动的左侍郎凑过头来，一看到毛小虎的名字，脸上的表情也古怪了起来。

"我看他在赣州一地当了十年主将都没有晋升，年年要钱要粮，三四年前起更是向兵部申请便于在山地作战的皮甲，说是以防南方荆州蛮造反。"

刘凌表情奇怪当然是有原因的："这是什么缘故？难道他能未卜先知不成？"

"殿下有所不知，这毛小虎以前也算是有名的人物，祖上世代都曾是萧……萧……"左侍郎顿了顿，压低了声音，"是萧元帅的家将。"

刘凌听到萧家的名字，感觉十分亲切，了然地点了点头。

左侍郎发现刘凌没有露出什么不悦之色，这才壮着胆子继续解释："毛小虎其父在先帝之乱时，因殴打朝廷命官被罢了官，无颜见主将，索性带着家小解甲归田。后来萧家出事，军中大批将领受到牵连，他因为已经解甲归田，反倒没出什么事。

"毛小虎蒙荫在军中领了将职，性格和其父一样桀骜不驯，还贪杯好色，每每快要晋升就出些事情弄丢了官职。到了后来，当地的地方官都换了三批了，他还在赣州当着镇将。

"赣州多山，又是连接南北的要地，往来商旅不少，毛小虎在赣州主要就是剿匪，也算有些成绩。他的兵卒多是步卒，善于山地作战，大概是募兵不易，所以他也用了不少蛮人。"

左侍郎叹气："因为这个，兵部并不愿意给他皮甲，只有蛮人是用皮甲的。我们害怕他拿皮甲去给蛮人做人情，收买人心。加之皮甲容易损耗，还要细心打理，赣州多山，又和越州、朗州相连，士卒闲时打猎，自己就能做皮甲，我们想着田地足够用了，去山中打猎还能得到猎物补贴，就驳回了几次申请甲胄的请求。"

"现在想想……"左侍郎原本还在唉声叹气，突然眼睛一亮。

"毛小虎虽然贪杯好色，但这几年来已经没有什么劣迹了，反倒因为剿匪有功，屡得兵部上评。只是因为他的劣迹太多，我等一直不敢给他申请加田，赣州又不是什么大镇，也养不得多少兵……"

他顿了顿，迟疑道："殿下，尚书大人，蛮人好在山林走动，也许毛小虎正是因为得到了什么消息，所以才一直防卫着荆州蛮。苏将军能征善战，可过于端正，如果用了熟悉南方情况的毛小虎协同苏将军作战，也许能立奇功！"

"我不同意！他曾经因为贪杯丢了兵部的上任文书，这样的人，怎能大用！"

兵部右侍郎似乎对毛小虎的印象很深，一口否决。

"还有，他强抢民女为妻，逼得人家未婚夫一家去赣州府衙告状，这样私德有亏之人，去南方岂不是搅和得更乱？！"另一位负责每年给各地将领打分的职方连连摇头。

这就是兵部的内务了，刘凌插不上嘴，只好放下手中记载赣州的军册，开始核算毛小虎手下兵丁人员的消耗和报上来的损耗。

兵部一干大员吵得沸沸扬扬，有的认为这样的人也许有什么奇用，这种不拘一格的怪人才能治得了那些兵痞；有的人认为既然有十四座军镇贪腐都不严重，更有六地的将领要求增加公田，显然还有其他更合适的人选，大可不必用这么个有争议的人物。

不想用毛小虎，还有一个无法诉之于口的原因，那就是毛家一直是萧门的家将，萧家满门被屠，毛家对朝廷有没有怨恨很难说。

这样的人执掌大军，哪怕只是作为副将协助，都不太可能让皇帝放心。

这边在吵，刘凌依旧大致计算出了数字，只是他算完没多久，戴良派来的小吏就在门外请示，说是再迟就赶不上回宫了。所以刘凌也没有再参与这场讨论，匆匆忙忙和诸位主官告辞，就离开了这间书房。

而且后面几天他也不太想来了，按照雷尚书的说法，这些人在父皇没有决定之前不能离开这里，以免向外通风报信，十七八位主官吃喝拉撒在一处，那味道能是什么样，可想而知。

刘凌匆匆忙忙和戴良趁着天色尚未完全暗下来向着宫中返回，身后的兵部却是有些忙乱，想来是兵部尚书调集了人手把守住兵部班房的四周，不准留下来的官员出去。

只是如此一来，京中的人又要猜测发生什么事了。

* * *

刘凌走了，兵部剩下的这些官员讨论事情也就更加自由轻松了，有几个脾气暴躁的干脆就站在桌子上大吼大叫了。

左侍郎是文官弃笔从戎，性子没那么急躁，忍住耳朵的刺痛，好奇地从刘凌先前留下的一桌纸张上找出几张墨痕未干的，细细一看，顿时舍不得放手了。

原来刘凌刚刚计算赣州的人马情况，算出毛小虎经营赣州公田并未有太大贪墨，甚至稍有盈余，大概和他招募蛮人兵丁有一些原因。因为蛮人是不要钱饷，只要粮食或其他东西的，加上蛮人家属编役的情况极少，所以毛小虎的账下居然达到了兵丁和编役只有一比一的数字比例。

要知道就算在没有做过手脚的军营之中，一个兵两个编役都已经是常例了。

这样的比例既保证了作战能力，又保证了后勤不会一片混乱，也减轻了公田的负担。

但兵甲和箭矢消耗实在太大，尤其是靴和箭头，几乎到了让人吃惊的地步，也难怪兵部不理不睬，因为已经超过平日的消耗了。

想到兵部不批皮甲反倒发文嘲讽毛小虎不如自己行猎的公文，左侍郎摩挲着下巴，有些难以置信地猜度着。

难道他们真去打猎了？哪里有那么多猎物！

"你在看什么？"雷尚书也被吵得头痛，忙里偷闲凑到兵部左侍郎钱于安的身边。

"下官在看三殿下留下的账目，尚书请看。"左侍郎将手中几张草草写就的纸张恭敬地递到雷尚书手中，"殿下走之前，原来是在写这些。"

雷尚书一听"三殿下"三个字，连忙接过草纸，满脸严肃地看完了上面的数字，脸色变了又变。

这哪里像是一个少年能想到的东西？

时间那般紧凑，他估计是从听钱侍郎说起毛小虎来历的时候就开始计算了。恐怕正因为看出毛小虎没有什么问题，他才一言不发，没有提出什么意见。

但凡精于计算之人，心智之成熟都异于常人。想到这位殿下从小是在冷宫里长大的传闻，雷震的敬畏之心越发深刻了。

难道三殿下真是高祖转世？

"三殿下哪里像是高祖转世啊……"像是知道雷尚书在想着什么似的，左侍郎低沉着声音幽幽地叹道，"这简直就像是惠帝附身！"

想到惠帝，雷尚书身上的鸡皮疙瘩直起。

那位陛下，据说是户部十个人同时打算盘还没他心算得快的人物。从惠帝登基以来，在账目上就别想骗过他，一切都以数字说话。连开多少科多少门、取多少人他都可以用算学准确无误地计算出来。

举凡水利、河工、修桥、铺路，工部根本不用操心预算。

至于冗员的情况，更是极少。

这样的人已经不能用"常人"一词来形容了，刘家这么多位皇帝，几乎每一位都有些难以言喻的过人之处，是与凡夫俗子不一般的能力，也越发让人又敬又怕。

他们却不知刘凌并非和惠帝刘权一般生来心算能力超凡入圣，而是因为记忆力过人加上从小学过算学，可以比旁人更心无杂念地直接用商人算账的方式做复式账目。若要他达到惠帝那样一看数字就能察觉出不对的程度，根本是想都别想。

可是用来糊弄这一堆恐怕连算盘都不会打的兵部官员，他的能力已经是足够了。

于是乎，一群担心明日刘凌来当差之后看出他们计算有所不对的主官一夜没敢睡，挑灯夜战，照着刘凌之前核对计算留下的格式，算了又算，记了又记，忙得是焦头烂额，到了日出时分，才算是算好了一小半。

就这一小半，也已经足够让人胆战心惊了。雷尚书不敢懈怠，命令兵部的厨房熬了一大锅粥给同僚当早膳，结果送粥的人到了房中一看，里面的人已经横七竖八睡了一地。

雷尚书也想倒地就睡，无奈这件事已经是刻不容缓，他只能睁着满是血丝的一双大眼，仰头喝下一大碗稀粥，随便吃了几口干粮。

眼见着天色蒙蒙亮，还没到开宫门的时间，雷尚书就拉起左右侍郎，三人怀揣着辛苦了一夜的成果，匆匆忙忙地骑马朝着宫中而去。他们在宫门前等着开宫门递折子，赶在皇帝上朝之前把这件事禀告上去。

好在刘未之前已经吩咐了宫卫，如果有兵部的奏报立刻放行，等宫门一开，三人立刻进了宫直接面了君。

兵部和皇帝商议了什么、商议出什么结果，无人得知。但当日上朝之时，在百官还不知道发生了什么的时候，兵部和宫中一共派了四十余人齐齐出城，分赴各个方向的事情，却是瞒不过有心之人的眼睛。

与此同时，刘未对赣州下了一道圣旨，急召护军都尉毛小虎进京觐见。

那么，让无数京中大臣疑惑不解的问题来了。

毛小虎是谁？

第十三章
点心？ 心意？

"毛小虎是谁？"方孝庭咆哮着问自己的儿子，"查到没有？！"

这么可笑的名字，又是个统兵不到三千人，还在芝麻大的地方当将领的人物，是怎么让久在宫中从不出巡的皇帝知道的？

"是蒙荫到军中的，走的不是寻常的路子，打探不出什么消息，况且……"方顺德为这件事也四处问过了，甚至向兵部一些旁枝末节的关系打探了消息，可一点都问不出来。

"兵部现在戒严了！"

这个消息比毛小虎是谁更加让人重视，方孝庭立刻沉默了，用一种吓人的目光望着自己的儿子。

方顺德被看得满头大汗，五十岁的人了，像个孩子似的摩挲着大腿的两侧，不安地说道："不是我们的消息来得太慢，主要是兵部戒严太突然，又只有主官不见了踪影，寻常官吏还在办差，根本看不出异样。还是儿子去查探毛小虎消息的时候，才知道大部分兵部官员都没有回家。"

"京城三省六部，我都命人盯着他们的一举一动，连飞进个鸟都有回报。现在我把花了那么长时间布的暗线一齐给了你，你却给老夫这样的结果！"方孝庭眯着眼，"顺德，你别让老夫失望！"

方顺德不安地翕动了几下嘴唇，似乎是要为自己反驳什么，到最后他还是停止了这种想法，只是承认错误："是，是儿子太过疏忽大意！"

"兵部的反应比老夫预想的快得多啊！"方孝庭的脸色有些难看，他捋了捋胡子。

"父亲，有没有可能，兵部已经发觉那些武备……"方顺德心中的不安更盛。

他以前怎么会觉得取得天下就如同探囊取物一般容易呢？是因为父亲太过笃定的态度，还是这么多年来潜移默化的结果？

皇帝和朝臣们就真的都是傻子吗？

"绝无可能！"方孝庭摇了摇头，"私卖兵甲是死罪，那些人也不是蠢货，卖给我们那些上等的货色之后，就会用劣质的替上，数量上总是过得去的。如果他们真要自己作死，想要找到我们安排的那些'商人'，也是绝无可能的，你弟弟早已经安排好了。"

他冷笑了一下，身上散发出一股杀气。

"死人，只能到地底下去找。"

方顺德这才知道为什么父亲这么自信不会被皇帝抓到把柄，因为所有扮作"黑市商人"的人，都被陆陆续续灭了口。

而这些事情，父亲从没有透露给他半分，直到今天，他才听闻。

方顺德按下日积月累的不满，依旧恭敬地接受着父亲的指示。

方孝庭对这个儿子恭顺的态度还是很满意的，到了后来，他笑着说道："最近二殿下结交的几个年轻人不错，有野心，也有眼色。不过老夫没办法去见他们，你若有时间，就在家中主持个小宴，也不必多隆重，表现出该有的意思就行了。"

迎来送往本来就是方顺德身为长子的义务，他自然没有异议。

"对了，宜君那里住得可还习惯？他也回来这么久了，还没拜见过二殿下，安排他们一家和二殿下见一见，都是自家人。"方孝庭似是不经意地说着。

"宜君从小住在府里，有什么不习惯的？只是二殿下的事，这……这不太好吧？陛下只是让二殿下到我们府中侍疾，连儿子和殿下见面都要避嫌，没问过二殿下的意见就让宜君去见他，是不是……"方顺德壮着胆子表明了自己的不满。

"你虽是二殿下的亲外祖，可宜君也不是什么外人！你们两个一母同胞，和外家也没有什么区别，二殿下有什么见不得宜君的？"方孝庭脸色一沉，"我说见得就见得！"

我是他的亲外祖，我女儿是他娘，所以我才当得起他和我结交，方宜君何德何能，能和他算一家人！皇子之尊，除了陛下和娘娘，能有几个人敢说和他是一家人！

方顺德的拇指紧紧摁着食指，花费了极大的力气才不让自己表露出异常来。

"怎么了？有困难？"方孝庭有些意外地抬眼。

"不是。"方顺德咬着牙，面色如常地说道，"只是儿子在想，该如何安排他们见面。"

"先安排他们一家来书房见我，等殿下进府的时候，照常引殿下进来就行了，剩下的我自会安排。"方孝庭不容置疑地接着说，"你如今担子重，这种小事和宜君说一声，他知道该怎么做。"

"是，儿子这就去安排。"方顺德低着头，额上青筋直冒，却还躬着身子，一直退到屋子门口，才转身离开。

直到走出父亲居住的主院，方顺德的脸色才变得难看至极，眼神中甚至有了几分怨毒之色。

老远地，一位管家匆匆忙忙地向着主院奔来，脚步踉跄，方顺德治下极严，见到管家这副样子，立刻不悦地冲着远处高喊："老吴，主院不准奔跑，你怎么这么没规矩？！"

原本是斥责的话，那管家看到方顺德后却如蒙大赦，拐了个方向径直向方顺德走来，满脸慌张。

"大老爷，您在这里就好了！琳小少爷和二老爷家的琅小少爷在湖边吵起来了！"

"小孩子胡闹而已。"方顺德不以为意。

他的长子方嘉所生的次子方琳，天生是个淘气蛋，三天不打上房揭瓦的那种，好在那孩子还算有分寸，从没惹过大祸。

方孝庭对方顺德的嫡长孙方珑只是面子上过得去，一直喜爱方琳这个顽劣货，方顺德却对性情稳重的方珑很是喜爱。所以长房的长子方嘉虽然体弱多病不曾出仕，但是嫡妹在宫中做淑妃，两个儿子又在府中得宠，一直也没人敢轻视。

"大老爷，这次不是胡闹啊！琳小少爷要把琅小少爷的衣服扒了丢湖里去，珑小少爷一直拉着，命小的过来找人！"管事的急得直跳脚，"老太爷吩咐过，二老爷是贵客不能怠慢，小的也是实在没办法了！"

方顺德听到"贵客"二字，眼皮子就一跳，再看着这里离湖边没有多远，想来管事的正是为了这个，才来父亲的主院求救，便没有犹豫地点了点头。

"我去看看。"

方家并非累世公卿，也不是什么显赫的大族，要认真说起来，也就是方孝庭这一代才闻名天下，所以方家在京中并没有什么特别大的宅邸，府邸也不在内城，而是在京中不少官员聚居的东城。

正因为如此，方家并不大，若不是老二方宜君成年后就不在家中居住，恐怕一个方家还住不了这么多人，迟早也是要分家的。

原本就有些拥挤的方府突然住进来一大家子人，自然就有了不少摩擦。加之方宜君也不是什么落魄亲戚，和方顺德是一母同胞，往常也回来过几次。听说他在外面有不少奇遇，回来的时候那十几辆满载的马车简直让东城里的人家都沸腾了。人家是衣锦还乡，老太爷方孝庭明显又极爱这个儿子，许多人也就只好忍了。

这忍着的人里，却不包括素来胆大包天惯了的方琳。

*　　*　　*

"你还敢不敢抓？！"

方顺德还没靠近湖边，一声如雷般的咆哮就已经传进了他的耳朵里，随着咆哮声，一声哀号紧跟着传出。

听动静，方琳似乎是上了手。

方顺德不敢再轻视，连忙快步向声音发出的方向奔了过去。

从他所在的位置通往两个少年争执的地方需要经过一道游廊，他领着下人刚走了一半，听到孙子接下来的怒喝，不由得顿了顿脚步，伸手制止了身后的下人，自己往后退了退。

"你搞清楚，你是来做客的，不是这个府里的主子，凭什么指手画脚！要指手画脚回你院子里去！"方琳捋着袖子，坐在比他还大一岁的方琅身上，恶狠狠地啐了一口，"下次再让我看到你在我面前狂，我就让你知道小爷有几颗牙！"

到底是谁狂啊！

一旁苦苦哀求的家丁们满脸痛苦。

"小少爷，小少爷，赶快松手吧！三管家都去叫人了！"

老爷们不打你，会打我们啊！

"究竟是怎么回事？"方顺德隐住嘴角的笑意，装作刚刚赶到的样子走了过去，满脸怒容。

"琳儿，你给我下来！"

一旁一直拦着方琳的方珑看到祖父来了，脸色顿时变得煞白，像是虾子一样跳了起来，松开了自己的手。

"不……不关我的事，我只是拉架……"

"伯祖父！您来得正好！这就是琳堂弟的待客之道！"方琅见方顺德来了，连忙尖叫了起来。

"祖父，你别听他鬼叫唤，他想把这湖里的天鹅抓了带回去养，还觉得湖边的梅树好看，要人把它们移到南院去。他哪里来的这个胆子！"方琳不但不下来，反倒面目越加狰狞。

"我父亲身体不好，这天鹅是家母费尽心思找来给我父亲作画解闷的。你要挖的那两棵梅树，是家父为家母栽的！"方琳狠狠地捶了一下方琅耳边的土地，"你怎么敢！"

"我只是想把天鹅抓去给我堂姐玩一玩，祖父不准她出院子……"方琅见方顺德脸色也突然不好了，心中有些害怕地解释着，"那梅树长得歪七扭八，我以为就是随便栽的，只是看它开了花，想要……"

"够了，再多说一个字，我把你真丢到湖里去，你信不信！"方琳又抬起了拳头。

"你够了，我叫你下来！"方顺德伸手把孙子从方琅身上拉了下来，又扭头对大孙子方珑说道，"你怎么带的弟弟？！"

方珑一脸委屈。

两人打架，他当然是帮亲弟弟，难道帮这个没见过几面的堂弟不成？

"方琳，你到那边去跪着思过！殴打堂兄，这是以下犯上！"

方顺德扯着孙子的耳朵，将他按在游廊一处避风的角落，表情恶狠狠的，在别人看不见的地方，却对着孙儿挤了挤眼。

方琳一被按在避风的地方就知道没什么事儿，再见祖父这样子明显不是不高兴，恐怕也是雷声大雨点小，面上装着一副气愤的样子，心中却松了一口气。

早知道他刚才多揍几拳头了！

打了自家的给别人看，接下来的就是安抚别人家的。方顺德挤出和蔼的表情，一边拍着方琅身上的灰尘，一边揽着他往游廊外走。

"我这孙儿啊，最是顽劣，连你曾祖父都管不了他……"

见伯祖都一副不愿意惹到他们家的样子，素来在地方上自在惯了的方琅终于又露出了惯有的轻浮表情。

敢打他？让方琳在那里吹风冻死吧！

＊　　＊　　＊

二皇子刘祁最近很是春风得意。

随着户部被人笑话，兵部倒了大霉，礼部便一枝独秀，在六部之中显得越发得意洋洋。

恩科从刘未登基到现在只开过一次，是他大婚的时候，所以这一次的恩科显得格外珍贵。上一届落榜的士子们一听到开了恩科，纷纷到各自所在的书院报名，也有不少家中想要为孩子谋个出身的权贵到处走动，去谋一个荐生的名额。

国子监的太学生们因为叩宫门一叩成名，皇帝亲自召见了这一届的掌议和几个素有才名的学子，希望他们能参加恩科。国子监的太学生们原本就是可以直入省试也就是礼部试，免了乡试的。如今皇帝殷勤问候，显然是希望他们能都考入殿试，方便日后给他们授官。这样一来，他们自然是摩拳擦掌，非常兴奋。

不仅如此，陆凡在国子监这么多年，也不知培养了多少有为的寒门士子，这一届科举，吏部伸手的余地最小，许多寒门士子早就跃跃欲试。有些寒门士子觉得自己的本事争不了进士科，但明经科还是可以试试的，最不济还有明法、明算，进刑部或户部、工部，哪怕只能做一幕僚，也不乏一条路子，所以纷纷参试。

所以这一届，是历年来所有科举中，人数最多的一届，可谓千军万马过独木桥，难度可想而知。

可即使是中了举，除了名次靠前的那些，其他人连参加吏部选试的机会都没有。吏部选试不合格，就不能得到官职，在这种情况下，得到达官贵人的赏识，就成了提高排名的一种选择。

于是乎，今年行卷的士子们也是绞尽脑汁，费尽心思，什么路子都试了。家里有关系的自然最好，没关系的就想办法在京中弄出极大的名声来，不是有什么惊世骇俗之言，就是有什么出众的本事。

刘祁的曾外祖父是吏部正在养病的尚书，他自己又是当朝皇子，有心人自然也少不了向他行卷。方孝庭为了让刘祁结交士子，让他不要日日都来方府，隔三岔五来一次就行，所以刘祁每天在从宫中前往礼部的路上，总是能遇到不少早就等候着的士子拦住他的行驾，递上自己最得意、最具代表性的文集。

刘祁是个再认真不过的性子，递给他的行卷，哪怕熬得再晚，他也会仔仔细细地看完，然后做出批复，命礼部的差吏给人送回去。

如此一来，这一届等着礼部试的士子们都知道这位殿下是个好说话的，行卷更是递得接连不停。一开始，刘祁还觉得新鲜，后来天天这样，他就叫苦不迭，抓了档室里的蒋文书前来帮忙一起看，才算是堪堪应付得过来。

一半是拍马屁，一半是刘祁确实有真才实学，他的才名也就渐渐传到了市井坊间。

刘祁所学确实扎实，经史著作，都精通要领，只是他往日在宫中，名声不显，现在被学子们这么一传，即使过年他才是个十五岁的少年，可"贤明"的名头已经传了出去。

能过了乡试和推举进礼部试的，都是学问不错的士子，刘祁根据众人所投的行卷，闲暇时在礼部接触了几个年轻人，还真找到了两位有才华又有胆色的士子。

这两人是同乡，一同从柳州来京中参加礼部试，其中一人善赋，名曰"孔清"，一人善诗，名曰"韩元林"。两人行卷以诗赋咏胸怀和抱负，直抒自己的政见，写得颇有见地，就连方孝庭都觉得他们在同龄人中，有这样的见地已经很了不起了。

这两人又是当地书院的佼佼者，有山长的推荐，更是让刘祁满意。

最主要的是，这两人知道方孝庭看不上他们，其他人的关系也很难攀上，就抱紧了刘祁的大腿誓死效忠。刘祁如今在宫外失了方家的帮助，就如看不见、听不到一般。现在他有了这两个人，至少街头巷尾的小道消息，也有了自己了解的渠道。

相比之下，刘凌过得就比较苦了。

南方诸州吃空饷、多编役的事情属于兵部监察不力。年尾事多又恰逢过年，不适合处罚朝臣，但过了年，处罚一定是少不了的，所以人人自危。在这种情况下，刘凌学不到什么东西，还要天天帮着别人收拾烂摊子。

今日，刘祁在礼部与找上门来的士子孔清、韩元林聊了一阵子后，想到有好几日没有去方府了，便拜别两人，去方家探望曾外祖父。

这两个士子接触刘祁，一大半的原因是想殿试之后吏部的选试能够过得轻松一些，可以谋个好缺。听到刘祁要去方府，他们的眼睛都闪着精光，哪里还敢打扰，马上识趣地离开了。

刘祁已经有多日没来方家，皇宫里的刘未也沉得住气，看着刘祁在外结交士子，来往于方家和礼部之间。刘祁知道父皇是想借他试探方家接下来的动作，便也没了什么忌惮，大大方方地和方家人继续结交。

但他没有想到，在曾外祖父的屋子里，遇见了这么一大家子人。

原本只是接待心腹之人和内客的书房里，如今坐了一位四十余岁的中年男人、两位二十多岁的年轻人和一位最多不过十二岁的少年。

最让人诧异的是，屋子里居然还有一位少女。

为首一身精干气质的人和他外祖父方顺德面目上有几分相似，刘祁早知道外祖还有一位亲弟弟，是他娘的叔父。见了这个人，他心中就有了几分猜测，但不敢贸然询问。

"草民方宜君，给殿下请安。"方宜君没有功名，只能对刘祁行跪拜礼。

"这是草民的次子方庆、幼子方吉，这是方庆的长子方琅。"方宜君顿了顿，指着后面的女郎说，"草民的长子方祥在外祖家中侍奉生病的外祖父，没有跟草民一起回京，这是草民长子的嫡长女，在家行三。"

这行三，自然是按族中排名来的，其上还有方顺德的两个孙女。未出嫁的女儿不能让外人知道名字，只能以排行笼统称之。

随着方宜君起身下拜，其他几位也就跟在他身后接连下拜。那少女一直低着头，也跟着跪拜。

一旁的方孝庭微笑着看着，方顺德面无表情，只用若有所思的表情在侄孙女的身上一扫而过，便将注意力继续放在刘祁身上了。

刘祁没真让他们叩拜，众人一跪下来他就上去虚虚将他们扶起。方宜君几人推辞了一会儿，就顺势起了。

那站在少年前面的女郎趁着起身时看了刘祁几眼，眼睛里闪过一丝失望，又低下了头去。

刘家三兄弟素来在这方面极为迟钝，自然不会注意。

"原来是叔外祖父回京了，我竟一点都不知道消息。"刘祁有些羞赧地在身上摸了摸，"来得匆忙，我没带什么东西，竟没办法给方琅和三娘什么见面礼。"

他在礼部历练，最怕别人说他骄奢，是以珍贵的配饰都留在了宫中，身上真没有什么东西可以送，不过他内心里也不愿意把自己的贴身之物送给这些不熟悉的亲戚。

骨子里，他并没有把方宜君当作自己什么正经亲戚，何况方宜君还没有功名。

方宜君心里有些失望，但还是极有风度地客套了几句。

方孝庭郑重地将几个孩子介绍给刘祁，又指了指方宜君的次子方庆说："他今年也要参加恩科，殿下如今在礼部，还要请您多照应一点。"

刘祁笑了笑："不敢，我自己还只是个打杂的跟班呢！"

自嘲的话一说，众人齐笑，都称他谦虚。

方顺德看着方宜君和刘祁在方孝庭的指引下越谈越投机，话题已经从京中风物说到了边关美景，暗暗叹了一口气。

这便是他这位嫡亲弟弟的本事，上至王侯将相，下至乞丐地痞，他都能和别人说到一起去，而且相谈甚欢。

眼见着方宜君选择的话题正是刘祁这样的少年人最感兴趣的，刘祁已经满脸钦佩之色了，方宜君的子女也有了插话的余地，方顺德只能暗暗感慨方宜君的好心机以及父亲的偏心。

没一会儿，方孝庭看气氛热络了，便给了旁边伺候的下人一个眼色。

那下人从外面端了一些茶点进来，刘祁好甜食，见其中一个果子长得精致，口感软糯，味道又好，加之中午腹中空空，不免多吃了几个。

"曾外祖父家中的点心，是越做越美味了。这样下去，让我还怎么吃得下礼部的硬餐！看样子，'活人饭'又要多活一个人了！"

方顺德在一旁笑着摇头，方孝庭却有些得意地说道："殿下现在吃的点心，可不是我家厨子能有的手艺，这是南方的做法。我这重孙女的母亲是南方人，三娘知道我年纪大了吃不得硬点心，特地学了来尽孝的。"

他看刘祁拿着点心的手一顿，扭头看向角落里坐着的方三娘，带着有深意的笑容说道："殿下如果觉得味道不错，走的时候带上一盒，在礼部里垫垫肚子也是不错的。"

方顺德的笑容微微一僵，像是了悟了什么一样，不可思议地望向方三娘。

饶是方三娘从小被教得不畏生人，此时也忍不住被众人看得低下头去，只露出羞得通红的一截颈项。

"这不太好，我不过是一饱口腹之欲，却要方家妹妹洗手做羹汤，于理不合。"刘祁直觉不好，连忙推辞，"能在这里吃几个就不错了。"

"无妨，无妨，我年纪大了，这种东西吃了积食，殿下带走吧。她在府里也没什么事，殿下要是爱吃，回头给您送到礼部去也行，横竖做不了多少，不算累。"

方孝庭笑笑便强硬地揭过这个话题，又谈论起其他的事情。

直到日渐西斜，刘祁才被方顺德送出了方府。门口早有准备的管事送上了一方精致的漆盒，刘祁这才明白曾外祖父刚才那话不是客套，是真的已经准备好了。

"外祖父，这到底是怎么回事？"刘祁抓着叶子造型的漆盒，脸色也有些茫然，"先是叔外祖父一家拜见，又有……"

"殿下，此事臣也不知。"方顺德的脸色也不见得好看，"恐怕是家父有什么安排。也许是怕愚弟在府中被人看不起，特地……"

他有些说不下去，因为这理由太奇怪了。

听见外祖父都不知道是怎么回事，刘祁也只能无奈地把手中的漆盒放在马鞍后面的袋子里，回了礼部。

一回到礼部，刘祁就被满桌的行卷惹得哀号了一声，再看着庄扬波一双杏眼已经困得眯了起来，想来是下午分拣得累了，不由得叹了口气，拍了拍他的肩膀，带着歉意说道："这些日子倒是辛苦你啦，对了，我从阿公那带了些新鲜的点心果子，就在奔霄身后的袋子里，你拿去吃吧！"

庄扬波原本还迷迷糊糊的，听到有好吃的，眼睛一亮，忙不迭地擦去眼角因困意产生的泪痕，起身向着院子外狂奔。

没一会儿，庄扬波便捧着那叶子一样的漆盒走了进来，高高兴兴地吃着，幸福得眼睛都眯了起来。

就这样，他连吃了四五个，一盒六个点心已经见底，终于露出底下一枚桃花形状的小签。

"这是什么？谁把纸条混在里面了？"

庄扬波奇怪地从点心盒子的底部抽出那条小签。

"孙女方婉敬祝曾祖松鹤长青，什么？"庄扬波口齿不清道，"这是送错了吗？"

刘祁正看着行卷，闻言一惊，伸手从庄扬波手中抽过小签，只见纸上一手漂亮的簪花小楷，顿时愣住了。

他倒没有想太多，只以为这盒点心原本是为曾外祖父准备的，曾外祖父又转赠给了他，三娘不好开口说里面有自己写的纸条，这才阴差阳错到了他的手上。

刘祁心里还为自己知道了三娘的闺名有些不安，连忙把那小签撕了个粉碎，丢到了废纸堆中，又叮嘱庄扬波不能把这件事说出去，这是个误会，不能坏了人家女儿的名声。

私相授受可不是好玩的！

一不留神女人一辈子的好日子就没了。

刘祁没有多想，也不敢多想，可接下来几天按时送到礼部的点心盒子，就让他不能不多想了。

看到庄扬波兴高采烈地奔出去接食盒，刘祁的脸色凝重，嘴唇抿得死紧。

如果说第一次是巧合……

他看着庄扬波抱进来的食盒。

那这几次是怎么回事？

第十四章
好色？好狼？

腊月十二，毛小虎奉旨入京，因为来得急急忙忙，甚至没有官员前去迎接。等到毛小虎持着圣旨进了内城，京中的人才知道传说中的毛小虎来了。

然而人们知道的时候已经太晚，各路想去长长见识的人马都扑了个空，毛小虎已经被紫宸殿的宫人引着直入内宫。也不知他和皇帝说了些什么，第二天早朝，刘未的旨意就下来了。

毛小虎被封为征夷将军，协助征南大将军苏武义讨伐蛮族叛乱，是为偏将。

更让人啧啧称奇的是，毛小虎年前在兵部办好手续，就直接从京中去东南了，不带一兵一卒，只从宫中拖走四五箱子的东西。

据说，这四五箱子的东西极沉，宫中的马车都载不动，车轮在地上留下了深深的痕迹。宫中的侍卫将这四五箱子东西一直送到毛小虎暂时住的地方——鸿胪寺安排的京官下榻之所，然后便都没离开。

这几箱子东西出宫的时候，动静太大，还有金铁碰撞之声，一时间各种说法传得沸沸扬扬。有说那几箱子里全是招安用的金银珠宝；也有说那几箱子是宫中珍藏的兵甲，装备精兵强将用的；还有一种最让人生畏，也是传得最广的说法，说那几个箱子里是代国目前最先进的一种兵器——神机弩。

神机弩，是代国国库最丰盈的惠帝时期，由能工巧匠打造出的一种极强的弩。这种武器装有机关，只要拉动机簧便可发射，完全不用像弓手一样经过长年累月的训练才可以投入实战，而且一次可以发射四支箭，也使得它的机动能力大为提高。

但由于这种武器太过精密，制造每一处零件都需要花费很长的时间。而且机簧一旦损坏，必须返回维修，寻常匠人连拼装都不容易，所以虽然它的射程极远、威力强大，却无法在军中推广。

反倒是普通的弓箭，因为可以大批量生产，一直是军中神射营的主力武器。

此外，普通的床弩、脚踩弩，因为杀伤力极大，也渐渐取代了这种有些鸡肋的武器。

但它的便于携带性和随时可以装备出一支军队的属性，还是让它成为皇帝最为青睐的一种防身武器。从惠帝起，几代帝王都秘密地命令工匠制作一些神机弩，以备不时之需。

实际上，这种武器是传闻多，见到的人少。因为见到的人少，它被传得越发玄乎。有人说它是可以连发的强弩，有人说它的每一支弩箭锻造时都淬有剧毒，还有人说它可射出四百步……

正因如此，毛小虎成了许多好奇的达官贵人最想结交的对象，不为别的，就算能知道他那几个箱子里装的是什么，为何抵得过千军万马，也算是一种了不起的炫耀了。

可惜这位毛小虎将军一回了住处就闭门不出，谢绝了一切客人。加上如今保护他的都是宫中禁卫，所有有心结交之人都铩羽而归。

就在人人都以为这位毛小虎将军恐怕要熬到出京都不出门的时候，他却十分懂规矩地在离京之前去拜访了兵部。

除了因为兵部相关的手续已经办好，他得去亲自领取以外，更多的是因为他能得到皇帝重用是兵部举荐的，他得去报恩，报答兵部主官的提点。

毛小虎去了兵部，从一进门起，就有许多好奇的兵部官员或近或远地围观，惹得毛小虎有些不自在。

当知道兵部所有的官员都在兵部尚书雷震的书房里加班时，这位毛将军眼睛瞬间瞪得浑圆。

无奈他上门就是为了拜访兵部尚书并几位主官的，所以只好硬着头皮进了兵部的主官班房。

等他被引着进了门，莫说屋子里坐着的众人有些吃惊，进屋子的毛小虎也是吃了一惊。

兵部主官和刘凌会吃惊，是因为毛小虎身材瘦小，皮肤黝黑，长得并不起眼，要不是一双眼睛炯炯有神，他看起来倒像是这次被征讨的蛮人。

除此之外，他的身上有武人少有的精明圆滑气质，但这种气质倒不让人讨厌，只是更加让人好奇罢了。

毛小虎因为长相受人轻视也不是一天两天了，所以对众人的眼光是完全不以为意的。他吃惊的是这些掌管着代国军事最高指挥权的主官，居然一个个胡子拉碴，蓬头垢面，眼睛里满是眼屎和血丝，哪里有半点上官的样子？

说他们是一群叫花子还差不多！

除此之外，班房的窗户紧闭，除了他进来的小门，竟没有一处通风。大概是怕气闷，屋内也没有炭盆，一群主官哆嗦着挤在一起，看到他来了，使劲跺了跺脚才能站起身子，显然是已经冻僵了。

更别说，他还能隐约闻到一股熟悉的骚气……

别说他不明白那是什么，男人嘛，三急随意是正常的，想来他的军营角落里经常有……

咳咳，走神了。

毛小虎打起精神，见雷尚书上前迎接，连忙纳头便拜："末将谢过兵部诸位上官举荐之恩！诸位对毛某有伯乐之情、再造之恩，末将日后必会报答！"

雷尚书臂力极强，心中也抱着试一试这个汉子的想法，便伸手强硬地把毛小虎往上拽："提携举荐之恩不敢当，我等本来就是兵部主官，选拔英才是吾等的职责……咦？"

他又用了几分力，却发现提不起这个汉子，脸上立刻露出了诧异之色。

毛小虎却不管不顾，对着雷尚书和其他主官拜了三拜，这才直起身子，满脸感激之色。

等他站直了身子，眼睛的余光一扫，才发现屋子里还立着一个少年，穿着月白滚金边的皇子常服，他顿时惊得脚下一软，又拜了下去："不知有位殿下在此，请恕末将无礼！"

刘凌本不想出声，多观察几下，如今倒是被这武将一惊一乍的动作逗笑了，也学着雷尚书走了上去，虚虚扶起他。

雷尚书有意试探，毛小虎想要向主官表明自己的能力，自然是使出浑身的本事。可这位皇子搀扶他，他却是不敢使蛮劲的，一托就起，看得身边原本担心不已的雷尚书松了口气，继而更加放心。

这个毛小虎有本事，有眼力见儿，还有城府，是个能做大事的。

想到这里，雷尚书笑着开口："你还真要多拜一拜三殿下，我们会发现你这么个人才，还是因为殿下从往年的军册之中将你挑了出来。"

他知道毛小虎进了宫肯定和皇帝就军中的陋习、恶迹深谈过，也不避讳这些问题，将刘凌如何发现账目不对，兵部主官如何审计，如何查出十四座军镇报过损耗，又如何从中挑出最合适的毛小虎，说了个明白，也是有意为这位三殿下拉拢人才。

兵部左侍郎也是个识趣的，递来刘凌那日计算出的赣州军营历年经营的情况，直看得毛小虎眼睛眨都不眨，背后却是湿冷一片。

如果他在这些年里账目有所不对，又或者有了动兵库的主意，如今就不是站在这里等候重用，而是名字被送到御案上，洗干净脖子等着抄家灭族了。

想到这里，毛小虎干脆直接对着刘凌跪下来，重重行了个大礼。

"将军不必这样，也是将军经营有方，操练得当，才有今日的机缘。如果你是个中饱私囊的蛀虫，如今也就在那一堆名单之中了。"刘凌笑着又去扶他，"只是我好奇得很，看将军也不像是荒唐之人，为什么会有贪杯好色之名，还屡屡不得晋升？"

说到这个，毛小虎不由得露出苦笑，挠了挠脸，说出了原委。

原来他从小顽劣，结交了不少狐朋狗友、游侠无赖，后来蒙荫入军，往日的朋友纷纷找上门来，他这人对朋友极为仗义，只要身家清白没有前科的，就一起收入了军中。

于是乎，朋友又带朋友，军营里的人也越来越多。

刚开始的时候，贪杯是真的，因为朋友相聚，总要多喝几杯，后来因为这件事屡屡出差错，他便不敢喝了。可是他发现一旦他离任晋升，就只能带走三百亲兵，可他帐下的至交好友何止三百，一旦他走了，这些人前途未卜，恐怕日子过得也和其他被克扣粮饷的兵卒差不多。他也就断了自己的念想，在赣州一地慢慢熬着，每到要晋升的时候，就弄出点劣迹来，断了自己的前途。

至于好色，他更是冤枉。

他在家乡原本有一婚约，是父母生前定下的。只是他命苦，母死守孝三年之后，父亲又去了，又守孝了三年。那女子从十四岁熬到十七岁，眼看着又要再熬三年，女方父母怕耽误了女儿，加之他那时守孝，刚刚混到手的差事因为守孝也丢了，前途未卜年纪又大，婚事就被退了。

他被人退了婚事后，原本已经淡忘了此事，可他那未婚妻死活不愿另嫁，在家中寻死觅活要履行婚约。自古婚姻之事是父母之命、媒妁之言，这件事传了出去，女子家不仗义就人尽皆知，受不住舆论压力，这女方家就举家搬到了别处。

他的未婚妻坚持了两年，终于还是被家人另外订下了婚约。那时候她已经是十九岁的老姑娘了，定不了什么好的亲事，家人就将她许给了邻县一名三十岁还没有娶妻的告老官员之子为妻。

虽然对方年纪大了点，家里也只有父亲曾经为官，自己是个白身，但毕竟是官宦人家，说出去也不算丢人。

这件事本该就这么完了，但毛小虎朋友多，不少人都很关心这位有缘无分的

"嫂子"，知道这女人要嫁了，就给毛小虎报信。他的朋友中有些人也常出入勾栏，探到了一个消息，便是他那黄了的未婚妻所许的男子，之所以到了三十岁还没有娶妻，是因为他的日子过得极为糜烂，曾在勾栏里得了脏病，一直没有根除，所以没有女子愿意嫁过去，连买的妾都活不了多久。

毛小虎想着曾经有过一场婚约，且那未婚妻也是个有情有义的女子，便上门去告知这男人的恶迹。结果女方家也不知是不信还是恨他，竟说他胡言乱语，把他打了出来。

他那时年轻气盛，便带着一群游侠朋友齐齐去了那男人的家里，将他扒光了倒吊在女方家的门前，露出得了病的身子。这男的出了这么大丑，又不敢惹这一群亡命之徒，只好把婚约退了。

又过了大半年，毛小虎出了孝，恢复了官职，便规矩地带着彩礼、请了媒人去向曾经的未婚妻重新提亲，希望重续婚约。结果女方家情愿把女儿送到尼姑庵里剪了头发做姑子，也不愿意将女儿许给他。

他得知消息后，暴躁的脾气一发作，又大闹了尼姑庵一场，把差点被剃度的未婚妻抢了出来，接到了赣州，找了几个媒人，又在昔日朋友的见证下，就这么和人家姑娘成了亲。

就因为这样，女方父母一纸状书送到了官府，告他强抢民女、无媒苟合。而曾经出了大丑的那个浪荡子，如今在隔壁几个乡都找不到媳妇儿，也有怨恨，也跟着一纸状书，把他绑票、殴打、威胁等恶行告了一遍。

毛小虎身上带着军籍，当地官府不敢擅自决断，就把状子递到了都尉府和军中。后来毛小虎因为这件事差点掉了一层皮，很是艰难了几年，才渐渐又靠着自己的能力和昔日朋友的帮助慢慢爬了回去。

如今毛小虎和那位姑娘已经有了三子一女，十分恩爱。只是因为当年没有通过父母之命，这"无媒苟合""私奔"的名头一辈子都背在毛夫人的身上，毛小虎也确实强抢了民女，这件事就这么越传越是不堪了。

一屋子男人听到毛小虎的往事，眼睛都亮了，连连叫好。

刘凌是个少年，对这些乡野间的事情接触甚少，听到毛小虎扒了人家衣服，将对方倒吊在女方家门前时更是眉头直皱，但不得不说，这种事让人十分痛快。他心里虽然知道这是不对的、有违律法的，但还是听得津津有味。

兵部这些汉子更是如此。时人从军，除了将门出身的，大多就是从小顽劣、好勇斗狠之人，留在乡间也是祸害，不如送到军中打拼。他们大多年轻时都有一言不合呼唤众友打架斗殴之事，就连雷尚书这样看起来稳重之人都有过年少轻狂之时，听到毛小虎说起这件事情，自然拍案叫好。

换了礼部的官员，听到这样的事估计就要骂寡廉鲜耻了。

因为这段往事，毛小虎的形象又好了几分，兵部诸人也对他不拘一格的行事风格有了深刻的了解。两方寒暄了一会儿，毛小虎突然面色一变，严肃地向着兵部尚书和刘凌拱了拱手。

"能不能请二位借一步说话？"

第十五章
穷鬼？富婆？

　　毛小虎的为人，三言两语之间也就明白了，加之他是即将出京的征夷将军，苏武义的副将，自然不会无缘无故要和他们私谈，两人自是允了。

　　雷震和刘凌随着毛小虎到了兵部一处四周空旷无人、绝无遮挡之地，只见他环顾四周后，对二人行了行礼，低声说道："末将接下来说的这件事，对陛下也已经说过，思来想去，兵部也应该有所准备，以免到时候慌乱。"

　　他不动声色地卖了个好，继续说道："大约是从五年前起吧，各地的军中都有商人来收购兵甲武备。这些人常常以购买公田收成或是放贷的商人身份出现，推杯换盏之间，便透露出要买兵甲武备的意思，价格超过市价两倍，还可以用不显眼的田产、珠宝等财物置换。

　　"末将不是个不爱财的，也曾和这些商人打过交道，只是末将爱财之外，更加爱命。起先末将还以为他们只是一群投机之人，可末将去有旧交的将领那里打探之后，发现这件事绝不是偶然。"

　　毛小虎话里所表达的意思，让雷尚书和刘凌齐齐一惊。

　　"说来惭愧，末将去打探消息，原本是想知道这些商人给其他人的价格几何，可打探完，末将真是怕了！好处太大，大得让人心里不踏实！"

　　毛小虎摇头晃脑道："但凡倒卖兵库中的兵器，多是以损耗严重为名义，即使倒腾出来，如何销出去也是个头疼的问题。可现在有商人送上门来销赃，又可以贩卖粮食的名义运送出去，大部分人都难以经受得住这种诱惑。加上这些商人财大气粗，一回两回，食髓知味，又有把柄在别人手里，这些将领便越发收不住手了。

　　"末将拒绝了这些人的好意，却拦不住这些人年年上门。直到去年，那些商人不上门了，末将却几次遇刺。"他拉开自己的衣襟，露出胸口一尺长的刀痕，"若不是有亲兵相护，末将差一点就横死街头了！

　　"想来末将是拦了别人的路，他们收买不了末将，干脆想在这个位子上换个好收买的人。"他慢慢地整理好自己的衣服。

"雷尚书、殿下，这些商人绝不是什么普通的黑市商人，恐怕是一群真正的亡命之徒。他们有钱、有门路，还有死士，末将甚至怀疑军中已经有人和他们狼狈为奸，一旦陛下发现了军中这些猫腻，就要立时发难。无奈末将人微言轻，名声又差，想要上奏，一没有门路，二怕打草惊蛇，实在为难得很。若不是两位对末将有提携之恩，末将恐怕也没有什么门路把这件事说出来。"

"将军是位义士。"刘凌施了一礼，"我为天下的百姓谢过将军。"

"不敢当，我毛家出自萧门，一门不是良将便是烈士。如今萧家虽然已经没有人了，但真要做了祸国殃民之事，末将也无颜去见地下的列祖列宗和萧老将军。"毛小虎难得地叹了一口气，不过是六尺的身躯，在这一刻看起来竟无比高大。

"雷尚书深受陛下信任，殿下也是年少聪慧，末将不过是一介莽夫，对于此事起不了太大的作用，唯有尽心报国罢了。"毛小虎顿了顿，"只是山高水长，末将久在南方，又知道一些内幕，对此去的境况实在有些担忧。如若末将此去有个万一……"

他的眼眶通红。

"末将无用，为将这么多年，上不能报效国家，下不能养家糊口，得了一些银子也都和朋友及士卒们分了。当时觉得快意，但如今想来，竟没给家中留些什么。"这汉子说到没钱，脸上升起一丝愧色。

听到毛小虎的话，雷尚书眼睛微微泛红，脸上浮现出追思之情。显然，这一幕他曾经见过，一时引起了感慨。

刘凌更是年少情切之时，哪里见得了这个，一时间鼻子酸得不行。

"内子性子倔强，若末将有个万一，她是断不会改嫁的，也不会接受末将那些朋友的接济，恐怕日后会过得很是艰难。若是……若是……"

当兵打仗的，都不愿意说那个字，免得不吉利，没有的事也被说成有了，毛小虎竟半天说不出全话来。

"若是……还请尚书和殿下看在末将为国……为国……"他的声音有些哽咽，一张脸已经红到了耳根，"为末将多求些抚恤，好照料家人。"

说完，他深深一拜！

雷尚书听了毛小虎的话，感慨不已，就差没拍胸脯保证了。只是他担心这么保证一番触了霉头，所以没有言语，但红红的眼睛却出卖了他。

刘凌更是满脸感动，跟着回拜："将军的嘱托，我必铭记于心！"

怎么能让这样的义士流血又流泪！

真不愧是萧门忠烈之后！

有了毛小虎犹如遗嘱一般的委托，雷尚书和刘凌送毛小虎出门时甚至多了几分凄凉之感。兵部诸人看到尚书和皇子这副眼眶通红、神色激昂的样子，都吃了一惊，不知道这位毛将军做了什么，让这两人变成了这样。

两人送毛小虎出了兵部，看到他像是对前途一片不安的样子，刘凌突然福至心灵，不由得脱口而出："难道传闻里将军那几箱子东西，确实紧要至极？"

此言一出，刘凌连忙捂住嘴，环顾左右，还好除了雷尚书也没有什么旁人，唯有毛小虎瞪大了双眼，满脸震惊之色。

刘凌见到毛小虎的神色，心中更加确定，就没再说话。

雷尚书却像是出了神，喃喃道："难道真是神机弩？这么多年，老夫只见过一把神机弩，还是在太后那里见到的。"

没有人对这件武器不好奇。

毛小虎却像生怕会说漏了嘴一般，连忙向二人告别，跨上门外已经牵来的战马，急匆匆地向着内城外而去。

话说毛小虎骑着马一阵小跑，直跑到无人的地方，才翻身下马，靠在墙角捧腹大笑了个痛快。

"哈哈哈，京中的大官和宫中的皇子都是这么单纯的吗？"毛小虎一边擦着眼泪，一边自言自语，"还是老子骗人眼泪的本事越来越厉害了？他们居然一点都不怀疑！不过正因为他们是这样的人，所以我才敢对他们这样啊……"毛小虎慢慢擦去笑出来的眼泪，靠在墙上，幽幽地叹道。

"这样子，我在皇帝面前应该有个好名声了吧？唔，希望日后赐下来的赏赐会更多点。"毛小虎喃喃道，"居然有人会相信地方的将领不谋私利？这时候没有好处当什么兵？谁会饿着肚子办差啊！"

他抓了抓脑袋，向四周看了看："这是什么地方？算了，反正内城就这么大，边找边看。"

毛小虎想着，他做了这么多，又在外面留了这么长时间，大鱼应该上钩了。

他牵着自己的马，走得极慢，想要拖点时间再回去。

夕阳之下，一人一马，被拖成两条细长的剪影，在内城不停地游荡着，引起不少人的注意。

*　　*　　*

夜晚，方府。

"你确定你的人看清楚了？"方孝庭难以控制地从案后猛然站起，"确定是神机弩？！"

"千真万确！"方宜君重重地点着头，脸上是说不出的喜色，"他在礼宾院的仓库里也不知待了多少年，我都以为他派不上用场了，谁能想到他还有这个本事，在库房和他的住处之间钻了个地道！"

那人恐怕也是为了能偷些贡品之类的东西，才有了这个心思。

不过这时候谁去管他，能带来好消息才是真的！

"父亲请看！"方宜君从怀中小心地捧出一块机簧。

他怕父亲看不明白，指了指机簧里面刻着的四个小小的字，不仔细看，根本看不出来。

上面写着"神机十七"的字样。

"当年惠帝打造了三百神机弩，每把皆有编号和制造的工匠印记。我那暗人费尽心思开了一个箱子，因为时间来不及，拿不出整把弩来，只掰下了这个机簧。"

方宜君用狂热的眼神看着眼前几乎称得上巧夺天工的机簧。

"就是这个机关，能让神机弩连发五箭，哪怕儿童的力气也能使用！"

他小时候在一个纨绔家中见过这种武器的图，那朋友的父亲是将作监的少监，家中世代在将作监为官，也参与了这种武器的研发和制作，自然比其他人都明白这种武器的可怕之处。

而且不知道是为了出其不意，还是有其他什么原因，明明可以射出五箭的机簧，从被制造出来起，传言都是说它可以连射四支。

想象一下吧，在你经受住四轮的射击，以为终于安全的时候，还有一箭等在后面，在你毫无防备之时正中目标，该是何等让人胆战心惊！

"如果是神机弩，如果是神机弩……"方孝庭难掩激动之色，捏紧了拳头，"只要给我五百甲士……"

"只要有五百甲士，足以冲上紫宸殿！"

方宜君接下了方孝庭的话。

"光能冲进紫宸殿无用，守卫宫门的侍卫是我们无法插手的。"方孝庭摇头，"就算能五轮齐射，但宫中还有不少弓箭手，这件事还需要从长计议，但是这批神机弩……"方孝庭谨慎的性格让他在仔细分析之后慢慢恢复了冷静。

"毛小虎究竟有什么长处，居然能让皇帝拿出这种神兵利器？神机弩易得，难的是它所用的铁矢，就算箱子里装着的是弩，估计也是铁矢占多数。铁矢这东西，只要有一两个样本，我们就能自己造。"方孝庭思索起来，"难道毛小虎有什么过人之处？"

"父亲，毛小虎马上就要离京了，下不下手，我们必须早做决定！"方宜君却是完全抵挡不住这个诱惑，连连催促。

"去让你的人做准备吧，但先不要下手，我要再多查探两天。"方孝庭摸着胡须。

"是！"方宜君喜出望外，犹豫了一会儿，又说道，"父亲，您说二皇子会看上婉儿吗？她又不是什么绝色美女，而儿子毕竟只是个白身。"

"他能做得了什么主？我不过是逼着皇帝着急，赶快给他纳妃罢了。毕竟陛下也不想京中传出什么皇子臣女私相授受、矢志不渝的传闻来。"

方孝庭拍了拍儿子的肩膀："我知道你在想什么，可做公主，有时候比做皇后更自在，你说呢？"

方宜君不敢接话，露出了惶恐的神情。

"我年纪大了，能为你们谋划一天是一天，日后的路，还得你们兄弟自己走。"方孝庭看着屋梁，眼神中大有深意，"二殿下是个好孩子，让两个孩子多接触一些，也是好事，你别太担心了。"

"是，只是兄长那边……"方宜君有些为难。

"你该做到的，尽力去做，在这一点上，你兄长做得比你好。"方孝庭有些不满地哼道，"听说你孙子已经把手伸到你大哥院子里去了，想要夕方湖里的天鹅？这种事，我这一把年纪的老头子都不好说出口！"

方宜君听到父亲说起这个，心中把孙子骂了又骂，面红耳赤道："儿子一天到晚在外奔走，他们在地方上无法无天惯了，是儿子管教不力。"

"这一点上，你大哥做得比你好。他其实更适合守成，只是现在这情况，也守不了什么，一不留神就满盘皆输。可我看你那些乱七八糟的儿子、孙子，也都是不成器的。"方孝庭心中也有些动摇。

就算得了江山，总不能只稳一代。方顺德的性格太稳，但至少儿孙养得都好。方宜君有野心、有手段、有能力，但在教子上，大不如方顺德。

况且顺德已经五十岁了，他的眼光是不是该放长远点？

方宜君见到父亲定定地出神，哪里会想不到父亲在想什么，顿时心中又气又不甘。

想到自己冒着这么大的危险，放弃了前途和未来，在外面为方家和父亲奔波，才挣下了如此的局面，而兄长每日坐在府中，不过做着父亲的应声虫，就能得到偌大的名望，他更加生气。

不就是因为兄长生了个好女儿，嫁到了宫中吗？如果他方宜君的女儿也能嫁入宫中，那他也是名正言顺的国丈，有什么区别？

父亲明明答应过他……

真是人一老，就越发犹豫了！

方孝庭是独断专行太久了，两个儿子也乖顺太久，越到成事之时，越发看不出两个儿子之间的暗潮涌动。

甚至于，他还觉得两个儿子还是小时候那般相亲相爱，即使面对着他这继承人的位子，也会相互谦让，兄友弟恭。

他考虑的，永远只有方家的利益和自己的利益。

所以方顺德和方宜君开始为自己考虑，也就不足为奇了。

＊　＊　＊

城南，王韬家中。

"二皇子居然真收了他们做幕僚？哈哈哈！我根本没想过事情会发展得这么顺利！"陆凡大笑着摇头，"我该说是二皇子太过心急了吗？居然不去找几个人细细查过他们的出身和来历就用！"

"我看他未必是不查，而是没办法查。"被陆凡称为"猢狲"的好友朱谦也笑着说，"皇子不比其他行卷的达官贵人，手能伸到宫外的机会极少。我看他们两个恐怕也是因为这个，才把行卷的对象对准了二皇子。"

"现在能和三殿下争夺皇位的只有这位了，此事应当何时才发？"王韬左右看看，苦着脸说，"还有，现在我等已经没有阿堵物了，就算那些孩子得了进士，甚至中了三鼎甲，我们也没钱给他们谋取官位了啊！"

昔日王韬有一手伪造名画的本事，他性格又放荡不羁，常常还作一些精品的春宫画卷牟利，这些钱足够他们用，顺便还能资助薛家那仅剩的传人在书院里读书。

遇到真的惊才绝艳却没有门路和财帛买通吏部授官的寒士，他们也能想办法资助打点，得了不少人情。

但自从王韬在《东皇太一图》上动了手脚之后，再伪造丹青子的图是怎么也不能了。春宫画卷得来的毕竟是小钱，只够日常花销。这一次的恩科可以说是这屋子里的人共同推波助澜推出来的，但如果不能让那些太学生得到自己想要的，他们迟早也会被抖出去。

只有所有参试的太学生都拧成一股绳，成为同进，日后才能在官场上相互提携，发挥最大的作用。否则就和之前那么多次科举一样，有钱、有势、有背景的去做了官，无钱、无势的当了吏，有钱、无势的一辈子在小官上煎熬，到最后还是各自为战，不能站稳脚跟。

陆凡从不担心自己提点的那些学生不能中举，但过了礼部试和殿试只是开始，最关键的还是能不能在吏部的选试中脱颖而出，得到合适的官职。

代国的科举，中了举得了进士之后，除了三甲是皇帝亲自授官，其余进士都只是得到了为官的资格，有缺方能上任。即使是上任，也分上等的肥缺和无人去的下缺，到底哪个缺授给谁，就看吏部的选试成绩如何。

譬如那个在礼部里做着不入流小官的蒋文书，当年也是一介进士，只是没钱打点，成绩又不见得多出类拔萃，连续三年在吏部的选试里落选，最终只能选择仅能养家糊口却没什么升迁前途的官职。

如果说礼部试和殿试还算公平的话，那吏部的选试简直就是一场家世、财力和能力的大比拼。选试的结果基本是吏部一手遮天，外界有"三千索，直入流；五百贯，得京官"之说，可见吏部官员敛财之巨。

一向最能赚钱的王韬大呼"没钱了"，顿时憋死了一屋子赛诸葛。

他们再有本事，凭空造钱的本事却是没有的，可眼见着用钱的时候到了，刹那间，叹气声不绝于耳。

"老陆，你在宫中教导皇子那么久，总有些所得吧？我记得你挺能占便宜的啊！"

"囊空恐羞涩，留得一钱看。"陆凡尴尬地摸了摸鼻子。

每次一占便宜，那女人就狠狠地嘲笑他，弄得他已有好久没有在那位殿下面前敲竹杠了。

"朱谦你呢？我记得你在外面还有不少门路。"王韬心中升起一丝希望。

"别说了，我在留春坊看上了一位娘子，没宿上几次，钱就没了。"朱涛掏出自己的钱袋，倒了倒，什么都没倒出来，"我现在啊，朝餐是草根，暮食乃木皮。"

"滚！"

"就你哭穷！"

"你能不能把腰包拴紧了？"

"唉，一文钱憋死英雄汉啊！"

"唉！"

"这吏部，陛下就该把里面那些官员全都给砍了！"

"杀是杀不尽的，只不过会产生另一批同样的人。吏部的选试如不更改规矩，便永远是吏治的毒瘤。"陆凡叹了口气，"除非陛下……"

"先生，先生，外面来了许多人！"王韬的书童慌慌张张地冲进了屋子，磕磕巴巴地叫唤道，"有……有……有马车进不了巷子，在外……外面堵住了！"

"怎么回事？"王韬大惊失色，站起身来，"我这地方这么偏僻，怎么会有马车来？"

"是不是你家什么亲戚来走动了？"陆凡好奇地问。

"这里是我买来清净的地方，除了你们几个，根本没几个人知道，哪里来的亲戚走动！"王韬直奔门外，边走边问，"你可问过来人是谁？"

"问了，为首的相公自称是王七。"书童连忙恭敬地回答。

"王七？"不认识！王韬心中疑惑更甚。

陆凡和其余诸人跟着出门看热闹，只见王韬门前的巷子里卡了一辆宽大的马车，马车上毫无纹饰，且是平民用的制式，丝毫看不出是什么来历。

马车不远处站着一位一身黑衣的男子，正指挥着带来的手下从马车上卸下东西。然后那男子径直抬着箱子从巷子里走了过来，弃了那辆马车。

从马车上卸下来的是商人常用来运货的樟木箱，四四方方，极为普通，抬箱子的看起来也只是一些普通的力士之流。

唯一引人注意的是这位黑衣汉子身边跟着的一个魁梧汉子。此人身高足有八尺，长得仪表堂堂，腰间藏有兵刃，只是表情木讷，看起来应是保镖之流。

仅凭这两人的打扮和气质，就足以让陆凡和王韬等人皱起眉头了。

他们都是文人，极少和武人及商人打交道，性格里也有些文人固有的清高，不愿意和这些人接触，此时乍见来了这些个不速之客，当然有些奇怪的神色。

一群力士将箱子直接抬到了王韬家的门前，黑衣男人上前几步，对众人行了一礼，朗声问道："请问陆凡陆博士可在此处？王某的家人在国子监得到消息，说是陆凡博士来了这里。"

"咦，老陆，找你的！"王韬正准备闭门谢客，一听是找陆凡的，连忙偏过头看向陆凡。

"请问阁下找陆某何事？"陆凡上下扫了王七一眼，又看了看他身后的箱子，"我和阁下应该没见过面吧？"

"我们确实从未谋面过。"王七笑了笑，"鄙人是酒泉王家商队的当家人，受三殿下之托，来找陆博士送几箱东西。"

"送东西？什么东西？"

"送……"王七拍了拍手，脸上的笑容更加灿烂了。

身后的王家力士齐齐动手，掀开了箱子的盖子。

刹那间，箱内的真金白银在日光的照耀下熠熠生辉，差点闪瞎了一干穷货的眼睛。

第十六章
种马？皇帝？

今年冬天的京城，比往年都要热闹。

先不提明年三月要参加礼部试的士子，皇帝想要召见商人重新选拔皇商的消息，使得京中商人如织，各方酒楼客店住满了来往的客商和士子，可谓一房难求。

有些住在东城或南城的人家看出其中的商机，收拾了自家的院落，专门租赁给那些希望有清净之地读书的士子，也赚得盆满钵满。

士子多，青楼楚馆的生意就特别好，只是生意好的结果就是今日这里打架，明日那里争风吃醋。所谓文人骚客，许多文人不觉得这些有辱斯文，反倒是风流韵事，也实在让人叹息不已。

因为士子、商人、投机之人混迹京城，于是京城中鱼龙混杂，三教九流也在年底纷纷开始混口饭吃。京城治安变得极差，京兆尹冯登青这段时日可谓忙得焦头烂额，即使京兆府全员出动，也顾不过来。

只能庆幸今年陛下不准备登楼观灯了，否则京城这么乱，发生踩踏之事都有可能。

年底不仅仅是普通人家和官宦人家事忙，宫中也忙乱得很，只是宫里如今没有皇后和贵妃，无人理事，连今年的宫宴都免了。

肃王尚未清醒，肃王妃只能自己入宫请安，但肃王生母、养母都死了，儿媳和公公接触有些不合时宜，所以刘未下了一道恩旨，准肃王妃今年不用进宫，安心照顾肃王即可。

刘凌和刘祁都去拜见过自己的兄长，只是他一点起色都没有，对外界也没有什么反应。但看得出他被肃王妃照顾得很好，气色很是红润，也可以照常进食、出去散散步什么的，除了眼神呆滞了点，看起来倒和常人一样。

见到兄长这个样子，刘凌和刘祁也只能在心中叹息。只是他们如今自己都百事缠身，既要忙于功课，又要参政历练，加上内忧外患不断，实在也为这位兄长做不了什么。

代国是有宵禁的，在京城中，夜间不得出行，但宵禁在过年期间可以解除，所以还未过年，家家户户已经扎起了灯笼，做起了花灯，等着上元节挂出去，好一起乐呵乐呵。

即使是官员，过年也有六日休沐。虽说作为京官，放假和不放假没什么两样，皇帝一声宣召就得入宫，但至少到了这些日子，衙门里的事务便少了起来，也算是忙里偷闲。

只是这忙里偷闲的人绝不包括刘未。

"陛下，老奴今日看三殿下的袖管和裤腿，似乎又短了一点。"岱山伺候着刘未的笔墨，似是有些犹豫地说道，"三殿下的身量长得快，后宫又没人注意着，是不是要往东宫里调派几位伺候针线的宫人？"

"咦？老三的衣服又短了吗？"听到岱山的话，刘未抬起头，"他可不能衣衫不整，上元他还要替朕去参加灯会，与民同乐呢！"

我的陛下啊，天那么黑，谁看得到他穿的衣服短了一截啊！只是上朝看起来就太明显了！

"不仅是这样，冬日严寒，衣服短了就会着风，如果得了风寒就不好了。"岱山顿了顿，"宫里现在没有娘娘主事，两位殿下的衣食住行总有些安排不妥的地方。"

"你传朕的旨意，将尚服局几位主事罚俸半年。没有人主事，就不按四时为皇子们量体裁衣了吗？若有再犯，直接拖去宫正司，不必再向朕禀报了。"刘未的精神全靠药撑着，哪有心力管这些鸡毛蒜皮，"现在再做已经来不及了，你等会儿去挑几件朕没穿过的大氅给老三送去，应应急！"

"那二殿下那边……"

"老二那边，也挑几件吧。"刘未摆了摆手，"这种小事不必问朕，你看着办吧！"

"老奴惶恐！"岱山连忙低头，"老奴一定给办妥帖了！"

"现在朕顾不上这些琐事，我知道你素来细心，如果有朕没注意到的地方，你尽管去安排。"刘未又追问了一句，"李明东那边的药，可送上来了？"

"说是在配。"岱山有些紧张地回答。

"催他快点。"

"是！"

刘未给岱山安排了一些琐事，这才埋首奏章之中，批阅着那些像是永远也批

139

不完的奏折，直觉得心力交瘁。

他抬起头，活动了一下筋骨，正准备继续写，身边负责伺候他起居的内侍却有些不安地劝阻道："陛下，虽说公务繁忙，但您已经忙了一天，该歇息了。您晚膳还没用呢！"

刘未看了看天色，再摸了摸肚子，点了点头。

"朕就在这里用膳吧，吩咐传膳。"

"陛下，要不要在哪位娘娘的宫中用膳？"内侍试探着问道，"用完膳后，也好休息休息……"

刘未的脸色一下子黑了下来："朕要如何行事，需要你来指手画脚？"

那内侍见自己一句普通的建议竟引得天子勃然大怒，惊得连忙跪下："陛下，老奴不敢，只是陛下忙于案牍之中，一刻也不得放松，老奴担心您的身子啊！您总不能从早到晚都不休息吧？"

"滚！朕如今分身不暇，哪有时间去后宫里闲晃！要是让朕知道你收了哪宫的好处，朕剁了你的双手！"刘未暴喝。

"老奴遵旨，老奴这就退下……"

刘未喜怒无常的时候没人敢招惹，可怜那内侍一把鼻涕一把泪，在宫人们同情的眼神中，连滚带爬地逃离了宣政殿。

刘未见他走远，一下子跌坐在御座之中，明明是刚刚看了一半的奏折，却怎么也看不进去，越批越是烦躁，最终还是忍不住"啪"的一声，掰断了自己正在用的毛笔，一下子掷于堂下。

他以后的日子就要这么过了吗？每天和奏折为伍？

刘未寒着脸。

不行，他要再试试！

*　　*　　*

方府。

"最近有什么消息没有？"方孝庭站在一张地图前，一边指指画画，一边漫不经心地问着身边的儿子。

方顺德已经几日没有睡好了，各方的消息都汇集到他这里，然后他再进行筛选和分辨，最终将紧要的送到父亲这里来。他已经这样做了无数年。

只是今年年底各方人马都聚集在京中，又是收官的时候，方顺德毕竟已经有五十岁了，忙碌了一阵子后，就有些心力不济。

他揉了揉眼睛，强忍着困意说道："京中有一位巨贾值得注意，此人名叫王

140

七，是这几年突然冒出来的富商，经营的是西域到京城的生意。有传闻说此人和胡夏国的国主关系甚好，所以能在西域十二国畅通无阻。也有人说他的商行养着一群厉害的护卫，让关外的马贼闻风丧胆，从不敢动他商队的东西。他主要经营来自西域的马匹和珠宝玉器，可以结交。"

他们缺马，任何经营马场或贩卖马匹的商人都值得结交。

"王七？这是什么名字？"方孝庭问道，"他是想争这次皇商的位子？"

"应该是看上了陛下授出的官造织坊，西域那边的商人最青睐的就是丝绸贡缎，方便携带又价值不菲。"方顺德对商人不算太上心，"要不要以这个为由头，让下面的人和他接触接触？"

"你看着办吧。"方孝庭随意地点了点头。

方顺德记下这件事，又继续说道："兵部那边也有消息了，说毛小虎走后，雷尚书有好几日精神恍惚，有一次还喃喃自语'居然不给兵部留几把'之类的话。儿子怀疑他说的是毛小虎带出京的那几个大箱子。"

"这个我已经知道，并安排宜君去查探了。"方孝庭随口回应。

方顺德愣了一下，嘴巴张了又合，说出一个他认为最重要的消息："还有就是，父亲，陛下已经有一个月没有临幸任何妃子了。"

听到方顺德的话，方孝庭突然抬起头："你说什么？"

"一个月前陛下驾临过唐贤妃的宫中，但据说陛下和贤妃起了争执，很生气地离了后宫，没有宿下。之后一个月，陛下更是未曾踏足后宫半步。"方顺德有些难以理解地开口，"宫里传来消息，说陛下昨夜又去了后宫，这次去的是一位才人的殿中，但是那才人连夜被送去了宫正司，昨晚被杖毙了！"

"杖毙了？"方孝庭摸了摸胡子，眉头紧蹙，"陛下又在玩什么新花样？"

"儿子也不知道其中有何缘故，我们在宫中的人手大多在上次放宫人出宫时被清理了，消息并不确切。"方顺德顿了顿，"但陛下这么久不临幸妃子，我们是不是要发动百官催促选妃之事？"

"不，不不不……"方孝庭的手快速地在桌案上敲动，眼神变得晦暗不明，"不但不要促成选妃，还要拖延此事。"

方孝庭抬起头，眼神中出现了一抹狠戾之色："我们该行动了！"

"什么？"方顺德以为自己听错了，"您说什么？"

"我要你和宜君，不计一切代价，杀了三皇子！"

141

第十七章
摘星？ 踏月？

腊月二十二，毛小虎带着浩浩荡荡的车队在天亮之前出了城。守城的卫士受京兆府管辖，却提早开了城门让他出行，显然是早就收到消息，为他破了例。

京城有宵禁，清早一支车队从南门出去，瞒得过普通的百姓，却瞒不过有心之人的眼睛。

一时间，京中暗潮涌动，气氛诡异，显然都对毛小虎带出京的东西抱有极大的兴趣。

另一边，因为元月十五上元节登楼之事，京中各部也在纷纷忙碌着。

上元节，又称天官赐福祭，是代国十分重要的一个节日，不亚于除夕。高祖曾言，上元节在代国有着特殊的意义。这一天，不但是全家团圆的日子，还是一年中少男少女们名正言顺走上街头的日子。

从元月十日起，各家各户就要开始忙着悬挂和测试各家的花灯，即使是最穷苦的人家，也会在门前挂一盏灯笼。

有钱人家的花样更多，有所谓"斗灯"的传统。即使是同一条街上的人家，挂出去的灯也不尽相同，就为了让更多的人能在自家门口驻足。

对商家来说，上元节灯会是最容易赚钱的时机。由于赏灯的多半是一家老小都出行，这一天集市上熙熙攘攘，边走边玩边买的比比皆是。而且很多达官贵人见惯了好东西，对这些新鲜玩意儿反倒比对珍奇异宝更好奇，那些讨巧的手艺人都能赚个盆满钵满。

而对一些想要在上元节有艳遇的男女来说，这个日子又是最让人雀跃而期待的。每年上元节之夜，大街小巷都是人，大家聚在一起游戏玩耍，敲锣打鼓，响声震天，火把、灯笼照亮各方。

为了掩饰自己的身份，上元节的灯会上，年轻男女大多戴着面具，甚至还有女扮男装的大家闺秀和跳舞唱歌的歌伎戏子、杂耍艺人一起戏耍，却丝毫不会被人诟病。

正因为这一天是代国人可以名正言顺地放浪形骸的日子，上元节就成了京中乃至全国最热闹的节庆。所以每年上元节，皇帝都会出来与民同欢，也就不足为奇了。

毕竟这一天京城四处锣鼓喧天，又有灯火照耀京城，即使是皇帝也不愿意苦守在宫中，听着宫外热闹喧嚣，自己在宫中冷冷清清。

正因此，皇帝登楼观灯应运而生。

你若问代国其他地方的百姓，皇帝是什么样子，他们大抵是说不出个所以然来的。但京中和别处不一样，每年皇帝和皇后或贵妃都会登高观灯，还会亲自在城楼上点一盏灯，为百姓祈福。虽说皇帝站得那么高也看不清他长什么样，但京城中的百姓们至少见过了皇帝的真颜。

几代皇帝都热衷于上元节的登高，只有平帝时期因为帝后不和，曾经断了几年上元节的登高，但在刘未身上，是从未缺过一次。

正如景帝所言，皇帝想要知道宫外的事情实在是太难了，只能从细微处推算百姓的生活情况。就拿上元灯会来说，从城中挂的灯多不多、品种如何、歌舞伎班子够不够宏大，都能看得出民间的生计如何。

而那一天来参拜君王的百姓有多少，就直接关系到皇帝的威望如何。

皇帝出巡，在内城是看不到什么的，这登高的楼，是在内城和外城的交接之处，名曰"定安楼"。

此楼本身只有三四丈高，但到了上元节前夕，宫中将作监和工部会在这座城楼上搭起高高的灯楼，四周立有旗杆和梁木，其上缀满巧夺天工的宫灯，远远看去，火树银花，璀璨如天界宫阙，是京中四绝之一。

经过精心搭建之后，登高的楼能从三四丈直达六七丈，而且十分结实，所用的木材俱是宫中修建宫殿所用的木头。这些木头从惠帝时期就开始使用，年年拆拆搭搭，仅费些人工罢了。

灯楼搭好后，每一层阶梯踩上去如履平地，直达楼顶。皇帝和皇后在这一天会登上楼顶，亲自点亮最亮的两盏龙凤灯，然后和京中的百姓一起观灯，欣赏外城的歌舞伎班子在定安门外的表演，直到亥时才回宫。

等到上元节过后，灯楼上的宫灯会被悉数拆下，赐给京中大小官员，嘉奖他们一年来的功劳。这些宫灯皆是宫内所造，算是一件稀罕玩意儿，即使是朝廷大臣，也皆以得到灯楼上的宫灯为荣，竞相攀比自己得到的宫灯如何。

这样一件热闹的事情，对于京兆府来说却是一场噩梦。

每年上元节都有失火的事情发生。从腊月开始，京兆府差吏就要走遍大街小巷，在巷口摆上大缸，督促坊里时时放满可以用来灭火的水。到了上元节那天，因为出行的人太多，各种摩擦不断，京兆府往往要向军中请求调派人手支援，才堪堪能够维持京城的安定。

除此之外，勾搭成奸、拐卖儿童、弄丢了自家孩子之类的事情更是层出不穷。上元节的灯会，年轻人向来有戴面具的习惯，这就给了许多有心之人可乘之机。往往在上元节发生的案子，到后来都成了无头公案。

譬如这家小姐在上元节被人掳走，那家公子在上元节被人捅死，也不是没有。

尤其到了帝后出行的时候，京兆府差吏和禁卫军的十二分精神就都在帝后身上了，更是容易出事。

今年宫中的年节过得特别冷清，刘未并未在麟德殿举办宫宴，只按例宴请了朝中官员。刘祁和刘凌两兄弟去给父皇请了安，除夕守岁都是在东宫里过的。

别人都可以休沐，这两兄弟过年还要做功课，给礼部和兵部的官员写谢帖，忙得焦头烂额。

忽有一日，岱山领着紫宸殿的人送来了刘未用的大氅，又有尚服局的宫人来量体裁衣，两人这才想起来，马上要到上元节了。

今年的上元节因为皇帝明确说了不会登楼观灯，只派了刘凌代天子与民同乐，所以预计去灯楼的百姓也不会太多。不过这已经成了京中的一道景致，也是彰显国力的时候，宫中和京兆府都不敢疏忽，不但刘凌的衣冠鞋帽并浑身配饰都是皇帝亲自过目的，京兆尹更是几次入宫，亲自给刘凌讲解上元节那天的行程和安排。

登楼观灯每年都来一次，无论是宫中还是百姓都已经习惯了，气氛倒是不太紧张。只是对刘凌来说，他第一次被委以重任，还是在这么多百姓面前，要说不紧张是不可能的。

刘祁对于刘凌的差事并没有太多情绪，就如刘凌对刘祁主持冬祭没有表现出什么不妥一般，但他们心中在想什么，谁也不知道。

就这样既兴奋又紧张地到了元月十五那天傍晚，刘凌在宫中侍卫、宫人以及礼部官员的簇拥下，一队人浩浩荡荡地向着定安门上的灯楼而去。

*　　*　　*

定安楼。

已经早早到了定安门前占好位置、等着内城门打开的百姓，直挤得维护秩序的京中侍卫们脸都绿了。

为了保护皇子的安全，清出足够的空场，刘未调派了三千兵马驻守在定安门前。之前早已有京兆府的差吏和禁卫军的人马清理了沿途的要道，百姓只能在定安门外共赏花灯，敢越过定安门半步，立即就会被当场格杀。

由于今年皇帝和后妃都不出现，灯楼顶部安放的也不是龙凤灯，而是一盏足有一人高的鲤鱼跃龙门灯。

去年关中大旱，今年上元节布置的花灯大多是以行云布雨、龙腾虎跃为主题，希望今年风调雨顺、五谷丰登。

宫中和京兆府原以为今年的人数绝不会比往年更多，毕竟来的只是一位皇子，还是个只有十三岁的少年，很多朝廷官员都不见得会来一起登楼，毕竟皇子结党是宫中最大的忌讳。

但他们错估了今年京中留下来过年的外地人人数。且不说节后皇帝要亲自接见户部选拔上来的皇商人选，就说那么多早早来京中租房住店顺带行卷的士子都有不少。这些人并非京中人士，对这一年一度的盛况自然是不会错过的，加上当日会有许多官员到场，说不定碰碰运气就能得了谁的青睐，更是一个个打扮得"玉树临风""风流倜傥"……

"谁挤掉了我的帽子！啊！别坐我头上！"

得，是个捡帽子被人干脆坐脑袋上的。

"我腰上的玉呢？哪个把我的玉摸走了！"

"别挤别挤！哎呦，再挤过去我就要被城墙上的弓箭手射死了！"

这是被挤得滚出去的。

乱成这样，前面有持戈的卫士，后面有源源不断、从四面八方挤过来的人，被夹在中间的最是痛苦。

有钱的达官贵人早早派出下人圈好了合适的位置，身边有身强体壮的家丁护院相护，自然不会被挤出来。

"怎么这么多人，不会有什么问题吧？"王七皱起眉头，问着身边的护卫，"十四郎，去年有这么多人吗？"

被称作十四郎的护卫正是和王七寸步不离的健壮汉子，闻言摇了摇头。

"我素来不爱凑这种热闹，若不是今年那位殿下主持灯会，我是万万不会来的。"王七嫌恶地看着不停涌上来的人潮，往十四郎的怀里靠了靠，有种想要夺路而逃的冲动。

王七是商人，和百姓相比，自然是有钱有势的。但丢在京中，他却什么都不是。所以虽然他在定安门外适合观灯之处占了一块地方，但并不算靠前，有显要官员的家人前来，少不得为了人脉和人情关系，还要让一让。

这一让两让，原本就不算大的一块地方被挤压得更小了。他原本带来的十二个护卫也不得不只留下八个，其余四人留在了外围，唯有十四郎紧跟着王七，寸步不离。

　　王七素来不喜人近身，此时被人潮挤着靠向十四郎的怀里，竟是让十四郎诧异到身体微僵，有些手足无措。

　　他小心翼翼地抬起手，有些迟疑地虚虚环过，隔开拥挤的人潮。一双原本平常无奇的眼睛，突然迸发出凌厉的气势，震慑得原本还想继续挤过来的家丁护院之流定在了当场，不敢再向前一步。

　　他扫视了一圈，发现最靠近定安门的地方有一处空地，居然没有人占位。他想了想，给两个侍卫一个手势，让他们留在原地占住现在的这个位置，然后手臂突然一展，拨开人群，硬生生在人堆中开出了一段路来。

　　"干什么？"王七被十四郎右手一揽，带着向前走了几步，有些诧异地抬起头。

　　"前面空间大一些，如果有人来了，我们再回原地。"十四郎的胸腔一阵震动，浑厚的声音像是在王七耳边响起一般。王七左右看了看，发现这么挤确实不是事，便依着十四郎的意思到了前头。

　　这里视野开阔，左右都是王七能报得上名字的官员，这些官员最少也是户部侍郎那个等级的，再想到这里这般开阔居然没有人敢占，王七心中有些七上八下，不安地小声问道："我们会不会占了什么了不得的……"

　　"马上就要戌时了，还没有来，再怎么了不得的人物大概也不会来了。"十四郎警惕地望着四周，见其他人用好奇又好笑的表情看着他们，只当看不见，继续站在王七的身后护卫。

　　就在王七还想说些什么的时候，城楼后突然一阵喧闹，礼乐声和赞者高唱的声音直入云霄。原本嘈杂不堪的城楼外，竟蓦地静了下来，所有人都竖起了耳朵，听着那后面越来越近的声音。

　　刹那间，就像是突然被人施展了什么法术一般，随着定安楼上的赞者一声"吉时到，点灯"，定安楼上百盏灯被一层层点了起来，只余顶上一盏鲤鱼跃龙门的巨大花灯未亮。

　　月色溶溶，灯火辉煌，宫中的人还未走近城门，就已经在内城的街道上看到了这壮观的一幕。一时间，城门外的吸气声、叫好声、感慨声，不绝于耳，仅此一景，就足以让众人将之前等待的焦急和诸多不快全部抛在脑后。

　　王七即使已经看过很多次灯会了，见到这样的情景还是会被震撼到。他抬起头，似是想起了什么，眼眶渐渐湿润，喃喃自语。

"谁家见月能闲坐？何处闻灯不看来？"

十四郎听到王七的低语，忍不住心中一软，稍稍挺直了身子，替他阻挡着其他人好奇的视线。

好在看灯看到哭的，除王七外，大有人在。

毕竟年年岁岁花相似，岁岁年年人不同。触景伤情，有一番感慨，也是寻常。

随着内城里的动静越来越大，百姓的期待之情也越来越浓厚，有些小孩迫不及待地爬到父母或其他家人的头上，眼睛瞪得又圆又大，屏住呼吸等待着那道城门被打开。

"来了没有？皇帝老爷来了没有？"

"今年没有皇帝老爷，说是宫里死了娘娘，皇帝老爷伤心着呢，不愿意一个人来点灯。"

"死了娘娘也不能不点灯啊！这么多人等着呢！"

"得了吧，你当看猴戏啊！你等着就得出面？"

窃窃私语声不断，更有一些消息灵通的百姓洋洋自得地在卖弄。

"今年来点灯的是三皇子，皇帝老爷的儿子！"

"三皇子？就是那个传说和高祖长得极像的……"

"正是那位，不知道可不可以看得清楚！高祖长什么样子看不到了，三皇子长什么样总看得见吧？哎，能站到前面去就好了！"

"得了吧，前面哪个不是达官贵人，你去了也会被赶回来，这里正好！"

百姓们交头接耳，京兆府差吏紧张地看着四周，就在这又紧张又肃穆的氛围里，内城的城门被缓缓地打开了。

只供皇帝出行的御道上，出现了两排卫士的身影，而后便是浩浩荡荡的仪仗。在一片甲兵之后，是身着白色滚边礼服，头戴高冠，身披着黑色大氅的皇子，因为有重重宫人簇拥，这位皇子的身影显得格外醒目。

"三皇子到！"

*　　*　　*

刘凌以为自己会非常紧张，或是非常惶恐，然而当看着城楼上那一层层的灯接连亮起时，他的心中只有一片平静。

这样的景色，昔日他还在冷宫之中时，不知听见宫人们讨论过多少回，却一次也没有得见。他只能从他们的描述中、那些感慨的语气里，独自幻想着那"火树银花合，星桥铁锁开"的场景，期待着自己也能有亲自目睹这场景的那一天。

大哥曾问他，袁贵妃那样对他，他不怨吗？

他自然是怨的，但正因为少时的经历，他分外感激自己所得到的每一分幸运，以至于见到这样的美景，心中油然生出一种幸福感来。

这曾是他儿时的梦想，如今实现了。

不是作为观灯之人，而是作为点灯之人，他将要登上那座高楼。

老天毕竟是厚待他的，既然如此，他还有什么好怨恨、好紧张、好惶恐的呢？

他心中剩下的，唯有一片平静。

城门大开，刘凌踏着御道，走过列祖列宗和父亲走过的道路，沿着那层层的人障，一步一步地踏上了定安楼。

石砖砌成的定安楼无比坚固，刘凌踩着坚实的石砖，仰头看向头顶的木楼。这是惠帝时将作监最得意的作品，被称为"楼上楼"。今日目睹，看着那层层叠叠的梁木，刘凌不由得为之赞叹。

这样的晃神只是一瞬间的事，随着底下百姓抬头仰望，刘凌深深地吸了一口气，一旁伺候的宫人上前解下他身上披着的大氅，躬身看着他踏上了原本是为皇帝而设立的高台。

高台前数十名宫人高举起手中琉璃宫灯的灯杖，将刘凌的身前映照得恍如白昼。刘凌扫视楼下的人群，既有身着官服的官员，也有长衫及身的士子，更多的，是数不尽的普通百姓。

按照往常的惯例，此时的赞者应该口称"山呼"，楼下万民齐喊"万岁"，然而今日楼上立着的，不是什么万岁金尊，仅仅是代替皇帝前来点灯的皇子而已。许多百姓不知所措地立在那里，不知道皇子会说些什么、做些什么，也不知道自己该做些什么。

在万众瞩目之中，刘凌终于动了。

只见这个身材修长的少年突然伸展开双臂，双手合抱，对着城楼下神色各异的百姓，躬身长揖，行了一个恭恭敬敬的拜师礼。

皇子向庶民躬身，自代国立国以来，都不曾听闻。

刹那间，偌大的定安楼前寂静一片，许多离得远的百姓还不知道发生了什么，踮起脚尖想要看个究竟。

定安楼前不远处的沈国公嘴角微微一扬，满是感慨地笑了起来："您既然有视天地万民为师者之心，我便助您一臂之力！"

沈国公戴勇上前一步，高声诵道："愿我代国大兴，千秋万世！"

就像是终于接到了该如何行事的信号，排山倒海般的呼声响彻云霄。

"代国大兴，千秋万世！"

"殿下千岁千千岁！"

"千岁千千岁！"

在呼声中，定安楼上的赞者们拿着表词，在钟鼓奏乐声中，抑扬顿挫地念诵。

"……今事天以礼，立身以义，事父以孝，成民以仁……四海之内，莫不为州府，四夷八蛮，咸来贡职……与天无极，人民蕃息，天禄永得……"

听着这熟悉的句子，刘凌慢慢直起了身子，凝视着灯楼下神色狂热的百姓。

深埋在他血液之中，属于刘氏皇族的那种责任感，终于被彻底惊醒。

那疯狂叫嚣着的欲望，存在于他的每一个毛孔里，此时正畅快地呼吸着，像是鱼儿终于游进了水里一般，推动着他继续向前。

蛟龙戏水怨海浅，鲲鹏展翅恨天低！

"戌时已过，请殿下登楼！"

第十八章
福地？地狱？

"请殿下登楼！"

刘凌从未想过只是登上一座楼而已，竟然会让他的身体不住地颤抖。定安门外成千上万人的目光都在注视着自己，而他的头顶，便是他今日的责任，他需要点亮那唯一没有点亮的花灯。

刘凌带着两名侍卫，踏上通向楼顶的阶梯。今夜的风很大，刘凌踩在阶梯上，甚至有一种会乘风而去的幻觉，背后的两名侍卫见刘凌走得太过轻快，有些担忧地开了口："殿下，顶上风大，您最好还是稳一点。"

"嗯。"

刘凌点了点头，收起心中的激动，从身后的侍卫手中接过火把，向着那一人多高的鲤鱼跃龙门灯而去。

这盏灯最奇特之处，在于未点灯之前，这便是一盏巨大的鲤鱼。然而等点起了灯中的蜡烛，原本设置好的部分就会产生明暗变化，从远处看，就像是一条锦鲤突然跃过了龙门，变成了一条金龙。

点着龙凤呈祥灯是每年的压轴，但今年为了让百姓不至于对皇帝未至感到失望，重新制作的"鲤鱼跃龙门"其变化和气势还在龙凤呈祥之上，是将作监再三挑选后，最终选择使用的灯型。

刘凌跟父皇在宫中参与过一次这个灯的试点，虽说这种灯是由民间征调的巧匠制作，但精致程度绝不亚于将作监为皇室制作的灯盏。

鲤鱼图案变成龙形的那一刻，两人都颇为惊叹，刘未还专门为此奖励过那几位灯匠，所以已经见识过这盏灯亮起的刘凌，很是熟练地举起火把，对着金鲤的胡须点了过去。

只要一点着那两根胡须，火焰跟着引线开始燃烧，内部就会一点点亮起，直到点燃最中央的油灯底座部分，整条龙就可以完全亮出自己张牙舞爪的身形。而灯楼各处亮起的宫灯，从远处看，就像是拱卫着金龙升天的星子。

看到火把一点点靠近楼顶的那一刻，所有人都屏住了呼吸，眼睛一眨也不眨地盯着顶端那盏灯亮起的美景。

刘凌的火把几乎是刚凑近鲤鱼跃龙门灯的两根胡须，火舌就立刻舔了上去，引线向着灯火中央燎起。

他面带微笑地看着鲤鱼的胡须一点点变成龙须，然后是龙额、龙睛、龙……

啪啪啪啪啪啪！

霎时间，原本应该变成龙吻的部分突然爆裂开来，炸得整个龙头部分一下子无比明亮。

楼下观灯的百姓齐声惊叹，看着这犹如龙吐火珠的一幕，还以为是什么特别设置的机关被触发了，还有人不停高声称赞，将手都拍肿了。

但将作监的官员和京兆尹见到这般变化，心中大叫不好，立刻叫喊起来，让身边的从员上楼去看看究竟。可身旁的叫好声、叹息声、惊讶声不绝，即使他们大喊大叫，也传达不出去什么消息。

楼上的刘凌站在最近处，一时间被这突如其来的变化惊得只来得及闭起眼睛。他只觉得一股巨大的热浪向着自己扑来，只来得及丢下手中的火把用右臂遮住自己的眼睛和脸面，就被人从背后直接扑倒了。

陪同刘凌上来的两名护卫和刘凌站在差不多远近的位置，龙头炸开时，两人还未来得及反应，就被巨大的气浪掀到了两边，顺着楼梯滚了下去。

刘凌因为站在最前方，首当其冲地承受了所有的伤害！

不过是一眨眼的时间，刘凌就感受到了右边小臂上火烧火燎一般疼痛，以及闻到头发和皮肉上传出来的焦臭味。

压在他身上的人应当伤得更重。虽然那人极力隐忍，但痛苦的呻吟声还是传入了他的耳中。

"快来人！灯炸了！"

"殿下！快下来！天啊！将作监是怎么检查灯火的！"

"殿下，情况不对，快走……"压在刘凌身上的人努力吸了一口气，将身子翻了过去，好让刘凌离开。

刘凌忍住手臂上的剧痛，勉力爬起身，往旁边一看，才发现替他挡住火焰的，是应当在他点完灯后引导其他人呼喊的赞者。他此前从未见过这个人，不由得一愣。

"殿下，快走！"那赞者咬牙催促。

"天啊，灯里有人！"一声尖叫划破了众人的叫好声。

什么？有人！

声音往高处传，立刻就进入了刘凌的耳朵里。

他不由自主地向着鲤鱼跃龙门灯看去。刚刚灯盏是暗的，自然什么都看不清楚，可现在龙头虽炸毁，火引却按照既定的燃烧路线向着油灯烧了过去，立刻映出龙腹里的几道人影来。

到了这个时候，还不明白发生了什么，那就是傻子了！

刘凌立刻掉头往下跑，一刻都不敢犹豫。可他的速度虽快，却没有龙腹中藏着的人快。只听"唰唰唰"三声，从那龙腹中跳出三个手持利刃的刺客，均是蒙面黑衣，如风驰电掣一般拦在了刘凌的面前。

除了定安楼上的人，没人明白发生了什么事。在定安楼下观看灯火的百姓只能看到顶端突然爆发出一阵明亮的火光，然后金鲤变龙身，龙腹里却跳出几道人影来，就再看不见其他了。

龙腹里的人影犹如一道信号，随着这些人影的出现，定安楼的四周，原本是为了趁机做些观灯人生意的摊铺上，突然也剧烈地燃烧了起来！

今夜吹的正是东北风，火趁风势，迅速蔓延。

"报！东边起火了！"

"报！南边也起火了！"

"报！西面也起火了！"

"京兆尹大人，南边离开的方向，大量店铺突然起火！疑似有人纵火！"

"京兆尹大人，道路两旁树上挂着的灯笼被人射下来了，树上也被人浇了火油，现在烧起来了！"

"大人，怎么办？"一干京兆府差吏看着浓烟四起的广场，惊恐地叫着，"有人要封死回外城的路！"

"天啊！灯楼！灯楼底部烧起来了！"有离得近的官员抬头看着定安楼上，气急败坏地叫了起来，"你们这些京兆府的官吏是吃干饭的吗？还不上去救殿下！"

"京兆尹大人！"两个差吏艰难地看着楼下从火光亮起时便开始恐慌的百姓，满脸都是挣扎之色。

冯登青也是脸色铁青，他甚至已经听到定安楼上的金铁相碰之声了。片刻后，他终于命令道："留两队人给我上楼，其他人去疏散百姓！请内城的侍卫开城门，让百姓去避难！"

"可是内城的城门一开，大批百姓就会涌入宫城，无官之身未奉诏就擅闯宫城，这……也是死罪啊！”几个京兆府官员惊得脸色一白。

"不往内城跑，难道要这么多人被浓烟熏死在内城门外吗？"冯登青一声怒吼，"事急从权，不要啰唆了，照做！"

"是！"

冯登青点起其他的人手，匆匆领着手拿哨棒的差吏们往内城的城门冲去。

刘凌是从宫城方向而来登楼的，他一上楼，内城的城门就被关闭了，这是内城门官为了防止观灯的百姓太多而擅闯所做出的举措。

如今出了这种事情，内城的城门官越发不敢开门，生怕有刺客混在人群里进了内城，任凭冯登青手持令牌叫破了嗓子，也没有动静，更别说开城门让百姓避难了。

"至少让我们上楼救火！"冯登青拼命地敲着城门。

"不劳京兆尹大人操心，宫中带来的侍卫足够，不会让殿下有失的！"城门官扯着嗓子在里面吼道，"京兆尹大人还是想想怎么让百姓安稳下来吧！"

"你说什么！"冯登青目眦尽裂，用力地啐了一口，转过身子，"他们把门关了，所有人跟我一起清理烧起来的道路！"

"是！"

＊　　＊　　＊

刘凌不用照镜子，也知道此刻的自己有多么狼狈。

他的头发被火燎掉了大半，右手臂上的衣服也已经被爆出的火焰烧得焦黑一片，如果不是那赞者拼命一扑把他扑倒在地，顺便压灭了火焰，只怕他手臂上的烧伤还会更重。

龙腹里跳出来的三个刺客俨然是精于合击之道的高手，纵身跃出之后，便立刻拦在了刘凌身后和身侧的三个方位。上面是熊熊燃烧起来的鲤鱼跃龙门灯，刘凌自然不会投身火海。

只见得三个刺客堵住刘凌撤退的方向之后，站在最上方的那个刺客便伸手摸上了将鲤鱼跃龙门灯固定在定安楼上的绳索，然后使劲一拽！

犹如触动了某个机关一般，原本是便于拆卸和安装的固定绳一下子松动了，那鲤鱼跃龙门灯被火燃烧，原本就摇摇欲坠，此时被那刺客这么一扯，原本扣住的滑轨立刻松动，偌大的灯架，一边燃烧着一边朝着下方坠落！

刘凌被三人包夹在灯楼的顶部，虽然危险，可这三人都没有立刻出手。原本他还在奇怪，不知他们在等什么，如今这刺客拉动机关让鲤鱼跃龙门灯往下倾倒，刘凌顿时明白了他要做什么，一声巨吼："不！下面的人快躲开！"

为了保护刘凌，宫中派出了五百多甲士护卫他的安全，定安楼的木楼不能承受太多人，所以大部分人在定安楼的城楼上等候，陪同他上去的只有两名身手最好的侍卫，便于在狭窄之地防卫。

这两人都是一夫当关万夫莫开的勇士，木楼的楼梯狭窄，哪怕有刺客，只要他们挡住刺客的去路，刘凌就能轻轻松松跑下楼。

谁知道刺客没有出手，鲤鱼跃龙门灯就先炸了！

这三个刺客还没出现时，楼下的甲士们就已经发现情况不对，也不管后建的木楼能不能承受这么多人的重量，疯了一般跑上来救人。有些人已经跑到了靠近刘凌的位置，有的还在登楼，眼见着就快接近他们要护卫的对象，突然从天而降，压下了一座燃烧的大山来！

可怜靠得最近的甲士还没反应过来，就被剧烈燃烧的灯身压了个正着，哀号着滚落到楼梯之下。

这一下，犹如触发了连锁的机关，火龙一边燃烧着，一边从木楼上扫过诸人，掉落在楼下，熊熊大火阻断了众人上楼的道路。

火烧着了并不可怕，可怕的是火龙燃烧后冒着的烟。

刘凌精通药理，孟太医和张太妃碰上之后，他对于各种药材了解得更是透彻。那烟一起，熟悉的味道窜入鼻端，刘凌立刻神色大变，撕下了衣襟系在脸上，遮住了自己的口鼻。

草乌头、巴豆、狼毒、砒霜，皆是剧毒之物！

火油中掺有毒物！

"想不到殿下倒是机灵得很，只可惜命不好！"拉动绳索的刺客声音尖细，神色闪烁不定，持着长刀便向着刘凌砍来！

随着为首刺客的出手，另外两人齐齐向前，向着刘凌的咽喉、胸口、后心三个位置刺了过去，封死了刘凌的后路，绝无可避之处。

这便是合击的可怕之处！

这一击莫说是个少年，便是成年人也无计可施。然而三人的兵刃扑了空，站在原地的刘凌突然不见了，几人定神一看，原来刘凌以一种不可思议的角度向后仰倒，就地一滚，狼狈地避开了他们的杀招。

"铁板桥！三皇子会武！"刺客首领眼睛瞪得极大，口中一声呼哨立刻响了起来。

其余两人听到他的呼哨，立刻变招，包围圈从小变大。伴随着木楼燃烧"噼里啪啦"的响声，刘凌剧烈地喘着粗气，从地上爬了起来。

浓烈的毒烟不仅仅阻挡了刘凌的视线，同时也阻挡了这三人的视线。比刘凌更吃亏的是，他们大概是为了防止火龙燃烧时还没找到下手的机会，所以穿着的都是厚重的棉衣，从上到下用水浇湿，应该是藏身于龙腹灯台下的暗箱里。

那地方狭窄逼仄，这三个刺客挤作一团时绝说不上舒服，但毕竟会暖和许多。如今他们一齐跳了出来，这冬春之交，寒风凛冽，浑身湿透，虽是防了火，可动作却因此迟缓不少。

在他们三人靠近刘凌之时，刘凌甚至看到他们身上蒸腾的雾气，犹如冬日头顶出汗时看到的那种雾气，那是身上热量剧烈蒸发的结果。

"我只需要躲，不停地躲！"刘凌咬着牙，给自己打着气，"我武艺不及他们，他们的人也多，我只要拖到他们也中了毒烟，力气耗尽就可以逃走了。"

他心中这样想着，可背后燃烧着的木楼却提醒他时间实在是不多了。不仅如此……

刘凌低头往下一看，只见定安楼外的百姓高声惊呼着四散而逃。原本为了让百姓观灯方便而清理出的广场上火光冲天，连路边的树都着了火，根本没有躲避的地方。

火趁风势，一下子就烧了起来，广场上浓烟滚滚，更甚于定安楼上！

"该死！"刘凌听着耳边的惨叫声、惊呼声，狠狠地捏紧了拳头，"该死，该死，该死！"

"该死的是你！"呼哨声又变，为首的刺客以哨声为指令，指挥着另外两个同伴结阵杀人。

刘凌的武艺不弱，欠缺的只是实战经验。此时他身上被划了几刀，往日萧太妃的教导一下子涌上心头，脚下属于萧门的闪避步法自然而然地就使了出来，一个滑步又避开了几人的合击。

如果说他们刚刚对刘凌会武只是惊讶的话，如今见到刘凌的身影一闪，那简直就是惊骇莫名。

其中一位刺客更是脱口而出："陇右铁骑山庄的游龙步！他是萧盟主的嫡传弟子！"

"萧家从不和官府打交道！这怕不是皇子，只是个替身！"那首领发出一声粗鲁的喝骂，气得都快呕血了！

他们这样的江湖死士，收受重金，干的是刀口上舔血的勾当，但这血也要舔得有价值，如果为了一个冒牌货送了命，岂不是笑话？

这么一想，他手中的招式便慢了几分，让已经开始熟悉对敌的刘凌找到了个空当，一下子钻了出去。

"这小子要跑！"其中一个刺客大叫不好，伸手一抖，射出几枚铁蒺藜，直直向着正奔下楼的刘凌的脑袋、后心、膝弯等处射去。

这三人乃是三胞胎，从小训练合击之术，配合默契无比，擅长暗器的那个射出了毒铁蒺藜，另一人立刻脚下运功，追星赶月一般逼近了刘凌，出刀向着刘凌的腰部削去。

首领也不闲着，从怀中放出一道紫色的烟火，向雇主发出信号，他们失手了，请立刻派人拦截。

刘凌原以为自己逃出来了，然而后脑一阵劲风拂来，他浑身上下的毛孔陡然紧锁，脑子里不停地响彻着警告的声音。

有危险！

后方有危险！

这是身体本能发出的警号，可刘凌此时已经奔到一半，哪里有可避之处？

眼见着面前下楼的楼梯被火焰所封，身后毒烟更是熏得他耳鸣眼花，几乎站不稳身子，后方三个刺客却像是丝毫没受影响一般迅速追赶了过来，完全违背了他之前猜想的"拖就行"的推断。

刚刚能逃出来是因为他们走了神，现在却是必死之局！

只见着三枚铁蒺藜像是长了眼睛一般向着刘凌飞了过来，另一个刺客的利刃也快要将刘凌劈成两半。刘凌怒吼一声，脚下陡然加力，也不管扑进火焰会不会被烧伤，从这么高的地方跳下去会不会摔死，直直朝着楼梯下方纵身一跃！

"拦住他！这小子要跳楼！"

刘凌明白从这么高的地方跳下去也是九死一生，可与其被人腰斩，还不如拼一拼。他抱着脑袋在半空中调整着姿势，以免自己被摔碎了脑袋，却突然感觉到腰部一紧，一股大力陡然袭来，将他甩上了半空！

难道他连跳楼都不成？

"自己荡到对面去，再顺着木梁攀下，下面有人接应！"熟悉的女声在刘凌头上响起。

刘凌不可置信地抬起头，只见一身宫女打扮的中年宫人一手攀着一根木柱，另一只手扯着一根银色的绸带，满脸焦急之色。

是素华！

是少司命素华！

这银色的光芒，刘凌也熟悉无比，大司命之首云旗的武器便是几根可硬可软的银丝，端的是神奇无比。可这少司命居然有一整条用这种银丝制成的绸带！

那三个刺客也没想到居然会有个女人爬上楼来，一声呼哨过后，两个刺客转而奔向少司命所在的楼柱，首领则是挥刀不管不顾地向着刘凌腰上缠着的银索死命一砍！

杀不死你，摔死你也是一样！

谁料那吹毛断发的利刃，不但没有砍断那根看似如丝绸一般泛着珍珠光泽的绸带，反而发出了金铁撞击的声音。可怜那首领收回刀时，刀上已经有了一个豁口，他的一口老血差点喷了出来。

他干吗要接这个生意？！

先是发现要刺杀的皇子会武，后来又发现这皇子用的是武林魁首铁骑山庄非继承人不可学的游龙步。他还在郁闷自己遇到了个西贝货没多久，又碰上用天蚕丝做绸带的古怪女人！

这可是天蚕丝啊！火烧不断、水浸不湿、刀枪不入的天蚕丝啊！是作为暗器和撒手锏使用的天蚕丝啊！

这一根绸带，就足以搅得江湖腥风血雨了，他居然还拿自己的兵刃去砍！现在这刀都不能用了！

他出门一定是忘了看黄历！

素华可不管这几个人在想什么，她是女人，更擅长的是轻功和护卫之术，不是杀人的本事。如今她见到两个刺客冲来，手上立刻用劲，将刘凌向着对面送了出去，抖手松开了绳索。

刘凌反应极快，对面未燃烧的木梁近在眼前，立刻向前飞扑。他腰上拴着的绸带力道蓦地一收，刘凌就这么直直地掉到了伸出城墙的木梁之上，手足并用地向着城墙爬了过去。

少司命这一阻拦，三个刺客离刘凌已是极远。偏偏少司命的武功全是以缠斗和防御为主，素华将一匹银练舞得滴水不漏，那三个刺客左突右刺都冲不出去，只能咬牙切齿地暗骂。

"怎么来了只乌龟！"

"这女人的打法好生让人厌烦！"

另一边，刘凌跌落的地方位于灯楼搭起的木质阁楼底部，一根主梁伸出了城墙外，和下方的柱子一起支撑着整个右边的底部。但此刻因为震动和燃烧，这地方已经不太牢靠了，刘凌只不过动了几下，就剧烈地摇晃了起来。

下方的甲士和护卫们早就闻讯而至，禁军中郎将命令侍卫去除甲胄，徒手爬向已经燃烧起来的灯楼顶部去救刘凌。身手利索的士卒们还没有爬到一半，就看见半空中一道白色的人影突然飞扑而下，直直扑到一根梁柱之上，他们连忙惊呼了起来。

"是三皇子殿下！快救人！"

"三皇子殿下，您有没有摔着？"

其他的宫人也飞奔而至。刘凌甩了甩头，从柱子上爬起身来，向着城墙这边一点点挪了过来。

"天啊，殿下您别动了，让我们派人去接您！"

"蠢货，这木梁哪能承受得了这么多人！殿下，您赶快爬过来，我们在这边接着您！"

一时间，喊叫声此起彼伏地响了起来，这原本应该极为引人注意的声音，如今却被另一种声音彻底淹没。

先前在上面，乃是生死时刻，刘凌自然没有办法分神。可如今逃出生天，木梁下方就是忠于父皇的卫士，他的心神立刻就被这种声音所震慑。

他站在木梁上，朝着声音传来的方向往下一看，顿时呆若木鸡。

刚刚井然有序、气氛热闹的广场已经消失得无影无踪，惊天的火光之下，浓烟和啼哭声冲天而起，原本是达官贵人所占据的最好位置，瞬间就成了夺命之地。

内城的城门方向，无数人号叫着、咒骂着涌了过来，手持刀枪的侍卫们脸上满是戒备的神色，立在城墙之上，更有弓箭手用箭指着越来越多的百姓。

即使是这样，也阻挡不住潮水一般的人群。

"把那些官老爷推到前面去！他们不敢射这些官老爷的！"

"跟着那些达官贵人一起逃啊！"

顷刻间，那些官宦的家属被汹涌的人潮无情地推倒，又或者被胁迫着向着内城逼近。到处都有人在喊"逃进宫去""后面起火了""他们想把我们烧死在里面"，还有人高声尖叫着"死人了！踩死人了""救救我的孩子""到处是火"……

刘凌双眼充血，一口牙齿差点被自己咬了个粉碎。

不久之前还是欢天喜地的福地，如今已成了……修罗地狱！

第十九章
乱民？棋子？

从仙境到地狱，需要多久呢？

答案是，不到半个时辰。

当刘凌手脚并用地爬下木梁时，所有人都恍如隔世。

浑身浴血的刘凌犹如刚刚从地狱里爬出来一般，头发一片焦黄，因为代国尚白而换上的绣金白蟒袍也被烧得到处是洞。

在他的背上、肩上都有刺客刺杀而留下的刀伤，好在他已经检查过，不知是刺客托大还是其他什么原因，那些暗器是淬了毒的，这些刀上却没有抹上毒。

"殿下受伤了，赶快请太医！"

"请什么太医，现在太医根本出不来，城门一开就会被踩死！还是赶紧从城墙另一侧下去，护卫殿下回宫！"

负责保护刘凌这次安全的中郎将知道自己出了差错，丢官罢职已经是难免的了，但如果不能将刘凌送回宫，恐怕连命都保不住，只顾推动着刘凌往城墙另一端走。

在他的料想中，这位年纪尚幼又在冷宫里长大的殿下，此时应该吓破了胆子哭着回宫才是，然而这位殿下的决定却让所有人差点跪在地上找眼珠子。

"主持此地防务的冯登青呢？叫他立刻疏散百姓！"刘凌铁青着脸，眼睛向着四处扫视，"其他官员在哪里？"

"定安楼一出事，将作监的大人们就被统领大人下令抓捕，亲自捆送回内城里去了。其他大人们见定安楼火势惊人，大多已经从城楼另一侧去了内城。此地由末将暂时接管。"那郎将年已三十有余，却不敢在刘凌面前托大，"今年陛下未至，很多大人都没登楼，仅带着家人在楼门外观灯，火起时城门官下令关闭了内城城门，防止有人趁机闯宫，冯大人应该被关在了门外。"

定安门是连接内外城的一道城门，可以从城楼上通往内城的城垛而下，直入内城，但城外的百姓却必须越过这道城门，才能进入内城。

刘凌听到冯登青被关在了门外，就知道局面已经没办法控制，否则京兆府那么多差吏连同禁军一起，不可能任由百姓这般互相践踏。

他奔到城墙旁边，踩上之前行礼的高台，尽力伸出身子对着远方眺望，喉间无法抑制地传出了一声呻吟。

"老天，这明显是有人故意煽动生事……"

从他的位置往下看去，四周冒起的火光虽然惊人，但灯节每年都办，所以京兆府早有预防失火的准备，在突然起火之后不久，京兆府差吏就已经很顺利地将大部分的火焰扑灭了，只有树干上烧起的火无法马上浇熄。

仅仅是浓烟太盛，眼睛被熏得睁不开而已。

如果火烧起来的时候立刻有人组织疏散，京兆府清理出道路，恐怕广场上的人早就四散而逃了，可这些人群中混有不少有心之人，到处高喊"后面的路被烧没了""四周都是烟会被呛死""只有去内城这一条活路"这样的话，才会引起这么大的骚乱。

这是多么荒谬的一幕啊！京兆府的差吏们九死一生地熄灭了各处的火焰，拼尽全力清理出的道路，却被人不理不睬，他们被吓破了胆，只能让他们看到眼前唯一的死路，即使偶有聪明人发现不对想要从别处离开，也只能被巨大的人潮裹挟着不自由自主地前进。

每个人心中的恐惧都被无限放大，他们已经停止了思考，只能靠着本能，朝着人最多的地方挤去。

"这样下去，不被踩死，也要被有心之人利用造成暴动了。"刘凌偏头看向内城方向，只见得城头上的弓箭手弓弦已经拉满，表情严厉肃杀，只待一声令下，就要放箭。

"宫中有命令不准任何人进内城吗？"刘凌寒着脸问身边的禁军中郎将。

"并无。"将军反射性地摇了摇头，又立刻有些迟疑地说，"不过也许宫中另有安排？今日看守内城的是洪将军，他统率的是是左右监门府的禁军，和吾等左右备身府的禁军并不是同僚。"

禁军六府，左右监门府是管理宫门和内城城门的，而左右备身府是保护皇族安全的，自然是不同的职责。

刘凌最头疼的就是各个机构和衙门之间消息不通的问题，忍不住摇了摇头。

"殿下，现在局面太乱了，您应当和我们回宫去。"禁军将军比刘凌还头疼。

这时候还等什么呢！

"正因为现在情况急迫，所以我更不能走！"刘凌神情严肃，眉头蹙得死紧。

即使浑身狼狈，也掩盖不住他的认真："我得设法联系上京兆尹安抚百姓。还有那位洪将军，我要问问他，何人命令他将弓矢对准百姓？！"

"殿下……"

"不必再劝，跟我走。"刘凌的眼神从禁卫军的身上扫过，"我知道各位将军都是为了护卫我的安全而来，但身为将士，天职是保家卫国，与其说是保家卫国，不如说就是为了保护下面这些百姓……"

"我身为皇子，怎能临阵脱逃？"刘凌伸手抹去脸上的鲜血，神情镇定自若。

他并没有用什么煽情的语句，更没有表现得激愤无比，然而在这浓烟滚滚、气氛紧张的境地中，就是这态度坚决的几句话，却奇异地让所有人镇定了下来。

"我欲留下来维护局面稳定，何人与我同去？"

"我去！"

"誓死保护殿下！"

"我也去！"

"好，那我等就……"

"殿下！"

"什么人！"

一阵劲风从天而降，惊得底下的禁卫军们纷纷执起兵器。

待看见从天而降的是一位身穿宫装的宫女，不少人瞠目结舌，忍不住抬头望天，还以为自己眼睛看花了。

这位中年的宫女鬓发有些凌乱，怀中搀扶着一位宦者，一落了地便放下那个宦官，显然已经有些脱力，忍不住气喘吁吁。

"殿下，此时情况未定，请让我护卫左右！"素华见刘凌欲要下楼，连忙请求。

"上面的刺客呢？"

"他们人多，又留有后手，让他们给跑了，不过应该还在城墙之上，没有跑远。"素华将手中的银索缠绕在腰上，以衣服掩盖好。

"这是……"刘凌定神看了看，发现那是刚刚在上面誓死一扑的赞者，顿时瞪大了眼睛，"这是刚刚救了我的……"

接过那个宦官的禁卫，用手摸了摸这个皮开肉绽之人颈间的脉搏，对着刘凌摇了摇头，也不知是不能活了，还是已经死了。

刘凌心中一沉。

任谁知道有人为自己死了，都不会好过的。

"殿下，这是少司命的少三，负责护卫您的安全的。"素华低低地叹气，"请您务必保护好自己的安全，否则像是少三这样的人，会一直为保护您而死……"

刘凌紧抿着嘴唇，点了点头。

"我们走！"

城墙下乱成一片，城墙上倒还算是井然有序。见到刘凌被救下来了，沿路的宫人和禁卫都十分庆幸，连忙从各处向着刘凌身边会集而来。

但当他们看见刘凌并没有向宫内而去，反倒准备下城墙前往城门时，所有人都吃了一惊，拼命劝阻的有之，惊讶大叫的有之，还有些胆小的宫人已经有逃跑的想法了。

如今城墙下那个样子，便是彪形大汉也会被踩成肉泥，谁敢下去？

下面的人简直像是魔怔了一样。

然而刘凌却不管不顾，一边往城门下走，一边和身边的禁卫军的将军们商议着什么。只见这些将军满脸犹豫之色，但因为刘凌十分坚决，他们也只能咬牙点头。

待下了城墙，刘凌直奔内城城门。能从城墙上下来的少年，又被这么多禁卫军保护着的，除了代国的三皇子没有他人，城门后的门官们虽然又惊又惧，却并未阻挡。

刘凌一路长驱直入，在城墙上找到了以手按剑的那位洪将军。

见到刘凌下来，洪将军满脸惊疑："殿下既然已经脱险，为何不回宫里去？"

"让弓箭手收起箭矢。"

刘凌也不废话："打开内城城门，宫城内另有侍卫，不会让这些百姓冲到宫里去的。"

"殿下，内城乃宫城的防线，又有京中各部衙门，如果暴民趁机闹事，只怕会酿成大祸，恕末将不能开门！"洪将军似笑非笑，"您要命令末将，请先拿陛下的手令来吧，现在……"

他表情轻蔑地看了这个满身狼狈的皇子一眼，眼神里满是止不住的恶意。

"这些狗官，就想着不出差错，把我们当作猪狗一般！"一声凄厉的怒吼后，无数人大喊了起来。

"冲！架着这些官老爷往前冲！"

"跑啊！跑到城门下面就安全了！"

"火要烧过来啦！"

这般剑拔弩张，所有人都忍不住捏了一把冷汗，紧张得不知所措，刘凌却提起十二分精神注视着这位城门守将，连他脸上一丝一毫的神情都不愿意错过。

只见百姓终于暴动，挟持着原本广场最前端的官员及其家属们作为人盾，向着内城门冲去，镇守城门的洪将军不但不见惊恐，嘴角反而弯起微微的弧度，抬起手就准备让弓箭手放箭！

刘凌的眼里突然迸出了一道闪光，用手按住了腰间刚刚用来护身的佩刀。

洪将军抬起手的一瞬间，空气突然变得沉重起来，一股杀气从刘凌身上散发出来。

在身边诸人瞠目结舌之际，刘凌腰上的佩刀猛然出鞘，刀身划出一道耀目的光芒！

"啊啊啊啊啊！"

震天的惨叫声，吓傻了诸人。

洪将军的一只手臂，被刘凌活生生地卸了下来。

只是一刀！

"谁敢放箭！"

刘凌突如其来迸出的说话声，简直就如打雷般惊人。

"啊啊啊啊！"洪将军还在凄惨地叫着。

这时，已经换成刘凌轻蔑地踢开了洪将军掉落的手臂，转而肃然地望着城下。

那些在宣政殿里意气风发的朝臣，如今犹如猪狗一般，被人驱赶着前进。

刘凌给了身边同来的禁军将领和宫人们一个眼神，一位声音高亢的赞者立刻登上高楼，大声喊了起来。

"传三皇子殿下的命令，开城门！"

第二十章
战鼓？丧钟？

王七和十四郎是在定安楼上花灯爆炸的时候察觉到不对的。

两人都是走南闯北之人，十四郎更是身世复杂，眼界比寻常商人要厉害得多，只是生性坚毅，不喜多言，显得有些木讷罢了。

那一团火爆发出来时还带着巨大的声响和隐隐发绿的光芒，所以十四郎定睛一看后，立刻怒斥道："这是雷火门的火弹！这些蠢货，居然把自己看家的本事卖给别人了！"

王七听到"雷火门"时就有些不安，刚刚抬起头没一会儿，就听到了四处传来的"救命""起火了"之类的呼声。

几乎是一瞬间，王七及十四郎就和自己的护卫们被冲散开了，若不是十四郎一直紧紧地抓着王七的肩膀往自己怀中带，恐怕王七那瘦弱的身躯也只有被别人挤走的份儿。

变故来得太快，即使最聪明的人也意识不到发生了什么，人到了这个时候，只能一切依循本能，那便是抓住一切能让自己抓住的东西，无论是人还是物。

王七和十四郎原本站在队伍的最前面，那个不知是给哪位达官贵人预留的地方，起先还以为会得到无数的便利，到了这时候，简直就跟催命符一般。

他眼睁睁地看着一位老大人被身边的壮汉推倒在地，这老人他认识，是户部左侍郎家的老父亲，一个非常和蔼的人，没有歧视他商人的身份，在他到户部左侍郎府上拜访的时候温和地接待了他。

王七动了恻隐之心，想去前面将他扶起来。

"你疯了！"

十四郎一把将他拉回怀中，难得失态地大吼："你只要一离开我，就会被挤得找不到了！"

"可是他……"

王七扭头想要指指那个跌倒的老人给十四郎看，却一下子僵住。

他看见有无数只脚，从老人的头上、身上踩了过去，户部左侍郎家的家人疯狂地叫着"老太爷"，那些家丁拼命地想要挤过去，却被不停向前的人潮推到了一边，再也见不到那个老人的身影。

"我知道你想说什么，但这个时候，已经顾不得别人了！"十四郎环顾四周，面沉如水，"人群里混有高手，刚刚那老头是被人故意推倒的！"

"什么？"王七一惊。

"这里是京城，发生什么都不足为奇。"十四郎难掩厌恶之色地说着，"有人混在人群里，专门对官员的家属下手，尤其是年老的那些。"

王七不是笨蛋，只要一想便明白了是为什么："你是说，有人想要这些官员丁忧？这……这太恶毒了！"

"不仅如此，我发现那些高手特意避开了这个地方。"十四郎抓着王七肩膀的手按得更紧了，"这个位置一定有什么不同的地方……"

"这个容易！"

王七左右一看，抓住刚刚在他们身边站着的一位家丁，在他耳边大声地咆哮着："这位置原本是谁的？谁的！"

四周实在太嘈杂，那家丁差点被人群挤倒活活踩踏死，突然被王七救了回来，自然是侥幸不已，王七一直喊了三四声，他才回过神来，也跟着扯着嗓子喊："小的谢过大人相救之恩！这里原本是吏部尚书方家每年观灯的地方，只是方老大人今年告病，方家人就没来，但也没人敢站这里！"

难怪！

王七和十四郎放开那家丁，对视一眼，眼中都是了然之色。

"这老狐狸，必定是知道了些什么。"王七愤愤地出声，"否则每年都来，为什么今年连个小辈都没来？"

十四郎却是仰着头，极力地往定安楼上看去，只是这环境实在太吵，他运足耳力和目力也听不到什么看不到什么，不免有些灰心："楼上似乎有人在动武，但我实在什么都听不到。"

"咳咳，咳咳咳，好多烟……"王七掩住自己的口鼻，"后面也起火了！"

十四郎也很着急。

如果只有他一个人，哪怕现在是千军万马，他人高马大，又会轻功，也有七成把握能挤出去，可现在他带着王七，只要稍有不慎，就会让王七被挤跑，只能亦步亦趋地被人群推搡着向前。

"他们要干什么？"王七有些惊慌失措地看着身边越围越多的百姓，"哪里来的那么多人？"

"低头！我们站在官员之间，恐怕被当作哪个衙门的大臣了。"十四郎也脸色难看，"静观其变！"

此时广场上的百姓何止成千上万，京城里只要无事的百姓几乎都来了，由于新年才过没多久，每个来的百姓都穿着新衣，只有一些看起来穷困潦倒的衣冠不整。

渐渐包围了官员家属的"百姓"都是一身葛衣布袍的普通打扮，但腰间、胸间都是鼓胀的，行家一看就知道揣了武器。这些人不但身材壮硕，眼神中也有着凶狠的神色，显然是穷凶恶极之辈。

王七此时才十分庆幸自己是和十四郎在一起，否则遇到这些人，被当成官员糊里糊涂砍了，岂不是更糟？

"定安楼烧起来了！"

"天啊！后面烧起来了，定安楼也烧起来了，大家往内城跑啊！内城里有皇帝老爷和官老爷，不会烧起来的！"

那些膀大腰圆的凶恶汉子突然高声喊了起来。

糟了！

十四郎按住了腰间，那里藏着一把软剑。

他已经准备好情况不对时就立刻出手了。

"内城乃拱卫皇宫大内之所，庶民岂可乱闯！"一位官员打扮的中年文士闻言立刻痛斥，"京兆府已经在着手灭火了，吾等应该留在原地，等着京兆府安定局面，然后返回，怎可擅闯内城！"

此人的话一出，大部分官员都纷纷应和。

原因也很简单，内城是三省六部和九寺五监所在之地，和宫城直接相连，是朝臣们办差的地方，属于外城和宫城的缓冲带，占地并不是很广。这么多百姓一旦涌入，宫城内外一定会乱成一片，如果这时候有心之人做些什么，比如放火烧门，整个内城都会毁于一旦。

他们大多是在内城工作的，自然不希望自己坐班的衙门出什么事，反之外面火虽然大，可这里是京中一处四处空旷的地方，并非什么围城，只要人群恢复秩序，就能顺利地离开。

这些官员还抱着自己"一言既出四方应和"的想法，毕竟他们都曾是朝中说一不二的角色，却没想到这时候人类本能的求生欲望早已经超过了一切，哪会听得进他们的话？

他话音落下没多久，就有一个尖厉的声音阴恻恻地传来："是，我们是庶民，你们是官老爷，你们站在这里，等会就有人来救你们，就放我们在这里被活生生烧死！"

"是谁藏头露尾不敢现出真身！"那官员气极反笑，"你我如今难道不是在一个地方吗？难道我们能飞出去不成！"

"他紧张了！他在说谎！大伙儿把这些官老爷带上，一起去敲内城城门！只有进去了才不会被烧死！"

"大伙儿并肩上啊！我们人多！"

"这些当官的平日里就知道欺压我们，现在还不顾我们的性命，该是让他们偿还孽债的时候了！"

那官员义正词严的声音立刻被潮水般险恶的话语所淹没，观灯的人里老弱妇孺大多被挤得不见踪影，剩下能冲到官员这边的都是年富力强之人，一听到好事之人的怂恿，立刻将这些官员围了起来，为首的赫然就是那些穷凶恶极的凶悍汉子。

"谁敢动我的主子！"话音刚落，有些武将家中的护院立刻拔出了武器。

"此乃宁国侯府的家人！"

持着棍棒的家丁们也在放声怒吼，希望能用家世喝退他们。

听闻这些人是达官显贵人家，又有刀枪棍棒，许多百姓都犹豫了一下，可见得那群凶悍的汉子却不管不顾地冲上前去，像是一辆牛车突然冲锋了一般将手持棍棒的那几个家丁冲倒在地，举拳就捶！

"嘭嘭"几声之后，这些家丁被揍得脸上红红白白，眼见着血肉模糊，已经不能活了，那几个汉子才扯起他们身边已经吓傻了的官员家眷们，狰狞地笑着往前推进。

"这时候还管是谁的家人！进去了咱们谁也别认识谁，能活下来再说！"

一个汉子贪婪地在某个女眷的身上乱摸，一边摸一边摘下她身上的珠翠首饰，惊得那些家眷又哭又叫又唾骂，无奈这些汉子人多势众，仅凭一府之人根本不是他们的对手，而其他人家的家丁和护卫又要保护自家的主子，不能冲过来制止，只能咬牙切齿地看着。

"有人过来！"

王七见着有一群汉子向着他们而来，顿时紧张地握住手臂上绑的袖剑。

那几个汉子扫了王七一眼，又仔细打量了魁梧无比的十四郎一会儿，大概发现他们既不是当官的，也不像是什么下人，约莫是被挤到前面的富商之流，加之十四郎也不像是好惹的样子，便没有节外生枝，只是对着王七和十四郎身边一群官宦人家下了手。

"他们到底在干什么！"王七难以置信地喃喃自语，"他们在干什么？难道是要造反吗？"

"不……"十四郎看了眼高大的内城城墙，再看了眼内城不远处更加高大宏伟的宫城，摇了摇头，"他们是想逼百姓和官员对立，让百姓再也不相信朝廷的话……"

他看着这些"暴民"押着官员及其家眷们奔到了内城城门，"语气真挚"地请求他们开放内城暂且给百姓避难，再看着城楼上一身金甲的将军义正词严地拒绝了他们，言语中大有"庶民和达官贵人不可相提并论"的意思，心中咯噔一沉。

到了这个时候，所有的百姓脑子里都像拉紧了一根弦，除了一开始觉得不对掉头就跑的人已经离开了广场，大部分都是乱事刚起的时候跟着人群盲目跑的，跑到了现在已经是又疲又累，有的甚至抛下或不小心丢了自己的家人，就为了能保住性命，所有人都只朝着一个目标，就是向内城的城门下跑，希望能够进去。

轰！

突然间一声巨响，有一个女人的尖叫声疯狂地响了起来："定安楼被烧塌了！"

人群一下子沸腾了起来，无数人胆战心惊地看着巨大的金龙从定安楼顶坠落，带下无数挂着的宫灯，摔到了定安门的城墙之下。

那些原本被盛赞的宫灯，如今却成了杀人的凶器，将城墙下许多百姓砸得头破血流，灯中烛火或滚油泼洒而出，立刻就烧起一片，人群中到处是火，尖叫声和哀号声像是不停地拉动着人们脑海里那根弦，使得原本还有些理智的人也跟着疯了。

就像是一场集体催眠，一个人的危机感感染到另一个人，然后无限量地放大，不过是一盏顶灯的坠落，却被渲染成整座楼烧塌的样子，再加上头顶上人人可以清晰听到的"哔啵哔啵"声，都像在使劲地拉拽着弦线，要让人们疯狂。

一时间，人群之中到处都有叫喊声和怒骂声，也有很多人——大部分是女人和孩子，失魂落魄地看着那近在咫尺的内城城门，整个人就像是被绝望所包围住。

王七曾见识过马贼屠杀之下血流成河的场景，也见过瘟疫横行之后生机断绝的城镇，却从没有一次像今夜这样既失望又愤怒。

这不是天灾，也不是为了争夺生存资源而出现的残酷劫掠，这就是彻彻底底为了野心而酿造出来的灾难！

"你们不是说自己是父母官吗？你们这些当官的就是这么糟践我们的！刚刚那位皇子呢？救救我们啊！"一个女人疯狂地咆哮着，发出歇斯底里的声音，"皇帝老爷呢？他听不到外面人的叫声吗？他是聋子吗？你们都是聋子瞎子傻子吗？！"

撞击城门的声音此起彼落，愤怒的人群寻找着一切可以用来撞门的东西，敲打着高大的城门，绝望的百姓再也不顾这些官员的家丁是不是会杀了他们，激烈的冲突不停爆发着，除了一些武官的家兵，其他大部分的官员家眷都被数十、数百倍的暴民或拽或拉从人堆里弄了出来。

王七和十四郎甚至看到一位长相清丽的贵族少女被七八个大汉硬扯着拉出了母亲的怀抱，双臂的袖管全部被扯掉，露出了光洁的手臂，像是快要死掉一般地颤抖着。

绝望和各种欲望掺杂在一起的兴奋让人群中不停地发出带有恶意的笑声和粗鄙的语句，也有尚有仁义之心的百姓和官员拼死拒绝这种暴行，可在转眼间就被揍得头破血流，淹没在如潮水一般的人群之中。

这是人性之恶彻头彻尾的胜利，哪怕如何正义的光辉，也会被这种巨大的黑暗所吞没。

"实在看不下去了！"十四郎暗骂一声，反手抽下王七头上束发的金簪，手腕一抖，那枚金簪就射了出去，扎进了拽着清丽少女的那个大汉眼里。

一片鲜血溅出，惊呆了拉着少女的汉子们，血也溅在了那少女的脸庞上。鲜血的热度让那少女终于恢复了神志，尖叫之后她拼命地挣扎了起来。

"这里还有！"王七从怀中抓出一把散碎的金银。

在这种拥挤又不停变换位置的环境里使用暗器是所有学武者的噩梦，十四郎手指连动，仅仅有十之二三正中目标，但这些已经足够了，那少女挣脱了恶人的手臂，转身就朝着家人的方向奔去。

人群中爆发出可怕的惊叫声，满脸是血的少女涕泪横流，耳边是无数人的窃窃私语。事情发生得太突然，谁也没看清发生了什么，只以为是那少女在反抗中用自己的簪子杀了人。

这样的情况此起彼伏，尤其是官员们家中的老人和女眷，更是犹如进入了噩梦一般，他们身上珍贵的配饰被人拽下，衣衫被人撕得犹如碎布，再不复往日的风度和威仪。

没一会儿，王七已经头发凌乱，腰间和怀中再无可取之物，十四郎也停止了这种暗中救援之举。

之前好几次射偏，他已经误伤了不少无辜的人。

"谁来想想办法……"王七用无力的声音说着。

十四郎露出脖子被人勒住了的表情，什么话也说不出口。

一个武林高手的能力能有多强呢？也许他能在千军万马中夺取上将首级，但真的能在这种混乱的局面中护下所有人吗？

如果真有这种本事，还何惧朝廷大军的铁蹄？皇帝早就换人做了。

面对着这种可怕的情景，内城城楼上的城门官和士卒们也在无声地颤抖着，那眼神仿佛看到的不是一群纯良的百姓，而是无数的恶鬼。

守门的洪将军眼见着情况正朝他早先预料的方向发展，嘴角微微一扬，大声地咆哮了起来："不准放这些暴民进内城，否则被撕成碎片的就是我们！如果被他们夺了我们的武器，内城不保！"

"是！"

"吩咐善射营的弓箭手准备！听我号令！"

"遵命！"

若说城楼上的士卒们刚刚还于心不忍的话，现在他们看到这种情况简直就是吓破了胆，恨不得将下面疯狂的人群统统射死。

啪！

弓箭手出现的那一刻，城楼下百姓们脑中的那根弦终于断了。

"大伙儿冲啊！"

"把这些当官的放在前面冲过去！"

"传我号令，城门甲士准备，以防他们冲破城门！"

冲突一触即发，饶是京兆尹在城门下苦口婆心地要求百姓回到定安楼下原本的位置，那熊熊燃烧着的鲤鱼跃龙门之灯也让很多人彻底失去了信心，城楼上不停传出的"殿下被刺"云云的声音，更将京兆尹的叫声衬得犹如讽刺一般。

连皇子殿下都自身难保，这些官老爷还能护得住百姓吗？

十四郎手中的兵刃已经见了血，王七的袖剑也快要出鞘，因为他们发现自己已经被不少人包围住了，刚刚十四郎用暗器伤人的举动终于还是落入了有心人的眼里。

百姓已经冲到了城门的门楼之下，撞击城门的声音像是叩响着所有人的心弦，越来越多的人加入了叩门的举动中，更多的人想起的却是那次太学生们集体叩宫门的事情。

太学生们叩宫门，皇帝老爷就能出来，那么他们这么多人叩城门，难道不能把皇帝老爷叩出来吗？

该让皇帝老爷看一看啊！他的将士如今正拿着弓箭对着他的子民！

"弓箭手准……啊啊啊啊啊啊！"

城门上突然传出了什么动静，那高高的城楼上，有什么东西被人踢了下来。

一个面目狰狞的汉子正准备挥动手中捡来的棍棒敲打前方阻拦之人，却感觉头顶上一热，抬手将那热乎乎的东西捞了下来，顿时发出惨烈的尖叫。

"啊啊啊啊！手！手！有手！"

又有谁会注意到这里多了一只手，或是少了一只手呢？毕竟有些人都已经变成了肉泥。所有人都紧紧地望着那道门，那道会给他们带来希望的门，而如今，它被紧紧地关上了。

"放我们进去！"人群之中传来一声又一声的悲呼。

什么声音？

什么声音这么刺耳？

随着难听的拖拽声响，前方的城门突然开始晃动。

咚！咚！咚！咚！

与此同时，城楼上响起了巨大的锣鼓声。

有人在擂鼓。

有人在擂着战鼓！

鸣金，吹号，擂鼓？难道是有人要准备作战吗？

即使是再怎么失去理智的百姓，在听到只有作战时才会发出的鼓声，都忍不住身子一僵。

他们是要逃命，不是要打仗。

他们不要和朝廷打仗……

"朝廷要杀人啦！大家快跑啊！"

别有用心的喊叫声还在不停地响着，但所有人已经听不到这些夹在人群中的叫声了。

那出战前振奋人心的惊天战鼓，那冲锋时刻才吹响的号角，那收兵时刻的鸣金，就这么乱七八糟地混在了一起，让人分不清楚到底是要出兵，还是要收兵，或者是其他。

"代军威武！"城楼上响起赞者尖厉的引导声。

"代军威武！"无数守城士卒跟随着开始高呼。

"武运昌隆！"

"武运昌隆！"

"代军威武！"

"武运昌隆！"

威武！威武！威武！

昌隆！昌隆！昌隆！

内城城门原本就有皇帝检阅部队之用，整个定安门附近的城墙上齐齐响起的兵戈震地声、将士喊叫声，撼动得整座城墙都在摇晃。所有的声音取代了之前嘈杂的暴动之声，和那些击鼓鸣金之声一起，交织出一片悲壮的战场肃杀气氛。

听着这一片金戈铁马之声，萧十四的眼睛不由自主地眯了起来，他深深地吸了一口气，浑身的血液突然沸腾，仿佛被无数先祖指引着一般，来到了一片苍茫的战场上。

如果他身边跟着的，不是那些没有理智的暴民，而是无数并肩而战的同袍……

百姓全部被这措手不及的变化惊吓得愣住了。

这震天的响动，只要在京城之中的人不是聋子，恐怕都听得见。

只要家眷在这里的百姓和官员，哪怕拼了命，也会向着发出金戈之声的地方求救。

终于安静下来了。

让人牙软的"嘎吱"声在一片肃杀之中响起，百姓们还愣在巨大的变故里，而那城门，猝不及防地就这么打开了。

城门中，身着甲胄的禁卫军们排列成威武的阵势，他们手中的戈矛森然无比地对着城外一动也不敢动的百姓。

在禁卫军的重重护卫之中，身上披着黑色大氅，头顶却戴着一顶银盔的少年越过人群，来到了所有人的面前。

立刻有被挟持的官员几乎是痛哭流涕地叫了出来："三殿下！三殿下！"

"三殿下！"

"殿下，快制止这些暴民！"

人群中，有人眼神闪烁不定，推搡着几个百姓想要硬闯过这道城门，故技重施，却见得刘凌身后善射营的射手们弓弦一动，立时钉死了几个壮硕的大汉。

城楼上震天的战鼓还在擂着，而刘凌也犹如两军对垒一般谨慎严肃。

"京兆尹已经在外面慢慢疏散人群了，至多半个时辰，大家就可以开始撤离。"刘凌每说一字，身边训练有素的宫中赞者们就会高声重复一句。

刘凌的目光扫过那些受寒冷和恐惧折磨的人。

这些刚刚还充满笑颜的百姓，这些带了小孩和老人的百姓，在走过这段艰辛的道路之后，个个都疲劳得不成样子。

能到这里的，已经没有多少老人和小孩了。

刘凌的眼神暗了暗。

不断增加的人潮之中传来了高喊声和不耐烦的命令声，偶尔还听得到斥骂的声音。但在战鼓声里，在那些甲胄齐整的禁军面前，任何不恰当的言行都是自寻死路。

他定了定心神，甩掉脑海里不该有的冷酷想法，继续开口说着："内城之内，并没有多少避难之地。但这道城门之后往右，便是京中卫尉寺的衙门，我已经命令禁卫封了其他道路，只余卫尉寺的方向可以通人，你们可以在那里稍作休息，等京兆府和禁卫军清理完定安楼外的乱局，再一一返回。"

卫尉寺是管理军器仪仗、帐幕锣鼓以及京中官员车马的地方，寺前极其开阔，是最合适的疏散地点。

许多百姓听到赞者们高喊的话，忍不住喜极流泪，又为和自己走散、生死未卜的家人而痛哭流涕。

"在你们安全撤走之前，我不会回到宫中。但要是有趁机生事者、在内城中胡乱奔窜者……"刘凌指了指身前的几具尸体，默然不语，意思很是明显。

"禁卫军会引导所有人进入内城。"随着刘凌的话语落下，禁军的人站出了十几个，和刘凌一起从宫中出来，伺候衣冠的宫女也站出来不少，在内城的入口处设立了一个关卡，"男左女右，无论是谁，没有携带兵器，方得入内。"

"什么，还要搜身？"

"谁也别想碰我媳妇儿！"

"没看到有宫女吗？又不是我们摸你媳妇儿！"

几个禁卫军见有人反驳，怒声道："不愿意就滚出去！进来了以后，外面就不会挤了！随你来去！"

刘凌今日又是受到刺杀，又是死里逃生，早已经疲惫不堪，如今见到百姓稍稍安定后又要动乱，忍不住舒出了长长的一口气，给了身边的城门官一个眼神。

只听得嘎嘎啦啦的声音不停响起，那内城城门的门道顶部机关打开，出现了无数洞眼。

城门果然有机关！

十四郎混在人群之中，满脸了然地抬头看了看头顶的窟窿。

从那些黑压压、密密麻麻的窟窿里伸出来的，全是箭头有几寸长的铁箭。

"不想进去的人就离开，要进内城的就给我排队！敢在门道里给我弄什么鬼门道，老子就叫人放这个箭！"

禁卫军统领是个满脸横肉的中年将军，他知道刘凌的身份不合适说这样的话。

而且刘凌是个少年，没他说话有震慑力，所以此刻满面凶相地龇着牙。

"这可不是城楼上那些弓箭！"

"现在，放开所有的官员和官员的家眷。我年纪还小……"刘凌的脸上露出了一抹微笑。

"不要让我见血。"他简短而残酷地说道。

第二十一章
砸锅？卖铁？

刘凌受冷宫太妃和前朝博士、官员们教导过许多，印象最深刻的，便是薛太妃和陆博士的"民可使由之，不可使知之"之争。

不仅仅是因为两位让人尊敬的长辈在这句话上有着天差地别的意见，还因为那位瑶姬仙女，一口气做出了七八种断句方式。

陆博士说"民可使由之，不可使知之"（可以让百姓按照我们指引的道路走，没必要让他们知道为什么），因为"圣人之道深远，人不易知"，与其一个个解释到活活累死，不如用霸道行之，强制让人们往既定的方向而行。

薛太妃嗤之以鼻，认为孔子乃仁德之人，断不会说出如此冷酷的话，而应该是"民可，使由之；不可，使知之"，即当执政者认为老百姓的道德、行为符合"道""礼"的要求时，就随他去，不要管他；如果老百姓的道德、行为不符合"道""礼"的要求，就要告诉他，引导他。

然而之后瑶姬仙女的各种断句方法更是让这句话的可能性突破了天际，连刘凌都被解释得晕头转向，不知哪一句才是正确的，所以在薛太妃和陆博士之争中，薛太妃最终落了下风。

刘凌是薛太妃教导长大的，虽然薛太妃在言辞和文辞上都输给了陆博士，但无论是从感情上还是从自己的性格上，他都更赞同薛太妃的说法，认为百姓是需要引导和说服的，陆博士的说法过于严酷。

然而到此时此刻，刘凌也开始犹豫了。

这些平日里老实敦厚的百姓，在这种时刻却犹如恶鬼投生，其中固然有蓄意作乱之人的挑拨作用，但真的就仅仅是这么简单的原因吗？

难道这些闹事的、胁迫官员的、伤害无辜者性命的、丢弃儿女妻子的，真的全是不知情的人吗？

刘凌有些寒心，也有些痛心。

正是因为各种复杂的情绪交织在一起，他才一改往日的温和，在关键的时刻，用雷霆手段维护了局面的安定。

别有用心的人实在太多了，刘凌根本无法赌这其中有多少是逆贼恶党的党羽，有多少纯粹是一时生气的附庸之举，所以他干脆给了这些人一条可行的路走。

要么怀揣武器、不管不顾地往内城里闯，最终被禁卫军搜出兵刃万箭穿心而死；要么掉头就走，离开内城，去找自己的主子乖乖领罚。

这也是无奈之举，他带着的人看起来多，实际上只不过是父皇派出来护卫他安全的那些人，全部加在一起也没有一千人，只不过甲胄威武，又是夜色昏暗的时候，看起来浩浩荡荡，人多势众罢了。

刘凌要求百姓列队入内城的时候，就已经开始有人掉头往回走了，等到百姓一个个被搜身入内的时候，又掉头走了一批人。

这一批人的数量有近百之多，刘凌虽有心阻拦，但他现在的实力根本不允许他这么做，只能眼睁睁地看着他们走掉。

剩下的百姓经过此次的震慑，已经彻底安静了下来，恢复了之前绵羊般的温顺，在领头禁卫军的带领下，分批逐次进城。

局面一安静，很快就有头脑清楚的人发现背后广场上的情况没有那么糟糕，京兆府派出的水龙车已经浇熄了不少突然燃起的火焰，只不过之前烟气太大，目不能视物，又有许多可怕的声响，才让他们吓破了胆。

前面是明火执仗、枪林箭雨，背后是虽然凌乱但好像没有什么危险的广场，于是又有一部分胆小之人选择了掉头回去。

"让让，让让，我不要进门道，让我回去！谁知道门道里的机关年久失修会不会坏掉，我不要送死！"

"让一下，后面没火了，我得回去找我的媳妇儿！"

"你们要去内城就去内城，明天皇帝老爷要问罪下来，我反正不在里面！"

"还要搜身！谁知道会不会把我身上值钱的东西搜去？我不去！"

"你们别挡路啊！让我走啊！"

一时间，刚刚还人人疯魔般想要挤进去的内城，却成了避之不及的险恶之地，仅有不到四成的人选择进入门道任由搜身去内城歇息。这些人大多是真的已经疲累到站都站不住，实在没有力气返回的；也有吓破了胆，再不敢乱跑，情愿让朝廷的禁卫军保护着休息一会儿的。

对于这四成都不到的人，刘凌自然不会有什么意见，他实在是又累又痛，却还要勉力打起精神，去安抚那些被百姓放出来的官员。

这些官员有很多都狼狈无比，一离开人群的禁锢，立刻像是疯了一样回头去找自己的家人，或是父母，或是妻妾，或是儿女。

找到了的，自然是喜出望外，抱头痛哭；找不到的，或是找到却没有好结果的，顿时面如土色，痛苦无比。

刘凌身边带的人大多是禁卫军，但也有不少的宫人，素华是少司命，身边也有一群能人。在和仅剩的几个还算镇定的官员闲谈过后，刘凌决定把身边除素华以外的人派出去替他们寻找家人。

"殿下……"沈国公戴勇衣冠鞋履尽失，有些尴尬地对着刘凌拱了拱手，"幸亏今日殿下在这里，否则怕是要酿成大祸……"

刘凌找沈国公来却不是为了这个，他往沈国公身后看了看，有些担忧地说道："戴良呢？没有事吧？"

"说来也巧，戴良那小子这几日得了风寒，他娘不准他出府，戴良他爹怕他溜出去，也在家中看着他没有出门，这才躲过一劫。"戴勇满脸庆幸地说道，"今日的事……实在是……"

他面色颓然，显然对刚刚发生的事情仍心有余悸。

"这不是意外，有人混在人群中煽风点火，我在定安楼上也遭到了刺杀。"刘凌面含杀气，"这些人以百姓为棋子，以官员的性命为要挟，当杀，该死！"

戴勇哪里见过刘凌这一面，忍不住一怔，愣在了原地。

"殿下，殿下！三殿下！"正在刘凌和戴勇说话间，一旁传来了熟悉的叫喊声。

刘凌过耳不忘，闻言扭过头去，就见着披头散发、满身狼狈的王七被一名禁卫军拦了下来要搜身，而他身前的高大护卫却满是戒备地将他护住了，不让禁卫军上前一步。

那两个禁卫军也不是吃素的，当场抽出刀就要强制搜身。王七也是没法子，抬眼看到不远处刘凌正在和一位官员闲谈，连忙叫了起来。

刘凌眼睛一扫，就知道发生了什么事情。无非是王七其实是个女儿身，所以她的护卫不让两个禁卫军搜身罢了。

王七的身份，刘凌之前已经在王姬那里听过。此时见王七那里气氛紧张，刘凌连忙向沈国公告了个罪，就先去处理城门边的事情了。

王七和她的护卫被混在官员队伍中，是最靠近内城的，所以此刻很快就搜查到了他们。只是有这样那样的原因，他们不方便被搜。

刘凌走上前去，两个禁卫军连忙恭恭敬敬地行礼，他们心中还在纳闷堂堂皇子怎么认识这样的人物，这边刘凌就已经出声询问了。

王七和十四郎一个从袖子里抖出袖剑，一个从腰上抽出软剑，其他禁卫军倒吸了一口凉气正要上前保护刘凌，却见王七和十四郎将武器拱手一献，低声解释："我等走南闯北，身上总是带着防身利器，实非心怀不轨之人。在下和在下的侍卫愿意把武器先交由殿下保管，等明日过后，我等再派人去兵部衙门取，可否？"

刘凌点了点头，命身边的禁卫军接过了此二人的武器。

"可是殿下，难保他们身上没有其他武器。而且，这让我等后面更不好做了！"一位城门官看着后面群情激奋的众人。

开后门这种事，千万不能开在明处。

"素华姑姑，劳烦你去搜一下她。"刘凌指了指王七，又对十四郎说，"既然你身上已经没有了武器，就让禁卫军搜一下吧。"

十四郎抿了抿唇，一言不发，但神色已经动摇了不少。

素华听刘凌让她给一个男子搜身，不禁眉毛一挑。不过她没有反对，只是上前给王七搜身，待她的手在王七的胸部、腹部按住之后，不由得了然地笑了。

"没问题。"

"此人也没有问题！"

两人很顺利地就过了检查。

既然都查过了，又是熟人，刘凌很自然地就想要去其他地方看看，却听得人群里又有人在高喊："殿下，我是兵部李主簿家的护院，身上也有防身的兵器，能不能先交了兵器，再搜身？"

刘凌微微错愕，转过身去，只见一个瘦小的汉子已经挤到了人前，极力将握有匕首的双手向前伸，似是想要递给刘凌。

刘凌想了想，今日看花灯的也不知有多少人家，家丁护院之流藏有武器也是常事，万一被误会了反倒不好，不如像这样先交出来等日后再归还。

他有意开这个方便之门，便从善如流地开口："既然如此，那你就……"

"殿下小心！"十四郎这边搀扶着王七没走几步，就见着一点寒芒冒着绿油油的光向着刘凌射去，惊得他奔上前几步，想要阻挡。

"有毒！"

刘凌原本是好意，别人却不见得都是这样想。

那瘦小的汉子拼命靠近刘凌不是为了其他，而是心怀不轨。此时，他手中的匕首突然像是意外脱手一般疾射而来，直直迎向刘凌的面门。

刘凌刚刚经过一场生死搏杀，五感早已经调动到极致，突然间遭受威胁，他的脚下自然而然一个滑步，像是福至心灵一般避开了那射来的匕首。

见到刘凌脚下踩出的步法，十四郎的身子如遭雷击般一震，倒比刘凌的反应慢了半拍。

"素华！"

"是！"

素华手中长索甩出，将那匕首抽上了半空。

刘凌一声暴喝后，奔上前的十四郎也急急赶到，大喝一声，从半空中击出一道掌风，那劲风犹如实质，将已经飞上半空的匕首拂到了一旁，"叮"的一声扎入地中。整个匕身都闪着绿莹莹的光，显然是涂有某种药汁。

这一切发生得极快，那瘦小汉子看一击没有得手，连忙挤入人群之中，想要借着密密麻麻的人群逃跑，但刘凌身后突然闪出的黄色身影却掐灭了他这最后的一点希望。

那道身影形同鬼魅，速度快得惊人，不过是几个起落之间，这个汉子就已经被黄色的身影掷到了刘凌的脚下，身上捆着的，正是天蚕丝索。

"幸不辱命！"素华心有余悸地向着刘凌行了个宫礼。

"将他捆起来，给他嘴里塞上东西，防止他自杀！"刘凌寒着脸看着那个汉子，"让内尉好好审讯！"

"是！"一旁的禁卫们满脸庆幸地凑上前去。

"多谢壮士出声提醒！"刘凌对着十四郎拱手行礼，然后有些奇怪地看着对面正傻乎乎盯着自己看的十四郎。

难道这人脑子有些问题？可他的本事不错啊！

刘凌不无可惜地想。

十四郎似乎还在出神之中，呆呆地看着刘凌的脚出神。

素华用脚尖在匕首的把手上一挑，那匕首却纹丝不动，使她不得不弯下身去，把这把凶器用力拔出来，满脸赞叹地说道："阁下好深厚的内力。"

"这位大姐谬赞了，您的轻功也实在是高妙。"听到别人夸他，十四郎这才恢复了精神，和对方"惺惺相惜"一番。

大姐！

素华看着身前八尺多高的魁梧汉子，那张脸糙得似乎已有四十多岁，忍不住面色一黑，不再言语。

"十四郎！"王七急急忙忙地赶了上来，将十四郎的手一握，有些紧张地向刘凌解释，"我这护卫生性木讷，见殿下有危险便不管不顾地冲了上来，还望殿下海涵……"

刘凌见自己遇刺一个两个都这么紧张，心中不由得一暖，笑着摇头："我谢谢他还来不及，怎么会怪他？你多虑了！"

王七告了罪，见人群都已经看过来了，不欲自己的这点背景让其他人知道，便使劲拽着十四郎的手往卫尉寺的方向走。

刘凌见王七走了，也从面带笑意转为面如寒霜，低声跟身边的素华吩咐着什么。

王七拽了十四郎好一截路，见他还在定定出神，有些懊恼地叫道："你什么情况？刚刚也是，突然冲出去救人！三皇子出宫，难道皇帝不知道给他安排什么奇人异士吗？"

"不是奇人异士，他会游龙步。"十四郎犹如梦游一般说道，"三殿下会游龙步！"

"游龙步？萧家老祖宗传下来的那种步法？不是说非萧家已入武的嫡系不得学之吗？"王七也是一怔，然后有些了悟地又开了口，"听说这位殿下是冷宫里的太妃们教导长大的，不是说你们萧家那位贵妃娘娘还活着吗……"

"你不懂！"十四郎有些烦躁地捏紧了拳头，丢下一句让王七更加诧异的话来。

"游龙步乃至阳之气催动，非萧家男子不可学。宫里那位是我的堂姐，她根本就不会什么游龙步，倒是她曾经的未婚夫吕鹏程学过一些皮毛……"他激动得身子直抖。

"三殿下的步法如此熟练，所学绝非皮毛，此步法要配合许多机关一起学习才能大成，是我萧家不传之秘……

"一定是有嫡系的萧家人教过他！宫中还有其他萧家男子活着！"

"就算如此，你现在也……"王七有些吃惊地开口，正准备发表意见，却被大地突如其来的震动打断了接下来的话语。

那震动声是一种可怕的声音，是一种像是金属互相摩擦的声音！

"好多人！好多士卒！"

"天啊，宫中来人了！"

王七张大了口，和其他避难的人群一起，目瞪口呆地看着从宫城方向如潮水般涌来的金甲士卒。

"这是，是皇帝身边最精锐的……"

"是金甲卫。"萧十四面色复杂。

*　　*　　*

方府。

外人擅闯必血溅三尺的方家书房内，方家父子三人难得共聚一堂，面色有些紧张地等待着外面传来的消息。

方孝庭见老大、老二都很不安，为了安抚他们的情绪，微微带着笑意安慰道："你们放心，这件事老夫已经谋划许久，这些人原本是准备用在皇帝身上的，这次用在刘凌身上，已经算是大材小用了。"

"不知为何，儿子的心一直跳得很快。"

方顺德深吸了口气，不安地开口："即使刘凌未死，对我们来说也是极好的局面。"

方孝庭按下心中突然升起的不安，啜饮了一杯清水，幽幽说道："定安楼上有老夫重金招募的高手，又有遇火即爆的雷火弹，刘凌不死也会颜面受损，一个破了相的皇子，如何继承皇位？"

"人群一乱，我们安排的亡命之徒就会想法子对那些官员的长者下手，一旦那些刺儿头的父母去了，势必要丁忧回乡，如此，又空出许多空缺来，来年吏部再安排官职，便能安排上去一批我们自己的人。等他们丁忧回来已是三年后，那时已经是尘埃落定，吾等又何惧之有？"他放下杯盏。

老大依然一言不发，老二方宜君脸上的紧张却已经冲淡了不少，甚至还有些兴奋之色。

"这么一说，父亲除了刺杀三殿下，还另有准备？"方宜君难以置信地开口，"难道还有其他杀招不成？"

"老夫准备引起京中的暴动，一旦大批平民百姓被朝廷的旨意加害，百姓就会对皇帝失去信心，日后即便内城有乱，也不会有人敢过问。"

方孝庭轻轻地笑了："洪彪因玩忽职守被皇帝贬去守城门，心中早有不满，想让皇帝不得安宁。他父母双亡，家小又不在京城，少了许多忌惮，老夫为了这枚棋子，也不知道布置了多少年。今日只不过让他放箭射一射乱民，又有什么难处？"

"射乱民？"方顺德微微错愕，"不是说杀三皇子吗？"

"杀三皇子，此其一；趁机引起动乱，使皇帝失去民心，此其二；趁乱起之时设法除去朝中的官员，让陛下无人可用，此其三；撺掇对官员心怀不满的暴民对官员家眷下手，使得官员丁忧或丧妻丧子，不得安心理政，此其四……"方孝庭笑了笑，"此外，如果真有人脑子不好放了他们入内城，我也安排了人手，趁机火烧内城，从雷火门买来的火油和火弹，可是有不少！

"内城衙门一毁，火势势必烧向四城，官员失却衙署，皇帝失却宫墙，无论是恩科或召见商人都要往后搁置，这便给了我等可喘息的机会，此其五！

“一石五鸟，只要得之一二，局面就对吾等大大有利！所以老夫才说，是动手的时候了！”

方孝庭有得意之时好为人师的毛病，老大和老二都已经习惯，只能满脸敬畏地看向父亲，神情有些呆滞。

他们的父亲是如此多疑之人，这么大的事情，竟然只对自己的儿子们透露出冰山一角而已！

“老爷子到底还暗藏了多少人手和势力？”方顺德心中一沉，“那些武林高手和火油火弹，为何我从没有听说过？”

“也是皇帝今年太过小心，竟派了刘凌替他登楼，否则我要想在龙凤灯中动手脚，可没那么容易。”方孝庭面露兴奋之色，又向二儿子问，“那些花灯匠人，你都安排妥当了吗？”

方宜君伸掌做了个“杀”的姿势，点了点头。

“既然如此，我们只要静下心来，坐等好消息便是。”方孝庭眼睛微微眯起，安之若素。

他如此有信心，两个儿子也只能陪着坐在屋子里，没一会儿，三人突然听到了从内城方向传来的鼓声。

“什……什么声音？”方顺德有些诧异地仔细倾听。

“我听着像是擂战鼓！好像还有鸣金的声音！”方宜君也跟着附和。

“城墙上一定是乱了！一定是冲进内城的乱民胡乱敲响了城楼上的器械！”方孝庭眼睛一睁，狂喜着站起了身子，“大事已成！”

忽然间，方孝庭书房的柜子微微一动，惊得方宜君一抖。

“什么人？！”

方孝庭和方顺德见方宜君如此惊吓，忍不住相视一笑，方顺德更是遮了遮鼻子笑道：“弟弟莫惊，这是父亲房中的秘道……”

书柜后响起了敲门一般的声音，方顺德微微靠近，问出一大串密语，秘道那边的人一一应对，方顺德这才闪过身子，抽出书柜上一本书按下机关，滑出一道一人窄的小门来。

这一人窄的小门里却跳出三个人，三人皆是浑身透湿，头发和颜面多有烧伤，狼狈无比，进了门就赶紧脱下身上湿透的棉袄，靠近炭盆旁边取暖。

“怎么样，得手了吗？”方孝庭已然迫不及待地开口询问。

“别提了，你给我们指的目标是错误的！那小子明明就不是三皇子！”三胞胎中的老大往炭盆里啐了一口，“定安楼上早有防备，做三皇子替身的那少年不但武艺不弱，还是陇右铁骑山庄萧盟主的嫡传弟子，还有一个邪门的女人拦着我们，我们差点就回不来，后来还是跳楼跑回来的！"

方宜君从那三人开口的时候就想骂人，却被方孝庭一下子按住，摇了摇头。

"居然有替身，几位可确定？"方老头面色难看地问。

"你说是皇子的那小子，被雷火弹炸了后什么事都没有，还能跟我们斗上七八个回合！我兄弟几人自出师以来，单打独斗虽不是高手的对手，可结阵对敌从无败绩，被一个少年拖住七八个回合已经是丢脸了，更别说他用的还是游龙步！"

另一个刺客冷声道："如果不是其他士卒都乱成一片，我还以为你故意耍我们，让我们去送死！"

这些江湖人士虽然好用，但性格乖戾无比，一言不合便会动手，浑然不管你是不是雇主。曾有人买凶杀人，结果贪了些便宜另请了一伙人，却引起之前要价较贵的那群江湖人不满，最终被杀了满门。

不是为了必赢的局面，方孝庭也不会用这么一群臭名昭著的亡命之徒，所以他才不准方宜君口出妄言，因为这些人什么都做得出来。

此时三个江湖客失了手，方孝庭不但不敢训斥他们，反倒好言安慰，又拿出事先就准备好的金子，请了心腹的下人带他们去休息，承诺待风头过了，送他们离开京中。

"给他们好酒好菜，让他们吃好喝好，再过一阵下毒了结了他们。"等他们已经走远，方孝庭悄声吩咐外面的管事。

那管事似是做惯了这些，一点异样的表情都没有，只是点了点头。

等方孝庭回到房中，面色已经是大坏。

"皇帝居然对我们设下的杀手早有防备！"方孝庭气急败坏地说，"刘凌居然没有去登楼！"

"那也未必，也许是他们失手后随便找个理由……"方宜君还怀有一丝希望地听着外面的锣鼓声，"否则外面为什么会乱成这样？"

方顺德点了点头，也是一样的想法。

方孝庭的脸色这才好一点。

但没过一会儿，外面打探消息的家仆回来，一张口就把方孝庭气了个半死。

"老爷，定安门那边起了火，不过火势已经被京兆府控制住，已经有不少人回来了！"去外面打探消息的人自然不知道自家主子们在等的是什么消息，还一脸高兴地说出好消息。

"谁要听你说这个！定安门那边怎么样，生乱了吗？"方宜君火急火燎地问。

"说是有些乱，已经被三殿下带重兵控制住了。对了，主子们听到刚刚锣鼓震天了吗？听说那就是三殿下的示警。现在只要家中有人在定安楼那边的，都带了人手和水桶去救火救人了呢！"

"你给我……"

"好了安成，你再去打探打探吧，有好消息再回来！"方顺德见事已至此，再破口大骂也是枉然，拉住了弟弟的袖子，打发下人再出门去。

那下人也是机灵，见自己带了好消息这几位主子不但不高兴反倒有些恼火的样子，摸了摸后脑勺就一溜烟跑了。

房中的方孝庭一脸青黑。

"刚刚那几个江湖人还说三殿下是冒牌货！冒牌货能调动重兵吗？"方宜君恶狠狠地骂道，"一定是他们本事不济，又想要钱！"

"现在要考虑的不是这个，而是洪彪现在如何了。"方孝庭头皮有些发麻，"还有皇帝那边，我们该如何应对。"

"事已至此，父亲，该考虑如何脱身了。"方顺德终于等到了这一天，心中反倒有些轻松。

"以陛下的精明，查出一切不过是时间问题，反正父亲已经报病，以现在的局面，我们在不在京中都已经无所谓了，正好宜君也回来了……"

这偌大的家业，几代人的经营，说抛弃就抛弃，任谁也要考虑许久，更别说一直立于不败之地的方孝庭。

可诚如方顺德所言，形势已经坏到了他们不得不想退路的时候。他们既然要动手，自然是以大局为重。

方孝庭立了片刻，似是不太能接受这个建议。

但最终，他还是壮士断腕般地开了口：" 宜君，你准备准备吧。"

"父亲……"

"你大哥说得对！去准备吧！"

"是。"

＊　　＊　　＊

方府，东院内。

方顺德的长子方嘉已经缠绵病榻许多年了，他先天就有心疾，心情不能大起大落，也不能久站或随意动作。好在除此之外，他也没有什么其他毛病，这个心疾也没有遗传给子女。

他生有两子，长子方珑，次子方琳，性格截然相反，都是方嘉最珍视之人。

然而到了此时，他也只能嘱咐一个。

"琳儿，上元节一过，你就要听从你祖父的安排去游学。有些话，为父今日要嘱咐你……"方嘉微微喘着气，靠着床柱说道。

"父亲，您身子不好，还是躺着说吧。"方琳有些担忧地上前搀扶着父亲躺下。

突然间，方琳直了直身子，有些困惑地侧耳听了听外面的动静："父亲，您有没有听到什么锣鼓声？"

"今日是上元节，有锣鼓声不是正常吗？"方嘉微笑着，拍了拍儿子的手。

"父亲说得是。"一向顽劣的方琳在父亲面前却犹如猫儿一般乖巧。

"明日一早你就要跟你堂兄们走了，我知道你叔公已经安排妥当，不过你和他家的小子有过节，我还是放心不下。"方嘉从枕下摸出一沓东西，塞到儿子的手中，"我不知道你堂兄们读书的书院在哪里，让你带许多金银出去也不合适，你便把这些带走吧。到了地方，拿着这些东西去找嘉庆楼的掌柜，他会帮你打理这些产业。"

方琳低头一看手中的那些纸和木头，赫然一惊。

"父亲，这……这不是田契和铺子的桃契吗？您怎么把这些给我了？"

"我们在府里，用不上这些。我虽是你祖父的长子，但身子羸弱，也继承不了家业，长房的一切迟早是你兄长的，我只能给你这些，有你母亲的陪嫁，还有我私下积蓄的一些产业，就当提早给了你，让你分家时不至于太穷酸了。"他眼眶微微泛红，"你娘心肠软，明早肯定不会去送你，她舍不得你，但我们都会一直牵挂你的。"

"父亲，你还说我是小孩子，这话说的，跟孩儿以后不回来似的。男子游学乃惯例，最多三年，最少一载，明年过年，说不定我就回来了！"方琳看了看手中巨额的家产，心中有些不安，"而且父亲私下给了我这些，哥哥要是知道了，恐怕要有心结，孩儿还是……"

"叫你收着，你就收着！"方嘉难得严厉地板起脸，"留在你那里，比留在我这里合适！"

"好好好，孩儿收着，孩儿收着，您别生气，别生气！当心心疾又犯了！"

方琳惊得连忙安抚，将父亲送过来的东西胡乱塞在怀里，"我好生收着，必定不敢有失！您要的时候，尽管找孩儿来取！"

方嘉见儿子收起了田契地契，这才重新露出笑容，像是心中放下了一块大石。

"琳儿，和你说了这许多话，我也累了，你回去休息吧。明天城门一开你就走，不要睡过了头，耽误了事情。你叔公可没有祖父那么好说话！"

"嗯。孩儿退下了，父亲也好好休息。"方琳点了点头，刚准备离开，又顿了顿。

"父亲，您真没听到外面的鼓声吗？怎么不太像是普通杂耍伎人敲的鼓……"

"没有，你去吧。好生收好这些东西，千万不要给叔公家的人看见。他们……他们靠不住。"方嘉看着儿子，意有所指地继续说，"如果他们在路上有什么不对，你就自己走，不必看他们脸色，知道吗？"

"咦？可以这样吗？叔公和祖父不会生气吗？"方琳惊喜地睁大了眼睛。

对于一个性子跳脱的少年来说，可以自己离家行走实在是太大的诱惑了。

"有什么不可以？你可是我的儿子，怎么能受别人委屈？"方嘉温柔地笑了，"你出门带好侍卫老铁，再带好你的两个伴儿，他们都是稳妥之人，只要有他们在你身边，你想走就走，有什么训斥，我给你挡着。"方嘉对儿子眨了眨眼，"反正我有心疾，是不是？"

方琳哈哈大笑，对父亲重重作了个揖，脚步轻快地离开了。

太好了呢！他早就看那些拿腔作调的堂兄弟不顺眼，谁要跟他们一起走！

等出了城，他自己去白鹿书院，又不是没出过门！

第二十二章
秃发？焦发？

金甲卫一出动，局面再无悬念。

刘未身边的金甲卫，是代国开国以来世袭的府兵，皆是深受数代皇恩的良家子出身，从可以拿得起兵器起便开始训练，举凡骑射、步战、仪仗，样样精通。

他们的人数维持在一千以内，是精兵中的精兵，只负责紫宸殿和宣政殿附近的护卫工作，直接受皇帝管辖。当年先帝之时的宫变，金甲卫死伤惨重，但成功地拖延了叛军的进攻，使得皇帝成功撤退。后来萧家、方家等将门想要收编金甲卫，这些卫士宁死不从，保留下来的不过十之一二。

现在的金甲卫是刘未登基后重新组建的，论精锐，虽不比先帝时的金甲卫，但比起守卫京中的禁卫，却个个是强手中的强手，精挑细选而来。

方老贼为什么情愿舍近求远在各地引发动乱，也不愿意学萧、薛等家族一般逼宫造反，一来因为他们方家远不能和世代将种的萧家比，二来宫里也没有像先帝时太妃们一般的内应，更大的原因，是他并没有能够敌过金甲卫的信心。

金甲卫出动，代表皇帝亲自过问此事，并且对待刘凌像是对待自己的安全一般慎重。

刚刚劫后余生的官员们，自此之后，要重新估摸下这位皇子在皇帝心中的地位，远的不说，历朝历代，金甲卫甚至都没有派去保护过储君，可皇帝却让金甲卫出城了……

这值得许多人深思。

金甲卫一到，刘凌就不能在此地继续主持大局了，皇帝派来替换刘凌的是朝中的宰辅庄骏。

显然庄骏也没想到这位皇子能做到这种地步，他匆匆赶来的时候还以为自己要接手一片乱局，此刻看到的却是一片乱中有序的场景，自然是讶异极了。

"殿下做得很好。"庄骏发自肺腑地赞叹道，"即使是老臣在此，也不见得能做得比您更好了。"

他是皇子，先天在身份上就有许多便利，自己即使是宰辅，可是想要调动禁卫和城门官，甚至打开机关，那是想也不必想的。所以庄骏才有此一叹。

"还不够好。"刘凌的眼神中有着哀痛之色。

这不是谦虚的话，而是他确实就是这样想的。

"下面的事情，就交给老臣吧。陛下在宫中很担心您的安危，还请殿下赶快回宫。"庄骏看了眼禁军保护下或哭或怒骂的京中官员们，似是看到了什么令人不悦的事情，表情更是凝重。

刘凌抬眼看去，发现正在怒骂的居然是一位中年妇人。

这妇人应当是个脾气很好的人，此刻端丽温柔的气质和柳眉倒竖的痛骂糅合在一起，有一种难以言喻的违和感。

刘凌侧耳倾听，忍不住也是一怔。

"……火起之时，你们人人往内城里跑，我夫君却是重回火场，组织京兆府的差吏救火，你们逃到此处，他们却到现在都没有休息，至今生死未卜。他们在舍生忘死地救你们，你们做了些什么？你们在唾骂他们的家人，以他们的家眷骨肉为盾，你们欺凌我的女儿，又将各种恶行强加在我女儿的身上！"妇人言辞激烈地训斥着，"我女儿究竟做错了什么？是她要别人把她拉走的吗？是她要别人欺辱她的吗？遇到此等恶人，自保又有何错？你们居然指责她是杀人的凶手！"

"娘，别说了……"身上披着一件家人外袍的少女脸色苍白，虚弱无力地拽了拽母亲的袖子。

"你休要劝我，这件事不说明白了，于你闺誉有碍！"那位夫人显然身体也不是很好，只不过是情绪激烈了一点，就不住地在喘着粗气。

刘凌听到这里，自然明白了这个夫人是什么人。他虽然不认识她，却和她大大地有关系。

这是京兆府尹的妻子李氏，曾经在蓬莱殿里和袁贵妃一同中毒，最后燕六借了他的腰牌才请来太医将她救活。

如今她情绪激动之后如此羸弱，说明余毒还未清干净，身体也没有完全好。遭受到刚刚那般局面的惊吓，能好生站着，已经算是极为坚强的妇人了。

听到母亲为了自己如此生气，京兆尹家的冯姑娘眼中含泪，不知该如何是好。

周围劫后余生的百姓和官员家眷们依旧在窃窃私语，刘凌不知道事情的始末，听起来像是她之前被暴民强行拽走过，然后又经过自保跑了回来。

"你们只不过是随口说说，就可能把一个好姑娘一辈子都毁了！那歹人眼睛里插入的金簪明明就是男儿束发所用，我女儿手无缚鸡之力，哪里能将一根金簪从人的眼珠子直插进颅中！明明是哪位高人看不过去，救了我女儿一命，怎么就成了我女儿暴起杀人！"李氏转身抱住自己的女儿，脸上满是戒备的神情，"如果你们再要胡说，妾身只能去敲登闻鼓，向圣上求个公道了！"

谁也没想到外表柔弱的李氏如此刚烈，有几个刚刚说了几句闲言碎语的妇人被她像是刀子一般的眼神瞪了之后，嘀咕道："京中出了这么大的乱子，你丈夫的京兆尹还不知道保不保得住，喊个什么，到时候有得哭的……"

"就是，她家女儿在那么多人面前被人拉了去，摸也被人摸过了，袖子也被拽掉了，还不许别人说……"

"就算我们不说，大伙儿的眼睛是瞎的吗？还说我们把她女儿的一辈子毁了，现在看，哪个好人家还敢要她？"

见到冯登青的女儿被人诘难，有些在刚刚动乱中也被扯掉了随身配饰，甚至被人占了便宜的少女默默低下了头。

她们其实也被人欺辱了一番，但因为欺辱冯家女儿的那个恶汉被金簪捅死了，所以她们受到的委屈就被人自然而然地忽视了过去，只有冯家女儿成为最明显的靶子，替她们承担了所有的非难。

她们一方面对此庆幸，一方面又觉得有些痛苦，偏偏这种痛苦不知来自于何处，只在心底无尽地盘旋，压抑得她们不能言语。

她们的母亲或家眷紧紧地抓住她们的手，用眼神示意她们不要说话，用言语恐吓她们如果站出去，面前活生生的例子就是后果，由不得她们胡乱任性。

受到一次伤害就已经足够，不见得人人都是冯李氏，可以在大庭广众之下痛呼这种不合理。

庄骏和刘凌都极厌恶这种搬弄是非、坏人清誉的行为，无奈事已至此，能安然无恙已经是大幸，在动乱开始时，人人都只考虑着能活下来就好了，等动乱结束，便又开始胡乱计较着其他。

"劳烦庄大人，先安排卫尉寺的马车送各家的女郎回家。"刘凌叹了口气，"内城马车不能进入，定安门外又乱成那样，现在男女杂处在一起，容易生乱，我之前人手不足，没办法分开男女人群，现在只好劳大人多辛苦了。"

"殿下考虑得是。"庄骏现在不敢再以普通少年的身份去看待这位三皇子，自然是一口应下。

天子脚下，民众尚且如此愚昧，那些乡野之地，还不知如此这般吞噬了多少无辜的少女！

刘凌摇了摇头，心中同情这位冯家的小姐，偏偏又做不了什么，只能惋惜地离开，将这件事记在了心里。

金甲卫出动是为了保护刘凌回宫，定安楼那场惊心动魄的刺杀早就已经传入了刘未的耳中，让他完全坐不住了。

他如今无法临幸后宫妃子，膝下大儿子失魂落魄，仅剩二儿子和小儿子，如果八物方的弊病无法根除，说不定这两个孩子就是他这一脉仅存的希望，此时一点也不能有失。

什么百姓暴乱、刺客杀人，在刘未看来，都没有皇子遇刺更重要。

刘凌一入了宫，立刻就摘下了头上那顶银盔，露出被火烧得焦黄一片的头顶来。他从小头发就少，宫中太妃们还担心过他秃顶的问题，如今被火这么一燎，长发变短发，他自己都能想到削去这些枯发后自己的头发会有多短。

不过命能捡回来，就已经是老天开眼了。

今日是上元节，不但宫外花灯漫天，宫里也到处都是宫灯，还有防火的火正宫人不停巡视，看到刘凌的头发变成了这样，路过的宫人们一个个都露出了诧异的表情。

进了宫中，刘凌才发现宫里也全面戒严了，到处都是持戈巡逻的卫士，足足比平日人数多了几倍。想来之前宫外那场骚乱也影响到了宫里，他的父皇还要预防有人逼宫，所以让当值的禁卫军全部去巡视了。

他跟着金甲卫的几位统领直入紫宸殿，偌大的紫宸殿如今灯火通明，伺候皇帝的宫人们紧张地来去。刘凌一踏入紫宸殿的广场，岱山就已经领着好几位宫人过来迎接。等刘凌到了殿门前，他反射性地想要整理自己的仪表，手掌一摸上自己的脑袋，就忍不住苦笑。

这时候还有什么仪表可言，失仪就失仪吧！

岱山替刘凌取下了皇帝赐下的大氅，见到里面的礼服满是被刀割破、在地上摩擦后蹭破的痕迹，也是一怔，面色复杂地道："殿下刚刚……凶险得很哪！"

受了这么多罪还能大难不死，不是运气太好，就是有什么倚仗。

不论是哪一种，都是大大的本事。

莫说登上那个位子不需要运气，有时候运气比实力还要重要，不是吗？

想到这里，岱山的神色更加恭敬了，亲自出手替刘凌推开了殿门。

刘凌举足踏进温暖的紫宸殿，这才像是重新回到了人间。为了配合上元节的氛围，屋子里弄得灯火通明。刘未早已经迫不及待，一抬头看见刘凌满身狼狈的样子，失声叫道："怎么回事？不是让少司命去护着你了吗！"

刘凌这时候才明白少司命的出现不是偶然，连忙跪下道谢。

"先别弄这些虚礼，让孟太医给你看看有没有大碍，再包扎下伤口，让宫人们伺候你重新更衣！"刘未下了一大串命令，这才又板着脸说，"洪彪被绑过来了，内尉已经在审。将作监里那些做鲤鱼跃龙门的灯匠全部死了，皆是一刀毙命。事情发生得太突然，每个人说得都不一样，趁孟太医给你包扎的时候，你把你经历的跟朕细细说一说。"

刘凌这才发现孟太医早就已经在紫宸殿里候着了，只是他站在角落里，所以刘凌才没有发现。

孟太医也不敢耽误，靠近刘凌之后就开始为他把脉。听到孟太医说刘凌没受什么内伤，众人心中才放下一块大石。

孟太医是杏林圣手，处理这区区的外伤自然是小事。刘凌听到自己没有大碍，也就不把心思放在皮肉伤上了，坐在殿下任由孟太医施为，一边配合着他的动作，一边思路清晰地将今晚的事情一一说来。

从一开始鲤鱼变金龙时起火说起，到后来跳出三个刺客，有人在人群中造谣生事，煽动乱局，自己不得不斩断洪彪的手臂，刘凌说得极为仔细，足足花了一个时辰才把所有事情说完。

其中的惊险和紧张之处，即使刘凌只是不带任何情绪地叙述，也可想而知。不但刘未抿着嘴唇面色铁青，就连替刘凌包扎的孟太医都有几次闪了神，包扎的手停了一瞬。

"儿臣认为，疑点有三。第一，楼顶的龙灯是此次点灯的重中之重，将作监和京兆府应该检查了无数遍，为何还会藏了人在灯中？到底问题是出在将作监，还是京兆府？

"第二，儿臣开放内城之后，下令搜身，有百余人掉头就走，行迹诡异，这些人都是什么身份？在百姓之中煽风点火，他们所图为何？

"第三，儿臣遇刺，楼下同时起火，说明这些宫灯和摊铺早就被人做下了手脚，此人一定熟悉京中各路情况，又有能打通京兆府差吏的关系，如果细细盘问京兆府这段时间走动之人，说不定会有一些线索。"

在观灯的地方摆摊子，看起来像是什么人都可以摆，但这种地方人人都知道好赚钱，自然是挤破了头都要进去，能够混进去，还能摆在最热闹的地方的，不可能只是普通的小贩。

"哪里用得着那么麻烦，是谁动的手，朕心里清楚！"刘未狰狞地笑着，"他倒是想先发制人了，却没想到你不是什么无知的孩童，也没那么容易被杀了，此时搬起石头砸自己的脚,恐怕在家里懊恼呢!"

刘凌听着刘未的口气,赫然一惊。

"父皇的意思是……"

"好了,你今日惊魂未定,还是下去好好休息吧。三日后开大朝,你再来听政。你二哥那边……"刘未顿了顿,似是无意般说道,"就说你遇了刺,其他不用多说。"

刘凌怔了怔,俯身领旨。

"孟太医,虽说老三身上的都是皮外伤,但这个天气,身上有伤也不方便,你多操心下老三的伤口,勤给他换药清理,不要留下什么毛病。伤口如果处理不好,到了天阴下雨,难免麻痒,朕不想见到他日后说自己伤口有什么问题,你可明白?"刘未郑重地吩咐着。

"陛下放心,臣一定亲自为殿下包扎清创,绝不假手于人,必不会让殿下留下疤痕。"

孟太医看了看刘凌的头发,嘴角难得地扬起一个弧度。

"殿下这头发,恐怕也要用些生发的汤药才好……"

刘凌见孟太医取笑他,懊恼地抓了抓脑袋。

"好了,朕现在没心情听笑话。"刘未有些烦躁地挥了挥手,"你们都离开吧,朕今晚还有许多事要做。"

"是!"

"是!"

出了紫宸殿,被外面的冷风一吹,两人俱是不由自主地打了个哆嗦。

看着灯火通明的紫宸殿,刘凌和孟太医都不知怎么的,朝着宫中一片漆黑的冷宫方向看去。

"往年还有奶娘做的一桌好菜,今年不知道怎么样了。"刘凌语焉不详地叹息。

"竟已经像这样过了二十几个寒暑。"孟太医的情绪有些低落,"还不知再要等几个寒暑……"

"会好起来的。"刘凌长长地呼了口气,看着口中吐出的白雾在空气中慢慢地散开,"人常言,大难不死,必有后福。"

从代国开国以来,宫中恐怕也没有几个皇子,能像他这样多灾多难。

"是啊,大难不死,必有后福。"孟太医看着刘凌,脸上露出高深莫测的表情。

他静静地立在刘凌的身边,随之附和:"殿下必能一飞冲天!"

"哈哈,借孟太医吉言了!"

刘凌出了事的消息，没过多久，就传遍了东宫。

刘祁听到宫外战鼓擂起的时候，正在和徐枫对弈，惊得手中的棋子掉了都没察觉，心中更是七上八下。

他觉得有什么不好的事情要发生了。

无奈刘祁不出宫的时候，根本没有什么可用的人手，派出去的宫人去打探消息，却被戒严后四处巡视的宫卫们赶了回来，连东宫的大门都没能走出去。

等前面隐隐约约传出消息说三殿下出了事，连金甲卫都出动了以后，刘祁心中"咯噔"一下，连安静地在屋子里待着都做不到了。

如果老三出了事，他便是最后得利的那一个，无论这事是不是他做的，父皇恐怕都要怀疑到他身上来。

他确实没这个实力，可难保方家……

如果真是方家做的，他该如何自处？

父皇真会相信他是无辜的吗？

刘祁心乱如麻，在屋子里实在待不住，索性披起父皇赐下的大氅，在东宫里吹着冷风，胡思乱想。

他听到外面越来越乱，甲兵卫士不停地来回巡视，宫中一片灯火通明，却不似往年那般宫人们成群结队地出来观灯，反倒有一片肃杀之气，更是难以相信。

直到他看到刘凌被紫宸殿的人送了回来，头发没了一半，束发的金冠早就不知道去了哪里，身上穿着的竟是父皇平日里的常服，只有那件黑色大氅还是出去时的打扮，不由得一惊。

再看老三脸上、手臂上多有伤口，神色也是疲惫至极，刘祁忍不住奔出几步，貌似关心实则害怕地问道："三弟，你这是怎么了？"

见刘祁奔了出来，刘凌脸上露出一副复杂的表情，半天没有言语。

就在刘祁被刘凌以奇怪的表情望到有些尴尬和恼怒的时候，刘凌才神色如常地对着二哥行了一礼，淡淡地回应："没什么，登楼时遇刺了而已。"

第二十三章
善后？乱局？

京城作为代国最富庶的地方，已经多年没有灾祸发生了。虽说历年来京兆尹如同走马灯般地换，但大多是出于政治上的考量，而非真的有什么失职。

但今年上元节，不但让身份贵重的皇子差点遇刺身亡，还使得百姓相互踩踏，死伤的人数甚至比去年泰山地震那次还要多。

定安楼上金龙炸开的画面让城中无数百姓仍心有余悸，而随后四处起火的场面更是让许多百姓彻底对京兆府的能力失去了信心。

这些都还好，更可怕的是之后层出不穷的问题。

定安楼上的金龙灯被人动了手脚，从里面跳出三个人来，是许多百姓都看见的，事情一发生，就有聪明的禁卫军立刻捆了在场协助点灯的将作监官员，然而等到宫中派人去捉拿那几个做灯的匠人时，却发现这些匠人都已经死了。

杀人灭口，手段毒辣，根本不留下一点线索。

将作监的官员们因此受到了内尉严厉的盘查，有好几个受不住刑，就这么死了，还有硬撑下来的，也是回答什么都不知道。他们本就是管理匠人的官员，又不是亲自制作东西的工匠，真有什么猫腻，确实也很容易就被糊弄过去。

皇帝刘未身边也不乏能人，在城楼上取下已经烧毁的龙灯残骸一盘查，发现这灯确实被人动过了手脚，灯油和引信里有硝石和硫黄等物，突然炸开的部分更是和江湖中一个以制造烟花爆竹、引线火弹闻名的门派有关，名唤"雷火门"。

这雷火门的祖师爷据说是炼丹道人，在炼丹的时候发现了"雷火"的秘密，便在江湖中创立了这个门派，并不在江湖中走动，只是以这个为手段营生和自保，并不是什么大门大派，但也算是别具一格。

刺杀皇子的人用的是雷火门的不传之秘，一下子这门派就倒了霉。刘未直接下了一道旨意，让雷火门所在的漳州当地出动兵马，剿平这个门派，将雷火门的门人和剩余的"雷火"带回来。

这东西作为武器太过危险，刘未已经决意不准这种东西流入民间了。

至于后来刺杀刘凌的那个用匕首的刺客，内尉一打开他口中塞着的木条，他就自尽了。内尉们检查时发现他的后槽牙被人掏空了，里面放了剧毒的药物，显然是早就培养好的死士，之前刘凌叫人塞上东西，他自然找不到机会自杀。可内尉为了审讯，将木条一拿，那人就咬破假牙，中了立刻毙命的猛药，死在了当场。

至于那个被刘凌削了手臂的倒霉蛋，流血过多差点没活过当晚，整个太医院的人辛苦了一夜，才将他救了回来。内尉担心他会就这么死了，不敢强行逼供，仔细盘问了许久，他却一口咬定是担心暴民作乱，才要放箭保证内城不失。

洪彪已经是多年的宿将，当年也是禁军一名统领，只是曾玩忽职守耽误了刘未一件事情，才被贬去看守城门。除此之外，再无劣迹，平日他也很少出内城，查不到什么交往过密之人。

一桩一件，几乎是滴水不漏，即使真找到什么证据，也是不可用的证据，扳不倒方家，更抓不住其造反的证据，刘未心中暗恨，也只能眼睁睁看着内尉们想要撬开洪彪的嘴，却无计可施。

在这一点上，洪彪确实是个硬汉子，硬得刘未牙痒痒。

上元节出了事，除了无数无辜的百姓遭殃，更影响到了明年开科的士子们。

今年来观看灯会的除了普通的百姓、京中的官员，还有许多为了年初礼部试而提早来京城的士子。这些士子平日里舞文弄墨倒是可以，可遇到这种人挤人能把人踩死的局面，被推倒挤倒者不知凡几。

这些手无缚鸡之力的士子在踩踏中死的死、残的残，即便一点事情都没有的，也在精神上受到了极大的打击，想要用最好的精神面貌来对待科举，显然已经是不可能了。

礼部和刘未最惋惜的就是这一点，说起此事，简直是悲痛莫名。反倒是聚集在京中的那些豪商，由于带的家丁众多，商人又惜命，一见情况不对就先跑了，居然没损失多少。

更可怕的是，这段时间京兆府天天有人击鼓告状，御史台、刑部和大理寺的门槛也差点被人踩破。

上元灯会之时失踪了不少人，尤其以女人和小孩居多。

每年上元灯会拍花子的人贩子本来就多，混迹在人群中对着合适的人下手，是以每年京兆府在节后都要处理不少这样的案件，今年局面更乱，京兆府的人忙着救火已经是焦头烂额，哪里管得到这些别有用心之人？更别说有的人不见得是失踪了，恐怕就是罹难了，只是家人不愿意承认，情愿认为他们是失踪罢了。

京兆府没有办法，那些家中失了人的就一层层上告，状告京兆府不作为、草菅人命等。所以御史台、刑部和大理寺均有诉状，可这些衙门官员心里也清楚得很，不是京兆府不作为，也不是京兆府草菅人命，实在是事情太多了管不过来，也没法子管，只能派出差吏们一个个安抚，但想要解决问题，也是难上加难。

踩踏发生之后，官员及其家属被暴动的百姓抓做人质、盾墙，企图抵挡城头的弓箭。这些观灯的人有些是举家出来参与节庆的，家中长者有当场被人推进人群里踩死的，也有脱险回家后一病不起眼见着不行的，还有受伤的、受了惊吓的，太医院这段时间忙到日夜不休，全是为了这些老大人、老诰命奔波。

吏部和太常寺递上了一本在灯节中痛失父亲或母亲的官员姓名，刘未草草一看，差点没一口血喷到折子上。

虽说无人可用时可以夺情，可同时夺这么多人的情，哪朝哪代也没有出现过，真要这么做了，丁忧守孝就真成笑话了。

可如果真的同时损失这么多京官，就得临时在地方上征召官员回京填补，上下人员一动，又给了吏部许多可乘之机。唯一高兴的就只有考恩科的士子们，对他们来说，接下来不但不会"有官无缺"，恐怕要缺多人少了。

一时间，刘未气得是七窍生烟，京兆尹从出事第二天起被至少弹劾了十次，全靠刘未以"现在无人可用"压了下来。

好在其他人都不傻，京兆尹现在是最忙乱的时候，从百姓到官员都对他没有好脸色，更没人觊觎他这个位子自讨苦吃。御史和其他官员弹劾他，大多是有官员在那场动乱里吃了亏，想要在他身上泄愤而已。可平心而论，那种情况下，冯登青能做到以最快速度灭火，已经是很有能力了。

另一边，刘凌以一种让人刮目相看的方式登上了代国的政治舞台。关于他的一切，都被无数人津津乐道。

士子们说他登楼时向众人行师礼，是礼贤下士；武将们说他能在三个刺客手中逃出生天，有勇有谋；官员们说他临危不惧，调动兵卒，胆识过人；百姓们则夸他的长相威武，他身边跟着的宫女如何身手了得……

若不是刘凌如今只有十三岁，恐怕等他一到纳妃的时候，各家女儿们都要挤破头。在这一场动乱中，他的应对实在是太漂亮，相比之下，之前主持冬祭的刘祁就显得中规中矩，没有什么出彩之处了。

因为官员出缺，吏部开始忙碌起来，而作为吏部主官的方孝庭却有病在家，许多事务无法处理，随着一个又一个的官员上奏请求方孝庭重新回到朝堂，刘未就算差点咬碎一口牙齿，也只能准了方孝庭重新任职。

当看到方孝庭得到诏令后的第二天，就和没事人一样开始上朝时，无论是刘未，还是刘凌、刘祁，心中都百味杂陈。

京中那么多人都出了事，方家却因为方孝庭有病全都没有去观灯，满朝文武百官之中，只有寥寥可数的几个人没受到波及，这其中就有方党中人。

想到三皇子若有意外，二皇子就是板上钉钉的储君，众人心中都有些了然，只是找不到证据，方党又一手遮天，加之这次祸事中出事的也不乏方党中人，也就没有人敢置喙。

只是方党和皇帝之间的气氛越来越剑拔弩张，连带着二皇子也在其中受到了牵连，许多痛失亲人或在那场动乱中受到刘凌照顾的官员，开始渐渐往刘凌身后站队了。

*　　*　　*

下了朝，刘祁追上已经走远了的曾外祖父，满脸犹豫。

"怎么？殿下找老臣有事？"方孝庭依旧是那副沉稳有度的样子。

"是……"刘祁踌躇了片刻，这才挣扎着问出口，"上元节那天……那天……是不是阿公您……"

方孝庭眯了眯眼，笑着装傻："殿下在说什么？老臣可听不懂。"

"不是，您这样说，让我有些为难。"

刘祁有些烦躁地皱了皱眉头："我想有个答案，哪怕是'不是'也好！"

"殿下多虑了，其实这又和您有什么关系呢？"方孝庭模棱两可地回答，突然顾左右而言他，"咳咳，殿下觉得那些点心，可还合口味？"

曾外祖父在这个时候居然还问他点心合不合口味！居然问他点心的事情！

刘祁瞠目结舌。

第二十四章
诬陷？意外？

皇帝这么容易就妥协了，不但刘凌吃惊万分，就连方孝庭都有些意外。

他甚至已经做好了皇帝血洗方家满门的准备，开始让小儿子一点点转移自己的资产，甚至将家中有资质的第四代都送了出去，就是防止自家如同当年的萧家、薛家一般，顷刻之间灰飞烟灭。

但他在内心里，是不相信刘未敢鱼死网破的。方孝庭看了刘未无数年，从他还是个孩子看到现在，最明白他的性格如何，若是一开始就能鱼死网破，他早就这么做了，偏偏他想得太多，又太顾及名声，没找到确凿的证据，是不可能做出血洗满门之事的。

他登上皇位便是通过这样的手段，到如今百官不能齐心，与当年太后以血腥手段镇压不无关系。加上先帝的名声那样之坏，以至于刘未从登基之初，就格外在意自己的名声。

若不是他如此自傲，总想着能青史留名，拥有和高祖、景帝等贤明帝王一般的名声，方孝庭也找不到那么多可乘之机。

所以刘未下了征召令，方孝庭虽怀疑其中有鬼，但还是谦虚地推辞了几下后选择了回到朝堂。

如今的朝堂乱成一团，正是施展拳脚的时候，方孝庭自然不会放过这个机会，但凡有"共处"的机会，他就不会想到最后鱼死网破的那一日。

但方孝庭回到朝堂后，却感觉到了和过去不一样的气氛。

往日的他，是一言九鼎的，是受人尊敬的，是从者如云的。而如今的他，虽表面上依旧风光，可他不是笨蛋，那些朝中同僚眼神中隐隐的戒备，以及处理朝政时的小心翼翼，都告诉他，上元节灯会那件事，自己做得也许没那么漂亮。

都怪刘凌那替身！

"关于礼部试，虽然加开了恩科，但如今官员空缺众多，仅仅靠往年那十几个位子已经不够了，臣请礼部试放宽条件，增加名额，允许各地的荐生与考生一同参加礼部试，最终选拔出合适的人才……"

方孝庭心中不无得意地奏议着："今年春闱之后，吏部的选试也可以放宽条件。"

百官议论纷纷。

在官员的任免、选拔和开科取士的问题上，吏部一直咬得死紧，可如今却同意皇帝放宽条件，并且明确表示吏部今年的缺员严重，允许荐才一同入试，这又无形中增加了寒门入仕的机会。

方孝庭为何要向皇帝示好？

而皇帝会接他这个示好吗？

"即使是当科进士，也不能马上任用，荐才更是如此，吏部若觉得缺员严重，可以在经过历练的下级官员中提拔，没必要立刻从当科进士中选取。"

出人意料的是，刘未态度强硬地拒绝了方孝庭的示好，并且让吏部立刻提交可以提拔、晋升的官员名单以及历年来的考核情况，等等。

刘未对待方孝庭，一向是又忌惮又重用，因为他已经当朝三十年，不说一手遮天，也至少占了半壁天下，有时候刘未不进行退让，政令甚至能延误许久才推行下去，让人不能不小心翼翼。

可现在刘未明显表现出对方孝庭的不客气，倒让其他官员吓了一跳，心中更是对日后要面临的站队问题头疼不已。

对方孝庭来说，皇帝如果对他一直和颜悦色，他反倒要忌惮万分，即使还在朝中任职，也要准备好撒丫子跑路了，可皇帝这样一面用他又一面恨他，恰恰证明了他心中有疑虑却拿他一点办法都没有，方孝庭一颗心反倒定了下来。

即使被刘未当众甩了脸，方孝庭也没有因此脸色难看，反倒越发眉飞色舞。

上元节虽然出了那样的事，可该坐班的还要坐班，该上朝的还是要上朝，只不过人手越显得不够用，每个官员都一副怨声载道的样子。

刘凌和刘祁第三天就恢复了去六部的历练，刘祁依旧是行卷如云，刘凌则是每天埋首于卷宗之中，整理资料，以供父皇日后参考。

就在京中官员惊讶于局面之平静时，在春闱之前，终于发生了一件事情，让二皇子刘祁和吏部尚书方孝庭突然身陷丑闻之中。

因刘祁在礼部历练，其曾外祖父又是吏部主官，所以向刘祁投卷的士子人数，要大大多于其他达官贵人。其中有两位士子，一名叫孔清，一名叫韩元林的，所投卷的内容极为精彩，不似是他们这个年纪的士子所作，倒像是在官场上混迹多年的老辣之人所为。

最妙的是，这两人都并非年少气盛的年纪，一人三十有二，一人三十有四，稍作磨炼，就可大用。

刘祁将行卷递给了方家之人，一开始方顺德还以为这行卷可能有人代笔，所以召来了两位士子在方府做客，一一问话，观其言谈举止，都不同于常人，而且为人处世落落大方，并不猥琐。

像是这样可用的人才，又是刘祁看上的，方顺德也就做了个顺水人情，向礼部做了推荐，为这两个士子谋了个荐生的位置，只要能过了礼部试，就板上钉钉能去做官。

这一举动，自然引起许多士子的羡慕和嫉妒，恨不得也能这样鸡犬升天，向刘祁行卷者也就愈发疯狂。而孔清和韩元林也犹如未来储相一般，不但在各方受到照顾，连同科们都对他们越发追捧。

这两人可谓春风得意马蹄疾，对刘祁和方家也就越发毕恭毕敬，俨然一副方家门生的样子。可好景不长，上元节没过多久，有人敲响了大理寺门前的登闻鼓，一纸血书，将孔清和韩元林给告了。

案情并不复杂，不过就是状告在路上结伴同行的士子孔清和韩元林看上了他苦心炮制的行卷，在翻山赴京的路上趁机将他推下了悬崖而已。

此事原本应该是一桩悬案，所幸的是那处悬崖下面有一棵古松，将此人拦在了树上，这士子坠下山崖，最终只不过腿骨受了伤而已。

案情虽然并不复杂，但由于涉及皇子和方家，便让这件案子变得有些棘手。而且这位士子年后才赶到京城，虽然状告的是孔清和韩元林两位士子，但手中并无证据，也没有人能证明那行卷是这人写的。

况且他遇害之地在离京三四百里的晋州深山，按照这位士子的说法，他跌下山崖后得山中的樵夫所救，在樵夫家中休养了一月，又求了樵夫为家中送信，一能够走动，就在当地雇了马车进京准备赶考，生怕耽误了今年的恩科。

可等他到了京中，却发现孔清和韩元林已经名满京城，而他们最得意的两篇诗文，竟是他随身携带的行卷中的！

这就不仅仅是谋财害命了，谋财害命不算，还要窃取名声，天下士子无人可以忍受这个！

此人原本就是捡回来的一条命，也不怕报复，连夜写好了诉状，就去大理寺门口敲响了登闻鼓。

这人原本就是地方上有名的才子，只不过家境贫寒，一直得不到当地官员的举荐，在书院待了五六年才得到富商的资助，否则也写不出如此漂亮的行卷来。

这一纸诉状文辞极为犀利，直把孔清和韩元林两人的恶行恶状描述得人神共愤，误交匪类的痛恨之情更是让读者直入肺腑，不由得悲愤填膺，自然而然地就对孔、韩二人的行卷是出自他手有了几分相信。

能写出这样状子的人，能写出打动皇子和方家的行卷，也是正常的。

出了这样的事，一时间满城哗然，京中无论是朝官还是士子，都对此事议论纷纷。如果这件事是真的，那刘祁举荐的这两位士子，行为简直让人发指。

大理寺一直和吏部不对付，这已经是公开的秘密，大理寺接了这个案子，自然是喜不自禁，立刻交到了皇帝那里。

由于事关科举，又是士子犯案，情节极为恶劣，刘未立刻下了诏令，要求三司共同调查此事，务必在最短的时间内查清楚真相。

举凡士子入京赶考，家境贫寒的，由当地的官府提供一部分盘缠，只够步行上京。寒士有时候为了赶上礼部试，往往要提前几个月出发，路远的，只能想法子找人资助入京，等待来年出息了再偿还。

像是受害士子这样的，家中虽然是清白人家，但毕竟并非什么大富之家，路上也只能去找家境富裕的同科士子拼车入京，提供一些车马费即可。

这样的事情太过寻常，赶考的士子有时候赶路到一个大镇，结交三五志趣相投的同科士子，也是常有之事。

这一路合则投，不合则分，遇见对味的，一路讨论学问、聊聊未来的志向，即使是入京的枯燥行程，也变得没那么枯燥了。

孔清和韩元林是同乡，家境都很富裕，两个家族为了供他们读书，都由族中出人为他们耕种土地、缴纳束脩，到入京赶考时，还提供马车、书童，在京中事先安排好客栈，只希望他们飞黄腾达那日，举族子弟也能有出息。

受害的这位士子，便是在半路上搭上了孔清和韩元林的马车。孔和韩仰慕他的才华，一路上好酒好菜照顾着，又有书童安排琐事，这寒门的书生一路上过得无比畅快，不愿离开。

他的学问好，又经历过一次科举，孔清和韩元林一路向他请教，也算是半师半友。

直到有一次，这士子酒后失态，将自己精心准备的行卷炫耀给孔、韩两人看了，又言之凿凿地说这张行卷被大儒张子清称赞过，只要入京一投卷，必定有达官贵人奉为上宾。

于是也就有了半路上两人突然下手，伙同书童一起将他推下山崖，将马车上的行卷据为己有之事。

虽说这位士子手中没有证据，仅有片面之词和他多年来精心写成的行卷内容，但孔清和韩元林却有个极大的纰漏放在了身边，那就是他们两人所带的书童，都不是什么硬骨头。

两个书童很快被带走，孔清和韩元林也被投入狱中，书童在严刑拷打后对半路上痛下杀手的事情供认不讳。

动机也很简单，他们的身契在孔清和韩元林手中，不得不伙同两位主子一起杀人，否则就要被发卖到活不下来的地方去。

而后走访晋州山中的特使也快马派人回报，在上告士子所说的地方找到了那个救了人的樵夫，当地也有郎中和马车行可以做证，甚至找到了救人的那棵巨松。

派去受害士子所在书院的特使虽然还没有回京，但京中亦有同一书院的士子做了证，证明其中几首意境深远的诗词他们曾经在书院中听先生赞叹过，这位士子在当地官学和书院都十分有名，并非恶意构陷之人。

这一下，人证物证动机口供都有，铁证如山，由不得孔、韩二人抵赖。刘未立刻下旨，取消了两人荐生的资格，并下了失察令。

按照代国的举荐制度，举荐者和被举荐者是互相连带责任的关系，被举荐者如有才不符实、作奸犯科、品德低劣的情况，举荐者有失察之罪，须立刻辞官以儆效尤。

此举原本是为了保证别有用心之人不能利用举荐互相攀附关系，但其实已经多年没有真的下过什么失察令了。

数十年来唯一下失察令按实了连坐的，自然是推荐这两人之人。而推荐孔清和韩元林的，不是其他人，恰恰就是方孝庭的儿子方顺德。

虽说方顺德也是看在外孙刘祁的面子上进行的推荐，可失察就是失察，这件案子一出，顿时士林大惊，连带着刘祁的声望也一落千丈。

那位受害的士子却因祸得福，一时间名扬天下。他的行卷因为这样提前被刘未看到，被刘未认为是志向高洁、文采出众之人，破格将孔清和韩元林削掉的荐生之位授给了这人，他便成了真正的天子门生。

方孝庭因为儿子犯下"失察罪"的事情奔走了好几日，无奈这件事情况太过恶劣，人人避之不及，饶是他权势通天，也没人敢顶在恩科的关节上和皇帝及礼部顶撞，最终方顺德只能辞官回家，和其弟方宜君一般，成了一介普通的白身。

而且看皇帝的意思，显然也不准备再起用他了。

皇帝的这一记反击，对于方党来说只能是不痛不痒的打击。但因为这件事，连带着吏部参与殿试的资格也被摘了，只能插手殿试之后吏部选官的选试。

年前还对方家趋之若鹜的士子，现在一个个生怕名声受损，行卷纷纷改投其他贵人，原本对韩、孔两人迎奉谄媚之人，如今也成为京中的笑柄。

最尴尬的，还是在礼部历练的刘祁。

他对孔清和韩元林行卷的内容实在是钦佩不已，况且他羽翼不丰，偶得这样的助力，自然不肯放手，希望能培植成属于自己的官场力量。

谁知他刚刚迈出第一步，就被人直接撂倒在了地上，半天都爬不起来。现实像是狠狠打了他一记巴掌，扇得他晕头转向，恨不得挖个地洞钻进去。

而且直到跌落谷底，他都不明白究竟发生了什么事。

刑狱中。

"说，到底怎么回事？！"打通关系得以进入内狱的方孝庭，对着面前的孔清和韩元林满脸寒意，"你们到底有没有杀人？"

对于他来说，方顺德和方宜君便是他的左膀右臂，如今皇帝砍了他一臂，而另一只手臂还要打理外务，他毕竟年纪已大，日日操心琐事实在力不从心，皇帝趁机摘了顺德的官位，让他又惊又气。

更惊的是，刘未自上元节三皇子被刺杀之后，开始摆明打压二皇子了！

孔清和韩元林困于囹圄之中，哪还有之前的意气风发，一听到方孝庭的话，忙不迭地摇头否认。

"方大人，我们真没有杀人！我们哪里敢杀人！"

"那行卷的事又是怎么回事？"方孝庭语气更狠了，"你们休想要瞒老夫，若知道你们有半点欺瞒老夫的，不必刑部的人动手，老夫便先让你们知道什么叫求生不得，求死不能！"

"不敢欺瞒方老大人……"孔清满脸愁容，有气无力地回道，"……那行卷，确实不是我们写的，是我们从柳兴那里……那里拿的……"

"那行卷写得太好，我们可能一辈子都写不出那样的锦绣文章，也是一时鬼迷了心窍，竟就这样拿去用了，将它拆分为二，添上一部分我们行卷中得意的内容，成了两封行卷。"

他们自然也是有真本事的，否则方顺德也不会轻易举荐此二人。

"杀人的事是怎么回事？"方孝庭烦躁地踱着步子，"你们将他推下山崖的事情，你们的书童都招了！"

"这件事确实不是我们干的，我们最多是见死不救罢了！"另一边身披枷锁的韩元林满脸后悔，"我们一同下车方便，他说要尿到山崖下面，也算是一种乐趣。

我们没他那么大的胆子，只能眼睁睁看着他行此危险之举，结果他自己脚步一晃，就这么掉下山崖了！"

韩元林咬牙说道："我和孔清虽然确实心术不正，但还做不出杀人夺书的事情。不过当时两个书童都说路上发生这种事情怕我们说不清，我们是要入京赶考的，背上这个官司就错过这次的恩科了，左思右想之后，我们就没有去报官。"

"正是如此。他和我们是半路结识的，一路上也没有多少人看见我们同行，每年上京赶考路上出意外的士子也不是没有，我们心中虽害怕，不过……"他红了红脸，没有继续再说。

虽然害怕，但和自己的前途比起来，别人的性命，自然就算不上什么了。

方孝庭见多了这样的人，闻言后脸色铁青，但翻来覆去没有问到什么，不过就是鬼迷心窍又中举心切，那个士子到底是故意投崖还是意外事故，连他们自己都说不清楚。

出了刑狱，方孝庭望着门口两尊獬豸，心中乱成了一团。

"查，速速去查！"方孝庭恶狠狠地对身边的家仆吩咐道，"去查查那两个书童什么来历！"

第二十五章
谢礼？人情？

方孝庭当然查不到那两个书童的来历，因为这两个书童，早就被大理寺保护了起来，担心有人灭口。

他们都是人牙子精挑细选的识字少年，专门培养来卖给大户人家做书童或账房先生的助手，但凡人牙子都想要赚得多，普通的下人是赚不了多少钱的，唯有这些挑选出来的少年、长相清丽的女孩等，才能够大赚一笔。

这样的人牙子一抓一大把，卖掉这两个书童的还是官牙，这两个书童就是培养出来专门在赴京赶考时听用的，不但熟悉入京的路线，还能伺候笔墨、处理琐事，甚至还会一点防身的本事。

不是这样，孔清和韩元林的族人也不会花大价钱买他们。

方孝庭相信韩元林和孔清的话，这样的人家，不可能从私牙里买小奴，而官牙都是过了明路的，最多能追查到是什么时候卖掉的，再查不到其他。

王韬家中。

"哈哈哈，想不到你还有这样的本事！"王韬笑得眼睛都眯了起来，"对那两个弟子你居然真的见死不救了？"

"你们是不明白那边的传统，寻常乡里培养一个读书人不容易，往往私塾先生说谁有潜质，那便会举族培养。我没受征召来国子监的时候，便在当地的官学里做监学，负责各地私塾的巡视，我是亲眼见到当地人是如何让子弟读书的……"朱谦摇了摇头，"为了不让这些学子有后顾之忧，他们的租庸和徭役都是由族中提供的，他们每个月能从族中领取米粮，甚至还能拿银子。一旦过了乡试，举族便敲锣打鼓，欢庆三天，流水宴摆上几天几夜……"

"那岂不是除了读书什么都不做？"王韬错愕。

"正是如此。"朱谦有些不屑，"士子如果只懂得读书，也无非就是个迂腐的蠢人罢了，俗话说读万卷书不如行万里路，如果闭门造车，任他学问再好，谈吐多能打动人，一到处理实务之时，便是祸国殃民。

"像是孔清和韩元林，是后来进的官学。他们在官学里的成绩不算太好，但好胜心极强，论刻苦，绝对在官学名列前茅，概因他们承担着整族人的期望和人情，若不能出仕，便是辜负了族中那么多人的期望和付出。读书是件极费心血和钱财的事情，孔清那族中，私塾里原有十四五个孩子，可能一直读下来的，不过三四人而已，族中愿意供养的只有孔清一个，他每年应该服徭役四个月，皆由族中堂亲承担。

"举族无怨无悔地提供便利，为的是什么？就是为了他们能够出人头地，为族中设立更多的祭田，帮衬提携族中的子弟，让一族的人才越来越多。这便是宗族的力量，有时候甚至凌驾在朝廷之上。"朱谦叹了口气，"我一点都不怀疑孔清和韩元林会对柳兴的行卷动心，他们虽然有诗文之才，但毕竟是乡野出身，眼界并不开阔，写出的时务策并不能打动达官贵人。他们也清楚自己的不足在哪里，无奈人有专才，知道也无能为力，这并不是闷头苦读就能学成的。

"更何况……"朱谦看向陆凡。

后者正闭着眼睛假寐。

"……更何况，那篇行卷是陆凡写的。"王韬也露出复杂的表情，"陆凡捉刀的行卷，何止是万里挑一。只要一心想走行卷这条路的，怎会有不动心的道理？"

"其实这么一想，我们……未免有些，有些……"

"此乃阳谋。"朱谦并不觉得自己缺德，"如果孔清和韩元林是心性正直之辈，乍逢同伴遇难，哪怕冒着这届科举被耽误的危险，也会设法救他，即使不能救回他，哪怕寻到他的遗骨也是好的。虽说那两个书童怕事，有撺掇之举，但一个人的本质如何，决定了他会如何做。他们自己心术不正，即使没有今日之事，日后为官只会变本加厉，那才是大害。"

"柳兴又为何愿意冒着生命危险配合你演这场戏？"王韬满脸疑惑，"虽说得了陆凡的行卷日后一定名声大噪，可要是一个没跳好，掉到了树外，那就真死了！"

"这便是有因必有果。"朱谦的神情更加复杂，"我方才说，有时候以举族之力，方能培养一个孩子一直就读，就看这个孩子的才情如何，有没有潜质，这柳兴，昔年便是被韩氏家族放弃的孩子，被迫中断了私塾的学业……"

"咦？"

"他原本姓韩，父亲早逝，母亲抚养他长大，进入乡中的私塾，但他小时候并没有表现出多么聪颖，所以族中选择重点培养的孩子时，直接放弃了他，按照族规，他家还得同时供养被选中孩子的日常用度。她的母亲性子也是刚烈，不服族中的安排，索性卖了他父亲遗留下的田地和房舍，离开了丈夫的家族，改嫁一读书人做续弦，韩兴也就改名为柳兴，在十一二岁时表现出惊人的才华，被收入了官学，恰巧也是我的学生。"朱谦言语中颇有遗憾之意，"这世上虽然也有神童，但毕竟是少数。许多孩子，小时候并不明白自己要什么，到了十一二岁时才一飞冲天也是寻常，仅仅凭私塾先生的一面之词便断人前程，还不如一开始便不教他们识字读书，不给他们希望。韩兴便是如此，他心中一直对韩家有恨，也迫切地想出人头地，好在祭祀生父时向族中控诉他们的不平。只是他毕竟是寒门出身，又没有什么门路。

"他的继父当年和我是同进，他去世之前，写信希望我照顾这个孩子。我看过他的文章，才气是有的，阅历也比同龄人更加深厚，只是心中有一腔怨气，又太想要做官，言辞中总是带着一股偏激激昂之气，像这样的性子，是吏部和礼部最不喜的那种寒门士子，落第也是寻常。

"我怕他是个容易走极端的孩子，原想着让他在外面磨炼几年再举荐入国子监，却没想到他想着继父的嘱托，求到了我这里来，希望我能给他一个前途……"朱谦对着陆凡努了努嘴，"正好他需要下一盘棋，就缺棋子，柳兴身份正合适，也不介意剑走偏锋，他果真是个容易走极端的性子，此事也就这么成了。"

"那两个书童呢？"王韬对朱谦叹为观止。

"我虽识人，却没有那么大的本事，那两个书童，不是我找来的。"朱谦摇了摇头，"陆凡，是不是你的人？"

"是薛棣的人。"陆凡缓缓睁开眼睛，"我一直以为他是个谦谦君子，没想到他外表风光霁月，其实也有颗狠厉的心，如此善于猜度人心，若不用在正道上……"

"他可是薛家的后人，陆凡你多虑了！"王韬笑着反驳他的话。

薛家后人的招牌，简直就跟天生带着"铁骨丹心""忠君爱国"的刺青一般。天下的读书人会如此崇敬薛门，尊敬的可不仅仅是他们的学问，更多的是他们的气节。

"现在这种局面，方老贼家一定是焦头烂额，二皇子恐怕要哭着鼻子找阿公了！"王韬挤眉弄眼地说，"我们是不是该乘胜追击，煽动士子们……"

"不可！"陆凡连忙制止，"我观陛下对方孝庭多有容忍，不像是忌惮他，倒像是怕逼急了把他逼跑了，说不定陛下还有什么后招，就等着收线。此时我们若行动过多，反倒会弄巧成拙。"

"你确定？"朱谦也有些可惜。

"世上的事，就怕过犹不及。多少聪明机变之辈，都栽在画蛇添足上，反倒毁了一手好棋。其实就算我们不做这些，三皇子也有极大的可能登上那个位子。我们如此做，不过是希望日后夺嫡时，朝廷的动荡更小些。如今目的已经达到，我们又何必冒险去煽动其他士子？"陆凡正色道，"不要将天下人都当成傻子，年轻的士子虽然年轻气盛，但这不是我们利用他们一腔热血的理由。柳兴是自愿入局的，其他人却不一定是。

"君子有所为，有所不为。"他用一种警告的眼神凝视着两位好友。

"是。"

"受教了。"

朱谦和王韬心中虽然可惜，但他们能和陆凡这么多年来一直互为知交，便是因为他这样的性格，此时不但不恼怒，反倒生出一丝钦佩来。

"你话说得不错……"朱谦摸了摸脸上的毫毛，"但你说陛下在故意容忍方党……

"难道陛下要对方党动手了？！"

* * *

"难道陛下要对方党动手了？"

工部尚书看着手中列出的单子，面色难看地问起身前的门下侍郎庄骏。

"突然要秘密准备这么多的攻城梯……"

京城中有许多守城器械，却没有太多的攻城器械，就算哪里需要攻城，这些器械也大多是在当地组装，断没有在京城中组装再运到各地的。

代国久不攻城陷地，宫中但凡有需要梯子等修葺宫殿的东西，大多是由宫中的将作监提供，不会走工部的路子。

而今天门下侍郎却突然带着皇帝密旨悄悄拜访了他家，要工部在限期内准备相应的攻城梯、撞木等器械……由不得他多想！

"将作监里有不少细作，袁大人也应该知道上元节的事情……"庄骏用意味深长的眼神看向工部尚书，"本官听闻令堂也在这场祸事中受了伤，至今昏迷不醒……"

听到这件事，工部尚书脸色顿时难看了起来，望着那张单子的眼神也并没有那么像是面对洪水猛兽了。

"方党图谋之大，已经到了让人忌惮的地步。更可怕的是，方孝庭年岁已大，是个根本不会顾虑将来局面的人，这几年他身体越来越不如从前，行事也就越发百无禁忌，上元节之事，只要是明眼人都知道是怎么回事……"

庄骏和方孝庭斗了一辈子，可能比他自己还了解他："方顺德如今被罢官在家，他还在得意洋洋于陛下的退让，断不会想到陛下已经开始考虑剪除他的羽翼了，此时是最好的机会！"

"方家的府宅哪怕加高加固，也用不上这么多攻城梯，何况方家的宅邸并非当年赐下的王公府邸，撞木这种撞城门的东西……"工部尚书苦笑，"这种扎眼的东西，怎么可能秘密地制造？"

"如果南方告急，兵部下了折子要求工部准备攻城器械呢？"庄骏胸有成竹地问，"能不能在兵部所要数目之外再多做几部？"

"可以倒是可以，可一般南方的战事，攻城器械都是在南方自行组装，由工部和兵部共同派工匠去当地……"

工部尚书表情更加为难："兵部器械司居然没有这些器械了吗？"

"多年不打仗，有些都腐了……"庄骏默了默，居然吐出一句话来，"圣贤曰，'出则无敌国外患者，国恒亡'。我以前不理解，到老了，反倒受教了。"

"如果兵部还有存余，只是不能用了，兵部倒是能对工部下一个请折，要求工部检查入库的器械，更换新的。"工部尚书摸了摸下巴，想出一个办法，"不过维护旧有的器械不比造新的更省事，花费也颇巨，需要从户部走……"

"这笔钱，由陛下的内库出。"庄骏难得也有这样愉快的时候，笑得轻松极了，"陛下已经在着手选拔皇商之事了，这保金的银子如今可不交到户部，暂时挪用来修一修攻城器械还是够的。"

难怪陛下敢动手，现在财大气粗了。

"既然如此，那我等可以商议下此事。除此之外，兵部也需要配合，这件事瞒不过器械司的耳目。"工部尚书有些担心，"此事牵一发而动全身，一旦走漏了消息……"

"袁尚书放心，陛下正是担心这种事，已经派出了不少禁军乔装打扮，守卫在您宅邸的附近。您上朝下朝的途中，亦有专门的人保护……"庄骏的话语中颇有一丝深意，"保证您全家老小安全无虞！"

工部尚书听了庄骏的话，脸上又青又红，像是开玩笑一般苦笑着开口："庄大人真是说笑了，在下不过是区区一工部尚书，怎能让陛下如此劳心？您放心，下官一定尽快安排好这件事，绝不会出什么差错！"

庄骏了然地笑了笑，一拢身上的披风："袁尚书果然是聪明人！既然如此，本官也要回去了，陛下还在等消息。"

工部尚书不敢阻拦这位朝中仅剩的宰辅，直将他送到了角门，小心翼翼地送上了马车，才倚在车窗边犹豫着开口："庄宰辅，如今京中这局面下官是越来越看不清了，到底陛下是……"

他伸出手，比了比二，又比了比三。

庄骏斜觑了袁尚书一眼，知道他心中实在没底，如今又被逼着投向了陛下这边，更是需要保证的时候。

他稍微沉默了一会儿，用手指在马车的车窗上轻敲了三下，转头吩咐车夫：

"走！"

"是！驾！"

*　　*　　*

刘凌从未觉得日子过得这么"充实"。

几乎是从上元节过后，兵部的事情开始一下子多了起来，几乎每日每夜都有忙不完的事情，刘凌甚至恨不得向父皇上奏，干脆让自己宿在兵部算了，只是这念头很快就被打消，因为他心里明白，父皇是不会同意他住宿在兵部的。

因为兵部发现了地方上将领的贪腐和荒疏武备、操练的情况，军队的改革就迫在眉睫，按照雷尚书的话，除了当将领的还能维持个人样，什么都不成样子，恨不得从上到下一起撸了。

雷尚书现在恨不得天天打起来。军队最好的试炼石就是打仗，甭管能打不能打、人数够不够，统统拉到战场上去，用铁一般的手段约束着，大浪淘沙之后，总能留下一些可用的。

不可用的都死了，再招新兵，又是另外一副样子。

刘凌心中觉得这种说法有些问题，但看兵部众官似乎对此都深以为然，认为没打过仗的兵就不叫兵，也只能当作武将的想法和正常人不同，没有和他们争执什么。

除此之外，刘凌还比较困扰一件事，便是从他回到兵部之后，来拜访他的人越来越多了。

"殿下，殿下，外面又有人找！"戴良匆匆忙忙从外面跑进了衙门中，上气不接下气，"是太常寺卿大人！"

"太常寺卿？"刘凌困扰地皱了皱眉，"我和他只不过是宣政殿外见过几面的交情……"

"他说上元节那天你救下了他的侄子，所以亲自来道谢。"戴良也觉得有些匪夷所思，"您有印象吗？"

"上元节那天那么多人，谁能记得是谁？"刘凌不敢怠慢，叹了口气，在满屋子官员议论纷纷中站起了身，出门会客。

太常寺卿的母亲是皇帝的姑姑鲁元大长公主，其妹便是嫁给吕鹏程的荣寿大长公主，两位大长公主都不是先帝刘甘的胞妹。

刘凌其实很不愿意和吕鹏程一派打交道，从他知道这个人是萧太妃以前的未婚夫后，刘凌就浑身不自在。

如今的萧太妃是个男人，这吕鹏程无论对冷宫里的什么感兴趣，都注定不能如愿。况且吕鹏程的行为总让刘凌觉得很危险，虽然吕鹏程一向都对他表现出善意。

刘凌出了屋子，见到太常寺卿领着两个随员，手中捧着高高的匣子，就知道他和之前不少官员一样，是特地来送谢礼的。

这段时间刘凌已经接了不少谢礼，刚开始接到这些谢礼的时候，刘凌还有些担忧，还特意为此去请示过父皇，结果皇帝轻描淡写的一句"你收下吧，就当压压惊"，就这么打消了刘凌仅有的一些疑虑。

就因为最近送谢礼的官员太多，刘凌也没法推辞，以至于兵部他的班房里如今堆满了东西，每天晚上回宫时都要由专门的马车拉回，也算是一道奇景。

太常寺卿见了刘凌，也没有多做寒暄，大致介绍了下自己侄儿的情况，谢过刘凌那天当机立断地先救了官员，所以他侄儿才逃过一命。

刘凌自然也是客套了一会儿，命身后已经轻车熟路的戴良接过了这些谢礼，送回了兵部。

回了衙门，戴良已经在那里开始拆礼单了，并非他们眼皮子浅，而是有些太贵重的礼物他们也不敢收，还要记录下来，把单子送到皇帝那里去，好走个明路。

这太常寺卿不愧是宗亲世家，出手的礼物自然是不凡的，更让人意外的是，这礼物里居然有一把可以做武器的簪刺，外面有一层玉骨包着，看起来只是普通的发簪，用来束发的那种，其实中间别有玄机。

刘凌和戴良检查了一会儿，发现没有什么不妥的地方，刘凌便随手抖开匣子，直接将那枚簪刺插入冠中了。

他今年才十三岁，还没有到束发戴冠的年纪。但天家的皇子和民间的皇子有所不同，在六部历练的皇子都是要穿官服的，戴冠就在所难免。

这太常寺卿竟然送了这般实用又不扎眼之物，也可见其用心之处了。

两人正在议论间，又见外面来了一小吏，满脸疑惑地求见了刘凌之后，向他通报道："外面来了一个大汉，自称是王家商队的什么护卫首领，来找殿下要回寄存在这里的兵器……"

商人和士族尚且很少接触，更别说是皇子，所以来了一个商家的下人，还直接点名要找皇子，为的不过是要回东西，也确实让人匪夷所思。

戴良并不知道刘凌和王七之间的关系，见刘凌有些发怔，便准备替他拒了："什么兵器？我等会儿去帮殿下取了，给他送……"

"不必，我亲自去还给他吧。"刘凌知道王七不会无缘无故派人来，当时故意交出武器在他这里保管，说不定都是为了日后找机会再见，所以只是思忖了一会儿，就起身又要出去相见。

他对那汉子印象深刻，当时他遇刺，幸亏他提早预警，刘凌才躲过了那一记匕首的攻击。连素华都盛赞他内力深厚，恐怕也不是什么普通人。

刘凌一向对奇人异士十分好奇，命人去他屋子的书柜里取来了那把软剑和袖剑，便提着两把武器去见他。

只见兵部衙门外，身材魁梧的汉子像是一尊铁塔一般立在那里，使得路过的官员和差吏都忍不住对他指指点点，还以为兵部新来了什么来报到的武将，只不过没通报而已。

也难怪他们这样想，时人选拔武将，兵法、韬略还在其次，最主要的是比身高、体格、膂力和武艺，毕竟帅才不易得，但猛将却是能后天培养的。所以无论是刘未的金甲卫，还是守卫京畿的禁卫将领，无一不是牛高马大之人，连带着兵部的官员也比寻常官员要高大魁梧。

也亏得这汉子太像是武将，这么一个引人注目之人站在兵部门口，居然没让人觉得奇怪，只是看到这样一条好汉，忍不住多看几眼而已。

刘凌也是一样，虽然他身为皇子，却并没有倨傲之气。走到那汉子面前时，刘凌命戴良把两把武器送上，那汉子接了，仔仔细细地检查了一遍，又开始用和看兵器一样的眼神看着刘凌。

刘凌还未恼怒，戴良先恼了。

"有你这么看人的吗？你怎么回事！"

那人并不理会戴良，自顾自地收起软剑，而后对刘凌认真地开口："殿下，在下是王七的贴身护卫，因为在家中排行十四，别人唤我十四郎。"

这个排行自然是按整个家族算的，同宗同族里所有同辈兄弟按年纪排行，以区分长幼。

能排到十四郎的，说明是一个大家族了，就不知为何他说起"十四郎"时，眼神中隐隐带有悲色。

刘凌忍住满肚子狐疑，拱了拱手："幸会幸会。"

"殿下，在下姓萧。"他突然认真地说道，"陇右萧。"

刘凌一怔。

"天下姓萧的多了去了,哪里有你这样巴巴地凑上来自报家门的?!"戴良傻乎乎地咋呼,"既然拿了武器,还请……"

"上次阁下出声救了我一命,我还没有谢过,能否请壮士移步入兵部,让我好好招待您一杯好茶?"

刘凌在戴良瞠目结舌的表情中"羞涩"地笑了。

"兵部没有酒,我也不擅长饮酒,否则一定和壮士对酌几杯。"

"无妨,清水即可。"那叫作萧十四的似乎也不知道礼法规矩为何物,迈脚就跟刘凌往兵部里走。

见这位"武将"跟着刘凌进了兵部,许多兵部小吏都露出了然的表情。

就说是位将军吧!

之前毛将军也特意来拜访过三殿下呢!

入了兵部,进了班房,刘凌刚刚将他引入自己独处的书房,突见得这个汉子手臂一伸,竟直直地冲着他的面门打出一拳来!

"有刺客!"戴良赫然一惊,拿起手边的玉雕就向着萧十四砸去。

刘凌听到"刺客"时就觉得不好,一记砂锅大的拳头已经近在眼前,连忙使出萧家保命的步法急急退了几步。

而另一边,戴良已经举起一匹玉马朝着萧十四的头部掷了过去,这一记如果砸中了,不来个头破血流至少也是鼻梁尽断。萧十四一拳陡然收回,脚下滑步一带,也往后急急退了几步。

这一退,就连砸出玉马的戴良都愣住了。

只要不是个瞎子,都看得出,这位萧十四的应对方式及躲避的步法,和刘凌用的……

一模一样!

第二十六章
撒？收？

"您居然会武！"戴良碎碎念着，又重复了一遍，"您居然会武！"

刘凌此时已经送走了萧十四，见戴良已经念叨一天了，烦恼地揉搓了一把他的脑袋："你知道就行了，别念叨了！"

"但是您为什么会武！"戴良瞪大了眼睛，像是白痴一样叫着，"您别糊弄我，我小时候可想学武了，我爹还真找了一个师傅来看我，给我全身上下捏了一遍后，说不适合。而且一旦学武，没个三五年连花架子都不算，您和那位萧……萧……萧十四过了那么多招！"

"那是他让我呢。"刘凌哭笑不得，"他那是在喂招，互相试试对方的底细和路数，算不得什么！"

"您居然说算不得什么……"戴良深受打击，"可师傅们却不肯收我……"

他快要哭出来了。

"有些人适合学武，有些人根骨不适合，学武反倒会伤了自己的身子。"刘凌见戴良苦着个脸，只能无力地安慰，"再说了，你不是还在东宫里学了骑射吗？大丈夫学这个也够了。"

"说得也是。"戴良点了点头，而后一跺脚，"又给殿下您绕进去了！这能一样吗？您怎么会武呢？是不是和那些说书人说的一样，宫里有许多高来高去的武林高手，您跟他们学的？！"

戴良满脸期待，就差没说"您就让我当了您的师兄弟吧"这样的话了。

"说书人？宫里有高手？他们怎么说的？"刘凌赫然一惊，好奇地问他，"你都听说过什么？"

"啊，殿下久在宫中，恐怕不知道……"戴良眼睛亮亮的，用着怀念的语气说着，"那是很多年前的传闻了，宫外的说书人一直用这个做噱头吸引别人听书。说的是高祖当年招揽了一群奇人异士，养在宫中，有杀人不见血的杀手，也有万人难敌的侍卫……"

他抬起头，眼睛一下子变得更亮："殿下，教您武艺的，是不是这样的人？您就告诉我吧，我保证不告诉别人！我连我爹和我祖父都不说！"

刘凌知道他是个不达目的不罢休的性子，闻言含含糊糊地点了点头："嗯，约莫就是这样吧。"

教他武艺的有太妃，也有萧将军，虽说不都是九歌中人，但好歹也确实是宫中的奇人异士，这种说法，倒也没错。

戴良简直要跳起来了。

"殿下殿下，教您的人还收徒弟吗？我很好学的！真的！我还可以端茶倒水！"

刘凌就知道他会这样，啼笑皆非地摇头："收是收，不过除了皇子，他们只收做官的。"

"什么师父，居然这么势利……"戴良腹诽了一句，扁了扁嘴，"要……要做到多大的官才能学？"

他好歹也是皇子身边的侍从，日后也不是没可能当官，说不定还有希望嘛。

"官倒是不需要做到多大，只要是就行了。不过这官的名头不太好听，你若愿意牺牲，我可以先替你做主，让教我习武之人将你收到门墙之下。"刘凌一本正经地逗弄着他。

"名声算什么，又不能当饭吃！殿下您说的可当真？什么官，会让您的师父收我？"戴良手舞足蹈地问。

刘凌摸了摸鼻子："宦官。"

"什么？"戴良一僵，随即恼羞成怒。

"殿下！这哪里是要我的名声，这明明是要我的命根子！"

"咳咳咳咳咳咳……"刘凌笑到咳嗽。

把活宝戴良想尽办法支了出去，刘凌关上门，脸上的表情也收了起来。

萧家居然还有人。

而他，根本不敢透露给他萧逸还活着的消息。

刘凌在兵部待了好几个月，对于世代将种的萧家有了比之前更深刻的认识。这是个从代国还没建立时就已经名扬天下的将门，在军中的地位，不亚于"军神"，当年因宫变诛灭萧家时，京中禁卫军愤而去职的足足有一半，各地曾在萧将军麾下当过兵的将领，从此对朝廷心灰意冷的，更不知有多少。

可以说，如今军队的腐败、吃空饷、疏于操练等问题，也不无皇帝诛灭将门的影响，至少当年萧老元帅还在时，先帝还时常令他巡视各地军营，一去就是一两年，从未有过这种上下隐瞒一气的情况。

萧家隐瞒得这么深，甚至淡出朝堂，进入江湖，恐怕是以为京中的萧家人都已经死了的缘故，如果这时候他们发现冷宫里还藏着一位萧家的嫡系，究竟会发生什么，谁也不会得知。

更何况那位"萧太妃"，还得了个一身双魂的毛病！

所以刘凌和萧十四私下密谈一番，实际上也没有谈到什么东西，刘凌只模模糊糊告诉他冷宫里那位"萧太妃"精通武艺，而后让他摸了摸自己的脉。

刘凌的先天之气瞒不过学武之人，萧十四伸手一探，便知道了刘凌的武艺修为为何不弱，有这种血脉的人，原本就是天底下最适合练武的体质之一，哪怕经脉受阻，但先天之气早已经滋养了身体和骨骼，让他事半功倍。

而这种先天之气，可以说和萧家息息相关，无论在宫中的是哪位萧家人，遇见这样的体质，都不会袖手旁观，任由他变成一平淡无奇的庸人。

大概是这种血脉天然自带萧家人的好感加成，萧十四一下子就把刘凌当成自己人，透露了自己的身份。

原来萧老元帅有一弟弟，自小桀骜不驯，性格怪诞，又不喜朝堂，反倒从小追求志怪小说里的侠客生活，一成年后就离家出走，跑去追求他心目中的江湖生活去了。

萧家的祖上原本就是江湖人士，加之并无武林人士那般藏私的做法，家中子弟各个优秀，萧老元帅这个弟弟混了几年，自称"萧无名"，原本的姓名摒弃不用，居然在江湖中混了个偌大的名头，还在陇右家中的祖地上建了一座山庄，成了"陇右萧"。

当年萧家出事，萧家上下被族诛，连萧家的姻亲家中也没有被放过，萧家在江湖里的这位族人跑死了好几匹马，回到京中只看到昔日的柱国大将军府成了一片废墟，简直是痛不欲生，顿时萌生了一个想法，便是把当年还年幼的小皇帝刘未想法子给杀了，替一家老小报仇。

他入宫行刺，却没料到宫中另有高手，露了行藏后受了重伤逃出宫中，得了少年时家中的世交保护，才算留下了一条命来。

这世交和薛、王几家都很好，萧家出事时还提早报讯，救了一群被太后征召入京却还没有到达的萧家嫡系军队。

非但如此，他还在大乱起的时候利用职务之便藏起了王家和薛家几位后人。

薛家的那个幼子，他用了一些手段，把他送到了薛太师曾经的弟子们那里。而王家那几位姑娘该如何处置，就成了一个难题。

那位世交当时年纪已大，家中不合适养着年轻女子，而且王家的名头太大，这几位女郎也非大门不出二门不迈的娇小姐，俱是像男子一般养着的，这位长者看出萧无名绝不会就此罢手，说不得哪一天命就送在了宫中，思来想去之后，便把王家的几位姑娘，托付给了萧家这位同病相怜的幸存之人。

王家是被萧家兵变所牵连的，无论是从道义上还是责任上，萧家都无法推辞，萧无名性格虽然桀骜不驯，但骨子里却是彻彻底底的萧家人，他领着王家几个女孩，又用自己的身份带走了驻扎在外的那一支萧家嫡系部队，带着所有人回了陇右，闭门立户，建立起了一座铁骑山庄。

萧家原本就是从陇右起家，当地人对萧家的敬仰更胜于对皇帝，所以即使有不少人猜到了铁骑山庄和萧家的关系，也没有一个人去检举揭发过，更何况萧无名也不是什么心慈手软之人。

萧十四便是萧无名的次子，萧老元帅有兄弟姐妹六人，多在军中，或嫁入将门，萧老元帅最年长，萧无名最年幼，萧十四在整个萧氏家族中排行十四，萧遥和萧逸是他的堂兄和堂姐。

萧家被灭门后，萧无名为了记住曾经的亲人，不再让家中子弟用原本的名字，而一律用排行称呼，所以萧十四虽然有本名，可是已经多年不用了。他自称"萧十四"，倒不是刻意隐瞒姓名。

萧无名回到陇右后，再也不能做浪荡天涯的侠客，却要担负起这么多人的吃穿用度，只能想办法重操旧业，领着萧家那一支嫡系人马，做起护卫西行商路安全的营生。

陇右历来是西域和中原通商的要道，又是萧家兴起之地，萧无名在江湖中有极大的声望，来往的贼寇都要卖他几分面子。

萧无名的长子后来娶了王家的女儿，继承了铁骑山庄，王家几位女儿都是善于经商之人，有了萧家这个便利，便开始着手经营。没几年，铁骑山庄的名头在西边，有时候竟比皇帝还要管用。

继承山庄的萧十郎自山庄发展壮大后便不再带着队伍走西域，王家摸熟了这条路子之后，开始试着借着铁骑山庄的名头自己经商，负责打理生意的，就是王家那位王七姑娘。

萧十四虽然是铁骑山庄的嫡系传人，但王七却是他嫂子的妹妹，也是庄主夫人的妹妹。萧十四并没有调动铁骑军的资格，就做了王七来往西域的侍卫头领，护卫商队和她的安全，也渐渐有了自己的名头。

若不是刘凌露出了一手萧家的功夫，哪怕刘凌身为皇子，萧十四也不会跟他打交道。自从萧家出事后，萧无名简直是痛恨所有的官府中人，更别提皇子了。

他家与王家不同，王七是一心想要恢复王家昔日皇商时的荣光，不甘心就这样让王家没落于尘埃里，萧家却是再也不愿意和这个国家扯上一点关系。

即使萧十四露了面，说出了自己的身份和身后的关系，却一点也没有透露当年那位世交是谁，铁骑山庄里究竟有多少人马，显然还是防备着刘凌这位皇室中人。

他们实在是有不得不防的理由。无论是王家还是薛家，都是没有兵马的，若不是想要取得刘凌的信任说明自己的师承，恐怕萧十四连铁骑山庄的来历都不会说明了。

以萧十四的说法，萧无名一生的心结便是他大哥满门都没有留下遗孤，如今得了刘凌这般的线索，恐怕日夜兼程，也要从陇右赶来。

这才是刘凌现在头疼不已的原因。

那位桀骜不驯、生性怪诞的萧无名，只是听着，就让他觉得不是什么好相处的人啊。

*　　*　　*

时间又过去了半月，上元节的阴影已经渐渐从人们的心中淡出，除了刘凌上朝时头上焦黄一片的头发，以及朝中频繁的人事变动还在提醒着那场灾祸的存在，人们最感兴趣的话题已经不再是这个。

方孝庭虽然回到了朝堂，但刘未已经不准备给他礼遇了，朝中局势泾渭分明，在这种情况下，要么投向皇帝这边，要么靠向方党那边，几乎没有中间地带。

方孝庭在朝中经营多年，原本占有极大的优势，可因为上元节一场灾祸，只有他家无人遇难，在许多官员心中不免存了些疙瘩，态度也变得微妙起来。

人人虽然都希望和老谋深算的人做同伴，可这同伴如果存着的是随时可以反咬一口的心，就不那么可爱了。

刘未也是利用这种摇摆的心理，下达了一连串的政令，其中最重要的一条，就是让户部派出专使彻查各地粮仓的情况，问责管理粮仓不力的官员。

二月初，刘未又接见了有皇商资格的十七位商人，最终选定了八位，作为候选，先任皇商一职，打理各地的皇庄、牧场，以及内库所属的盐井、铜、铁等矿产。

王七所在的王家商行，因为在经营西域商路上有得天独厚的优势，拿下了内府织造专营之权和牧场的经营权，代价是每年为皇家牧场提供优秀的种马二十匹，牲畜的死伤数量不得超过十分之一。

这对王家来说并不算什么苛刻的条件，更何况真要死伤数量超过十分之一，他们也有办法从其他地方买来牲畜补上，算是得了极优厚的资格。

刘未敢先动各地的粮仓，是因为兵部早就为粮草的事情准备好了兵马，只要哪里的官粮出了问题，立刻就就近调动兵马去查抄当地负责官仓的官员。如果有囤积居奇、中饱私囊者，一律抄没家产，押送进京。

如今还没有回来多少消息，但京畿周边粮仓的仓储情况却不是很理想，陈粮冒充新粮入库的事情屡见不鲜，天子脚下尚且如此，更别说其他地方了，以至于很多天里，刘未的脸色都是黑的。

二月初七，肃王刘恒的队伍向着肃州出发了。

刘未并没有亏待这个儿子，仅肃王府里，就定下了上千人的随员，其中还不包括护卫和家将的人数。

这上千人大多是仆役和伺候刘恒的宫人，也有工匠、幕僚和肃王府的官员。作为第一位封王的皇子，刘恒的规制已经抵得上先帝时期两位年纪较长的藩王，和他曾是皇后之子，后来又是贵妃嗣子的身份倒也匹配。

肃王妃据说领着肃王在出城时对着宫中磕了头，带走了一把京中的土。刘未并未出面亲自送行，只派了刘凌去。至于刘祁，自从"士子案"发了之后，他几乎被刘未雪藏了。

刘凌曾私下里思考过二哥被父皇厌弃的原因，思来想去，恐怕和那两位士子走的是方家的门路获得荐生资格有关。如果不是这样，想来父皇也不会这样生气这件事。

如果是刘凌在私下结交了两个有才能的士子，又苦无门路出头，恐怕会选择向父皇举荐，走"殿中直侍"的路子，就如当年戴良之父一般，未必不能夺得状元，也算是为国举士了。

这固然有自己没有多少外力可以依靠的缘故，但更多的时候，身为皇子，也要多方考虑造成的影响。

如果向父皇举荐，父皇自然会挑选合适的御史，详细调查被举荐者的出身和品性，即使出了问题，也不过是疏忽而已，但走了荐生的路子，摆明了是告诉天下人他情愿相信自己的外祖父，也不愿意相信父亲会选拔他举荐的人才。

也难怪会寒了父皇的心，彻底对他不管不问了。

如今据说礼部的官员都是绕着二哥走，犹如躲着瘟疫一般，而自己这边的人却是趋之若鹜，可见风向转得有多快。

即使这种局势是向着自己这边倒，刘凌也不免感慨几句，这京中官员察言观色、见风使舵的本事，实在是太让人叹为观止了。

二月十二，又是一次寻常的朝会，刘凌早早来到了宣政殿的门外，却发现一直宿在礼部，清早才入宫的二哥居然不在，而他如今历练所在的兵部主官雷震，居然也不在。

二哥不在，还有可能是因为偶感风寒或者是什么其他的事情，可雷尚书也没来，就实在耐人寻味了，加之之前兵部频频动作，一下子请求修缮兵部器械司陈年的兵器和器械，一下子请求南边增兵，都让人心中不安。

是南方的局势又出现了什么变化，所以雷震被皇帝召去了？

还是雷尚书也生了病，告病在家？

一时间，各部官员交头接耳，相互打探着消息，就连最为沉着的方孝庭都露出了深思的表情，命了身边的心腹官员去打探。

由于刘凌是在兵部历练的，又好说话，自然有不少人问到了他的头上，只是刘凌自己也不知道发生了什么事，所以也只能无奈地笑着，说不出什么理由。至于众人信不信，也就不关他的事了。

对他来说，倒是二哥突然没有出现，更让他意外和在意。

就这样，宣政殿外的众人揣着各自忐忑不安的心，跟随着引领朝臣的礼官入了殿，见皇帝正坐在御座上，才算是稍微松了口气，开始照本宣科地上起了朝。

首要的事务当然是下个月的礼部试和殿试，所有人耐着性子处理完恩科的事情，其间眼神不停从兵部尚书空缺的位置扫过，期待着皇帝给一个理由。

皇帝倒是不负众望，很快就给出了雷尚书不在的原因。

"就在昨天夜里，朕接到了一封急报，是从越州边境送来的。"刘未似笑非笑地看着众人，眼睛里有说不出的隐忍和杀意。

听到越州边境，众人都齐齐一震。

那里蛮人和汉人的乱事正陷入胶着之中，苏将军和魏乾两人极力控制局面，但成效不大。蛮人一战即退，苏将军的兵力也不足，他临阵杀将的行为使得招兵成了一件困难事。将士不能齐心，又在异地作战，自然没有那么顺利。

听到雷尚书没上朝和南方战事有关，一些朝臣自然就放了心，比如兵部的官员们，但也有其他人眼神中出现了不安之色，譬如方孝庭。

"送来急报的，是朕派往苏爱卿身边的副将毛小虎。因为南部多山多灌木，弓箭使用不便，朕便拨了他三百副内库里的神机弩，前往南方装备南方的士卒。"

刘未一开口，满朝哗然。

神机弩已经成了代国的一个传说，人人都知道有这种神兵利器，但人人都没有见过。即使是历经三朝的老人，也说不出哪年哪月宫中动用过这种武器。

可如今皇帝竟然如此重视东南的战事，一出手就是三百副！

刘凌身子一僵，不由自主地向着身边二哥该站的位置看去。

如果说二哥今日没来和这件事有关，那……

他猛然回头。

只见一向冷淡自持的方老大人，如今却鼻尖冒汗，身子也微不可见地在颤抖着。

"神机弩事关重大，弩机还是其次，重要的是弩箭。朕怕节外生枝，所以将弩箭和弩机分开运走，毛小虎负责带走神机弩，户部以运送粮草辎重的名义夹带出替换的弩箭。"

刘未嘴角微微上扬。

"即使朕根本没有对外宣布毛小虎带走的是什么，可依然有居心叵测之人想方设法打探到了，并且在越州山地设下重重埋伏，想要抢夺这批神兵利器！"

代国律，携带弓箭甚至是佩剑都不触犯法律，唯有私藏弩机和弩箭，一律按谋反论处。

这是大逆不道之罪，也是十恶不赦之罪，所以天下间兵将蓄养家将、死士者皆有，却无人敢大张旗鼓地购买弓弩。

听到这里，还有谁不明白天要变了？

看着刘未眼中越来越盛的煞气，不少官员只觉得脖子一冷，不由自主地摩挲起颈间来。

"好在毛小虎运送这批器械，自是小心谨慎，每到一地，必有心腹前往下一地的驿站和官府通传。他寡不敌众，不得不退入困龙谷中防守。半日后有当地没迎接到毛将军的将领率部前往打探，在困龙谷中找到了大批人马并救下，而后里外夹击，救下了毛小虎所部……"刘未攥着御座的手紧得发白，"两部杀死乱贼一千余人，活捉了百余人。"

"自陛下登基以来，还从未有过两千余人的乱贼埋伏山林，抢劫军中物资之事！究竟是谁吃了熊心豹子胆？"沈国公戴勇不愧是深得圣眷之人，立刻出声迎合。

"朕也如此在想。"刘未看着已经面如死灰的方孝庭，终于露出了狰狞的表情，"此人几代深受皇恩，居然会行此大逆不道之事。

"来人，将方孝庭除冠去衣，缚于殿下！"

终于抓住你了！

221

第二十七章
断后？灭口？

刘未不是没有忍过。

当他还是个少年时，他就曾忍了王宰相整整二十年，忍到他已然身死，才开始动作。

但王宰相毕竟是靠着从龙之功起家的，和方孝庭这种经营了数十年、根深蒂固又枝繁叶茂的老谋深算之人完全不同。

要想对某个家族抄家灭族自然容易，可如果没有足够的把柄，贸然行动便只会让自己背上"暴君""昏君"的骂名。

他当然爱惜名声，若不是爱惜名声，若不是想做个明君，他早就动手了，何必把自己逼成这样？

方孝庭顺了一生，如今更是太过自满，只要有一点点可能，都能引着他飞蛾扑火，更别说那些神机弩都是真的。

真倒是真的，只是机簧全部被破坏了，即使真抢了回去，也用不了，更别说没有了箭。

这个局，从一开始，就是他布下的。

方孝庭似乎也不敢相信自己被皇帝就这么拿下了，被摘掉官帽和朝服时甚至高声喊冤。但刘未等这一日等了许久，好不容易拿住了确切的证据，怎么会让他翻身？

当下殿外守候的金甲卫一拥而入，不但绑了方孝庭，还绑了一干最铁杆的方党之人，其动作之迅速，超出了众人的想象。

直到这个时候，朝中的众人才明白兵部尚书去哪儿了。

皇帝既然对方孝庭下手了，那就一定会斩草除根，不但要解决掉方家，还要解决掉方党之患。

方党一派大多住在东城，要想全城戒严各家肯定有所防备，但如果趁着百官

222

都在早朝、天色还未大亮的时候封闭东城，困难就会小得多。

能够从容调动京中城防和军队的，只有兵部尚书雷震，京兆尹冯登青虽能封路，差遣差吏把守各条要道，但是军队却不受京兆尹管制，这也就无怪乎大清早雷震没来了。

一想到其中的症结，众人齐齐变了脸色。东城里住着的官员不止一家两家，谁也不知道会不会城门失火殃及池鱼，一时间家在东城的大人们都满脸不安，恨不得赶紧下朝回家。

刘未却不愿让他们就这么离开："刑部尚书、大理寺卿！"

"臣在！"

"臣在！"

大理寺卿和刑部尚书连忙出列。

"着令汝等搜集、整理方党造反的证据，公之于众！此外，你二部协助兵部和京兆府控制方贼的家人，查抄方家，搜查谋反的物证……不得有误！也不得拖延！"刘未表情严肃。

"是！"这件事早在几个月前刘未就已经安排好了。刑部尚书和大理寺卿自然不会露出什么难色，胸有成竹地接了下来。

而后刘未连发几道旨意，有调动京中官员职位的，有捉拿地方上的方党党羽的，一道道旨意下来的时候毫不犹豫，显然早有安排，只等着今日发作。

此时明白过来的人静下心来想想，恐怕东南战事一起，兵部召毛小虎回京觐见时，这坑就已经在挖了。说不定钓的大鱼根本就不是方党，只不过鱼上钩后，这条鱼大得连皇帝都吃了一惊，到了不得不宰的地步。

再不宰，就要被鱼拖到水里面去了。

这么一想，众位大臣面上的表情更加复杂。为官这么多年，能拍着胸膛说自己和方党一点瓜葛没有的人，恐怕是一个都没有。吏部管着官员的考核，又管着年节地方官员的炭敬、冰敬，除非个别刚正到极点的硬骨头，否则都本着"与人为善"的想法在和他们相处，不会轻易结下仇怨。

如当年的大理寺卿庄骏一样因为吏部总是官官相护而结下矛盾的，毕竟是少数。

皇帝一旦动手，和方孝庭一起被拉出去的肯定是不会有什么好下场，但也不保证在殿里的没有被秋后算账的，所以他们又敬又怕，恨不得撬开刘未的脑袋看看，看看自己的名字在不在他脑子里的那个"名单"上。

就在官员们东想西想的时候，皇帝却做出了一件出人意料的事情。

"刘凌。"刘未在堂上喊起了刘凌的名字。

此时殿上正在一片低气压之中，刘凌还没意识到发生了什么，只是下意识地上前一步，躬身回道："儿臣在。"

只见刘未仔仔细细地看了这个儿子一眼，像是不经意地发出了一声喟叹，面对着堂下所有的朝臣，一字一句地说出了他的诏令："二皇子德行有失，须挑选贤良之臣细细教导、耐心辅佐，方能大用。朕之前疏忽几位皇子的管教，如今想要再进行管束为时已晚，如今朕欲封刘祁为秦王，替朕镇守秦州一地，以安教化。"

这句话一出口，所有大臣赫然一惊，带着各种表情和有深意的目光都朝着刘凌面上射来，恨不得能在上面看出一朵花。

大皇子成了肃王，二皇子成了秦王，莫非皇帝是要趁热打铁，直接立储不成？

也有像宗正寺卿吕鹏程那样的，隐忍下急切的目光，只顾着看刘未正在翕动的嘴唇。

似乎这样一看，就能读出他剩下来的话似的。

然而让所有的朝臣惊讶的是，刘未并没有直接立储，而是话锋一转，继续说道："肃王和秦王都离开宫中之后，东宫仅剩三皇子刘凌一人，未免孤单。刘凌尚小，不宜封王，着令他迁入东宫的明德殿内，除六部的历练外，由百官轮流教导学业，课业由朕和宰相及六部主官共同制定内容。"

"刘凌，你接旨吧。"刘未似乎也并不能下定决心，逼着刘凌赶快接旨。

"儿臣接……"刘凌并非没有野心，正准备趁热打铁接下旨意。

"陛下，不可！"

一位御史台的老臣顾不得此时会不会触怒皇帝，急忙奔上前来奏议："陛下，明德殿乃太子接见群臣和处理宫务的地方，三皇子不过是一名皇子而已，如何能住在明德殿中？如果陛下想要让三皇子入主明德殿，不如直接立下储君便是！臣等绝无异议！"

这老臣一声呼喊，许多大臣纷纷回过神来，七嘴八舌地附议。

进了明德殿，等于半只脚已经踏上御座了，现在皇帝摆明了是想要留下三皇子好好培养，却不肯立储，莫非还在忌惮有了太子，自己的权力被削弱？

能够下手铲除方党的皇帝，又怎么会对自己这么不自信呢？

难道还有什么其他原因？

此时方孝庭及其党羽早被金甲卫捆了下去，能留在朝堂中的都是自认没在皇帝那里留下"秋后算账"印象的官员，有些居然还敢在这个风头上和皇帝抗议这种事情。

刘未见有这么多官员居然会帮着刘凌说话，心中有百般滋味，脸上却一点表情也没显，只默默记住了带头发声的几个官员的名字。

对于一位皇帝来说，即使那个是自己属意的储君，看见这种百官迫不及待拥立储君的画面，心中总是会有一些纠结的。

这些官员里有大半是在上元节那天得到刘凌帮助留下命来的，也有一直就和方党不对付争斗了大半辈子的。

见到方党倒霉，他们就高兴了。方党下去了，他们就有更好的上升空间了，而只要不是方孝庭的曾外孙继位，那就是再好不过了。这些大臣推动的理由也很简单，简单到刘未都没办法失落。

他扯了扯嘴角，轻笑着摇头："朕心意已决，众位爱卿不用劝朕。至于立储之事，朕自有打算。"

他眼神似有似无地从刘凌身上收回来："刘凌，速速接旨！"

刘凌抿了抿唇，在众人如电光一般射过来的眼神中，躬下了身子。

这是真正的"恩旨"，其中蕴藏的深意，足以让刘凌这么大的一个少年动容。

"儿臣，接旨！"

＊　　＊　　＊

对于东城的居民们来说，今早发生的事情可以让他们拿来当一辈子的谈资。

天未亮时候的东城，是一天之中最嘈杂的时候，这里有十座官坊，都是京官们的官邸，每到上朝之前，骑马的大人们就会在马夫和随扈的陪伴下朝着内城而去，此时若有心等在路边，甚至能够和这些位高权重的大人说上几句话，混个脸熟。

对于西城和南城的百姓来说，东城的大人们都是高高在上的人物，可在东城的居民看来，不过就是一群苦逼到天没亮就要去上朝的大臣罢了。

但今日这群大臣去上朝之后，东城连接三个方向的门，竟然被悄悄地封闭起来了。

起先发现情况不对的是更夫们，但这些人都是人精，当发现城门中守着一批京兆府的差吏之后，他们什么话都不说地掉头就走，权当没看到。

至于后来一群粗壮的力士扛来了梯子，就更加噤若寒蝉了。

这些力士背着的梯子有几丈高，上面掺着灰泥和其他防火之物的涂料浆液，甚至没有干透，一望便知是临时从哪里征用来的，所过之处，地上和墙上不经意间就会留下一些划痕。

在这些力士之后，是脚步匆匆的禁卫军们。这些禁卫军腰间别着箭袋，手中持着长弓，身上的甲胄尽除，应当是为了防止甲胄上的金属片互相摩擦发出来的声音会惊动别人。

饶是如此，这么多人在街上走动，还是惊动了许多早起的人家，譬如说家中主人刚刚去上朝的。

在京中的老人，很多都还记得当年那场宫变。宫变之后，勤王的将领和地方官员领兵进了京，住着平民的南城安然无恙，可东城和内城却杀成一片，整个东城都散发着一股血腥味，几个月不散。

如今又见禁卫军进入东城，许多人家立刻掩上了门户，惴惴不安地回报家中其他的主人，大部分人家都摸不清头脑，只顾着自扫门前雪，也有耳目灵便一点的，派了家人出去打探，但打探的就这么一去不回，任谁都知道情况不好，心中更是七上八下。

没一会儿，这些人家听到方家那边传来了用木头撞门的声音，就知道是方家出事了，一时间几家喜几家愁，有些和方家过从甚密的，甚至已经开始筹备着收拾细软，将自家孩子送出去了。

料想当年萧、王几家出事，恐怕也是同一番景象。

但方家能和萧家比吗？

答案是显而易见的。

兵部尚书亲自带队，领了禁卫军将领、京兆府差吏并熟悉情况的几个耳目，以迅雷不及掩耳之势围困了方家，一小半人马撞门，另外四支队伍分别从东、西、南和角门方向爬墙而入，直接跳入方家，根本不给方家人反应的时间。

他们和之前血洗萧家、薛家的乱军不同，主要目的是拿住所有的方家成员，审讯出方家背后所有隐藏的棋子和布局，所以并不以杀人为目的，而是抓了七八个粗使的下人，再和熟悉方家的耳目一起，直奔方家各个院落。

由于这些人来得太快，方家家中大部分管事、方孝庭的几个侄子都被抓住了，可等他们搜遍全府，却唯独不见了方家几个直系子嗣的影子。其中就包括国丈方顺德、方宜君，以及他们的家眷。

"报！我们在方孝庭的书房里找到了一面墙是空的，却找不到打开机关的办法！"一名手下飞快来报。

"砸！找不到机关，直接砸开！带那么多器械来是干什么的！给我破墙！"雷尚书寒着脸恶狠狠地怒道，"破开墙后带一队人进去，务必给我查明方家人逃到了哪里！"

"是！"

"尚书大人，我们在方宜君屋子的暗格里发现了这个！"一名内尉的官员匆匆赶来，递上一枚机簧。

“尚书大人请看，这是不是失踪的神机弩……”

“正是神机弩的机簧！方家果然对那几箱子东西蓄谋已久！”雷尚书接过机簧，面色铁青，小心翼翼地又将那枚机簧交给了内尉官，“此乃重要的证物。务必几个人一起保管好，面呈圣上！”

“是！”

“报！方家的库房被砸开了，但是里面没有多少值钱的东西，留下的都是不易搬动的屏风用器和玉石摆件等。”原以为会发一大笔财的大理寺差吏们黑着脸过来通报，“库房里的东西都不见了。下官已经让管库房的管事拿册目来，略略一对，就知道少了什么。”

“这个不是我们此行的目的，你登记造册就好。”雷尚书对抄家并无什么兴趣，“你可细细查过，还有哪里藏有暗格或暗道没有？”

“正派了将作监和工部擅长机关和营造的官吏细细盘查。”大理寺差吏们连忙点头，“只是方府虽然不大，但一时半会儿没那么快……”

“不需要快，我们这几日就在这里不走了！”雷尚书狰狞着脸，“有藏着的，除非不吃不喝，否则都得给我乖乖从暗格里爬出来！通知下面，日夜巡逻，一个角落都不准放过！”

逃，就算你们逃到天边去，也是个反贼的身份！

人证物证俱全，看谁还敢冒着株连九族的危险窝藏你们！

方家通往东市的地道中。

“大哥，你怎么知道会有此一劫？”

方宜君一边走，一边在地道中匆匆换了一身商人装束。在他的身后，早已经没有了家中儿女的影子，显然事情发生得太突然，他只来得及跟着兄弟一起逃出。

“我虽已经不上朝了，但到了那个时候一定会醒。平日里我醒了都会在外面转转，今天太过安静，连更夫和伙夫都不见，我便留了个心眼。不过还是太慢了……”方顺德脸色灰暗地行走在地道里，“不知其他几个人……”

“无妨，父亲既然在府中修了那么多地道和暗房，他们一定会平安的。”方宜君心中也是七上八下，却要按下心中升起的负罪感硬着头皮道，“这种事父亲不是早预料到了吗？”

“只怪皇帝太狡猾，做出一副被逼无奈不得不重招父亲回朝的样子，否则父亲还在府中，哪里会这么狼狈！”方顺德看了眼跟上来保护他们的侍卫，给了个手势。

他其实一点都不担心自己的儿孙们。

在今日抄家灭门之祸前，他就已经或明或暗跟家人提点过，他的长子早就陪着他的儿媳妇回娘家小住，如今接到消息，应该是跑了。

其他几个儿子都知道地道在哪儿，情况不对，他就已经派了人去各院送他们出府。

就连父亲最看好的曾孙方琳，都已经安排他单独出游，只要接到了消息，绝对会隐姓埋名。

最后被告知的方宜君，恐怕才是家眷尽丧的那个。

"我们如今这么一走，就只有靠外面的力量东山再起了。就不知府中那些东西被你移去了何处？如果没了那些东西，我们恐怕逃不到外面……"方顺德皱着眉头。

"大哥放心，东市有几家经营珠玉的铺子，都是咱们家在外面的暗点。我穿成这副打扮，也是为了好领着你们进铺子。等到了铺子，找到父亲留下的掌柜，他会送我们出京。"方宜君叹了口气，"父亲早就想到会有今日，却迟迟不肯离开京城。到了这个时候，留在京城又有何用？我看他是老糊涂了！"

"你怎可对父亲不敬！"方顺德假装不悦地抬起手，想要掌掴他一记。

方宜君吃了一惊，连忙后退一步，却发现身后站着几个家中的护卫，用身子抵住了他的退路，甚至伸手抓住了他的肩膀和腰背各处。

到了这个时候，方宜君终于察觉不对了，等他回过神，方顺德袖中露出的东西更是让他吃了一惊。

那是一把寒光凛凛的匕首。

方宜君带来的侍卫们吃了一惊，在这昏暗的地道里僵硬如木头一般，不知道该如何才好。

"大哥，你这是什么意思？"方宜君睁大了眼睛，"这个时候，你我更应该携手共进退才是！"

"按理说，应当如此。可是你转走了府中的财产，在外面又有人手，我的势力却都在京中，等离了京，我就没这么方便下手的时候了……"方顺德慢条斯理地用匕首拍着弟弟的脸，"要想调动父亲在外面的人手，恐怕我得是父亲唯一的子嗣才行啊！"

"你……你是故意的！你根本就不担心京中的家眷！不，方府的一切你都不在乎，你想要的是我在外面的人！"方宜君终于懂了，一张脸变得煞白。

"什么你的人！"方顺德一抖手，在弟弟脸上划下了道血痕，"若不是我在京中苦苦筹划，为你提供银两和粮草，又为你打通人脉，你有什么本事挣下家业？你得了财得了势，又想要名，天底下哪里有这样的好事！"

方宜君也是见多识广之人，脸上被拉了条豁口，却半点都不哼哼，只咬着牙威胁："你莫忘了，你还有一个孙子在我手中，如果我有个万一，我的儿子和孙子不会放过他！"

方孝庭送出的几个有为的子嗣，正是由方宜君的儿子和孙子一起送出去的。

"还有我的长子……"

"这个就不劳弟弟你操心了。"

方顺德不愿再啰唆，抬眼示意自己的心腹侍卫们抓紧了方宜君，手起刀落，一刀刺进了他的心窝，在里面搅动了几圈，这才拔出匕首。

方宜君心头中刀，喉间立刻一滞，连喊叫的力气都没有，待方顺德拔出匕首的时候，只能像个破麻袋一般滑落在地。

"愿意跟我的，丢下兵器，双手抱头！"方顺德抖落匕首上的血，淡淡地说道。

一时间，兵器落地的声音不绝。

许多人虽然是跟着方宜君东奔西走的，实际上都是方孝庭多年来培养的可用之人，只不过是暂时给方宜君调遣。方宜君死了，方顺德便是名正言顺的主子，他们也没有多少想要替主报仇的念头。

可惜方顺德是个彻彻底底的方家人。

这些人刚刚把武器一丢，双手抱头，只见方顺德嘴角一扬，从口中吐出一个要命的字来："杀！"

霎时间，地道里惨叫连连，杀声震天。这阵子响动足足响了一刻钟才停下，狭窄的地道里唯有方顺德一派依旧站着，其余诸人全部死伤在地。

地道两壁点燃的火把幽幽地晃动着，给这可怖的气氛又增添了几丝阴气。

几个侍卫在方宜君身上细细查找，把他身上揣着的所有令牌、信函、细碎银子等全部掏了出来，递给方顺德。

后者抓起琐物，一把塞进怀中，准备等出去了再细细查看。

"主人，后面好像有动静！"断后的探子连忙飞奔而来，"是不是朝廷的人马找到这条暗道了？"

"火速出去，放下断石！"方顺德整了整身上的衣冠，让它们更加凌乱些。

"真是可惜……"方顺德回看了一眼，对着所有剩下来的人说道，"老夫和弟弟联袂逃出，谁料朝中的兵马追杀得太快，我等实在是无法抵挡……"

"宜君自愿带着人断后，拖延时间，才让吾等放下地道里的断石，逃出生天。这等兄弟之情，吾等当永远铭记。待他日有机会，吾等一定要为兄弟们报仇！"

他擦掉了几滴眼泪，一挥衣袖。

"走！"

*　*　*

礼部衙门里。

被一群金甲卫围在档库的刘祁，像是什么也没发现一般，看着礼部历年来的书案。

他身旁的庄扬波手中抱着一个包裹，隐隐可以看见包袱皮里包着的是几本书籍，眼泪在他眼睛里不停打转，还好没有流下来。

见刘祁没有挣扎，也没有喝问他们，金甲卫们松了口气。

皇帝给他们的命令是将刘祁困在礼部衙门里不准他出去一步，这些金甲卫也就寸步不离地挤在这间斗室之中，眼睛一眨不眨地盯着这位皇子。

大约过了两个时辰，已经到了快要下朝的时间，礼部档库外才匆匆赶来一个声音尖厉的宦官，领着两个小宦官，在门外对着刘祁深深一礼。

"殿下，陛下请您去紫宸殿！"

刘祁顿了顿，丢下手中的案卷，站起了身子。

庄扬波踏出一步，刚准备跟上，却被刘祁按住了肩头。

"你不用跟我进宫了，回家去吧。"刘祁叹了口气，从庄扬波手中取出被抱得紧紧的那个包裹，递给一个金甲卫。

"劳烦这位将军将这个包裹递交给那位内侍，让他送到东宫去，交给三皇子刘凌。我那三弟想要看这些书已经很久了，我的伴读千方百计才弄到，就这样拿回家去，怕是要挨打。"

庄扬波见他到了这个时候还想着自己，眼泪终于忍不住夺眶而出："呜呜呜，殿下您别说了……还管我挨打不挨打啊……"

那金甲卫为难地揉了揉鼻子，只能接过那个包裹，手足无措。

好在那个内侍是皇帝身边的近侍，知道皇帝的性格，知道这位殿下性命应当是无虞，率先让一个随从的小宦官接过了那本书，准备用这个给东宫里那位卖个人情。

他存了这样的念头，自然不觉得是烫手山芋。

"原来这样容易嘛……"刘祁自嘲地笑了笑，整理了下自己的衣冠。

"走吧，我等这一日，已经等了多时。"

230

第二十八章
认罪？伏法？

从皇帝身边的内侍手中接过这一个大包袱时，刘凌还有些丈二和尚摸不着头脑。

在打开这个书匣时，戴良甚至夸张地要求由他打开这个匣子，以防里面爬出什么毒虫蛇蚁。

他会这样想很是正常，已经到了这个时候，任谁都有可能愤愤不平，做出什么让人意外的事来，更别说这是夺嫡之争了。

然而刘凌却难得拉下脸，不但将戴良骂了一顿，甚至罚他去殿外跪着，丢脸丢得彻彻底底。

刘凌并不认为生性高傲的二哥是一个会做出这种事情的人。如果说二哥又气、又悲、一怒自尽了，自己都相信，可因为丢了皇位便要刺杀他，那二哥在猎鹿的时候根本不必去阻拦大哥的行为。

所以刘凌几乎是毫无防备地打开那盒书匣的，而那一整套的《凡人集仙传》，就更加毫无防备地撞入了他的眼帘。

那一瞬间，那一夜兄弟三人又尴尬又好奇地聚集在一起，在深冬的寒夜中挤在一处，一起看得面红耳赤的场景，瞬间就跳到了他的脑海之中，清晰得几乎让他痛恨起自己这绝好的记忆力来。

只凭这一套书，刘凌已经肯定自己这辈子也不会对二哥做出什么，只要一想到这套书，他就永远也忘不了那个寒夜，更忘不了曾经有过的那些兄弟之情。

他甚至可以想象在二哥的命令之下，庄扬波是如何既为难又害怕地从家中蚂蚁搬家般一点点"偷"出这些书来，冒着被揍成猪头的后果送到二哥手上。

拿到这些书的时候，二哥会想些什么呢？

会和他一般，喉头哽咽得几乎无法言语吗？

刘祁的喉头当然会哽咽。

任何人跪在自己的父亲面前，父亲却一言不发时，都会升上这种既委屈又痛苦的情感。

刘未是个不懂得什么是温情的人，或者说，他不需要有温情这种东西。他是皇帝，需要什么，自然有别人给捧来，他想要谁的好感，只要对别人好一点，别人自然就会感恩戴德。

他年幼丧父丧母，少年时在权臣的胁迫下长大，背负着父亲是断袖、母亲心毒手辣、牝鸡司晨的名声，对于父子之情、兄弟手足之情，全然陌生。

他自认自己虽然并非什么温柔可亲的父亲，但对于老大和老二，一直还算是小心谨慎，绝没有早年对待刘凌那么狠心。

可三个孩子，却一个都不像他，也不按他希望的发展。

作为一个皇帝，是不应该有私心的，也不可以有私情，只有明白自己要面对的是什么，才可以心无旁骛地去做好一个皇帝。

如今的局面，比起他当年登基时已经太好，甚至于他已经拖着病躯开始为储君扫清将来的乱局，为的，就是两个儿子能有一个成为顶梁柱，在他轰然倒下之后，能够将这个江山扶持起来。

他是个极好名的人，以至于完全无法容忍自己死之前立下了一个昏庸的储君，让人在史书里添上一笔"识人不明"的糊涂账来。他的自负让他甚至不屑立一个稍微弱一点的，仅仅只为了各方平衡。

他要的，是人人交口称赞，是在他死后别人还记着他的德行，记得他如何谨慎挑选自己的继承人。

他不要成为和他父皇一样的人，死了之后，成为一个"不能说的秘密"，所有人提起他，都只能小心翼翼地用"那位"来称呼。

有人诟病他子嗣不丰，但生下来一群羊有什么用？哪怕只有几只狼，也顶上一百只羊了。后宫里有些女人，连给他生孩子都不配。

他和刘祁会有这一天，双方都明白是为了什么，所以闲话，刘未也不想多说。

他看着这个儿子，幽幽地开口："朕欲封你为秦王，去秦州以安教化。秦州的长安城是座大城，朕将你的王府立在那里。"

到了这一刻，刘祁反而坦然了。

"儿臣没有识人之明，能做一秦王，已经是父皇开恩，儿臣领旨谢恩。"

刘祁双腿一弯，跪地叩首。

"你和你大哥，都有不少让朕失望的地方。你二人性格外刚内柔，一点都不像我的儿子……"刘未说了几个字，见刘祁俯首的身子不停地在颤抖，心中叹了一口气，终是没有再教训下去。

"你大哥好谋而不善断，为人没有主见，又不愿见血光，一生中须得一个强硬的女子扶持，和他相濡以沫，处处维护他。"也许是刘祁的样子让他想到了刘恒，刘未居然絮絮叨叨了起来，"朕为他选的肃王妃，论出身虽算不得什么大族，但她能以年幼之身护住两个幼弟，在那般府邸之中斡旋十几年，实在是个既刚烈又有勇有谋的女子。这样眼睛里容不得沙子的女人，嫁与其他人家去，只能落个玉石俱焚的下场，但你大哥在那般偏远之地，又无父母指手画脚，肃王妃反倒能更好地放开手施展自己的本事。她是个自尊心极强的人，断不会让别人瞧不起自己的夫婿。"

刘未看了眼刘祁，见他颤抖的身子渐渐停下来了，又继续说道："你性子看起来高傲，实则最是心软，总想着照顾所有人的想法。这样的性子，最不擅长的就是处理复杂的关系，所以我将你送到秦州去……"

刘祁缓缓地直起身子，脸上无悲无喜地看向父亲。

"秦州各种势力混杂，又因连通西域，境内多异族和商人，秦州的刺史能力虽然平庸，却是一个十分长袖善舞之人。他治下豪族门阀不知凡几，这么多年来却一直相安无事，你和他学上几年，学会一些他行事的手段，日后再回到京中，也可做一贤王了。"

贤王吗？

刘祁点了点头："那位子三弟坐，儿臣服气。"

知道是三弟坐了那个位子，刘祁竟生不出什么怨恨之心来。

老人常说"吃多大苦、受多大的罪、日后就能享多大的福"，三弟从小吃了那么多苦，后来又三番五次遇刺，说明早就有人看到了他的不凡。

他恨大哥，那么不愿意大哥坐上那个位子，无非就是因为当年大哥的母后对他母子二人下手之事。如今他的外家对刘凌下手，而他丢了这个位子，这便是命。

"那位子嘛……"刘未摸了摸下巴，表情莫测，"老三恐怕还要再等几年。"

父皇居然默认了。

刘祁闻言一震，难以置信地抬起头。

* * *

方家满门被捕，东城许多人家也受到牵连，朝中官员被抓去了一小半，奉旨出京抓捕方党党羽的御使也接连不断，毕竟方孝庭的势力并非只在朝中，更多的是这么多年来培养出的门生故吏。

刘未并未做出血洗东城的行为，但那日身负各种攻城器械奔走于东城的禁卫军及京兆府差吏，还是让许多人心有余悸。

方孝庭的党羽遍布朝中和地方，哪怕刘未真的对方党动如雷霆，后续的乱局没有三五年都不可能解决。

远的不说，这么多官职的空缺，就足以让刘未伤透脑筋。唯一觉得高兴的，恐怕就只有即将参加科举的士子们了。

好在现在冬季刚过，既没到春耕的时候，上一年的赋税和官员考核工作也已经结束。最繁忙的户部和工部因为皇帝刻意留人，还没有出现大的问题，但吏部几乎被摘了个遍，礼部也有一堆人遭殃。刘未甚至下了一道旨意，今年的礼部试通过的士子不必参加吏部的选试，直接由吏部和门下省商议后进行授官。

这便是要大量擢升地方官员，切断背景关系复杂的地方官与吏部的联系，直接升入京中。

而新进的士子能够通过在底层历练快速累积经验，为日后进入朝廷做准备。

在这种情况下，刘未已经有七八天没有好好休息了，几乎是睡不到两个时辰就要爬起来处理公务，每天都有数不清的官员拿着各种奏章来请求批复，大部分是因为在职的官员被处置后职位空缺，造成无人可用的情况而延误的。

就连宣政殿和紫宸殿的官员们都是一副无精打采的样子，尤其是薛棣，甚至破天荒地去了一次太医院。

作为刘未的拟诏舍人，他的任务最繁重辛苦，一支笔从早到晚动不停，加上长期坐立，肩膀和手腕全部红肿。

他还十分倔强，忍着不和皇帝报病，直到去了太医院请个医官稍微处理了下被报到皇帝那里，才被发现手腕已经没办法握笔了。

刘未发现之后，自然是立刻安排了一个舍人接替了他的抄写工作，但重要的传诏和整理奏折工作，依旧安排给薛棣去做。

只要不是瞎子，都看得出薛棣这下子得了圣眷，恐怕是要一步登天了。

薛棣都把手写残了，更不要说刘未。这么多天来，他全靠八物方顶着，可再好的药这么吃也是要出问题的，先是药很快就用完了不说，皇帝出现了长时间无法入眠的问题。

按岱山的话说，皇帝简直就像是被人作了法一般，根本不知疲倦。

太医院。

满脸是汗的李明东研磨着手上的药粉，整个人都像是虚脱了一般不住地颤抖着。从前几天皇帝那边发出最后命令，派人来找他将药都送去时，他就知道自己已经命不久矣了。

八物方虽然神奇，但它毕竟是道门中人为了方便安排后事所研制出来的猛药，因为作用的是虚弱之人，对身体的负担极小，可谁也不知道长期当补药这么嗑，会不会有什么问题。

现在看起来好像没人知道他在为皇帝制药，但是他很清楚，一旦皇帝真出了什么问题，知道内情的人会毫不犹豫地将他抖出去，除了这些人，太医令孟顺之也知道他在配药，就算他能以"药是他告诉我的"将他拉下水，最好的结果也不过是一起死。

他要的是活着，不是一起死。

可是如果这药不配，不需要事后出事，皇帝第一个就把他灭口了。

皇帝留着自己，本就是为了瞒着众人耳目制这服秘药的，孟太医能替他隐瞒一时，可归根结底，不是皇帝给了他许多方便和权力，他也没办法这么肆无忌惮地在太医院行动。

最近他太过得宠，不但皇帝所有的平安脉都是他诊的，甚至还被皇帝在京中赐下了宅邸，别人都羡慕嫉妒他得了圣眷。只有他自己心里明白，那是皇帝在警告他，他的家人都捏在他的手里，随着宅邸一起赐下来的那些下人，可没人知道他们是什么身份！

如今进也是死，退也是死，李明东这时候才知道，通天路一个没走好摔下来也是会把人摔死的，就算爬上去了，那上面的风景也许也不是自己想象的那样，早知道如此，何苦要死要活爬上去？

肉芝、木灵、雄黄、巨胜、云母……

"咦？这云母的颜色好像和上次的颜色有些不太一样？"李明东擦了把汗，自言自语着将云母从铁器中取出，微微怔了怔。

随即，他就为自己的想法苦笑了下。

但凡是药，哪里有一模一样的，哪怕是同批入库的药，也有可能颜色不同，这批云母是他亲自去领的，除了还给孟太医的部分，都在这里藏着，绝对没可能被人调包，何况云母产量极少，也不是常用药，能找到这么多已经是万幸，拿什么来调换呢？

李明东小心翼翼地将药一点点添入药引之中，用酒焙之，当放入最后一味硝石合入竹筒里之后，这八物方就算是成了。

他晃了晃竹筒，听着八物方化成水后"哗哗哗"的声音，不知为何眼泪一下子下来了……

这哪里是水声，这是他的命啊！

"横竖都是死，不如拿这个向陛下多求些财……"李明东心想，"至少有些财物，家中不会难熬。"

他捧着竹筒，呆呆地立在这里，恨不得能拖一阵是一阵。

然而外面不停的催促声却告诉他再拖下去绝无可能。这里是最后一服肉芝，用完之后再无药可用，他的作用已经没有了，这服药下去，也许皇帝日后会因此有什么后遗症，到了那个时候，他不会想到此时自己费尽心思为他配了药，只会想到自己配的药让他变成那个样子……

"李太医，好了没有？"外面的岱山不耐烦地询问。

为了它，岱山已经来回跑了无数次。

这样重要的东西，他不放心交给其他人。

"好了，这就送来！"

李明东咬了咬牙，小心翼翼地捧着竹筒，送出门去。

取回了八物方的岱山连忙直奔宣政殿方向，而李明东为了配这些药，也有一天一夜没有休息了，此时重任一卸，立刻全身瘫软，扶着墙壁一点点移到了御药局的大门旁，拖着脚步往自己的住处返回。

他太需要睡一觉了，不仅仅是因为疲累，更是因为一旦睡着，脑子里就不会出现那些乱七八糟的东西。

两人离开御药局后不久，被封闭的小院里那些暗卫也就渐渐撤离，直到院子里一点声音都没有了，院中处理药渣的小屋才"嘎吱"一声被人推开。

从屋中走出来的，正是一脸疲惫之色的陈太医。

李明东在配药室里待了多久，他就在隔壁藏了多久，如今众人都已经离开，他才敢进去查探一二。

"这小子，一定有什么不可告人的秘密……他一定是用了什么东西，才得了皇帝的青睐，夺了原本属于我的差事……"陈太医精神疲倦，脸上却满是红光，"我一定会抓住这小子的把柄！那些见不得人的媚上手段，我要将它们公之于众！"

他一面在脑子里想象着李明东被千夫所指的样子，一面精神抖擞地踏入李明东刚刚配药的房间。

只是屋子里太干净了，干净得就像从来没有人待过一样。

原本应该放满药材的案桌上，如今清爽得似乎被舔过一般。放眼看去能装东西的地方，里面都空空如也。

李明东很小心，将配药所有的东西全部带走了，而且还清理了药室。

但有些痕迹，是根本遮不住的。

陈太医是辨药大师，也是医毒大师，否则也不会由他来给皇帝诊平安脉。只见他使劲地嗅了嗅，闭着眼睛通过屋子里残留的气味分析着刚刚曾经使用过的药材，以及用什么方式处理过。

好在一般制药的屋子都是避风避光，整个屋子里气味还没散尽，虽然分辨得困难，可陈太医还是从药材残余的气味以及案桌上一些烧灼的痕迹里找到了刚刚李明东使用的药物。

"雄黄？巨胜？这两物是壮阳的……要壮阳的药物作甚？皇帝这时候哪里有工夫临幸娘娘？"

陈太医先以为李明东是以这种肮脏的药物谄媚于圣上，后来转念一想，不对，皇帝除了专宠袁贵妃，好像也没有耽于美色的癖好，否则也没有李明东什么事了，何况如今朝中这么乱，是个人都有心无力……

"为何有隐隐的铁锈味？什么药材是必须放在锈掉的铁器里的？"陈太医在药勺上细细嗅闻，满脸狐疑，"难道是云母？可云母一般都是拿来做药引……"

陈太医百思不得其解，越探查越是迷糊，最后干脆将自己闻出来的气味强记下，准备回书库细细翻找用得上这几味药的方子。

这些药大多是让人保持心力旺盛的，按照药性去找……

等等，保持心力旺盛？难道是这个原因，陛下才用上了李明东？

那李明东正在配的，岂不是比壮阳的药物更见不得人的东西？难不成是铅丸之流？！

陈太医赫然一惊，连半刻都不敢耽误，急匆匆掩上门户，直奔书库而去。

这李明东如此喜欢用民间古怪的方子，说不得认识几个方士巫祝之流，在哪里学到了一些歪门邪道的本事。

如果从书库里"巫医部"和"道医""僧医"几个书部去找，说不定能找到答案。

他用的都是这么生僻的药材，会出差错的可能性极小！

陈太医已经是经年的老太医了，埋首于书卷之后没多久，就两眼熠熠生彩地走出了"道医部"的小门。

找到了！

他一定要让这专走邪门歪道的家伙跪地求饶！

　　　　　　　　＊　　　＊　　　＊

　　刘凌在兵部的历练很快就被迫中止了。

　　他父皇每天的工作量太大，而中书省和门下省几乎所有的秘书郎都已经派去了宣政殿，可还是救不了急，结果皇帝从兵部那里听说刘凌的心算能力很强，而且很擅长整理案卷，干脆把大笔一挥，把儿子召到了身旁，美其名曰"学习"，实则处理大量繁重的杂务工作。

　　直到刘凌跟在刘未身边之后，才明白为什么薛棣冒着手断掉的危险也不愿意离开近前，因为从看似繁杂的事务之中，却可以学到上朝时甚至书本上根本学不到的东西。

　　无论是各地官员的奏议，还是门下省和中书省层层分拨下来的要务，每一桩皇帝要批的奏折，都蕴含着无穷的奥秘。

　　一张奏折，有时候能把千丝万缕的关系都连带出来，而皇帝的每一个批复，无不是深思熟虑的结果。刘凌甚至看到父皇拿着一张奏折，足足思考了一个时辰才开始下笔。

　　批复了奏折不代表马上就这么去执行，到了第二天上朝的时候，两位宰相会根据皇帝的批复安排合适的委任之人，再进行讨论，最终才能推行下去。

　　现在的问题是很多时候已经无人可用了，朝中许多官员甚至人人自危，就担心在这个节骨眼上出什么事情。

　　这段时间的御书房里自然是进出官员无数，每一个官员看到在皇帝身边不停整理卷宗的刘凌，都会露出意味深长的表情。

　　等东宫的明德殿一整理好，刘凌就要搬进去了，或者干脆说，自从二皇子被送入了宗正寺中由宗室官员们看管后，整个东宫就已经成了刘凌一个人的。

　　东宫的配置是和皇帝所在的大内一般的，东宫的官员配置完全仿照朝廷的制度，还拥有一支类似于皇帝禁军的私人卫队"太子卫"，如今皇帝并没有立下储君，但把明德殿赐给了刘凌，就几乎已经向天下宣告了储君的人选，只不过没有正式下诏罢了。

　　从现在皇帝带着刘凌寸步不离看，立下储君也不过就是时间的问题，如果和这位皇子搞好了关系，日后东宫官员的职位少不得可以为自家的子弟活动一下，说不定日后就是随王伴驾之功。

　　因为人人都抱着这样的想法，所以对待刘凌也就越发和蔼可亲。

　　刘凌心里比谁都清楚他们为何对自己另眼相待，所以态度虽然还是那样温和有礼，可在分寸上却把握得很好，几乎不和谁单独相处，也不承诺什么人什么，除了公事上的原因和薛棣走得近一点，几乎没有结交过什么外臣。

这一点看在有心人眼里，自然对这位皇子又高看了几分，毕竟胜券在握却不狂妄，足以证明他的心性和气度了。

这一日，刘未正在小声和刘凌讨论着哪些奏折要加急送到哪些衙门里去，突然有一位内侍直奔殿门，在门前跪倒通报："陛下，毛将军押解回京的劫匪已经到了！正被京兆尹押解着送往大理寺呢！"

"太好了！"刘未一下子蹦了起来，"这下子人证物证俱全，终于可以三司会审了！"

他搓着手，在案前踱来踱去。

"薛棣！"

"在！"

"传朕旨意，三司会审后的宣判之地，就定在定安楼外！让全城百姓和官员都来听判！"刘未意气风发，"朕要全天下的人都知道，方党一流是祸国殃民的罪人！"

"臣，遵旨！"

第二十九章
诬陷？存疑？

刘凌从没想到父皇会让自己去听三司会审。

神机弩是代国的神兵利器，外面都传得神秘无比，但刘凌知道，这种武器在父皇和其他几位祖宗看来，只是一种糊弄人的玩意儿罢了。

不能量产的武器，只能作为一种收藏品，而惠帝当年命令将作监花了大价钱研制了这种武器，是为了能大量装备禁军的。

所以父皇用这种外面看来珍贵，实际上对于国家并没有多大用处的兵器做饵，赌的就是方孝庭一定会对这种外界传得无比玄乎的武器动心。

毛小虎是个聪明人，这么多年来，有人一直在腐化各地军府的将领，秘密收买着军备库的官员，甚至不惜花重金贿赂、利诱军中的将领把兵器武备卖出去，肯定是有人想要造反。

所以他见了皇帝之后，便和皇帝定下了这个计策。明里他是带着京中押运的箱子前往南方，并没有带什么军队，暗地里他的军队却沿着小道向着他的方向会合，一路都有传信进行接应。

方孝庭的人栽了，栽得很惨，大部分被引入埋伏好的峡谷，伤亡惨重，还有一部分逃了出去，被毛小虎的人在故意放出的生路上抓了个正着。

能被人保护着安然逃离那死亡峡谷的，必定是首领头目，这毛小虎深谙兵法虚虚实实之道，虽然看起来挺不着调，但确实是个人才。

毛小虎也知道这些人对皇帝的重要性，所以一得了手，便星夜兼程将这些人捆在马匹上送回了京。由于毛小虎太过"不拘小节"，这样赶路的结果就是回来的人证个个有伤，不是肩膀脱臼，就是双腿被绳子勒得坏死，考虑到抢劫军需本来就是死罪，也就没人去讨论毛小虎"仁不仁"的问题了。

三司会审放在了定安楼前，只不过这次是大白天。即使有定安楼曾经的祸事，可依旧挡不住观看的人潮。

囚车内一个白发苍苍、须发飘飘、皮肤白皙的老人正被押往内城外的会审场地，其身后是上百个和他一样命运的囚犯。

刘未下令抄了方孝庭的家，甚至连地皮都翻了一遍，没翻到方孝庭的几个儿子和孙子，却翻出了几个意外的人来。

方孝庭家中有几人明显是江湖人士，事发之时，这些人身中剧毒，被兵部尚书看出其中有蹊跷，送到太医院紧急救治，只留下了一个人的性命。

原来中毒的这三人，正是在定安楼上行刺刘凌的三个刺客。这三人刺杀不成，反得了方家的好处，好酒好菜供着，甚至有美女伺候，自然是不愿意离开方家。

原本这三人都是老江湖的，没那么容易中道儿，一直以来对于衣食住行都十分慎重，但方家人实在能忍，那一场刺杀过去了数月，他们依旧待他们如同上宾，事发的前一夜，三人用了方家送来的晚膳，一时大意没有检查，用过晚膳后就腹痛如绞，这才明白方家为何一直对他们礼遇有加。

这三人是江湖中有名的高手，方家人也怕一时毒不死他们反倒引得他杀性大起，所以送完晚膳后便派了家丁把整座屋子的门窗都钉了起来，准备等他们都死透了再行处置。

结果还没来得及处置他们，倒是迎来了刘未的处置。

这三人干的是替人杀人的买卖，仇家满江湖，身上自然也有一些保命的东西，方孝庭得来的毒药虽烈，却还是让他们支撑到早晨，但是最终只活下了三人之中的老二。

这三人是一母同胞，从小就没有分开过，不管是杀人还是放火都是一起，如今兄弟被方家所害，这三胞胎中的老二犹如死了两次，也顾不得刺杀皇子是不是会族诛，左右兄弟中也只剩他一个了，便竹筒倒豆子，把方孝庭的安排倒了个干净，甚至还把之前几桩安排他们刺杀的事情说了个明白。

原来连之前那位遇刺的宰相，也是方孝庭派了他们兄弟几个伺机下手的。除此之外，如今的刑部尚书庄敬遇袭，之前几位回京赴任的御史半路遇袭，都是方孝庭派人下的手。

这便是意外惊喜，刘未想要的就是这样的人证，所以命令大理寺细细录了口供，将方家的罪状又加了数条，随便哪一条拎出来，都是诛九族的大罪。

正因为公布的方孝庭罪状里有"行刺皇子""纵火伤民""引发骚乱"等罪证，又有皇帝特意派出去通报四方的使者向百姓解释，方孝庭的囚车被押出内城时，不停地有家人在那场人祸中遇难的百姓向着囚车里吐口水，还有丢烂菜叶子、臭鸡蛋甚至是石头的。

方孝庭一生养尊处优，何曾受过这样的侮辱？没一会儿就被各方砸来的石头、铁丸等物砸得头破血流。

皇帝有意让方孝庭出丑，命令他们的囚车沿着城中绕行一圈，高声怒骂的百姓群情激奋，加之还有以前有私怨的官员授意指使，囚车的速度越行越慢，到了南城之时，几乎是走不动了。

看押方孝庭等一干罪犯的差吏担心还没三司会审他们就被砸死了，急急忙忙回去回报自己的上官冯登青。

这冯登青恨方孝庭几乎恨得要死。之前他夫人中毒，皇帝曾隐隐透露给他调查出来的真相，说是朱衣和方淑妃身边的宫女有所牵连，他便心知自己的夫人是受了牵连，搅和到夺嫡之争里，对方想毒死的是袁贵妃，自己的妻子不过是被殃及的池鱼罢了。

这种事情是没办法报复回来的，他也只能咬牙忍下，却对方家和二皇子半点好感都没有了。

而后京城里一场大乱，险些中断了他的仕途。京兆府收拾残局收拾了数月都没有收拾干净，自己的独生女甚至被乱民拉出去撕破了衣服，又背上了杀人的罪名，人言可畏，她受了刺激又受了责难，原本开朗的性子也变得低沉起来，越发让他痛苦。

冯登青性子圆滑，看起来很好说话，其实一生中唯一在乎的只有妻女而已，方家让他妻子和女儿都不好过，这时候差吏请问该怎么办，他当然是不会让方老贼好过，冷笑了一声道："陛下的旨意是要绕城一圈，你们想抗旨，干脆现在就钻进囚车里和他一起，省得我还要再找一辆囚车把你们送去大理寺。都已经是罪无可恕的囚犯了，哪里管得到他好不好，舒不舒服！"

那些差吏不过是怕办砸了差事，如今得了上官的话，出了事也有上官顶着，谁也没想再顶撞下去，便硬着头皮继续把囚车往南城赶，龟速一般地前进着。

因为行车的速度太慢，到后来已经有人爬上囚车，竟朝一干囚官的头上、身上撒尿，方孝庭满身都是掷物砸出来的伤口，尿液含盐，当头泼下，受到凌侮还在其次，那伤口被尿一浇，顿时痛痒难当，让这位一直受辱却岿然不动的老人终于还是哀号着叫了出来。

方孝庭一痛苦，众人就高兴，后来还是闻讯赶来的禁卫军强硬地分隔开了人群，才保住了方孝庭的性命。

刘未的目的达到了，群情激奋之下，方孝庭的士气首先一蹶不振，等到三司会审之后，他便大获全胜了。

"祖父，祖父……父亲，我们就这么眼睁睁地看着？"方顺德的长子方嘉十指在墙壁上无意识地抓挠着，直到指甲尽翻也没有察觉，他身子本来就羸弱，如今目睹祖父受辱，整张脸潮红不已。

"我就是怕你这样，才不愿意带你来。"方顺德站在高楼的雅座里，满脸泪痕地看着下面的场景，"如今这种情况，我们唯有卧薪尝胆，你祖父的牺牲才不算白白浪费。"

"为何，为何非要反？徐徐图之不行吗？只做累世的公卿不行吗？天下哪里有千秋万代之王朝，既然最终都是给别人做嫁衣，何苦要一头扎进去！"方嘉难掩激动地低吼着，"非要弄到家破人亡……"

"方嘉，注意你说话的口气！"方顺德不悦地看了儿子一眼，"事情若能尽如我所愿，也就不会有今日之事了！事情已经发生，想着为何会发生已经没有用，应该想着如何保全才是。"

他的眼睛一动不动地看着下面受苦的父亲，口中喃喃自语："父亲不是束手待毙的人，他不是束手待毙的人……"

＊　＊　＊

曾经一手遮天，权势惊人的吏部尚书，待送到三司会审之地时，已经没有人认得出他就是那位"潜相"了。

大理寺卿、新任的御史大夫和刑部尚书都对刘凌很是客气，定安楼前搭设了临时的刑堂，按照大理寺刑堂的布置，三司会审一定是有至少一位宰相听审，如今因为庄相是刑部尚书庄敬的父亲，为了避嫌，他并没有前来，而由皇帝派来的皇子刘凌坐在远处。

这是刘凌第二次在众目睽睽之下主持大局，即便他已经做好了各种心理准备，当看到那样的方孝庭被押到案前时候，依然恍如隔世一般。

那一刻，刘凌心中升起的念头，竟然是"幸亏二哥没来"！因为就父皇的脾气，如果是为了让二哥成长，完全有可能做出让二哥听审的事情。

该感激父皇仅剩的一点仁慈吗？还是……

刘凌心中胡思乱想着。

"三皇子，那我们是不是可以开始了？"一旁的大理寺卿向着刘凌微微轻声询问。

刘凌难掩震惊地将目光从狼狈的方孝庭身上移走："可以……那个，是不是要把方老大人稍微整理一下？他毕竟……"

"不太好吧……"大理寺卿干笑着，"毕竟是人犯，而且这么多人等着……"

刘凌呼了口气，瞬间明白了他的意思。

今日方孝庭受到的一切，恐怕都是父皇授意的。

父皇忍了这么多年，终于等到了这一刻，父皇的几位心腹自然不愿扫他的兴。

"请开审吧。"刘凌眼观鼻，鼻观心，点了点头。

"带人犯！"

"是！"

三司会审的过程其实很是沉闷，普通的百姓根本听不懂《代国律》如何，他们只知道大理寺卿报出来的一桩桩罪名，每一条都足以让他们戳方孝庭的脊梁骨一辈子。

后半截的审判几乎是在百姓们的轩然大怒中结束的，除了方孝庭脸上污浊太多看不清眉目，其他受审的囚徒各个面如土色。

皇帝这一招打蛇打七寸，时人多重门风，他们被定为"谋反""叛国"之罪，就算逃过死劫，家中子弟再想走蒙荫或荐生的路子已经是绝无可能，再苦心的经营，除非真能改朝换代，就如代国立国那般，否则仕途已然断绝。

刘凌一言不发，因为他知道尘埃已然落定。

"罪人方孝庭，你可认罪？"大理寺卿从未想过自己还有这样问他的一天，脸上不由得露出得色。

到了这个时候，方孝庭除了乖乖俯首认罪，还能做什么？他哪怕想要狡辩，也不过是徒增笑柄罢了！

所有的百姓和官员都屏住了呼吸。

他会说什么？

他会不会认罪？

方孝庭抬起头，看了眼满脸得意的大理寺卿，十分平静地道："我不认罪。"

"罪证确凿，由不得你不认罪！"大理寺卿冷笑着说，"这可不是你一手遮天的吏部！"

"我不认谋逆之罪，也不认叛国之罪，因为当今坐在御座上的天子，根本就不是先帝的子嗣！他名不正言不顺，我方家不过是忍辱负重，想要匡扶正道罢了！"方孝庭昂着头，几乎是声嘶力竭一般喊道，"当今圣上根本就不是先帝和太后的儿子，而是当年先帝近侍萧逸和太后淫乱后宫的孽子！先帝有龙阳之好，根本不愿意临幸女人，又何来子嗣！我为何要为篡位之人固守忠诚！我不是谋逆，我不过是忠于先帝罢了！"

在场的官员和百姓都被这样急转直下的场面吓呆了，就连三司的主官也是呆若木鸡。

刘凌皱着眉头站起身，喝令身旁的侍卫去堵住方孝庭的嘴。

"他在说什么，你听懂了吗？"

"好像是说皇帝老爷不是上任皇帝老爷的儿子？"

"咦？"

"喂，你知道龙阳之好是什么吗？"

"好像就是男人喜欢男人那个，那个那个那个嘛！"

"我的天，难道以前我听说的事情是真的？"

"你听说什么了？也说来给我听听啊！"

一时间，窃窃私语不绝于耳，百姓对于这种八卦其实比哪个谋朝篡位了还要感兴趣，更何况这还是关于前任皇帝和太后，以及皇帝身边的俊俏将军，更别提有多热情了。

刘凌吩咐的侍卫抽下腰带要捆住方孝庭的嘴，而他还怒吼般继续叫着："你们以为三皇子像高祖，高祖之母本是萧家人，高祖长得并不像刘氏子孙！三皇子哪里是像高祖，根本是像萧……啊！"

他被侍卫一巴掌打得往后仰倒，口中的牙齿顿时落了几颗。那几个侍卫下了狠手，用腰带从他的唇齿之间勒过去，将他的舌头捆得抵住他的牙齿，口水直流，什么话也说不出来。

可该讲出去的话，也讲得差不多了。

方孝庭被几个侍卫强行压倒在地，连骨头都被这种粗鲁的动作弄得断了几根，可他俯在地上的身子不停地颤抖着，不是害怕，而是在放肆地笑。

你们有没有听到我的呼喊！

虽然牺牲了我，但是……

不远处的阁楼上。

"父亲，父亲……"方嘉抓着方顺德的手，身子害怕得直颤抖，"您……您为何在笑？"

是气疯了吗？

"你没听见吗？"方顺德微微侧着脑袋。

"什么？"

"我在笑，父亲果然是深谋远虑，难怪他执意不离开京中，却要我们都想法子转移出去……"方顺德的眼睛里露出狂热的神采，"他什么都想到了！他什么都算到了！他本就活不了几年了，唯有如此一搏……"

"父亲，您在说什么？为什么我听不懂？"方嘉的心跳越来越快，快得都要从胸腔里跳出来一般。

"我在想，我们起事的理由……"方顺德摸了摸下巴。

"不如就以'还复正道'吧。"

*　　*　　*

一场三司会审，最终以闹剧收场，方孝庭被判了斩立决，不必等到秋后处决，等到春祭一过，就要问斩。

除了方孝庭，方家的三族皆被株连，原本盛怒之下的皇帝还准备赐深宫里的方淑妃三尺白绫的，结果白绫还未赐下，倒先传来了方淑妃吞金自杀的消息。

这位淑妃娘娘在后宫里一直没有什么存在感，谁也不知道她在想什么，也没有人关心她要什么。

她从不争宠，皇后在时，她虽家世不弱，又是四妃之一，却甘奉皇后为首；后来袁贵妃得势，她也逆来顺受地闭门不出，每日里吃斋念佛，将自己过得像是个心如死水的尼姑。

她无疑是个悲剧，可她至少还有个儿子，有个盼头。

如今方家满门抄斩，剩下的"余孽"皆是受到官府通缉之人，她的儿子远走秦州，她的丈夫视她为仇人……

几乎不必怎么细想，宫中每个人都能编出一段可歌可泣的故事，无非就是"深宫闺怨"那一套。

只有方淑妃近身伺候之人才知道，她吞金而亡时，脸上是带着笑意的。

也许对她来说，听到儿子被放弃，家人被诛灭，反倒是一种解脱吧。

她没有选择生的权利，但还是有了一回选择死的权利。

但朝中的乱局还远远没有结束，随着方孝庭在公审时吼叫的那一嗓子，许多事情也渐渐浮出水面。

就像是宗族们商量好的一般，一群宗亲希望请出先帝当年的《起居录》，查阅当年皇后受孕的日期、地点、何人伺候，还希望找到当年宗正寺为刘未上的谱牒。

先楚的遗风使得巫蛊之术十分盛行，所带来的后果之一便是人们十分小心地保护着自己的生辰八字。即使是寻常人家，孩子出生之后父母也要把生辰八字锁在命盒里，过的生辰不是提早一天，便是晚上一天，只有到了要成婚之前，双方父母才会拿着命盒去给专门合八字的人合一合。

皇帝的生辰八字更是如此，这几乎是没人知道的秘密。巫蛊之祸几代皇帝都十分重视，除了宗正寺的寺卿，以及记录着皇子出生的谱牒，几乎没有人知道皇帝的生辰是几何。

这些宗族的想法自然也很简单，如果皇帝名不正言不顺，先帝的兄弟们虽然不在了，但往上数，刘氏的宗亲还是有不少的，惠帝也还有兄弟，惠帝的血脉也是刘家人，如果刘未并非刘氏皇族，便可以在宗族之中寻一子嗣继承皇位。

他们当然惧怕皇帝的权力和手中的兵马，可面对着皇位的诱惑，没有几个人能够抵挡住它的迷人魅力。

更何况这只是十分合理的诉求，如果皇帝的身份没有什么问题，只要请出《起居录》和谱牒，一看便知。

刘未揣了这么多年的心结，竟然在大庭广众之下，在他最不希望的时刻，用一种如此不堪的方式被揭了出来！

听闻宗族入宫是为了什么的那一刻，刘未只觉得四肢麻木，舌根一紧，根本没办法站住，还是薛棣眼疾手快，将他一把搀住。

"你……你给我滚！"刘未看到薛棣的脸，猛然想起薛家当年为什么突然改换门庭，心中一口郁气无法驱散，对着薛棣恶狠狠地一推。

"是，只是陛下……"

薛棣被推开后，还好脾气地往后退了几步，不愿刺激他。

"您……"

说话好像有些大舌头？

"滚！"

"……是！"

薛棣大概能猜到皇帝在想什么，叹了口气出了殿外，倚靠着宫栏定定地出神。

方孝庭喊的那些事情，他其实小时候就知道了。

他被家人抱出去送给故交时，父亲在他的衣包里塞了一封信，大致写了薛家改拥藩王为帝的原因。其实从内心里，他觉得家里人有些迂腐，明明已经有了从龙之功，只要当作不知道这件事，恐怕薛家的声望日后便会到无人能及的地步。

但长大之后，他便知道，如果父兄和祖辈是这样投机之人，那薛家就不会是这个清流的薛家，也不会是这个让世人敬重的薛家。

他改变不了什么，他不过是一个遗孤。

他走到这里，其实也还怀着几分探究真相的意思，他想知道薛家满门的坚持，是一种无谓的庸人自扰，还是坚持得真有价值。

可现在离真相已经只有一步之遥了，他却又不愿意再探寻什么真相了。

这个国家千疮百孔，皇帝独自支撑到现在，已经算是不容易。坐在那个位子上的，到底是姓刘还是姓萧，其实对百姓来说毫无不同。

虽然施展抱负的时机看起来还遥遥无期，可薛棣希望自己登上的舞台，不是一片破烂不堪的废墟。

薛棣站在紫宸殿的角落里，一站就是一个多时辰。由于他的手腕和肩部都积劳成疾，在他被皇帝赶出来后，也没有人特意去召他做些什么。

然而没过一会儿，薛棣看到紫宸殿走出了一个内侍，其人眼神阴鸷，表情冷肃，正是皇帝身边的心腹，专门负责传达一些见不得人的命令。

薛棣心中一个咯噔，心跳得无比迅速，一种强烈的危机感迫使着他小心翼翼地尾随着这个心腹，看着他去见了一支金甲卫的首领，而后领着这群金甲卫……

等等！这群金甲卫是去冷宫？

"坏了！"

薛棣一跺脚，掉头就往紫宸殿的小书房里跑。

大部分时候，刘凌都在那里替皇帝分类公文，分发内城各衙门。

此时刘凌眼睛酸涩，正在不停地搓揉，见到薛棣像是见了鬼一样扑进书房，倒被他吓得站了起来。

"怎么了？是父皇身体不适吗？"刘凌道。

"不是！殿下，快去冷宫！陛下派了一支人马去冷宫！"他把刘凌拉出门外，向着冷宫的方向一推！

"快去救人！"

*　　*　　*

太常寺。

"你说的话，可有证据？"

太常寺卿寒着脸，眼神肃然地问着面前的陈太医。

陈太医捧出那本《仙家药集》，翻到八物方那一页，送呈太常寺卿看。

"这本书曾经被李明东借阅过，借阅过之后不久，太医院里有好几位太医见他询问过别人肉芝是什么，还曾向御药局一位药官打听过云母。除此之外，李明东配药那天，下官进去过药室，药室内残留的气味，定然是炮制八物方后所留无疑！"

太医院归太常寺管辖，医官任免文书、考核结果、医案的重审，一律都从太常寺进出，所以一旦太医院中有用药不慎的情况，陈太医自然是向太常寺卿禀报。

至于为什么不向太医令这个名正言顺的长官禀报，一来陈太医发觉孟顺之有点由着李明东的意思，怕是李明东捏了他什么把柄，二是怕孟顺之其实也是皇帝的人，参与了此事，如果报了上去，便是打草惊蛇。

但凡皇帝被蒙蔽，直接和皇帝直谏便是自寻死路，只有借助外力，将皇帝身边的阴险小人铲除，才能以畅君听。

　　除此之外，陈太医也有些私心。在太医院中，除了孟顺之之外，他资历最老，如果孟顺之有什么不对，他便是当仁不让的太医令人选。但孟顺之的医术确实超出他不少，又是两朝的老人，很难自己出什么差错。

　　但如果他治下不严，用人不慎，太医令的官帽就要被摘掉了。

　　太常寺卿翻了翻那本《仙家药集》，被八物方的功效吓了一跳。

　　"什么叫为升仙之人料理俗事而设？"

　　陈太医的脸色也不太好看："道家之人，临死之前都有预感，很多道门的魁首甚至能推算出自己还有几天阳寿将尽。这药便是道门鬼才葛元子创出来的，可让身体极度虚弱之人如同常人，也可以让将死之人一直维持回光返照的身体，用以交代后事……"

　　太常寺卿手一抖，那本医书"啪嗒"落地。

　　"什……什么？你说陛下他快要……"

　　"不不不！"陈太医吓得连连摆手，"此药即使是普通人用也无什么大害，只是不能长期服用。依下官看，陛下只是拿这种药提神罢了。只是这样的药用的时间长了，会有极为可怕的后果。须知一个人的精气神是有限的……"

　　陈太医正准备以医理的角度长篇大论，最烦太医院这点的太常寺卿连忙伸手打住："好好好，你别说这么多，你的意思是，李明东给陛下长期服用这种药，对陛下有大害，是不是？"

　　"正是如此！"陈太医赶紧点头。

　　"本官明白了，这本书留下，等明日其他同僚都来坐班了，本官再和他们商议下该如何处置那李明东。"太常寺卿拍了拍陈太医的肩膀，"此事你做得很好，只是这李明东恐怕是受了陛下的命令才配此药，若让陛下知道是你举报的此事，恐怕你会有大祸。为了保护你的安全，本官暂时不能告诉别人是从哪里得来的消息，你也不要乱说。等到我等清君侧之后，必定会为你论功行赏！"

　　太常寺卿露出一个"你知我知"的表情。

　　陈太医跑这一趟，原本就只是为了踩下李明东，得了这个保证自是极为满意，自然是千承诺万肯定，满脸笑意地离开了太常寺。

　　待陈太医一走，太常寺卿从地上捡起那本医书，在手中拍了拍，若有所思。

　　"来人！"

　　"在！"

　　"去请宗正寺卿吕大人来！"

第三十章
皇子？皇孙？

吕鹏程现在也是焦头烂额。

皇帝谱牒的秘密，以及《起居录》的事，原本是绝密之事，当年他的姐姐为了保住吕家，不让刘未长大后如同刘甘一样动手对付吕家，才将这样的把柄交给了自己。

正因为他持有这个秘密，刘未也一直不敢对吕家动手。

吕鹏程是个聪明人，既然皇帝对吕家没有了恶意，吕家人也就安安静静地做着他们的后戚，极少揽权或生事。

他根本不知道方孝庭怎么会拿这件事闹出轩然大波，更不知道他是从哪里得到的结论。

如果方家有什么把柄，早就拿出来用了，还用得着走到今天这一步？

更要命的是，在其他人看来，他吕鹏程和皇帝是在一条船上的。皇帝无论是谁的种，都是从他吕家女的肚子里爬出来的，他拿出的谱牒也好，他说出来的话也好，都不足以让人相信。

如果他说皇帝不是先帝的子嗣，那说不定大半的人都信了，可如果他说皇帝是先帝的子嗣，别人只会觉得他要保住自家姐姐的孩子。

更别说宗室和后戚还一向对立。

"谁来找我都说我不在！"吕鹏程听说外面又有人来找他，终于坐不住了。

他拿起一旁帽架上的官帽，起身戴在头上："我现在要回……"

"寺卿大人，是太常寺卿大人相请，说是有要紧的事情。"宗正寺的小吏大气都不敢出，低着头回话。

"知道了。"

吕鹏程点了点头，正好借了这个由头，离开宗正寺这个多事之地。

太常寺卿蒋进是子承父位，和吕鹏程是姻亲。其父尚的公主和他家的妻子是姐妹，按照辈分来说，太常寺卿要喊他一声"姨夫"。

正因为这样的关系，两家私交很好，在朝堂上也能互相扶持，不过此人一向中立，很少站在哪一边，越发显得"独"树一帜。

吕鹏程到了太常寺，却见太常寺上下见了他都眼神闪避，心中不由得一闷，知道外面那些关于皇帝身世的传言大概已经在京中传了个遍。

饶是吕鹏程如今已经觉得自己虱子多了不嫌咬，待听到太常寺卿的话时，忍不住也是一僵。

"什么？陛下在靠禁药提神处理国事？"

吕鹏程从不质疑太常寺卿消息的来源，但他却对太医局里发生了事自己却不知道而感到奇怪。

"此事太医令知道吗？"

毕竟太医令孟顺之和他是盟友的关系。

"我看恐怕是不知。李明东是突然在陛下那里得势的，得势的原因就是这个……"蒋寺卿随口说，"孟顺之毕竟年纪大了，多一事不如少一事……"

似乎哪里不对。

只是眼下不是考虑这个的时候，吕鹏程没有深想，摸了摸下巴，皱着眉头道："皇帝的头风已经重到这种地步了吗？需要用药提神？"

"不仅如此，这药用久了对身体有害。如果按照李明东得宠的时间来算，陛下至少已经用药三个月了。怎么办？如果将此事压下，陈太医自己也会嚷嚷出去，如果不压下……"太常寺卿愁眉苦脸，"陛下要靠药提神的事情传出去绝不是什么好事，会让人对他身体的状况有诸多臆测。而且因为高祖之事，服'仙药'毕竟还是让人诟病。可是任由陛下这么用下去，就怕有个万一……"

"不能捅出去，尤其是现在这个时候。"吕鹏程脸色凝重，"方党作乱的事情闹得沸沸扬扬，马上又要礼部试了，东南的战事还没有结果，现在人手严重不足，春耕还要分出精力。"

"我也是这样想的，只是陈太医那里……"太常寺卿意有所指。

"我派人去稳住他……"吕鹏程搓动着手指，"不，现在动了他更让人怀疑，我这里现在有许多人盯着……"

吕鹏程也一样为难。

他总算知道太常寺卿为什么要请他来了。

"不如，和陛下聊聊吧。"太常寺卿叹了口气，"告诉陛下，他服药的事情已经有人知道了，那药能不服，就尽早不要服。"

"让我想想。"吕鹏程摇了摇头。

"我来想个两全其美的法子。"

＊　　＊　　＊

刘凌在向着冷宫的方向拔足狂奔。

从他离开冷宫以后，想要再回去就变得非常困难，但这不代表他就遗忘了高墙里那些可爱的长辈。

他正是怀揣着要把她们从那里放出去的心，才如此拼命努力的。如果她们不存在了，那他再怎么努力也没有了意义。

宫中发生的事情大多是黑暗的，当年延英殿不见得真是突然失火，自缢而死的静妃娘娘也不见得真是自缢，如果皇帝真想对宫中做些什么，只要一句话时间，有无数人会替他将事情办成。

如果冷宫"意外失火"怎么办？如果父皇真的准备拼个鱼死网破又怎么办？

外面的人开始逼迫着请出《起居录》，父皇除了再去逼迫冷宫的太妃们，没有任何办法。

刘凌痛恨着自己的无力，他已经竭尽全力地奔跑，一路上看见他的宫人都为之侧目，也有惊慌失措想去阻拦的，全被他手臂一拨，轻而易举地推离了开来。

这也是这些宫人第一次目睹刘凌霸道的一面，那推开其他人的力气，大得不像是一个只有十三岁的少年。

刘凌却管不了他们在想什么，也想不到父皇会不会因此而惩罚他，他一口气穿越过半个宫城，直直奔向西宫。

路过祭天坛的时候，刘凌反射性地看向了天坛的顶部，上面一个人都没有，更别提神仙。久未擦拭的灰尘使得汉白玉的栏杆都变得灰扑扑的，就犹如他现在的心情。

刘凌奔到西宫时，西宫的大门已经大开，原本看守西宫大门的守卫和宦官们也不见了人影。

听到动静从含冰殿里跑出来的宋娘子见刘凌来了，忙慌慌张张地迎上前去，一把抓住刘凌的手，急切地说道："殿下，刚刚有一队金甲卫进去了！是静安宫的侍卫和内侍们领着进去的，我听见金甲卫要他们指路，问明义殿在哪儿！"

明义殿，是赵太妃居住的地方。

"我知道了，奶娘你先回去，无论发生什么事都不要出来！"刘凌焦急地丢下这一句话，也顾不得走门了，直奔向王宁平日里进出的狗洞，低着头钻了进去。

如今正是春季，静安宫里的花草树木没有人修剪，一个劲地疯长，刘凌为了抄近道，也不知钻了多少树丛，浑身上下都布满了荆棘划出的口子，身上、头发上都是苍耳并各种树木的枝叶，样子极为狼狈。

更别提他的发冠在钻树丛的时候被卡在了树丛里从而摘落，露出半截烧得枯黄的残发乱七八糟地用小夹子夹在那里了。

所以当他以这样的面貌出现在明义殿前时，将一干上元节曾目睹他临危不乱的金甲卫都惊呆了。

"殿下，您怎么在这里！"金甲卫这一支的首领叫刘升，和刘凌也曾攀谈过几句，见他喘着粗气用像是要杀人一样的目光奔了过来，微微错愕。

"你们的人呢？进去了是不是？"刘凌看着硬生生被撞开的明义殿大门，又急又气，怒吼出声。

"殿下，我们是在秉公办事。"金甲卫皱着眉头。

刘凌不愿在这里多费口舌，正准备去明义殿里，却见得金甲卫们阵势一变，将明义殿的大门堵了起来。

"你们居然拦我！"刘凌厉声喝道。

突然间，一声惨叫划破明义殿，传了出来，听这声音，正是明义殿里的宫女管娘子。

刘凌听到里面有人惨叫，便知道父皇不是要找什么《起居录》，而是准备杀人灭口了，一口牙被自己咬得发酸，再也没办法控制住情绪。

"你们居然敢在静安宫里杀人！这里面住着的可都是先帝的嫔妃，是我代国的太妃们！"刘凌的目光择人而噬，"你们以下犯上，是想要被抄家灭族不成！"

金甲卫原本忌惮于刘凌的身份，又因为他住进了明德殿，不免对他客气了一点。但金甲卫的身份一直超脱于众宫人之上，除了皇帝谁的命令也不用听，客气虽客气，可刘凌对他们说出这样的话，即使是泥人也起了脾气。

当下刘统领面容一板，硬邦邦地道："殿下，我们是忠于王室，哪里会受到责罚？陛下有令，明义殿内鸡犬不留，如有阻拦，一概杀无赦！请殿下速速离开静安宫，否则吾等只能不客气了！"

明义殿里的杀声还在继续着。赵太妃不过是一文士家庭出身，一不像窦太嫔她们会武，二也没有什么健壮的身体，金甲卫却都是千里挑一之士，刘凌只要一想到这个，恨不得变成萧家那位"万人敌"的祖先，一杆长枪直直杀进明义殿里去，而不是站在这里瞠目切齿。

金甲卫派出的人有几百之众，明义殿里所有宫人加一起还没有十个，这一场杀戮自然是片刻间就结束了，明义殿里的金甲卫们手持着武器从殿中退出，当头之人手中还提着一个宦官。

"刘统领，赵太妃不在明义殿里。从里面抓出个会武的宦官，自称是太后留在这里看守赵太妃的旧人，该怎么处置？"那金甲卫显然也是头疼。

"既然是太后看守赵太妃的旧人，为何不看管好赵太妃？"刘统领满脸不耐，"这样办不好差事的草包，还不如杀了！更何况陛下的命令是鸡犬不留，何况是人！"

刘凌心中一松，至少赵太妃不在明义殿里，逃过了一劫。只是赵太妃不在明义殿里，恐怕就在飞霜殿中，刘凌刚刚放松了心不由得又是一紧。

果不其然，金甲卫得了统领的指令，杀了太后埋在赵太妃身边的暗人之后，立刻向刘统领回报："刚刚明义殿里的宫人吐露，说赵太妃不是去了拾翠殿，就是去了飞霜殿，我们如今该如何是好？"

刘凌听到"拾翠殿"云云时就已经有些头晕目眩，不待这位金甲卫说完，立刻掉头就跑。

有几个警醒的金甲卫怕这位殿下节外生枝，连忙伸手去阻拦。可是他们的手臂刚往刘凌身上一搭，刘凌就像是身上长了眼睛一般，油滑至极地闪过了身子，向着另一侧一个滑步，冲出了包围圈。

他这一跑，金甲卫们不知该如何是好，刘统领吩咐一个金甲卫回去宣政殿禀报皇帝，继续发号施令："所有人分成两组，一组去拾翠殿查探赵太妃的下落，一组去飞霜殿！"

"统领，陛下说能不惊扰飞霜殿就不惊扰飞霜殿……"

"这个时候，要跑了赵清仪，陛下恐怕更加不喜，也由不得我们不惊扰了。"刘统领顿了顿，"你们去拾翠殿，我亲自领队去飞霜殿吧。"

"那刚刚跑走的殿下……"

"无妨，外面的出口有我们的人看管，就算他去通风报信，也跑不出静安宫去。叫其他兄弟们打起精神，一定要把人搜出来！"

"是！"

刘凌一听到"拾翠殿"云云时，就知道那明义殿里回答了金甲卫的宫人是说了谎。赵太妃从不主动去其他宫人住的地方，以免给她们惹祸，向来只是在明义殿和飞霜殿内来回。

虽不知那个宫人为什么要这么说，但刘凌只要一想到拾翠殿里的绿卿阁里住着薛太妃和从小照顾他长大的如意、称心，就忍不住心头乱颤。

只要他跑得快，只要他跑得再快一点……

刘凌喘着粗气，只觉得喉咙都要被呼吸进来的风割裂，一直在狂奔的结果便是他的肺部火辣辣地疼痛，还没有看到绿卿阁的那片竹林，刘凌的双腿就像是灌了铅一般，怎么也迈不出去了。

　　他抬起腿，想要大力地迈出一步，却不知怎么被路旁的残枝绊了一下，一下子栽倒在地上，整个人都无法动弹。

　　人的力气是有限的，皇宫何其大，他先是疾奔跨越了半个宫城，又一口气跑了大半个西宫，是匹马都还要喘几下，何况只是个少年？

　　如今他一跌倒，就怎么也爬不起来了。

　　想到金甲卫一会儿就会赶到，刘凌愤恨地捶了几下自己的腿，咬牙心想："我便是爬，也要爬进去！"

　　他一抬头，面前竟多了个人影！

　　难道是金甲卫？！

　　刘凌已经做好了被金甲卫拎回去的心理准备，却见面前站着的不是别人，而是薛太妃身前养着的痴人如意。

　　"如意，你来得太好了，快去告诉绿卿阁的薛太妃和称心姑姑，宫里面来了歹人，赶快去飞霜殿……不，不要去飞霜殿，赶快从围墙那边的缺口出去，先躲在我那含冰殿里再说！"刘凌一把抓住如意的袖口，快速地吩咐着。

　　谁知如意的痴劲现在却犯了，不但没有掉头往回跑，反倒抓着刘凌的胳膊将他一口气提了起来。

　　他自小力气就大，一直替薛太妃做些力气活，拽起刘凌也毫不费力，笑呵呵地胡乱给他拍打身上的灰尘："殿下来找薛娘娘玩？薛娘娘在里面写字呢，不许人打搅，叫我出来玩儿……你也别进去玩了！"

　　"你的病又犯了？"刘凌知道他一犯糊涂绿卿阁的人就叫他出去散散心，疯跑到好了再回来，不由得升起一股绝望，"你往飞霜殿玩去？知道飞霜殿怎么走吗？"

　　飞霜殿里有大司命，金甲卫应该知道大司命的存在，也许不会打起来。

　　"什么飞霜殿？我是住在清宁宫的啊。"如意摸了摸脸，奇怪地说，"我哥哥不见了，我去找我哥哥，你看到了吗？"

　　"什么哥哥？"刘凌愣了愣，而后反应过来，"你是说父皇？"

　　"对啊，你是殿下，我也是殿下，那你是我什么人？"如意开始犯浑，抓着刘凌的手不放。

　　"你肯定是冒充的，走，跟我去见薛娘娘！"

　　刘凌正要去绿卿阁，脚下又没力气，被如意拉着这么一走，不惊反喜，任由他拉着跑。

可还没走几步，身后铁甲哐当的声音就传了过来，显然是明义殿捉拿赵太妃不成的金甲卫们，在冷宫宫人的指引下分兵来了绿卿阁，这铁甲哐当之声，便是甲士奔跑时发出的声音。

"快走，快走！"刘凌赶紧催促如意。

谁料如意一回头，居然不拉着刘凌走了，见金甲卫们露出了身形，竟然瞪大了眼睛，脸上露出喜色。

"咦？父皇身边的侍卫们派人来接我了吗？"

刘凌顿时大感头痛，使劲扯了如意一下，可如意力气不比他小，挣扎几下竟从他手中挣脱了开来，迈开脚步就回头朝着金甲卫迎去。

如意边跑，嘴里还边喊着："我在这里！你们速速来接我！"

刘凌回头看了看如意，再往前看了看绿卿阁，一咬牙深吸了口气，大步地朝着绿卿阁挪去。

这些金甲卫是来抓赵太妃的，未必会对冷宫里一个疯子做什么，可如果再不让薛太妃离开，说不得绿卿阁也要和明义殿落得一个下场。

父皇下的命令可是杀无赦！

这些金甲卫一路过来，冷宫里见到的宫人无不纷纷退避，还有吓得尿了裤子的，可他们找到绿卿阁来，这里的宫人不避反迎，几位金甲卫自然是极为好奇，偏头问身边指引的宫人："这跑过来的是谁？从哪里冒出来的？"

那几个冷宫里的宫人在这里熬了几十年，看了一眼就笑道："这是薛太妃身边的内侍如意，是个傻子！"

"薛太妃？"几个金甲卫顿了顿，"就是薛棣薛舍人的……"

"啊，是那个薛家的娘娘。"那宫人点了点头。

这些人来绿卿阁是为了搜赵太妃，搜不出也不会真对绿卿阁做什么，眼见着一个傻子奔上前来，当先一人自然是随便一拦，正准备呵斥，那傻子一开腔，众人却吓在了当场。

原来那傻子喊的是："你们是父皇派来接我的吗？"

刘统领已经领了另一支金甲卫去了飞霜殿，所以来绿卿阁的这些人中官职最高的不过是一副将，乍闻这样的秘闻，吓得魂飞魄散。

人人都知道冷宫是禁地，他们之前的金甲卫死了不少，也知道一些秘闻，明白先帝的宫变其实是这些冷宫里的妃子做内应才那么顺利，所以皇帝登基后认为这些弑君之人不祥，就将她们关在了冷宫。

这傻子看起来和皇帝差不多年纪，自然不可能是皇帝的儿子，他口中的"父皇"只能是先帝。

就在众人错愕间，如意已经上前几步，抱住了一个金甲卫的胳膊，天真无邪地说道："我很少出来，母后说外面不安全，哥哥也不知道去哪儿了，你们知道父皇和母后在哪儿吗？哥哥又在哪儿？"

冷宫里竟藏着一位先帝的子嗣！

听见这段话的人都立刻想起了外面方党散布的谣言，有些脑袋清楚的，立刻明白了自己遇见的是什么事，脸都吓白了。

"蒋大哥，他说的是什么意思？"

蒋副将面如沉水，一扭头看见身边指引道路的宫人也是满脸震惊，突然"锵嗡"一声长刀出鞘，手起刀落斩下来那宫人的头颅。

其他金甲卫还在哗然，却听蒋副将沉声说道："不管这个傻子是谁，就凭他说的这段话，如果传出去，我们这些人就不能活了，如同刚刚被我灭口的宫人一般……"

他手中刀上鲜血滴落，甚是狰狞。

可如意见了这种惨态，非但不害怕，还好奇地踢了几脚掉下来的头颅，痴痴地笑着拍手："啊！头掉下来了！头掉下来了！明天会不会长出来？"

见到这傻子如此态度，其他金甲卫心中有些发毛。

"大哥，他好像是真有些傻，说不定是乱说的，我们还是走吧。"不是每个人都敢和蒋副将一样决断，有些胆寒地指了指绿卿阁，"我们是来找赵太妃的，不要节外生枝。"

"你们不懂，现在外界都在传陛下……"他隐晦地压低了声音，"如果这时候被人知道冷宫里还有一位先帝的子嗣，不管陛下知不知道，他都没办法活。与其那样，不如我们先动手。"

他看了看众人："这罪责我一个人背了，但今日在场的众人也要管好自己的嘴巴。夺嫡争位之事向来搅进去就是抄家灭族，若让陛下知道我们见过了此人，听见了不该听见的东西……"

蒋副将说的话这般明白，其他人再不忍或害怕，如今也只能望天的望天，望地的望地，任由蒋副将施为。

这姓蒋的也是狡猾，怕如意见了刀光乱跑，小声哄骗他说："殿下说得没错，这头掉了，过几天还是要长出来的，到时候就有两个头了，你想不想看自己再长个头？"

如意素来喜欢扯断蚯蚓，拉断一个是一个，过几天还有能活的，此时听到这金甲卫哄他，连忙点头："好啊好啊！再多个头，我就能自己跟自己说话了！你们不知道，在那小黑屋子里无聊极了！"

他如今已有三十多岁的年纪，说话却像是个无知幼子，总有几个金甲卫心生不忍，却不好多言，只能一言不发，满脸愁容。

蒋副将一面冲他笑，一面抬起手，将如意的脑袋砍了下来，将头砍下时，如意还在傻笑。

到了这个时候，蒋副将才真知道怕了。

"你和他，把这个人和带路的都埋了，地上的土再埋几层，找些烂叶子盖上。"蒋副将擦去身上的血迹。

"原本是来找赵太妃的，现在绿卿阁里的人一个都不能留。"

"什么？"

"蒋头，还要杀？毕竟是太妃啊！"

"是啊，薛太妃和其他太妃不一样，薛舍人要知道了……"

"知道了我们也是奉命行事！陛下有令，有阻拦者，杀无赦！"蒋副将皱着眉头，"她们藏了先帝的皇子在冷宫里，万一他不见了她们闹起来……"

"可总有人知道，总不能一冷宫里的人全杀了吧。"有个脑袋清楚的吃惊地叫着。

"现在这人都被我们杀了，做得做，不做也得做！"蒋副将手按血刀，冷冷地开口。

"不想被陛下找个由头杀了，留几个人处理尸首，其他人跟我进去杀人！"

＊　　＊　　＊

刘凌冲进绿卿阁的时候，薛太妃还在写字，称心在一旁磨墨。

她已经很久没见过刘凌了，见到刘凌来了，先是高兴，可再见他满身都是苍耳绿衣，头发也没了一半，忍不住倒吸口气，脱口而出："谁造反，宫变了吗？"

"没，不过也差不多了！"刘凌苦笑，焦急着说，"此事说来话长，此处不能久留，太妃和称心姑姑快跟我离开！"

薛太妃也是个经历过大场面的人，闻言毫不拖泥带水，丢下笔点了点头，束起衣袍就领着称心跟他走。

只是走了几步，她突然又想起如意："刚刚如意那孩子出去了……"

"我来的时候遇见了，他在外面，应该没事。"刘凌安抚着薛太妃，"父皇的人在冷宫里到处找赵太妃，赵太妃宫里的人说她可能去了飞霜殿或您这里，金甲卫马上就到。"

薛太妃立刻明白发生了什么，领着刘凌往后面走："走这边，这边有条路通湖边。"

冷宫里的人都防着这一天，《起居录》虽然是个好的保命符，可总有不灵的时候。如果皇帝真恼羞成怒或是完全掌握了局面，她们的末日也就到了。

所以冷宫里每个妃子的住处都有逃生之路。

刘凌跟着薛太妃左拐右拐，从厨房拐了出去，称心走的时候还不忘把暗门拉上，看起来像是没有人来过的样子。

所以等金甲卫解决完如意之事，到了绿卿阁时，只留下一个空空如也的屋子，纸上墨汁还未干，可沿着后门出去，却什么影踪痕迹都没有。

蒋副将没想到里面的人居然会提早离开，略微想了想就明白了过来。

"是殿下来过了！"

"怎么办？蒋副将？"

"去飞霜殿找刘统领！"蒋副将咬了咬牙，继而扫视身后的队伍。

"都记着，绿卿阁里什么事都没有发生，里面的人全部跑了，我们一个人的影子都没有看见！"

"是！"

第三十一章
幼狮？爪牙？

这群太妃在静安宫里住了几十年，对这里的熟悉程度更胜过自己的娘家。她们很多人可能已经记不得自己小院里种的是什么花、栽的是什么草，却对冷宫里每一条小道、每一个可以藏身之处了如指掌。

起初，刘凌并没有意识到这代表着什么，然而接二连三地被薛太妃带上小道时，刘凌一下子就明白了，鼻子忍不住一酸。

当年背叛的打击太大了，以至于豁达坚强到薛太妃这般，当年的事情依然让她留下了阴影，她们会不自觉地记下自己住处附近可以逃生的路径，也许还曾经一遍遍地走过，只为了用在这种时候。

父皇的耐心像是一把悬在她们头上的剑，随时都有可能斩下来。而他，是深宫里的她们唯一可以一搏的机会。

如今，他依旧是年幼的狮子，仍然抵抗不了霸主的爪牙，只能眼睁睁地看着她们走投无路，到处乱窜。

"刘凌！刘凌！快跟上！"薛太妃见刘凌愣了一会儿，赶紧回身催促，"赵清仪如果不知道外面发生的事情，正好在折返回明义殿的路上，那就糟糕了！"

刘凌一凛，连忙甩掉脑子里乱七八糟的想法，跟上薛太妃的脚步。

绿卿阁所在的拾翠殿离飞霜殿有一段路，尤其冷宫里的道路没人维护，很多都杂草丛生，不是在冷宫里生活过的人，都不知道哪里曾经是路。

这也给刘凌和薛太妃争取了时间，踏着小道过去的他们和金甲卫们到来的时间不过是前后脚而已。

"先看看情况！看样子赵清仪没有被抓住。"薛太妃伸手按下刘凌的脑袋，三人蹲在草丛之中，看着前面金甲卫的人上前去飞霜殿叩门。

金甲卫的人数有几百，这样的人马在冷宫里可以横着走了，也许冷宫里所有活着的太妃和宫人加在一起都没有这么多，所以那个叩门的金甲卫根本没有预感到有什么危险将要来临。

他来到紧闭的殿门前，不过刚抬起手，就听到"噗嗤"一声闷响，那个金甲卫直挺挺地倒了下去。

"老胡！"

"出什么事了！"

惊恐的金甲卫们四下张望，刘统领当先一步接过倒下来的兄弟，却见此人的额头上被什么东西钻破了一个孔，从前额到后脑贯穿直出，叩门的金甲卫几乎是毫无反抗地就这么被人杀了。

这样鬼魅的手段，这样快的速度，而且悄无声息，让人遍体生寒。当下就有几个金甲卫想起了冷宫里闹鬼的传闻，自言自语了起来。

"鬼？是冷宫里的厉鬼！"

"休得胡言！这大白天的，哪里来的鬼？定是有人装神弄鬼！"刘统领放下手中的兄弟，拔出腰间的佩刀，指了指一个同袍，"你，继续去叩门！"

那被指到的金甲卫也不推辞，全身戒备着走上飞霜殿前的台阶，正欲再向前一步……

嘶，嗤！

刘统领眼睛一眯，手中长刀向着声音出现的方向一个疾撩，只听得"嗤嗤"一声之后，长刀撩到了半空中一根透明的丝线，却意外地没有把它斩断，反而在一阵让人牙软的"吱呀呀"声后，长刀被丝线崩出了一道细不可见的缺口。

以为一击能够得手的刘统领露出了意外的表情，抬头立刻向丝线射来的方向看去——那是一棵高大的柏树，枝繁叶茂，看不清里面藏没藏人，但方向应该是那里无疑。

刘统领这时候才明白皇帝为什么说尽量不要惊扰到飞霜殿。这飞霜殿的殿主是昔年军神薛家出身，又极为受宠，一入宫便是贵妃，身边一定有不少奇人异士保护，连皇帝也清楚其中的奥秘。

但如今事到临头，刘统领根本没法子退避，只能硬着头皮朗声道："末将奉陛下谕旨，前来静安宫带走赵清仪赵太妃，还请太贵妃娘娘不要为难末将！"

他的话一说完，那棵树上果然传来尖厉的声音："什么赵太妃、李太妃的！我们这里没有这个人，你们速速回去吧，不然休怪我们不客气！"

听到是人不是鬼，金甲卫们心中大定，刘统领强迫自己不去想死掉的那个兄弟，冷着声音继续开口："我等从明义殿来，明义殿的宫人说赵太妃来了这里，所以末将才领人来此。如果太贵妃娘娘执意阻拦我们搜人，那我们就只能硬闯了！"

他的"了"字才刚刚出口，柏树上便传来一声嗤笑，不过是一眨眼的工夫，从四面八方的树上射出无数暗器，多是细如牛毛的银针。

刘统领见势不好一个翻身避了过去，可被他指出来敲门的那个金甲卫却身中七八针，有一针从眉间钉了进去，他痛得"啊"了一声，就轰然倒地，再也爬不起来。

金甲卫身披铠甲，仅有脸面露在外面，若是寻常的士卒，在战阵上见到这样一身重甲的战士，根本一点办法都没有，刀劈不进弓矢不入，简直就是怪物。

但这些大司命都是从小学习各种杀人方法的刺客，战场上取敌将首级也是常事，对付这种重甲士卒也多的是办法，这飞毛针便是一种。

在场的金甲卫很多是没有经历过先帝之乱的年轻人，阅历未免不够，眨眼工夫又见死了一个，顿时怒火中烧，伸手拂向头盔，只听得"哐哐哐"之声不绝，他们已经放下了面上的护具，遮得自己只剩一双眼睛，三三两两就要去撞门。

这些金甲卫穿上金甲以后连铠甲加自己的体重有两三百斤，时人都传金甲卫从来只选择身材高大、膂力过人的成年男子，却不知若不是身材高大、膂力过人，恐怕穿了这身重铠连走路都不行，更何况作战。

这几个金甲卫加一起足有上千斤，口中喊着"一二三"的号子就开始撞门，刘统领面露冷笑也不阻止，只是让其他的金甲卫戴起面罩，准备门一开就跟着他冲杀进去。

在草丛里蹲着的刘凌急得想要出去喝止，却被薛太妃一把捂住口鼻拉住："你不要给他们添乱！飞霜殿以前是太后居住的地方，怎么会一点防卫都没有？大司命要是那么容易对付，当年也不会让人谈之色变了！"

只听得金甲卫们把门撞得咚咚响，震得飞霜殿周边都清晰可闻，这样的声音聋子都听得见，更不要说飞霜殿里的人了。

金甲卫们只撞了三下，大司命就有了动作，飞霜殿门边探视的小窗突然被打开，几道细细的丝线从中射出，直入金甲卫们的眼珠子里，只是一招，就将他们的眼睛全都给废了。

其手段之毒辣，出手之迅速，简直骇人听闻。

那几个金甲卫也是血性汉子，眼珠子被废，口中大喝不止，肩膀撞击门闩的动作却不停。随着他们被暗算，从卫队里又站出几个汉子，显然是顶替他们轮流撞门的，一点都不畏惧可能被刺瞎眼睛的局面。

"这一代的金甲卫里，居然还有几个能看的。"一个苍老嘶哑的声音幽幽地叹起，一听便知道是那种上了年纪的老宦官。

只是在这种气氛里听到这种声音实在有些让人毛骨悚然，那几个撞门的汉子动作微微滞了滞，让身后的同僚将他们换了下来。

撞门依旧在继续，越来越多的金甲卫投入了撞门的动作中，不过一刻钟的时间，门后那道门闩就被撞断，一群金甲卫见大门开了，顿时狂喜着挤成一团，齐齐奔了进去。

刘凌已经抑制不住站起了身子，踮起脚尖往里张望，这一张望，便让他看到了终生难忘的场景！

当先冲进去的金甲卫们就像被什么看不见的巨斧拦腰劈中了一般，从中间直接断成两截，饶是他们穿着精铁铸就的铠甲，却依然不能幸免。

那和身体一起被斩成两截的铠甲哐当落地，像是嘲笑铠甲主人对自己的信心。不过片刻的工夫，已经有许多金甲卫倒下了。

许多人没有当场死绝，即便是金甲卫这种训练严酷的精锐，在见到自己的下半身落在了自己的身边时也猛然崩溃，吓得大叫了起来。疼痛和濒死还在其次，这种视觉上的震撼对精神上的打击实在太巨大了。

刘凌见了里面的情况，感觉有异物要从喉咙中涌出，忍不住朝着旁边呕了出来。此时正是最紧张的时候，刘统领所有的神经都在紧绷着，听到这一声呕声耳朵一动，朝着刘凌的方向大喝："什么人？给我滚出来！"

薛太妃捂住了嘴，满脸担心地抬起头。

"薛太妃，你和称心姑姑在这里藏着，我出去。"刘凌知道自己暴露了行踪，不可能再藏下去了，继续留在这里还会连累薛太妃，索性从草丛里走了出来。

"是我，我听到这边有动静，过来看看。"

刘凌满脸苍白地看向飞霜殿。

刘统领见到是刘凌，表情不太好看。他们是金甲卫，是宫中最精锐的部队，却在未来的储君面前这样狼狈，他们在刘凌的心里会永远留下这个印象，这对他的仕途来说并不是好事。

但皇帝明摆着是要栽培这个皇子的，刘统领也不敢得罪刘凌，只能让金甲卫将刘凌"请"到一边，免得他又乱跑，等事情了结后，再领着他回去向皇帝复命。

刘凌一出来就知道自己不可能再跑得掉，见几个牛高马大的金甲卫一左一右将自己夹在中间，只能苦笑着束手而立。

刘统领强忍着心中的悲痛，领着几个金甲卫小心翼翼地走进飞霜殿的殿门，才发现从殿门通向中门的道路上，竟密密麻麻布满了透明的丝线。

这些丝线显然和之前钉死叩门卫士的丝线是同一种东西，刘统领用刀尚且劈不断它，自然明白它的坚韧和锋利。

这些丝线密密麻麻地布满了道路，那些金甲卫终于撞开了门，正急着冲进去，哪里看得见前面的埋伏？这些丝线原本就能洞穿人体，金甲卫们前后一起加起来那般重，又有往里冲的冲力，这一下直扑到透明丝线之上，被割得身首异处或拦腰截断的，自然不在少数。

只有几个还算幸运的，不过是被割掉了臂膀。

此时正当正午，刘统领微微偏了偏脑袋，只见得横七竖八的银丝被拉满了两侧的墙壁，在阳光的照射下不时反射出类似金属的银光。

之前他还有些奇怪，这飞霜殿的殿门到中门之间为何距离如此狭长，和宫中大开间大进深的气象完全不符，如今再见到这些密密麻麻的杀人武器，他顿时全身上下冷汗淋漓。

这根本就是为了防御而准备的！

这座飞霜殿，绝不是太后御寒之地这么简单！

刘凌之前在少司命手中见过一整条用这种丝线制成的银绸，那是连刺客的武器都被其崩坏的古怪材质。那时候刘凌还感慨，少司命手里有一整条银索，不知耗费了多少银线，而这里只有云旗和其他几个大司命那儿有这种银绸，也不知是不是高祖偏心。

如今再看这密密麻麻的线墙，刘凌再也说不出高祖偏心的话来。原来并不是少司命和大司命的地位不对等，而是他们的职责不同，这丝线的用法也不一样。

刘凌甚至能想到大司命要去杀人之前，只要在此人必须经过的地方钉上这丝线，如果是光线昏暗之处，这些透明的线是根本看不见的，被刺杀的人以为前方没有东西，只要照常向前走，仅凭这些丝线的锋利程度，就能把他的头或身子在不经意间给锯下来。

这是何等可怕的武器？如果像是少司命那般制成银索，反倒不好施展了。

刘统领也是和刘凌差不多的想法，他咬了咬牙，从腰上摘下刀鞘，伸手将那刀鞘投了进去，只听得一声闷响，那刀鞘落地之时已经像是散了架一般变成了数块。

他的刀鞘也是包有铁皮的厚重之物，并不是寻常的木头，可只不过是一个坠地的工夫，这刀鞘就已经被毁得差不多了，如果是一群人硬闯……

"统领，怎么办？"几个金甲卫面露恐惧之色地看着前方的丝线阵，"您的佩刀是御赐之物，尚且斩不断这些丝线，更别说我们的，难不成要翻墙……"

说话的人打了个哆嗦。

还不知道墙后是不是到处都布置了这种东西！

难怪这里要大门紧闭，原来是做了这种准备。

刘统领也是个枭雄一般的人物，只见他顿了顿，退着身子缓缓离开了那座满是杀机的院子，小声向其他的金甲卫吩咐道："这里面的人事关重大，不容有失。我们既然进不去，不如让他们出来。你带一队人，去将这冷宫里所有的太妃都抓了来，我就不信里面的人一点都不在乎。你，还有你去找些火油火箭来，反正陛下的意思是杀无赦，那这里人人可杀，不必忌惮什么！"

这几个金甲卫原本杀心没这么重，可是莫名其妙就折损了这么多人，死得这般凄惨，还有不少是同吃同住的兄弟，顿时满脸狰狞地点了点头，眼见着绝对不会对其他的太妃有什么客气。

刘统领吩咐的声音自然是极轻的，可他却没想到刘凌也是习武之人，而且从小习的皆是上等的功夫，耳目比一般人都灵，如今听到刘统领的话，顿时大吃一惊，出声大叫："不可！按照祖制，连帝后都没有权力处置太妃，能处置太妃的，唯有皇太后和太皇太后而已！"

宫中现在一个像样的长辈都没有，这冷宫里住着的，就是辈分最大的了！

听到刘凌的呼喊，刘统领微微讶然："殿下您说什么？"

他那么小的声音，他都听得见？

刹那间，他想起了这位殿下是在冷宫里长大的，后来一出冷宫便表现出极其聪颖的天赋，不但学问和武艺都不弱于几个从小开蒙的兄长，而且几次在刺杀里死里逃生。

莫非……

他不敢置信地看了看飞霜殿，又看了看刘凌。

刘凌哪里知道他在想什么，身子左右扭了一下便挣脱了两位金甲卫的包夹，闪了出来，动作称得上行云流水，快如脱兔。

金甲卫们防御力极强，论身手灵敏却不尽然，见刘凌这么一扭一跨便挣脱了包围，连忙要追。

然而刘凌计算这几步的距离何止片刻？只见他抬手从头顶抽出一根发簪，也不知怎么一抖，那外表像是美玉一般润泽的玉簪便从中分开，从里面露出一根金刺出来。

刘凌将毕生所学的武艺都化入了这眨眼之间，他的精神力无比集中，血液也犹如沸腾了起来，眼睛只直勾勾地盯着刘统领。

在他的眼睛里，万物似乎都停止了动作，就连自己金刺带出的轨迹似乎都能肉眼可循；他的耳朵里能听到风吹动叶子的声音，金甲卫们紧张的喘气声，还有他自己剧烈的心跳声。

"嘶！他入武了！"随着一声云旗不知在哪儿传来的轻呼，时间和空间的法术似乎被一下子打破，那种玄妙的感觉瞬间从刘凌身上像潮水落潮一般退了个干净。

但这并不妨碍刘凌露出胜利的表情。

因为他的金刺，已然抵在了刘统领的眉间。

第三十二章
是取？是舍？

刘统领也不是什么庸手，但刘凌那一下飞身而刺的速度太快了，快得实在违背常理，加之他也没想到一位堂堂皇子居然会做出刺杀朝中武官的事情，所以当那把金刺戳在他眉间的时候，他还没回过神来。

这样的身手和这样的眼力，这位三皇子要是不会武，他就跟三皇子姓！

呃，好像有点不对……

刘凌要是不会武，他就把名字倒过来写！

刘统领想要试一下刘凌的武艺如何，能不能从刘凌手上挣脱，所以用了全身力气挣扎了一下，却发现刘凌环住他脖子的那只胳膊，有完全不像是这个年纪的少年该有的力气，他顿时骇然。

刘凌也不知道自己为什么莫名其妙力气变大了，但他完全不敢对这位金甲卫第一高手掉以轻心，手中金簪一用力，立刻就在他的额间戳了一个血洞。

"我劝你别动，我杀了你，顶多被我父皇罚到鸟不生蛋的地方去做藩王，你要动了我，恐怕整个金甲卫都得为我陪葬！"

刘凌其实也不知道自己在父皇心里的地位有没有重要到这样，但是狠话不说一点，就怕金甲卫们不把他当一回事。

只是他恶狠狠的表情还没有维持多久，就凝固在了脸上。

那远方拿着各种奇怪东西过来的都是些什么人？

"居然敢在飞霜殿动土，都活腻歪了！"

"萧太妃这么多年没出门，都忘了萧家的名声是不是？"

"就知道现在这皇帝还惦记着咱们，看我……咦？那不是小三儿吗？"

刘凌看着持着鞭子、棍子、棒子等各种"武器"从各处奔过来的太妃和太嫔们，忍不住无力地哀号了一声。

我的祖奶奶们哇，没见着又是刀子又是枪的吗？就不能安分一点不要乱跑？

他父皇真要干些什么，你们拿些竹竿子、长棍子就真能做什么吗？

窦太嫔看到面前这局势也感觉到了不对劲，狐疑地问了句："三儿，你在干什么？"

"没看见吗？我在要挟人。"刘凌有些硬邦邦地说。

"哦，哦，你继续啊……我们去看看'萧太妃'怎么样了……"窦太嫔干笑着提着鞭子，朝着飞霜殿走。

"不要进去！"刘凌想起门里的惨态，连忙提醒。

"什么不要……啊啊啊啊啊！"窦太嫔见到一地狼藉吓傻了，连忙惨叫一声跑出门外。

"有……哎，算了。"刘凌被这些太妃一弄，什么紧张的感觉都没有了，吐了口气，沉声和被自己拉得往后仰倒的刘统领说道，"你也看到了，这飞霜殿没有这么好进，而且冷宫里干系之大，不是你一个金甲卫统领能承担得起的。我刚刚有一句话说得肯定没错，那就是你们稍有不慎，全军覆没都有可能。我说的不是飞霜殿里那些人，而是我父皇，你应该听得懂。"

刘统领一言不发。

"如果你够聪明呢，就把责任都推到我身上来，你说我用自杀要挟你也行，说飞霜殿里到处都是机关也行，等我父皇想明白了，必不会让你再到冷宫里来。刘统领，你觉得呢？"

刘统领能当上金甲卫将领，当然不仅仅靠他宗室的出身和一身武艺，他只是在脑子里想了想，便微不可见地点了点头。

"殿下，如果你愿意担着此事，末将愿意给你个方便。"

他也是刚刚想起来外面都在传什么，如果说陛下真是萧将军和皇后的……那这飞霜殿里这位……

他们只是来抓赵太妃的，皇帝也说了没必要就不要闯飞霜殿，万一皇帝怪罪下来，说不定他们更麻烦。

如今他就着台阶下坡，正合适。

刘凌也不敢就这么轻易相信他们，一路挟持着刘统领往西宫外面而去。没有刘统领的命令，其他金甲卫不敢造次，只能眼睁睁看着刘凌用刘统领做威胁，逼着他们一起撤离西宫。

其余众太妃不明白发生了什么事情，但也知道这种情况，肯定是三儿已经控制住了局面，忍不住在后面为他喝彩。

"三儿干得漂亮！"

"小三儿是大丈夫了！"

"回头太妃给你做好吃的！"

"不要顽皮，跟着太傅们好好学啊！"

"小三儿，要是被你父皇打了，千万可别哭啊！"

刘凌被身后的声音吓得脚步一顿，险些跌倒，手中的金刺也动了动，刘统领眼睛差点被戳瞎，吓了个半死。

刘凌回头恼羞成怒地吼了一声："你们能不能别说了？飞霜殿门前站好了别乱跑，等会儿和其他太妃都知会一声，都待在飞霜殿里别回去了！"

草丛里，薛太妃擦了擦眼角，叹了口气。

难为这孩子还记得其他太妃的安危。

其他金甲卫见刘凌这"明目张胆"，都有些咋舌。

刘统领一世英雄，被一个毛都没长齐的孩子拽着跌跌撞撞地往外走，虽然有几分是自己刻意为之，但面子上总还是有些过不去。

这种面子上的过不去在蒋副将率队回来的时候达到了顶点。

"刘统领！殿下！你们这是……"蒋副将睁大了眼睛，不明白发生了什么。

"绿卿阁那边怎么样？"刘统领装作若无其事一般开口询问，"我们这里遇到了些小麻烦。"他意有所指地对自己额间的金刺努了努嘴。

蒋副将也是个人精，也装作什么都没看见似的点头说道："我们去绿卿阁的时候，里面已经空了，一路上什么人都没有遇见。大概是我们进静安宫的时候动静太大，她们听见动静跑了吧。"

这时候刘统领也不管什么薛太妃、赵太妃了，示意蒋副将收队。

唯有刘凌眉头突然蹙起，眼神如同冷箭一般对他射了过去："敢问蒋副将，去绿卿阁的路上没有遇见其他人吗？"

他明明看着如意朝着他们的方向奔过去的，那里只有一条道儿，怎么会说什么人都没有遇见？他为什么要撒谎？

见这位可能会是储君的殿下开口询问，蒋副将心中咯噔一下，但还是硬着头皮回答："什么人都没有看见！"

但他身后一些金甲卫的脸上，已经隐隐露出了端倪。

刘凌深吸了口气，只觉得有些眩晕。

如意果然出事了！

他应该拉住如意的！

他不应该那般麻痹大意的！

"希望事情真如蒋副将说的这样吧。"刘凌的眼神如电般在蒋副将身上刺了一下，复又像是什么都没发生一般收了回来。

只留下冷汗淋漓的蒋副将，以及一群已经被吓得面色煞白的金甲卫。

＊　＊　＊

刘未其实在派出金甲卫后不久就后悔了。

在这种局面下，宗室和外面的闲言碎语根本动摇不了他什么，他从一登基就知道头上顶着这个随时会掉下来的包袱。几十年来，他已经布置了许多先手，就为了这一刻。

但不知为什么，当宗亲联名入宫要来拿出《起居录》时，刘未脑子里似乎像是有根筋断了一般，就像是一个小女孩突然在路上遇见了害怕已久的大灰狼，一下子就惊慌失措了。

赵清仪这么多年来没拿出《起居录》威胁他什么，刘未也渐渐就不去想它了。刘凌对少司命的那一段话，实在说到他心里头去了，他自认勤政爱民，即使私德上并不完美，那也是为了避免外戚坐大，他心性本就凉薄，对情爱并不炽热，后宫和前朝，在他看来，也没有多大区别。

他认为自己这个皇帝当得并没有什么问题，至于出身，绝不是什么问题。

然而无论他对少司命说得多么风光，事到临头之时，他发现自己还是惧怕，还是担忧，还是不自信，这已经像是个噩梦，紧紧锁住了他的判断力。

所以哪怕他知道此时应该以静制动，此时应该先将宗室应付过去，可他还是派出了金甲卫去灭口。

派出去后又后悔了，这不是此地无银三百两吗？赵太史令当年记载的就是《起居录》，此事不少人知道，要想让冷宫出事，大可暗暗放火，或是在食物中投毒，何必这么大张旗鼓？

可他想要再召回他们，已经来不及了。

所以当外面的人说出刘凌跟在刘统领后面前来领罪时，也不知道是失望更多一些，还是庆幸更多一些。

金甲卫都是忠于皇帝之人，只要他不让他们说出去，宫中没几个人知道今天的事，此事也就像没有发生过一样。

一瞬间，刘未甚至觉得刘凌就是上天派来弥补他所有缺憾的孩子，只是他之前太过自负，将这个孩子蹉跎了许多年。

不过话说回来，要不是蹉跎了许多年，他也就没这番奇遇了。

刘统领领着刘凌回来，显然是因为刘凌阻止了金甲卫闯宫灭口的事。

· 270 ·

他毕竟是皇子，金甲卫不敢和他来硬的也是正常。

刘未心中有些轻松，岱宗甚至发现皇帝现在的情绪反倒比刚才好多了。

刚刚皇帝脸上红一阵白一阵的阵势，实在是吓死人。

"宣三皇子刘凌进殿！"

* * *

刚刚搬进明德殿的三皇子刘凌就犯了错被罚跪在宣政殿外，整整跪了一夜的事情，一下子就传遍了满朝上下。

这让人不由得感慨帝王真是喜怒无常，眼看着就像是要立储的架势，突然又像是失宠了，听说刘未痛斥他"君子不立于危墙之下，你就是个莽夫"，而后足足骂了一个时辰，骂得宣政殿上下都听得清清楚楚。似乎隐约还和冷宫什么事有关，但消息既然没透露出来，也就不明真相，不宜置评。

只有一部分人得知了真相，当场惊得面无人色。

宗正寺。

吕鹏程："什么？金甲卫去了冷宫，被三皇子拦回来了？"

难道陛下终于要对冷宫动手了？

他明明刚刚按下了宗族闹事的事情，结果却迎面来了这么一记当头棒喝！

不，不能让他对冷宫动手，不能让他知道事情的真相……

如果他知道了事情的真相，吕氏危矣！

* * *

太医局。

正在批着预备医官们医案的孟太医见自己的心腹进了屋子，皱着眉头听完他说的消息。

当听到三皇子挟持着金甲卫统领从冷宫出来的时候，孟顺之手中的笔杆"嘎吱"一声，竟被他从中折断了。

那心腹吓了一跳，连忙装作什么都没看到。

"老不死的好不容易死了，这小不死的用了药还没完！"孟太医心中恨道。

皇帝已经有了对冷宫动手之心，恐怕拖下去冷宫里的人都有危险。其他人他管不着，唯有张茜……

不能再拖了，必须想法子让刘凌上去！

这次刘凌能把金甲卫拖回来，但保不准他哪天没注意冷宫就会被血洗！

孟太医不知道冷宫里的张太妃是否已被金甲卫吓到，心中七上八下，满脸都是狠戾之色，整个屋子里的气氛也是陡然凝滞。

"你派个人去问问，三殿下在宣政殿外跪了一夜，要不要请太医看看。春季潮湿，砖石地又阴寒，虽然他年轻，但留下什么后遗症就不好了。"孟太医丢下笔，平静地说道。

"如果需要人看看的话，我就亲自过去一趟。"

第三十三章
造反？生事？

和刘统领一起去复命的时候，刘凌还以为自己即使不被杖责，恐怕一顿打也少不了，更有可能干脆去宗正寺内狱里和二哥一起做伴。

谁知道父皇雷声大雨点小，只是把他痛骂了一顿，让他在宣政殿外跪了一夜而已。

刘统领折损了不少人手，似乎受到了责罚，如今已经暂时卸下统领一职，由蒋副将代任，何时能够恢复原职，就看陛下的心情了。

但罚跪一夜的"后遗症"也是很明显的，具体就表现在第二天上朝之前，那些在宣政殿外表现热络的臣子，突然又恢复了之前"君子之交淡如水"的样子。

刘凌心里明白，他们是担心父皇觉得他们结交皇子是有所图谋的，如今宗室正在闹，外面又有传言，说他大半是靠长得像高祖得宠，难保父皇责罚他又是因为这张脸坏事。他知道他不是因为这个挨罚，但大臣们不知道，没人知道他们会想些什么。

这些聪明人，总是能把简单的事情想复杂了。

刘凌一夜没有休息，虽说他被罚跪时有岱总管给的软垫子，可一夜下来，膝盖还是如同针扎般疼痛，脖子也像是要断掉一般直不起来。所以当太医院问他需不需要宣个太医来看看的时候，刘凌还没开腔，岱总管已经做主去请了孟太医。

如果他真留下什么毛病，到时候又不知道要传出什么风言风语。

所以刘凌今日破天荒地缺席了早朝，改在隔壁的宫室中推拿筋骨、揉搓开跪出的瘀血。宫室内，时不时就传出刘凌发出的奇怪的闷哼声。

"疼疼疼！好疼，轻一点！孟太医您下手太重了！我的腿要断了，要断了，啊啊啊啊！"

一干伺候的宫人脚步匆匆，装作什么也没有听见地走出宫室，几个宫女甚至捂着脸，满脸通红。

"孟太医，我不过是伤了膝盖，为何要脱成这样被您折腾？"刘凌袒着胸，面露无奈地看着为他忙活的孟太医。

"殿下，您身上的经脉已经通了。"孟太医也是满脸诧异，"只是您的经脉从小被废，虽然后来有人帮您接续，但您的经脉毕竟没有常人那么坚韧，此时乍一通畅，必须有人为您推宫活血，以免日后留下什么隐患。"

他一边说，一边用手中的牛角片在刘凌大腿的经络上刮动："而且您刚刚通了经脉，就遇到罚跪一夜的事，寒气自然会随着大开的经脉侵入体内。这般一热一冷，更容易留下暗疾。"

"您说我从小断掉的经脉突然通畅了？萧太妃说我得到成年之后才有恢复的希望……"刘凌没想到自己会因祸得福，顿时有些茫然。

"这先天之气能有几个人有？有什么不同寻常之处，也不奇怪。阳气主生发，也许您身上有了什么变化，连带着气脉也畅通了。"孟太医一辈子行医，什么奇怪的事都见过，也就见怪不怪了。

他左右看看，发现伺候的人都没注意到这边，终于忍不住压低了声音，一边推拿着刘凌的左腿，一边小声地询问着："昨天到底发生了什么事？"

刘凌知道孟太医是在关心张太妃，小声安慰："父皇要召明义殿的赵太妃，赵太妃去了飞霜殿，所以起了一场争执。张太妃好生待在她的宫中，没有受到惊吓。金甲卫离开后，薛太妃肯定把张太妃接去飞霜殿了，飞霜殿里有人守卫，您请放心。"

他怎么可能放心！

孟太医心中一沉，半点也高兴不起来，心中反倒坚定了一定要让皇帝快点完蛋的想法。

刘凌见孟太医面沉如水，知道他心中肯定焦急。实际上刘凌也焦急得很，不知道如今冷宫里的众位太妃如何了，他却一点消息都打探不到。

一老一小各怀心思地在宫室里熬了一早上，直到刘凌实在忍不住困乏沉沉睡去，孟太医才收拾好药箱离开。

孟太医没有让刘凌留下什么病根子，但刘未训斥刘凌一顿的"后遗症"却没有消失。虽然第二天中午刘凌还继续在父皇身边办差，但之前细心教导他的大臣们，一夜之间都改换了态度。

加上最近开恩科的事情，皇上忙得越发分身乏术，看在其他人眼里，就变成刘凌失宠了。

刘凌失宠，有些人暗暗焦急，有些人却恨不得他千万不要翻身。

紫宸殿。

"陛下，为何不可以拿出先帝时期的《起居录》？如今外面的传闻沸沸扬扬，正是需要证物平息谣言之时，陛下为何不管此事？"

一位宗室长者领着族中子弟愤愤道："宗正寺的吕寺卿也是荒唐，居然不准我们去请谱牒！"

"放肆！历代天子的生辰八字皆不可外传，帝王的谱牒更是非太上皇与储君不可阅览。您虽是王爷，却不是太上皇，也不是储君，如何能让吕寺卿交出谱牒？如果今天有人质疑便拿出谱牒看看，明天质疑又拿出谱牒看看，那还有纲常可言吗？"堂下的太常寺卿皱着眉头，出声反驳。

"如此说来，各位宗老是在质疑朕的血统？"刘未的眼中闪过一丝阴狠，"父皇当年虽然荒唐，却从未有什么男人踏足过母后的清宁殿。这样的谣言，也未免太荒唐了。而且皇家血脉不容混淆，李代桃僵之事绝不可能在宫中发生，你们都当朕的父皇是傻子不成？！"

宫外的老百姓总是散播一些臆测宫中生活的故事，其中不乏类似"赵氏孤儿"的版本，更有什么李代桃僵、王子换公主的故事。

其他类似于后宫淫乱之类的艳闻，也没有少过。

但事实上，宫中妃嫔从受孕开始，到诞出婴儿，皆有专门的宫人记录。皇后身为一国之母，更是百般受重视。哪怕是先帝那时候那般荒唐，皇后出入皆有大批人马伺候，别说在众目睽睽之下和其他男人交合，便是皇后和其他男人说上一句话，都会有人记着。

宗室族老们自然也不敢直接说怀疑先帝戴了绿帽子，只是还有不死心的，将当年的另一桩秘事牵扯了出来。

"您说没有男人踏足过太后的清宁殿，可据老臣所知，当年先帝藏匿的怀柳君，就是太后娘娘救出来的。后来太后娘娘还将他安置在清宁殿照顾，养好了伤势。此事在太医院中也有医案记载，陛下该如何解释？"

那宗老年纪不大，却一口一个老臣，显然半点都不惧怕刘未会在这个关头真砍了他。

真砍了他，便是刘未心虚，即便有再大的怨气，也只能吞了。

刘未就知道这些人会拿这件事出来说，忍不住冷哼了一声："既然咸安王知道得这么清楚，那一定知道太医院还记录了一件事，那就是怀柳君从父皇那里被母后救出时，已经是不能人道的废人了。母后当年救他，和救其他妃嫔没有任何区别。虽说怀柳君是男人，但被那样对待后，母后很难再对他生出什么恶感，这是母后的慈悲！"

听到刘未说吕太后"慈悲"，许多知道吕太后手段的宗亲都暗地里撇了撇嘴。

那咸安王也是道听途说，不知道其中的真相，如今被刘未这么一顶，脸上又红又白，恨不得钻到地底下去。

一个废人，自然是不能让皇后有孕的。

"但当年萧小将军确实和先帝寸步不离，虽说萧家如今已经后继无人，可当年的事情，许多老人还记得清楚。正是因为萧小将军可以随意进出后宫，流言蜚语才屡禁不绝，萧老将军也是因此郁郁而终……"

"你们这是什么意思？身为先皇的禁卫，贴身保护有何不可？"吕鹏程终于忍无可忍地站了出来，"难道诸位以为后宫全是靠宦官和宫女在巡视的不成！"

刘未见吕鹏程站出来维护他，很是吃惊，甚至有些隐隐的感激。

"吕寺卿，您是太后的亲人，要维护太后的名声也是人之常情。而我等如此催促陛下拿出《起居录》，查阅皇后受幸之日的事情，和您想要维护太后名声的心情并无不同。陛下既是一国之君，也是一族之长，哪怕民间出了这种事情，族长也是要尽力洗清自己的嫌疑的。"

年已七十的阳平王刘房沉声说道："更何况高祖有训，凡是刘氏宗族子弟，皆可调阅内府的书。《起居录》属于内库之书，吾等也可借阅。"

被逼迫至此，刘未终于忍无可忍地恨声道："没有什么《起居录》，父皇当年的《起居录》，都已经被毁了！"

"什么？"

"陛下此言可当真？"

"为何？"

一时间，殿下众人哗然。

不仅仅是宗室子嗣，太常寺和宗正寺两位寺卿也是满脸不敢置信。

"父皇死前曾留下遗训，希望死后的谥号不要太坏。可当年薛、赵两家以父皇生前《起居录》中记载的事迹太过荒唐为名，要为父皇立下恶谥。"刘未丢出这个让人震惊的消息，"母后平乱之后，曾和百官争执过此事，阳平王叔应该还记得这件事。后来，此事以母后毁了父皇生前的《起居录》，定下'平'的谥号为结果，不再提起。"

谥号，是对死去的帝王、大臣、贵族、高士按其生平事进行评定后，给予或褒或贬或同情的称号，可谓一个人一生最简短的总结。每一位帝王都希望自己死后留下的是美谥，至少是个平谥，不愿遗臭万年。

太后当年毁去《起居录》的原因听起来有些奇怪，但是在情理上，是完全站得住脚的。

她的儿子虽然是逼宫上位，可她死后一定是要陪葬在先帝的陵寝之内的。一位"平帝"的皇后和一位"幽帝"的皇后，至少前面那个更有尊严一些。

更何况她还是胜者，理应得到胜者的待遇。

皇帝说得如此坦然，倒让一干宗亲不知道该如何是好了。

有些宗室的王侯心中更是大叫着"果然是做贼心虚"云云，连脸色都坏了几分。

事情到了这个地步，刘未反而完全放松了。

他一直等着这一天到来，如今只要赵太妃手中那几本《起居录》不面世，这世上就没人知道那些《起居录》是不是全部被毁了。

虽说他也不知道赵太妃手中的《起居录》里写的是什么，但从母后烧掉《起居录》开始，就已经将他逼入了一个死局，他没有办法证明自己的身世，也没有办法相信冷宫里的太妃们，更何况……

他已经是皇帝了，何须向人证明什么！

宗亲们有些骑虎难下，不知道该如何是好。

皇后与皇帝不同，宫中讲究"内言不入外"，皇帝有史官记录言行，那是为了给后世的子孙一个警惕和学习的范本。但皇后、妃嫔的起居隐私却不能外传，所以历来史书里所有的皇后和皇妃都只有封号和姓氏，少有名讳。

如果按照皇帝所说，当年先帝时期的《起居录》都为了遮丑而被毁，那皇帝的身份确实也无从查起，即使找到了谱牒，也对不上日子。

这招釜底抽薪确实厉害，有些宗亲一下子泄了气，不愿再得罪皇帝，想要撤了，还有几个宗亲不死心，依旧不依不饶。

"虽说如此，但方……方孝庭在定安楼前所言，道三皇子长得像萧家人，而非……"

"荒唐！你是想说高祖也不是刘家人吗？那你不如说自己也是萧家人算了！"

这下，连刘未也完全不能忍受了，一拍御座跳了起来。

"来人啊！把这目无祖上、狂妄无耻之徒拖出去杖责五十！给朕重重地打！"

左右的金甲卫一得旨意，立刻大步向前，一左一右将那位稍微年轻一些的刘氏王族子弟给架了出去。

皇帝这句"重重地打"的后面，就是"重重打死"了。

一时间，殿中"陛下开恩啊""请陛下息怒"之声不绝于耳。无奈刘未执意要杀人立威，那倒霉蛋被拉了出去，"噼里啪啦"的廷杖声就不绝于耳，引得殿中的人也都噤若寒蝉。

　　这时候他们才想起来，这个如今已过而立之年的皇帝，其实已经在这个位子上坐了许久，久得已经到了不容别人置疑的地步。

　　刘未确实从未杀过士，但是就如之前的宗老所言，他既是一国之君，又是刘氏皇族的族长，杀一两个族中的忤逆子弟，是不需要对那些言官解释什么的。

　　这下子，许多宗亲都感觉自己的后背凉飕飕的。

　　原本所有人都以为这件事恐怕就要这么揭过了，却没料到吕寺卿在这个时候开了口。

　　只见他思忖了一会儿，开口奏道："陛下，其实要证明三皇子和萧家人一点都不像，还是很简单的。"

　　"哦？吕寺卿有何意见？"刘未诧异地看着吕寺卿。

　　大概是吕寺卿曾经和萧家女有过婚约，从小一直自由进出萧府的缘故，他说出这番话来，自然就带着一丝暧昧的色彩。

　　许多刘家人都知道他这一段，也知道他和萧家女当年已经谈及婚嫁，聘礼都已经下了，却被先帝担忧吕家和萧家结姻会引起军中不稳，最终乱点鸳鸯的事情。所以，此时他们的表情更加微妙。

　　发生在吕寺卿身上的遗憾，正是当年外戚、军中和皇帝三方博弈的结果，换成其他人，恐怕也不会坐视外戚和军中联合，所以他的悲剧，从一开始就已经注定了。

　　照理说像他这样的聪明人，和吕家当年那样强盛的家族，居然会做出这么危险的决定，可见先帝时的吕太后如何猖狂。这吕寺卿年少之时，恐怕也有着赌徒的心理。

　　不过话说回来，这满朝文武里，恐怕没有谁能比吕寺卿对萧家的事，更能说上话了，所以连刘未都诧异地问他有什么意见。

　　吕寺卿微微犹豫了一会儿，还是开口说出了自己的想法。

　　"外人常道萧家人长得不似中原人，但事实上，并非每一个萧家人都是如此。冷宫中的萧太妃和当年的萧小将军是龙凤胎，长相颇为相似，将她从冷宫中请出来，和三皇子一起出现在人前，只要是有眼睛的人，都能看得出三皇子和萧家人毫无相似之处……"

　　吕寺卿顿了顿，继续说道："依臣所见，三皇子的长相，其实要比萧家几位郎君更为出色。即使是当年公认为美男子的萧家大郎，也没有三皇子如今这般眉目出众，只要是经历过两朝的老臣，都能分辨得出。这般不凡的相貌，自然是继承自高祖，而非萧家。"

"荒谬！"听到吕鹏程的话，刘未勃然大怒，"冷宫里住着的都是罪人，怎么能随便放出！"

"可是……"吕鹏程还想再努力一把。

"此事休要再提！刘凌长得像高祖，毋庸置疑，方孝庭随口扯出几句污言秽语，就想要掩盖自己的罪责。你们不去追究方孝庭，却不依不饶质疑皇室血脉，与那些借机生事的叛贼有何不同？"刘未额上青筋跳起，"何况萧太妃早年就已经疯癫，根本就不能出现在人前，你是想要严肃的朝堂变成让人笑话的地方吗……吗？"

听到刘未的话，殿下的人都怔住了。

皇帝的话说得太急，但还是很清楚的，只要耳朵没有问题的，都能听得见皇帝最后一个字说了两遍。

倒不像是口误，也不像是情急之下结巴，更像是……舌头打了个卷。

刘未似乎也察觉到了自己身上的不对劲，一拂袖子就要送客。

"好了，朕还有许多公务要理，如果你们还是因为这些无稽之事入宫，就不要再进来了！

"把外面那个目无君上的狂徒给朕带走，不要留在外面脏了朕的地……地！"

刘未感受到舌根的僵直，心头犹如雷击。

＊　＊　＊

俗话说屋漏偏逢连夜雨，刘未现在就是这样的感受。

不知是哪里出了差错，他现在只要一发怒，舌根就一定僵硬得不行，舌头也没办法控制，经常会出现结巴的情况。

但若要说情况有多严重，倒也未必。

他不敢召太医院的其他太医来看，好在他还没下手把李明东弄死，便命人宣李明东来诊平安脉，把发生在他身上的情况说了出来。

这一说，李明东顿时吓得面如土色。刘未是何等有城府之人，一下便知道其中必定有猫腻，三两下便把事情诈了出来。

当知道可能是自己用药量太大、时间太长引起的后遗症，刘未倒是放心了。

如今四处已经在风风火火地抓捕方党之人了，朝中也几乎听不到什么反对的声音了。偶有几个宗亲蹦跶，他们一无权，二不是藩王，几乎都是景帝、惠帝的兄弟之后，闲散宗亲而已，脑子里做着春秋大梦，也不怕把自己给撑死。

279

刘未当场差点杖毙了一个，也没见谁真的就和他死磕到底。

说出去，这些人都是欺软怕硬的主儿。

既然这些都不足为虑，等春耕和恩科之事忙完，这药就可以停了。之后他再慢慢养身子，正好可以锻炼刘凌。

如此一想，他倒把李明东的命暂时留下了，毕竟真要治病的时候，还是得有个自己人。

他想得倒是很简单，可形势总是朝着不尽如人意的方向发展。

先是金甲卫中出了事，有一个金甲卫在宫中休憩时说了梦话，说自己杀了皇子，罪该族诛，这可吓坏了一屋子的同僚。

金甲卫在宫中值守，但并不在宫中操练，只是每日换防。有的金甲卫家不在京城，自然就在卫寮里休息。这卫寮多则七八人一铺，少则三四人，左右都是同袍，住在一起也有个照应。

这说梦话的金甲卫，正是那日跟着蒋副将一起去绿卿阁的百人之一。由于刘统领领着的人办事不力，又折损了不少，蒋副将反倒得以出头。这些跟着蒋副将、有共同秘密的卫士也跟着水涨船高，可以从八人一间的屋子分到三四人一间的屋子里。

但他们毕竟杀了一个可能是先帝子嗣的人。金甲卫与其说是效忠于皇帝，不如说是效忠于这个皇室的正统继承人。传闻说刘未的血统有问题，金甲卫们自然也有不少知道这些风闻的，心中本来就烦躁。再加上蒋副将那天做的事太过干脆利落，动手动得太快，许多人觉得不妥，可一来来不及阻止，二来蒋副将说得也在理，只好强忍了下来。

但凡秘密，你反复强调不要说出去，更让人有倾诉的欲望，这一群金甲卫也是如此。

心中压着这样的秘密，偏偏三皇子刘凌那天被带出冷宫之前还特意问起了那个傻子，让这些金甲卫更是害怕。

这位有可能成为未来的储君，而那个出了事的，却有很大可能是他的叔伯之类，也许他从小在冷宫里长大，和这人还有些感情……他们一起杀了那个傻子，纸包不住火，总有秋后算账的时候。

弑杀皇族，在普通百姓看来便是死罪，而对必须忠诚于皇室的金甲卫来说，是比死罪还要可怕的罪责。

在这般大的心理压力下，但凡年轻点的都承受不住，只是晚上说梦话的时候吐露几分，已经算是很能扛的了。

起先这屋子里的人还以为他是做噩梦说胡话，可是接连几晚都是如此，到后来还喊起"不是我杀的！是蒋副将杀的！不要找我"这样的话，那就有些可疑了。

即使是金甲卫里，也分成好多个派系。

蒋副将出身低微，但素有才干，在金甲卫中很有人望。而刘统领老练沉稳，又是刘氏宗亲出身，深得皇帝信任，统御部下的手段也比较强硬，自然有不少跟随之人。

如今刘统领因为被刘凌挟持之事赋闲在家，但明眼人都知道这错并不在他，心中便有了不少同情。加之蒋副将突然上位，自然有些轻狂，也让刘统领一派的金甲卫有些不满。

蒋副将拉拢自己的小圈子排挤刘统领派的人，在不少金甲卫看来就是一种挑衅，他们早已生出不满。

这个金甲卫说梦话的事情很快就传到了好几个刘统领派核心人物的耳中，为了帮助刘统领重回金甲卫首领的位子，他们将消息透了出去。刘统领闻言大惊失色，找了几个素日里对他恭敬但那日跟着蒋副将一起去绿卿阁的金甲卫询问了一番，三吓两诈，便把事情问了出来。

这不问出来还好，一问出来，顿时就成了烫手山芋。

刘统领原本还以为蒋副将留了什么把柄在外面，可一了解事情经过，便知道此事不但关系到前后两代的皇帝，甚至跟夺嫡之变、冷宫里的太妃们，以及那位冷宫里长大的皇子有关。

那傻子既关系到先帝，又关系到现在的皇帝，甚至还可能影响未来的皇帝，这样的麻烦事，谁敢去接？

哪怕真能把蒋副将扯下来，自己也要掉层皮，说不定还讨不到好。这般吃力不讨好的事情，刘统领有些不想干。

但金甲卫如今的构成太过复杂，有些风言风语，还是就这么传了出去。

一开始，金甲卫是从军中武将或善战殉国之人的遗孤中挑选的，从年幼时培养，也有善待抚恤国之英烈的意思。是以这些长大的金甲卫人人都对皇族及国家极为忠诚，因为他们自己便是英烈之后，断不能损了先人的威名。

到了后来，国家打仗少了，战场遗孤和忠烈之后便少了。时人又轻武重文，这金甲卫便大多从宗室子弟、功勋之后未能继承家业者，以及军中良家子中挑选出身强体壮、力大无穷者充任。

所以像是蒋副将这样出身寒微之人，也能因为身材格外高大、膂力出众而成为金甲卫的候选。而刘统领这般宗室子弟，原本可以轻轻松松蒙荫得勋的，也在军中效力。

寒门和名门出身之人本就有所比较，金甲卫再不复往日单纯，也是正常。只不过训练的强度依然摆在那里，战斗力并没有因此削弱。又因为是皇帝近身侍从，在身份和地位上也比其他武将更有认同感，金甲卫的忠诚度也一向极高。

可一旦有了嫌隙、有了出身的比较、有了家室的羁绊，即使是铁板一块也会出现裂痕，更别说原本就没有那么稳固。

这其中有不少人是宗室子弟，家中又在谈论着皇帝出身、宗族入宫、被杖毙族人的事情，两边一联系，有些宗室出身的金甲卫顿时懊悔。

不是说先帝不近女色吗？那冷宫里还藏着个傻子，如果没死，正好可以证明先帝不止一个儿子！

反正是傻子，也不会威胁到皇帝的皇位。

还有些人想得更深，觉得冷宫里那个未必是傻子，装傻只不过是试探，结果一试探便被砍了脖子，死得也算冤枉。

不管冷宫里那些太妃藏着这个可能是先帝子嗣的人是为了什么，这个人皇帝肯定不知道，否则按照吕太后和皇帝的手段，这世上另外一个可以继承皇位之人怕是早已经不在人世了。

这么一想，其中的隐秘，更是让人不寒而栗。

于是乎，局面一下子就乱了。有金甲卫为了表明自己的忠心或是立功心切的，将这个秘密告诉了皇帝，还有想看蒋副将倒霉的，也是如此。

更多的人，是保持沉默。可即使只有一小部分消息不胫而走，也足以让天下大乱。

*　　*　　*

宗正寺。

吕鹏程一回到衙门，就感觉到有什么不对劲。

他抬起头，看了看四周，发现整个宗正寺静悄悄的，连个人影都没有。

虽然往日里宗正寺清闲，但如今幽禁着犯事的二皇子，侍卫比平时要多了不少。加之年初有不少事要忙，想要清闲也清闲不下来。

感觉到情况不对的吕鹏程连忙回身就跑，还没跑几步，便发现宗正寺的大门被人从里面关上，其内站着一群不明身份的壮汉。

几位宗正寺的官员这才从衙门中缓缓走了出来。

"你们在干什么？是要造反吗！"吕鹏程疾声厉色。

宗正寺里的官员也分为两派，一派是宗室族老、功勋之后，一派便是他这样闲散的外戚，或是正值壮年的少壮派士人。

如今跟随他的少壮派和外戚一派都不见人影，出来的几个却是往日里并不理事的宗室族老，而且他们还带着这么多家丁，实在是太让人诧异了。

"吕大人，我们虽敬佩您的人品和才能，但在有些立场上，您就不太方便了，请相信我们绝无恶意。"

说话的是宗正寺的寺丞，也是一位刘姓郡王，其祖乃景帝的弟弟，按照辈分，属于高祖一脉。

"刘寺丞，本官不明白你的意思。林泉呢？刘潞呢？"吕寺卿大声怒吼，"挟持朝廷命官，可是罪加一等！"

"吕寺卿少安毋躁，等我们找到了东西，自然就会放您离开。"刘寺丞摸了摸胡子，"至于少卿林泉，他此时大概正在和刘潞喝茶吧。"

"刘潞也是你们的人？"吕鹏程一惊。

"吕寺卿这话下官就不明白了，什么你的人我的人，刘少卿是宗室出身，自然要忠于刘氏江山，怎么能说是谁的人呢？"他继续和吕鹏程不紧不慢地拖着时间。

此人绝不是普通的宗亲，必定是得了谁的授意。

他做出这种事来，就算达到了什么目的，将来也必定不能得到什么好果子。

吕鹏程虽然后无退路，前有未知的危险，但他出门在外一直都有暗卫跟随左右，此番被困，暗卫一定是去找救兵了。

只是不明白这些人要做什么，实在是让人气闷。

然而不过片刻之间，吕鹏程就明白了他们要做什么。

"寺丞大人，我们在吕寺卿的班房里没有找到谱牒！"

"放谱牒的录事库也没有！"

刘寺丞有些诧异，思考了一会儿，吩咐这些侍卫："去看看吕寺卿经常待的那间书房，再各处找找，看有没有什么暗格。"

刘寺丞扭过头，有些不高兴地开口："吕寺卿这就不对了，祖宗规矩，凡年满三岁者，皆以岁、牒、谱、籍修纂成册，此乃署寺之物，怎可任意藏匿？您这算是欺上瞒下了吧！"

吕鹏程懒得看这些人虚伪的姿态，冷哼一声，不愿逞口舌之快。

终年打鹰，如今反被鹰啄了眼睛，他认栽！

刘寺丞找遍了寺中也没找到先帝时的谱牒图册，一时不免气急，连忙命人去抓吕鹏程审问。

不料吕鹏程很是狡猾，几个壮汉居然抓不住他，直急得刘寺丞胡乱大喊。

"那边那边！拦住他！

"你们都是吃干饭的！一个手无缚鸡之力的书生都抓不住！

"围住他，别伤了他，别伤了他！"

刘寺丞带出来的都不是庸手，但他们都没想到吕鹏程居然会武，而且武艺不差，一时大意，反被他逃到了门口。

就在门口堵着的人要捉拿吕鹏程时，宗正寺外却有了动静，"咚咚咚"的捶门声猛然响起，还有人跟着大喊：“大白天的，宗正寺的大门怎么关了？里面有没有人？开门啊！"

听声音，外面的人不少，而且吕鹏程嘴角含有笑意，显然门外是与他相识的人。刘寺丞思索了一会儿，最终还是一咬牙。

"抓了吕鹏程，我们走！"

吕鹏程的笑容还没在嘴角浮起多久，眼见着面前七八个粗壮的汉子向他扑来，将他锁得死死的，除非上天入地，恐怕再也逃不掉。

眼见着救兵就在门外，吕鹏程却无路可逃，只能眼睁睁看着一群人扑上来，将他按倒在地。

他只觉得一双大掌捂住了他的眼睛，另一个人往他口鼻上蒙了什么东西，鼻端阵阵恶臭传来，熏得他意识模糊，眼前发晕。

这是什么迷药？

吾命休矣！

第三十四章
要名？要命？

吕鹏程在光天化日之下被人从宗正寺绑走了，满朝皆惊。事发之日刘少卿和刘老寺丞封锁了前衙，事发得又快，饶是吕鹏程身边的随扈发现不对去找人，也已经来不及了。

但皇帝的兵马也不是摆设，两位宗亲带着的人根本逃不出城外就被抓住了。吕鹏程虽然吃了点苦，但至少性命保住了。之后又是一场兵荒马乱，抄家的抄家，审讯的审讯，倒审讯出另外一件事来。

这位姓刘的老宗亲在审讯时不停哀号，说是当年先帝记录皇子的谱牒上，记的不是皇帝的名字，而是另外一个叫作"刘意"的皇子。

为这位皇子上谱牒的，正是当年的赵太史令。

这一审讯，倒像是顺藤摸瓜一般，拉出许多藤蔓，再加上金甲卫们传出冷宫里有一位皇子的事情，之前方孝庭被三司会审时吼叫的话，似乎一一应验了，弄得京中上下人人自危，生怕皇帝一怒之下，又杀得一片血流成河。

因为宗亲闹事，刘未担心背后有方家的指使，索性全城戒严，将有可能掀起风浪来的京中宗亲都控制了起来。好在宗亲大多都在封地上，在京中的不是闲散之人就是已经老迈的，宗正寺几位宗室族老已经是难得爬到高位的了。

这也是让刘未想不清楚的一件事。如果他们能忍住这么久不发作，如今并没有稳操胜券的把握，为什么会急着发作？

就算他们拿到谱牒，想要让天下人都相信这件事，那需要花多大的功夫？几位闲散宗亲，无兵无权，能用的也不过是一二百个家丁而已，拿到谱牒，也是插翅难飞。

事出反常即为妖，宗正寺里一场风波，犹如沉甸甸的大石，压在了刘未的心头上。

紫宸殿中。

"你说过，这件事天底下无人得知，除非是死人复活了！"刘未望着殿中一脸病色的吕鹏程，勃然大怒道，"如今你既然违背了约定，朕是不是也可以违背誓约？"

"陛下，这件事臣从未给别人透露过！"吕鹏程强忍着头部的不适，咬牙道，"臣甚至将谱牒藏在一处隐秘之所，外人根本不得而知！否则昨天臣就不是被掳走，而是被灭口了！"

"那你如何解释？"刘未深吸了口气，脸色铁青，如果不是顾及吕鹏程的身份，刘未恐怕早就唤人将他拖出去砍了。

"臣还是当年那句话……"吕鹏程低了低头，小声说，"只能是死人复活，或是当年的人……没有死绝。"

吕鹏程的话一说出口，刘未的脸色已经不是铁青了，而是又红又白，谁也不知道他在想什么。

"罢了，你先下去吧。"刘未揉着眉间，"连宗正寺里都有人起了不臣之心，更何况外人！舅舅本来就不怎么理事，宗正寺里的事情也怪不得你。"

"臣惶恐。"吕鹏程心中叹了口气。

皇帝还是不肯相信他。

吕鹏程正要慢慢退下，却听得皇帝用几乎是哀求一般的声调，问了一声："那本谱牒……真的有吗？"

一时间，就连吕鹏程都生出了几分同情。

无论在外人眼中这位皇帝是如何手段老辣、喜怒无常，在他看来，刘未似乎还像是那个一直生活在他姐姐阴影下的男孩，即使时间已经过去那么久了，依旧无法完全安心。

吕家想要的是生存，不是逼迫皇帝，所以吕鹏程顿住了脚步，回过头去，用尽量平静的语气回答道："陛下，代国的皇帝，只会是您，只能是您。无论有没有那本谱牒图册，都不能改变什么。臣不得不手握这个，和冷宫里的赵太妃不得不手握那个是一样的，您问臣有没有，臣只能说，有。"

刘未从未想过吕鹏程会正面回答这个问题，竟怔在了当场，就这么目送着吕鹏程离开了紫宸殿。

宽大的御座上，刘未一边扶着御案，一边不能控制地抖了几下。自前几日听金甲卫报，说是杀了冷宫里一个喊"父皇"的傻子开始，刘未就开始了这种征兆。

然而他不能告诉任何人这件事，就连李明东，到了这个时候，他都不能信任。最近一段时间，他已经把八物方给断了，只希望能够慢慢恢复平常的模样，只是没有了药，他最近总是犯迷糊，头痛也发作了两次，根本理不了什么事。

刘未感觉到力不从心，若他身体还是好好的，他肯定自己一定能够支撑到尘埃落定，大局稳固，可现在……

唯有走一步看一步了。

第二日上朝，刘凌的眼眶微微有些泛红。

即使他和金甲卫并无来往，也不在宫中窥探什么机密，可金甲卫在冷宫里杀了个自称"皇子"的傻子的事情，还是通过各种渠道传到了他的耳里。

他终于可以肯定，那个经常在土里挖蚯蚓扯着玩，小时候曾照顾他的傻如意，竟就这么糊里糊涂地死了，死得委委屈屈，连个水花都没有溅起。

他不知道父皇知不知道如意的存在，但从上朝的情况看来，无论如意存不存在，父皇似乎都不把如意当作什么需要打起精神来看待的对象，甚至不会对此做出什么应对。

这对朝政来说是件好事，但越是不在意，越是引发别人的好奇，刘凌觉得这样很危险，却没有办法提醒父皇什么。

朝上还在无休止地讨论着因官员空缺，所以什么不能做，将近期很多差事办不好都归结于没人用。莫说是皇帝，便是许多大臣都被吵得昏昏欲睡，反正绕来绕去就是那么几件事，不过是逼着皇帝赶快封官罢了。

刘凌努力观察着此时朝臣们不同的反应，心中已经有了些自己的想法，然而还未等到他将这些心得做个总结，就被宫外传来的钟声吓了一大跳。

警世钟，又是警世钟！

而且是南边和东边的警世钟同时响起。

刘未惊得当场从龙椅上一跃而起，惊叫道："怎么回事？！"

临仙的南边是关中所在的诸州，东边是胶州、齐州等地，皆是富庶之地，已有多年未起战事，警世钟的响起实在太让人意外。

没一会儿，令使便飞奔而来，将两张八百里加急战报送往金殿，交予皇帝。

"百足之虫，死而不僵！方家狼子野心！"皇帝看完战报，狠狠一捶御案，将那两封战报揉成一团，掷了出去。

见皇帝如此失态，朝臣们面面相觑，还是宰辅庄骏壮着胆子，将地上的那一大团纸拾了起来，用手展平。

从皇帝的态度上，其实众大臣也能猜得出大致发生了什么，可庄骏看完两封急报，竟不敢开口奏读。

"刘凌，你读！"刘未咬着牙，一指殿下的三皇子刘凌。

庄骏如释重负，连忙将手中的东西递给了刘凌。

刘凌眼睛一扫，见开头就写着"胶州盐工造反"云云，心中一惊。

再看另一张，写着的竟然是方顺德在关中晋州起了反军，竖起了"还复正道，均田免赋"的大旗，关中八州数地豪强纷纷响应。许多去年旱灾衣食无着的灾民都加入了反军，晋州的晋阳城里应外合，如今已经被方顺德占下了。这一封急报，便是希望皇帝能下旨让关中其他几州的兵马去收复晋阳的。

随着战报一起附上的，还有一封檄文，字字句句，皆指向当年先帝时后宫之乱，是因为先帝发现了皇后所生之子并非龙种，于是皇后先下手为强，逼宫临朝，扶植起并非刘氏子孙的孽种，甚至不惜族诛知道真相、意图拥立其他藩王的忠臣良将……

檄文中方家一句"奉兹大义，顾瞻山河，秣马厉兵，日思放逐，徒以大势未集，忍辱至今"，直欲把自己比作卧薪尝胆的勾践，不得不隐忍至今，最终惨遭和薛、萧几族一样的下场。

刘凌一边读着，一边冷笑连连。

方家知道自己的人望不够，便只能硬往自己脸上贴金，想把自己比作薛门和萧门一样的忠臣良将，百姓可能没听过一手遮天的"方潜相"，却不可能不知道绵延了三百多年的薛、萧两家。这种老辣的行为，几欲让刘凌以为方孝庭死而复生，在关中写下这檄文了！

朝中大臣们听得也是怒发冲冠，有几个性子粗暴的武将，更是当场跳出来自动请缨，要去平叛。

刘未见朝中并没有因此动摇了士气，高兴得一拍龙椅，连声赞道："好好好，这才是我代国的大好男儿，入能为君分忧，出则能为君杀敌！"

他激动之下，连脸色都变得通红："来人啊，传朕……朕……"

刘凌捏着檄文的手一抖，赫然抬头看向突然不语的父皇。

只见皇帝张大了口，连连做出了口型，却没有发出一点声音来！

"来人啊！传太医！快传孟太医！"岱山大惊失色，扶着刘未重新坐回龙椅上，连连安抚，"陛下？陛下您还好吗？可能是急着了，先歇息歇息，想些别的事情！"

"父皇？"刘凌三两步冲上殿，伸手去探父皇的脉象，然而父皇身边一个宦官有意无意地伸手一挡，将刘凌的身子挡了回去。

这个动作极为老辣，刘凌立刻心知这恐怕是会武的少司命，怕有人趁机行刺，也不敢再冒进，只能退了一步，改在一步之外大声询问："父皇！父皇您是舌头不适，还是嗓子不适？"

如果是嗓子不适，恐怕是中了毒，若是舌头不适，就有可能是得了病。

只是父皇一直有头风的毛病，为何如今看起来倒像是中了风？

岱宗看了看刘凌，又看了看刘未，脑子灵光一闪，连忙伺候起笔墨来。

此时众大臣已经纷纷围上来，七嘴八舌地议论着是怎么回事，毫无仪态可言，倒像是集市买人，围着奴隶评头论足。

刘未向来心高气傲，怎能受得了这样的打击？他不停地张口又闭口，拼命想发出声音来，却什么都发不出，越是发不出越急，眼见着脸皮子红得都像是要烧起来，额头上青筋也不停浮起。

他越生气，刘凌越是着急，连连叫喊："父皇休要动怒，平心静气等候孟太医来，如今外面的军情十万火急，都在等着您主持，您一定要保重龙体！"

其他人惊吓得无法言语，一旁站着的太常寺卿却拉了拉宗正寺卿吕鹏程的袖子，露出担忧的表情。

"是不是那个……"蒋寺卿不安地小声说道，"就是那个药……"

"我不清楚。"吕鹏程表情也很凝重，"但十有八九是。"

"到了这个时候，还不把此事揭出来吗？如果孟太医来看不出什么，我们又瞒着这件事，恐怕会延误了陛下的病情。以陛下的性格，是不会承认自己用了虎狼之药来提神的，如今又是这个情况，只有赶紧找到化解的法子……"太常寺卿皱起了眉头，"外戚依附君王而生，君王不存，则外戚不存，到了该为君分忧的时候了。"

吕鹏程看了看刘未，又看了看跪在刘未下首满脸担忧的刘凌，犹豫了片刻，点了点头："你放手去做吧，我全力帮你！"

"当务之急是不能让陛下再用这个药了。"蒋寺卿压低了声音，悄悄开口，"我去安排太医院的事情，免得李明东听到消息跑了，此处你多照拂。"

他丢下这句话，不但不跟着其他大臣往皇帝身边挤，反倒不动声色地往后退去，叫上了几个门前的禁卫军，一起急匆匆朝着太医局而去。

他们的言行自然瞒不过有心之人的眼睛，但一来皇帝突发急症，他们也不能跟太常寺卿一般不管不顾地离开；二来皇帝的身体攸关社稷，在没得到太医们的答复之前，谁也不想缺了这些消息。

没一会儿，孟太医匆匆赶来，身后跟着陈太医和方太医两位常年为皇帝治疗头风的老太医。三个太医分别诊过脉，看过了皇帝的舌头，脸色都变得煞白。

此时，刘未的口舌已经歪斜，口涎不停地往下流淌，可他的右手却是好的，在岱山的服侍下提起笔，在纸上写下："刘凌留，其余人等散朝。"

显然是不愿意自己病弱的一面被外人看见。

皇帝下了手谕，岱山立刻召了金甲卫进来，将一干或担忧或焦虑的大臣赶出了殿。可这些大臣被赶出了殿，却都没有离开，以至于孟太医在诊脉的时候，还能听得见外面各种争论的声响。

刘凌见孟太医来了，心已经定了一半，但见孟太医神色不是太好，连忙焦急地问道："孟太医，我父皇到底是怎么了？"

"陛下肝阳暴亢，风火上扰，如今气虚血瘀，滞于脑部，引发了头风。风火一起，陛下的舌根僵硬，所以无法言语。"孟太医看了刘凌一眼，语气沉重地说道，"如果只是这样，好好歇息一会儿慢慢就能恢复，但陛下最近身体亏损太过，臣担心风邪下侵，使得肢体不调，如今只能暂时先清熄风阳。"

刘凌也是学过杏林之术的人，一听之下顿时头晕耳鸣。

他父皇还不到四十岁，竟已经中了风，脑部有血瘀了？！

刘未更是气息不稳，攥着孟太医的袍袖紧紧不放，眼神中俱是厉色。

孟太医已经伺候刘未二十多年了，对于他的性格很了解，只是微微叹了口气，对着他肯定地道："陛下放心，臣一定尽力将您调养好！"

另一边的陈太医和方太医却已经吓得说不出话来了。尤其是陈太医，几次欲言又止。

反倒是一旁跪着的刘凌发现了，疾声问道："陈太医是不是有什么好办法？不妨先说出来，众位太医可以一起辨证论治！"

陈太医脸色一白，还未说话，刘未刀子一般的眼神已经射了过去。

只见陈太医嘴唇翕动了几下，最终还是小声说道："陛下是不是服了什么提神的药物？虽说陛下操劳于政务有损精神，但寻常人只要睡上一觉，便能补充精、气、神，长期睡眠不振，精气便会损耗，使得风邪越发容易入侵。以陛下的身体来看，定是熬不住这么久不睡的，可……"

刘未闭了闭眼，心中已经又是后悔又是恨极。

那李明东明明说此药对身体并无损害，只是不能久服，他已经停药三四天了，吃药的时候没出事，一停药反倒不能说话了！

刘未捏了捏拳头，在纸上写下："朕几日后能说话？"

三位太医面面相觑，俱是苦笑。

孟太医心中比其他人还要诧异些，因为他更换云母不过是半个月前的事情，他最近还在想着该如何催发药性让皇帝早日出问题，谁料他还没有动手，这皇帝身体就先熬不住，倒让头风先加剧了！

有了这个引子，他趁着诊治之便，只要将皇帝按照风火上扰来治，便能催发云母的毒性，加快他身体崩变的过程。

孟太医城府过人，心中盘算着其他的事情，脸上的沉色却一点也看不出作假，反倒让人越发觉得发生在皇帝身上的病情难以治愈。

刘未原本想听到好的结果，如今却见着三位太医一言不发，心中一点点沉了下去，面色也变得颓然。

一个哑巴，如何能做皇帝？

一个随时可能半身不遂的哑巴，又如何能够服众？

"父皇，即使太医的医术再高明，也要您先打起精神才是，否则病痛未将您击倒，您自己却先灰了心，又让其他人如何能放心医治？"刘凌见父皇眼睛里的希望之火已经一点点熄了下去，不由得暗自着急，"先别说您这也许还是急症，就算不是急症，您能写字，大不了儿臣辛苦点，做您的口舌，为您宣读旨意便是！"

刘未原本已经陷入了"我要变成残废"的低落情绪之中，如今听了儿子的话，慢慢也打起了一些精神。

刘凌这句话倒是说得不错，就算不能说话，写字要慢点，但十万火急的事情先批了却是没问题的。

他平日里批奏折，也不是靠嘴批！

孟太医见刘凌居然在这个时候为皇帝打气，恨不得往他头上拍上一记，连忙出声制止："不可！"

殿中留下的众人吃了一惊，齐齐向孟太医看去。

"陛下心神亏损太过，如今不但不能理政，甚至连坐卧都要注意，说不定起身起得急了，都有可能出问题。"

他用帕子抹去皇帝嘴边慢慢流下来的口水，见皇帝自己都没注意到自己嘴巴已经歪了一小半，又继续道："此时陛下要先养神，再治病。"

这建议几位太医都是支持的，连忙附议，尤其是陈太医，恨不得李明东赶快倒霉，直把皇帝病情的严重性多说了几分。

刘未已经慢慢从绝望中走出来了，可口不能言的焦躁还是让他无法安心听从几位太医的安排。

他想了想，伸手召了岱山过来，写了一封手谕，当着几位太医和刘凌的面，让岱山读给殿外一心候着的众位大臣听。

刘凌和其他太医倒是没看到这封手谕，但是外面宣读的赞者声音实在是太大，以至于宣政殿内的回响犹如雷鸣，想不听见也不可能。

这手谕也不长，只不过写了两条，可这两条，都让所有人吃了一惊。

其一，刘未养病期间，刘凌监国，门下侍郎庄骏、六部尚书辅佐监国。组建内议阁，在六部九卿中挑选十人作为"参赞"，有随时奉诏入宫，为刘凌参赞国事之便利。

其二，令幽居在京中的二皇子刘祁，由禁军保护，三日内立刻前往秦州就藩，不得留在京中。

这两条诏令一下，刘凌不是太子，却更胜太子了。

按照惯例，皇帝下令刘凌监国，刘凌应当推辞一番，然而还未等刘凌开口表示自己资历不够云云，殿外已经有内侍跪着通报太医局的动静。

"陛下，太常寺卿带了内卫去了太医局，将李明东太医抓起来了。说是李太医用药不慎，有损龙体！"

不！

刘未瞪大了眼睛，脑子里"嗡"的一下。

他不要留下"用虎狼之药提神"的名声！

"陛下！陛下！"岱山只觉得身上一沉，大惊失色。

"孟太医，陛下晕厥了！"

第三十五章
救兵？克星？

这世上有皇帝爱财，譬如说惠帝；有皇帝爱色，比如说为了男色将江山几乎倾覆的平帝；也有爱名声到几乎要把自己逼死的皇帝，就如这刘未。

方家的布局虽然隐秘，但也不是一点端倪都没有。在庄骏、庄敬父子为此斗争，在薛棣为强取豪夺而担心银两流向的时候，如果刘未能动若雷霆地抢先将方家拿下，控制起方家满门，也就没有后来方家长子率家人出逃的事情，就算有什么风浪，后面也好收尾。

正因为代高祖乃因父亲被暴君杀害而起义，历朝以来一直认为"杀士"是一种非常不祥的事情，刘未又是踩着尸山血海登上皇位的，更怕留下暴虐残酷的名声，直到后来活活忍出了头风，年纪轻轻要靠虎狼之药支撑身体，不得不令人唏嘘。

比起他为了朝政而服药勉力支持，之前他专宠袁贵妃一人以至于后宫子嗣不丰，倒算不得什么私德有亏了。至少他没把虎狼之药用在男女之事上，做出让人不齿的事情。

可皇帝先哑后晕，已经足以引起朝中大乱。为了维持京中和宫中的稳定，防止有人趁机生事，禁卫军几乎遍布京中和宫中，闲杂人等无法迈进内城一步，更别提宫城。

而宫城里，因为皇帝突然中风病发引起的骚乱，也在剧烈地产生着后续的可怕影响。

内尉署，是大内刑讯关押犯人之处，内尉直属于皇帝，刑讯得到的结果也不必告知三司，一向属于说不得的地方。京官有一种说法，你入了三司，还有办法将你捞出来，你若入了内尉署的刑房，那就只能听天由命。

此时内尉署里，太常寺卿、三皇子刘凌、宗正寺卿和奉旨来听审的岱山等人坐在刑房之外，听着李明东痛哭流涕地号叫着。

内尉们即使不是酷吏，也不是什么好对付的角色，进了这里的人，不是掉了一层皮，就是被逼得快要发了癔症。

"你为什么要给陛下用这种药？"

"你知不知道这种药会让陛下出事？"

"这药有解药没有？"

"你受何人指使？"

"你从何处弄来的药材？"

"太医局其他人知不知道这件事？"

这些问题在过去的两天两夜里，已经被翻过来覆过去问了无数遍。李明东几次已经睡着，突然又被刺骨的冰水浇醒，继续反复地被询问。

到了后来，李明东自己已经是麻木地在回答着，夹杂着求饶要睡觉的痛苦哀号之声。

刘凌不知道一个人无法入睡是怎样的痛苦，但刘凌一点都不同情他。

这种药必然是父皇找李明东要的，但李明东身为御医，应当知道御医的作用不仅仅是替皇帝治病，更重要的是要让皇帝的身体保持在最健康的状态，任何可能造成龙体有损的事情都需要谨慎对待。

这种药，只要是有脑子的人都知道用多了不好，李明东为了前程和名利，不但配出了这种不该给人服用的猛药，还毫无劝谏地让皇帝服用过量，已经不能以用药不慎的罪名来处置他了。

而且在现在这种关头，很难不往李明东是受人指使这方向去想，就如年前那些被安排进将作监制灯的能工巧匠，若不是上元节那场祸事，谁又知道这些心灵手巧之人都是些心怀不轨、暗藏杀机的逆贼？

为了尽早想法子中和药物带来的毒性，太医局已经从太常寺卿那里得到了八物方的方子，日夜寻求缓解药性带来伤害的办法，但收效甚微，不得不从李明东这里想办法。

这也难怪，道门中人制出这种药来，原本就是为了在大限到来之时好交代后事的，都已经是快死的人了，谁还在乎这药用久了对身体好不好？

刘未可能是第一个把这种药当作补药在吃的人。

被审讯的李明东，如今已到了崩溃的边缘，每答一个字都带着哭腔。

"没有人……没有人指使。

"陛下要我制药，我想改良五石散，无果，查找书库，寻得八物方。

"药材不够，大部分是陛下寻来给我的，一部分是御药局的内藏，我还找其他御医拐弯抹角借了一点。

"找孟太医借过云母，找方太医借过石芝，没有跟他们说明是用作什么的。

"太医局的人素来和我不和，不过问我的事。

"真没有，求你们让我睡一睡吧！我也是听从陛下的旨意炼药，啊啊啊！"

"他一直就是这样。"站在暗门边示意几位贵人看完的内尉摇了摇头，"他不肯承认这药动了手脚，也不是别人指使的，他坚持太医局的人都不知道此事。方子里有两味药，一味云母，一味石芝，是找别人借来。是不是该把孟太医和方太医'请来'问问？"

内尉说"请来"，那手段却一定不怎么好。

"不可。"吕鹏程听到孟太医也参与了其中，心中猜测这事情怕是不太单纯。不过他毕竟和孟太医是盟友，连忙出声阻止。

"如今没有确切的证据，你们又不能像对待李明东一般对太医令和方太医严刑逼供。陛下身体违和，还需要孟太医、方太医和陈太医主持大局，轮流值守，此时要因为方子的事情把他们召来，怕是有些不妥。"

御医统统下狱了，谁来治病？这理由已然足够。

刘凌也同意吕鹏程的意见，认为当务之急是治好父皇的病症，他的风症实在是拖不得了，这李明东看起来不像是受人指使的，倒像是自己利欲熏心，一有出头机会就往上爬。

但刘凌也不确定这药方子是不是有问题，于是乎找内尉抄了一份方子，准备有机会就去请教请教张太妃。

可惜的是父皇为了不落下话柄，让李明东把所有的药渣都毁了，否则要有残存的药物，就能知道问题出在哪儿。

现在还未用的药看不出来哪里有什么不对，试药的人也表现正常，真要是药的问题，恐怕也是出在皇帝之前用的药上。

这也是李明东倒霉的原因。

太常寺和宗正寺为了这件事几天都没有休息，太常寺管着太医局，出事之后立刻对太医局全面戒严；宗正寺负责安抚宗亲、安排刘凌监国时听差用的人选，这原本该是皇后做的，但后宫无主，也只能让吕鹏程先接过重任了。

休要小看这担子，刘凌身边如今只有王宁、舞文和弄墨几个品级不高的宦官，王宁还好，另两个实在上不了台面。戴良毕竟是臣子，虽然任着侍读的差，跑腿打杂的事情是不可能让他去做的，这些都需要用人。

刘未如果好好的，这些事肯定已经安排好了，现在刘未出了事，刘凌身边的人选，就必须在禁中侍卫和能干的内侍里择优。

吕鹏程也有意卖刘凌一个好，出了内尉署的门，他低声问道："殿下，关于明德殿侍卫统领的人选，您可有中意的？"

刘凌正准备说自己不认识什么统领，自己更无从挑选，突然脑子里灵光一闪，想起一个人来。

"如果可以的话，问问禁卫军燕六愿不愿意来。"刘凌顿了顿，"如果他不乐意，也不用勉强。"

他小时候受燕六照顾过，后来燕六又冒着生命危险闯东宫救人，应该是个有情有义的汉子，只是这样的人也许有自己的抱负，如果不愿意，强求反倒不美。

刘凌也认不得几个侍卫，只是随口这么一提，谁料吕寺卿和蒋寺卿齐齐一怔，继而笑了起来："怎么，您还认识'护花将军'燕六？"

"哈？"刘凌微微错愕，"两位大人说什么？"

"看来您不知道，其实此事也和您有些关系。"蒋寺卿笑着打趣，"燕六的父亲是奉旨剿贼战死的，得了一个蒙荫入军的名额，原本他该是在边关当兵的，幸亏得了当年外放为官的冯登青举荐，这才上了京来。后来冯登青被征召入京为京兆尹，燕六自然奉冯登青为恩人，逢年过节不断孝敬，后来更为了冯夫人闯了东宫，要来您的腰牌去请了太医，这件事您也是知道的。"

"正是因为如此，我觉得此人为人还不错。"刘凌点了点头。

"冯家只有一个独生女，从小受尽宠爱长大，冯大人也没有纳妾，自然把这个女儿当作掌上明珠一般，已经相看了好几年的人家。燕六出入冯家，自然也算是个合适的人选，只是他年纪大，又父母双亡，外界都传他命硬，冯大人也就一直犹豫着。"

吕鹏程似乎也喜欢听这些儿女情事，难得露出轻快的表情："后来上元节定安楼前出事，冯大人率部救火，将冯夫人和女儿留在了定安楼前，恰逢暴民作乱，惊扰了冯家女郎……"

刘凌"啊"了一声，想起了那位袖子被人扯掉的清丽少女。

"也不知当时是哪个高人出手相救，那折辱她的汉子被一根金簪从眼中没入，直插入脑中，死在当场，让冯家女逃回了家人身边。可之后各种流言蜚语接连不断，有说冯家女失了清白的，有说她心狠手辣当街杀人的，还有说她在外面早有情郎，若不是如此，断没有人会冒着人命的干系杀人解围。这女子原本死里逃生是大幸之事，可逃出后，却是名声丧尽，再无媒人登门。"

蒋寺卿摇着头，似乎也觉得这些人实在是无聊。

"自上元节后，原本求亲的人家纷纷表示出后悔之意，京中闺阁之间原本互有往来，之后也将她排斥在外。你也知道，像这样的人家，说媒说亲全是靠长辈带着互相走动了解的……"

这姑娘的婚事，等于就这样断绝了。

刘凌满脸唏嘘。

"说燕六是'护花将军'，也是有原因的。之前我说，燕六如今已经二十有七，年纪比冯家女大了十岁，如今又太平，武官很难晋升，本不是夫婿的如意人选……"蒋寺卿带着饶有兴味的表情说着，"谁料此事发生之后，京中人家个个都对冯家女唯恐避之不及，他却倾其所有，备了重重的聘礼，请了禁军中郎将侯青做媒，敲锣打鼓去冯家求娶。

"这还不算，他当着媒人和众人的面，立誓这辈子绝不纳妾，日后所有家财也全部交由冯家姑娘打理，绝不会生出二心。说实话，除了没说孩子姓冯，这已经不像是娶媳妇儿，而像是入赘别人家了。"

刘凌"啊"了一声，似乎没办法把那位看起来老实的燕六和这般痴情的形象联系起来。

"现在冯家女和燕六已经过了三媒六聘，就等着定下婚期了，冯夫人之前中了毒，身体还不是很好，准备等她身体养好点再操办婚事。这也是没办法，燕六父母双亡，少不得靠冯家夫妇张罗婚事。"蒋寺卿说完燕六的趣闻，表情更是放松，"所以殿下说要召燕六到身边做侍卫，臣看八成他是乐意的。与其在宫中做个普通的校尉，不如在您身边做个实打实的统领。"

说不定日后就是东宫身边的太子帅，和禁中统领是同样的地位。

"原来还有这么一段典故。"刘凌点了点头，有些意外蒋寺卿解释了这么多，"不过蒋寺卿的消息，还真是灵通得很，连些个闺阁秘闻都知道。"

他只是无意感慨了一句，蒋寺卿立刻脸皮发红，一旁的吕鹏程听了，忍不住哈哈大笑："他哪里是对闺阁秘闻感兴趣，他娘鲁元大长公主最爱热闹，今日一小宴，明日一大宴，京中哪家女儿有什么优点，哪家儿郎爱慕哪家女郎，找大长公主一打听，准能知道个清清楚楚。他从小听他母亲絮叨，如今有些人家说媒不好找大长公主，都拐弯抹角求到他这里去问！"

刘凌这才知道为何一个大男人会知晓人家姑娘如何如何，忍不住也笑了起来。

这阵子宫中一片凄风苦雨，像是这样的轻松，倒是难得。

然而老天爷注定不会让刘凌清闲，说笑间还没过一会儿，提前回了紫宸殿回禀审讯之事的岱山就心急火燎地跑了回来，抓起刘凌的手就往紫宸殿赶。

"殿下快和老奴走，陛下病情又加重了！"

皇帝病情恶化的速度比所有人想象的都要快，虽然太医局已经极力诊治，既用过了药，也施过了针，可他口不能言的情况不但没有好转，眼前还隐隐出现重影，无法视物。

若说口不能言还能通过别人转述，但那眼睛看不见，对刘未来说简直是巨大的打击。

孟太医和太医院的七八位御医一宿未睡，把剩下的八物方验了又验，都没验出不妥，反倒一致认为这药并不算太猛，只是不宜长期服用罢了。

简直是一群废物！刘未咬着牙，恨不得将这群太医都杖责一顿。自发病后，他就格外易怒，早上还杖责了一个服侍的宫人。

刘凌不明白这是药物的作用，还是父皇的心情不好，只能极力安抚。然而病人的情绪都不甚稳定，尤其刘未身上还压着其他重担，更是没办法好好休息。

想到太医院的太医们都束手无策，刘凌跪坐在皇帝的身边，心中也是很焦急。虽说他现在监国，可这一个烂摊子，以他现在的本事和人脉，不添乱就已经万幸，莫说是力挽狂澜了。

皇帝沉默不语，刘凌满心焦急，御医们出出进进，刘凌看了一会儿，也许是病急乱投医，突然冒出了一个冒险的想法。

他站起身，走到了父皇身边，悄声说道："父皇，有一个人，也许对您的病有些法子，可是……"

刘未猛然睁开眼睛，两眼迅速地望向刘凌的方向。

刘凌咬了咬唇，低声说道："不知父皇还记不记得当年的太医令张老太医，就是……就是……"

刘未眼睛里的光彩一点点黯淡了下去。他记得又如何，张老太医已经死了。

还是他母后下的诏，屠灭了他满门上下。

"张老太医虽死了，可他有一嫡传弟子，医术青出于蓝而胜于蓝，只是……只是不太方便出来见您。"刘凌在心中叹了口气，也不知道此方可不可行，"儿臣能说服她过来替您看一看病，却还得您下个旨才行。"

刘未一下子就明白了刘凌说的是谁，脸上露出了百感交集的表情。

刘未竟然有些难过。他想，莫说让她来替朕治病，恐怕她听到朕的名字，就会将你赶出去。

刘凌一看刘未的表情，就知道有戏，连忙膝行到他身边，一把抓住他的手："父皇，听说您幼时还受过她的照顾，理应知道她本性极为善良，真正是仁心仁术之人。如今万千重担压在我的身上，外面局面又如此乱，如果她……她知道国家已经到了危难之时，必不会只顾着私仇，忘了大义。"

他紧紧地攥着皇帝的手，几乎是哀求地道："她是张太医的女儿啊！当年张太医如何妙手回春，活死人而肉白骨，您应当是知晓的！如今与其张榜寻找天下奇人异士，如此舍近求远，不如一纸诏书，请她出来！"

刘未的手被儿子攥得生疼，一下子陷入了怔愣之中，已经渐渐看不清东西的眼睛也茫然一片。

良久之后，他轻轻地笑了。刘未脸上显现出难得的温情，似乎这场病让他的各种情绪都无限放大了，怒就极怒，安就大安。

刘凌从未见过皇帝这样的态度，一时间有些受宠若惊，不知道该如何回答才好。

刘未想，罢了，死马当活马医吧。如果她真不愿意来，也是自己的命数。这世上其他事情都能强行要求别人去做，唯有治病救人，如果不是真心想救人，只会弄巧成拙，让人病上加病。

刘凌何曾见过父皇如此软弱的时候，忍不住心中一阵酸楚，点了点头："父皇放心，儿臣一定将她请来！"

刘未眼中含笑，点了点头，伸手召来了岱山。

刘未指了指刘凌，在纸上写：朕让老三拟诏一封，去冷宫召见一个人前来紫宸殿，待会儿你把朕的用印取来，让他领旨去静安宫。

岱山错愕，好一阵子才回过神来，连忙回应："是，老奴这就奉印。不知陛下要召静安宫中哪位？"

刘未又写：宣太妃张茜入殿。

哐当！

一声瓷器坠地的声音突然从寝殿门前传来。

除了眼睛不能准确视物的刘未，所有人都诧异地望向门口。只见素来沉默寡言的孟太医握着右手不停吹气，见其他人看向他，竟躬了躬身子。

"陛下，微臣刚刚失手摔了药碗，请恕微臣失仪之罪！"

刘未如今心情大好，看什么都顺眼，也就没有责怪孟太医。

"谢陛下宽恕之恩！"孟太医露出感激的表情，也不多言，转身就出了门。

刘凌看着孟太医失态的样子，忍不住微微一笑。

大概是知道张太妃可能要来，激动得失了态吧。

也是，自孟太医出师离开张家之后，恐怕他已有二十多年没有见过张太妃了。

上次见时，两人还正值年少，蓦然回首，已经是半生过去了，自然会激动万分。

想到孟太医一直为他忙前忙后，明里暗里照拂他，还为他找来了陆凡这样的名师，刘凌心中突然无比感激。

别说是为了父皇，就算是为了让孟太医一偿夙愿，他这次也要拼了！

他一定要把张太妃请来，让她看看父皇到底是哪里出了问题！

第三十六章
相遇？相知？

飞霜殿。

"什么？要我们去救你父皇？"王姬的眼睛睁得大大的，满脸都是嘲讽，"救他做什么？让他命金甲卫把我们都杀了吗？"

"就是就是，前几天还凶神恶煞的，要不是大司命结了阵，说不定赵清仪就被杀了！"窦太嫔觉得刘凌简直有些不可理喻，"你父皇病了不是正好吗？你都监国了，你就好好干，要治你父皇干吗？"

"窦银屏！不要在刘凌面前胡言乱语！"薛太妃突然出声训斥。

"我又没说错嘛……他这不是傻吗……"窦太嫔有些委屈地扁了扁嘴。

薛太妃这几天恐怕也没有休息好，在刘凌没有来之前，她已经求了大司命在冷宫里找了好几天，都没有找到如意。刘凌来了以后，除了带来了刘未病重的消息外，还带来了如意已经死了的消息。

其实在找不到如意的时候，薛太妃已经隐隐有了些猜测，可听到刘凌肯定如意已经死了的消息后，她还是忍不住陷入了低落之中。

她养了如意这么多年，已经不仅仅是陪伴的感情了，如意和称心，已经像是她的家人了。

在内心里，薛太妃其实和窦银屏一样，是不愿意救刘未的，可她也明白，刘凌并不是个会将她们置于危险之地的人，如今求到冷宫里来，恐怕事情已经到了十万火急的地步。

刘凌见在飞霜殿的太妃们个个群情激奋，即使之前已经有了心理准备，此时还是有些羞愧。

他的父亲是让她们陷入到如此局面之人，而他是从小被她们带大的，如今只不过出去了几年，反倒跑回来求她们去救自己的仇人，而且是很可能一回过头就会伤害她们的仇人。

怎么看，他都像是一匹白眼狼。

"窦太嫔说得不错，你们一直细心呵护我、教导我，是希望将来我出宫后不至于懵懂无知，成为一个废人。如今父皇得了急症，我被委任监国，按理来说，我应当是最不希望父皇养好身子的人……"

刘凌叹了口气，表情平静地说道："但现在外面的情况很不好。方家在关中和北方反了，东南也有战事。各地豪族几年前起就有目的地囤积粮草，私下里收购兵器马匹，恐怕是准备打持久战。

"眼下正是春耕的时候，关中和河东都是京畿地方重要的产粮之地，一旦在春季的时候打仗，明年一年几乎就没有什么收成，就算对朝中没有什么影响，民间的百姓却很可能遇见人为的饥荒。一旦发生饥荒，百姓就只能靠卖儿鬻女或是加入反军换取活命的机会，这就给了方顺德可乘之机。"

随着刘凌清亮的嗓音，屋子里的人都渐渐沉静了下来，就连最义愤填膺的窦太嫔都不言语了。

"父皇动了方党，朝中几乎空了一半，地方上的情况更糟，方党结党营私已经不是一两年了，许多官员闻讯而逃，有大半走的时候卷走了官库里的所有财产，很有可能已经去投奔了方顺德。马上就要开恩科了，东南战事又没有结束，不宜两线开战……"刘凌疲惫地说着，"就算我真是高祖转世，天纵奇才，我连朝中大臣们的名字都不能说全，这时候要想如父皇一般游刃有余地处理朝政，无异于痴人说梦。

"你们问我为什么想要父皇的病快点好，甚至不惜来冷宫求你们，那是因为我在朝堂里听政越久，越觉得皇帝难为。人人都认为登上皇位就能随心所欲，但能随心所欲的皇帝是暴君，并非明主。而想要成为明主，就等于自己给自己的脖子上套了个项圈，被永远拴在了那个位子上，呕心沥血，至死方休。"刘凌环视众人，"我的父皇私德固然有亏，在各位太妃看来，还十分冷血无情，但他的身后是代国的江山社稷，一旦他倒了下去，则社稷不稳，江山倾覆，百姓流离失所，民不聊生。

"如今的我，不是以刘未之子的身份来请求诸位施以援手，而是以一位普通的代国人的身份来求各位太妃。我知道让大家放下怨恨很难，可……"

他顿了顿，声音渐渐低沉："我也实在是想不到其他办法了。"

"你是在欺负我们。"坐在萧逸身旁，一脸疲惫的赵太妃闭了闭眼，"你知道我们的性格，知道用百姓和天下兴亡来请求我们，我们就会动摇。君子可欺之以方，刘凌，你跟薛太妃学得很好，简直是太好了。"

刘凌红了红脸，朝着赵太妃躬了躬身子，顺从地承认了："是。刘凌惭愧。"

"你可知道，如果张茜出了冷宫，去了你父皇身边，如果治不好你父皇的病，她很可能就回不来了？"赵太妃看了眼一旁一副"你们怎么说我就怎么做"的张茜。

"我会用性命保证，一定让张太妃平安无事。"刘凌重重起誓。

"萧太妃，你怎么看？"赵清仪很自然地继续用"萧太妃"称呼已经恢复男儿身的萧逸。

萧逸很坦然地接受了她的称呼，思考了一会儿，开口说道："其实这也未必不是一个机会。"

"机会？"

"你说什么？"

王姬和方太嬷同时开口。

"如今，你们活在冷宫里，犹如活死人一般，世上已经没有几个人记得你们，还知道你们的存在。一直以来，你们都把所有的希望寄托在刘凌身上，希望他能够早日登上那个位子，能够救你们出去，几乎忘了你们曾是巾帼不让须眉，让男儿也为之羞愧的女丈夫，你们也是曾经努力抗争过，才把自己救出火坑的人……"萧逸不动声色地夸奖着她们，听得方太嬷等人眉开眼笑。

刘凌感慨着萧逸一句话就把气氛说得暖烘烘的本领，心中又对他多生出了几分敬仰之情。

"但皇帝现在病重，突然想起了张茜，说明他还记得你们的本事，不敢小瞧你们。今日他会因为张茜善医而宣召于她，明日就有可能因为薛太妃善谋而继续宣召，这是一个开端，一个有可能化解双方矛盾的开端。"萧逸笑了笑，"为何只想着让刘凌替你们发声？你们大可以去问问刘未，究竟要如何才能相安无事。这么多年来，他从未向冷宫里递过一句话，送过一片纸，唯一的一次出手，就是上次派金甲卫来，可我见他的动作，也不是很坚决，这不是很矛盾吗？如果他真想让你们都从这个世界上消失，你们还能活到今日？"

薛太妃一怔，王姬不以为然地嗤笑了一声，赵太妃欲言又止，最终还是什么都没说，只是抿了抿唇。

刘凌听到萧逸的话，脸上露出惊喜的神色："正是如此！"

"不管你们怎么说，我是不可能同意的！"王姬难以容忍地站了起来，"他和吕后杀了我王家上下那么多人，怎么能就这么算了？我不需要他承认我有什么才能，我也不会为他所用，想都别想！"

她跺了跺脚，又道："要去你们去，我情愿老死在冷宫里，也不愿意摇尾乞怜地出去！"

说罢，王姬气呼呼地夺门而出。

"我也不愿意。"窦太嫔垂下眼眸，"杀母之仇不共戴天。我娘是被皇帝下令杀了的，我不愿帮他。"

"我也不愿。"方太嫔恨声道，"刘凌，你也莫让我们寒心。我们把你当亲孙儿一样对待，却不代表我们就不恨你的父亲和祖母。如今他要杀我们，我们不得不躲在飞霜殿内，究竟为何？还不是因为你那父皇毒辣的手段！依我看，他这就是遭了报应，活该有此一劫！"

刘凌听着其他太妃不停地发声，眼神里的光彩却丝毫不见黯淡，反而越发激起了斗志。

如果连这一关他都过不了，如何能在朝堂上舌战群臣，站稳脚跟？那些大臣，不见得会比太妃们更加好说话！

"至少能让张太妃走出这冷宫一次吧！"刘凌捏紧了拳头，突然高声道，"张太妃在冷宫里待了几乎大半辈子，孟太医就这么在外面等了大半辈子！至少能让她出去，见一见孟太医吧！哪怕治不好父皇的病，能够出去一次，不好吗？"

一旁的张太妃闻言瞪大了眼睛，一副"什么叫孟太医在外面等了大半辈子"的表情，隐隐还有些惶恐之色。

刘凌压抑着自己的情感，微微颤抖着身子："我不说先国家之急而后私仇也，也不说诸位不可放弃大好之才而不用，可我那么想要出冷宫去是为了什么？我想要登上那个位子是为了什么？我最早的时候想的，不过是能让诸位太妃联系上自己的家人罢了！

"我是为了不让魏国公夫人和窦太嫔这样的憾事发生，才这么拼命的。父皇和皇祖母犯下的罪孽，我想在有生之年，尽力去弥补，我想让诸位太妃都能和自己的家人团聚……"

窦太嫔听到刘凌提到自己的母亲，突然嘤哼出声，靠着方太嫔的肩头就抽泣了起来。

"现在薛棣就在父皇身边，王七已经上了京城，萧家的无名老先生恐怕正在向着京城风驰电掣之中，如果你们不能出去，我又谈何让你们团聚？哪怕有一点机会，有一丝丝的可能，能先暂缓思念之苦，不可以吗？"刘凌眼眶红了一片，"先放下那些私怨，让张太妃出去看看，难道不行吗？"

一时间，飞霜殿内鸦雀无声。

"说什么不好，说起薛棣……"薛太妃苦笑着摇了摇头，"有生之年，不知还能不能见到我那侄儿。"

"小叔叔……"萧逸不知道想起了什么，脸上也露出苦涩的表情，心中叹道，"如果他知道我是以这样的方式苟活，不知会不会骂萧家因我而蒙羞……"

"罢了……"薛太妃深吸了口气，扭头看向张茜，"你自己想不想去救刘未？我们一直都在自说自话，却忘了问你自己的意见。"

张太妃似是没想到薛太妃会问她的意见，微微张大了嘴巴，愣了愣。

她看了看眼眶通红的刘凌，又看了看表情沉重的萧逸，犹豫了一会儿，点了点头："想去。"

"咦？"方太嫔一惊，"你居然敢单独出去？"

"我小时候还照顾过刘未哩，他那时候才那么点大……"张太妃抬手比了个大概到大腿的高度，"我还记得他被先帝失手推下了阶梯，把腿摔断了，我替他接骨，那么小小的人儿，强忍着一声都不吭……"

随着张太妃的话，薛太妃也露出了伤感的神色。

她们这些人，原本便是围在那个睿智沉稳的女人身边，一心一意想要辅佐出一位合格的君王，摆脱那水深火热的日子，才聚集在一起的。

如今变成这样，只能说是造化弄人。

"我想，如果是为了他自己，他是不会低头来求我去救他一命的。他情愿杀了我们，或是自己病死，也不会承认他有求我们的一天。"

张太妃软软的声音在飞霜殿里回响着："也许刘凌说得没错，外面的局面已经坏到他连自尊和名声都不顾的地步了，他才会让刘凌来。

"孟师哥的医术和眼界都和我不相伯仲，我胜过他的，唯有比他涉猎更杂而已。孟师哥都治不好的病，其实我也没什么自信能治好，不过三儿说得也没错，就算什么都做不了，出去看看也好，看看紫宸殿还是不是那个紫宸殿，外面有什么变化，权当透透气也是好的。"

张太妃故意露出轻松的表情。

"说不定我出去后一看，啊，这病我治不了，就又被皇帝赶回来了！"

"你这急懒家伙！"

"喂，你是有多不想留在冷宫里啊！"

"你们说，刘未会不会赐我一顿好吃的？天天在这里待着，吃的几乎都是一样的东西，都快吃吐了。"张太妃吐了吐舌头，"这么一想，我都有些迫不及待了！"

"出去了你就别给我回来！"窦太嫔气得唾沫都喷出来了。

"那可不行，我不回来，谁给你们治个头疼脑热什么的？我的兔子还等着我回来喂呢。"张太妃笑着回她，转身向着刘凌伸出了手。

"走吧，三儿，我跟你出去看看。"

刘凌看了眼薛太妃，又看了看其他太妃，只见她们虽神色各异，但一个个看天看地就不看他，也不提出异议，说明她们已经默认了张茜的选择，不准备再加以阻拦了。

"好。"刘凌有些哽咽地伸出手，牵住了张太妃。

宽恕是一种人间至善的东西，这种美好的事物，永不会消逝。而冷宫里的太妃们，总是在不停地让他感受到她们的伟大之处。

他想，这大概就是他敢站在这里苦苦哀求的原因吧。

赵太妃说得没错，他是在欺负她们，因为他站在这里，说出自己的理由时，他就已经知道她们会心软。

因为，她们都是真正让男人羞愧的、当之无愧的君子。

*　　*　　*

紫宸殿外。

"你们觉不觉得孟太医从刚刚开始，就一直很焦躁？"在偏殿里煎着药的药童悄悄问着身边的小药童。

"你也发现了？"另一个药童窃窃私语，"刚刚我问碎掉的药碗是不是要收回来，问了三次他才回答我。"

"你说，陛下是不是……"药童面露惶恐之色。

是不是快不行了？

"不要乱说，小心太医们听到了，拔了你的舌头！"

两个药童一边摇头晃脑，一边看向屋子里正在辨证八物方的太医们。

"你说什么？皇帝让一个女人来治病？真是荒唐！"方太医难以接受地低吼。

"而且还是后宫里的女人！"

"不是后宫里的女人，是冷宫里的。"孟太医像是随便纠正错误一般冷然地说道。

"那有什么区别？都是女人！"方太医冷哼。

"当然有区别！"孟太医捏了捏拳头。

"姓张，又在宫中，应该是前任太医令的女儿，当年也是素有名声，被称为女扁鹊的那位。"陈太医对这位杏林里少有的女医还有印象，"是当年被太后看重了医术，召到宫中，替后宫妃嫔们调理身子的那位。"

"看妇人病的？那更荒谬了！"方太医已经不能用气急来形容了，他扭头看向孟太医，"孟御医，您是太医令，又历经两朝，应当知道张家那位医术如何吧？"

孟太医磨着墨的手一顿，继而若无其事地摇头："不知道，我和张家的关系素来不好。"

一旁另外几位老太医连忙向方太医使眼色。孟太医和张家一门不太对付在宫里已经不是秘密，听说先帝时张家似乎排挤过刚刚进太医院的孟太医，让他几乎整个先帝时期都只是个无法得到重用的小医官而已。

此时说起这个，岂不是挑拨？

"那您更应该劝阻陛下，不要任用可疑之人！李明东当时也是信誓旦旦，结果呢？丢下这么个烂摊子给我们！"方太医一拍案几，"这简直是荒谬！"

"我出去透透气，熏了一天的药味，有些犯困。"孟太医终于有些难以忍受地丢下纸笔，不再掩饰自己想要出去的心情，"失陪！"

孟太医一出去，剩下满屋子的太医面面相觑，齐齐埋怨起方太医多事来。

皇帝要用什么人，原本就不是他们这些太医管得了的，就算他再气愤又有什么用？气愤管用的话，李明东那种人也不会得势了！

孟太医出了偏殿，自然有进进出出的太医院医官和其他宫人对他侧目。然而他就像是一座雕像一般，面朝向紫宸殿入口的方向，一动不动。

孟太医有一个亲手提拔起来的心腹医官，说起来和孟太医也算是同乡关系，旁人都觉得孟太医冷面冷心，唯有他打趣孟太医。见孟太医站在门口发呆，他忍不住关切地靠了过去。

"太医令，可是在为陛下的病情烦忧？"李医官故作轻松地开口问道。

"你觉得我现在看上去如何？"孟太医见他过来，没有回答他的话，反倒没头没脑地问了一句。

医官被问得一怔，上下扫了孟太医两眼。

"太医令还是一如既往地……"医官搔了搔脸，想了半天，想出一个词儿来，"稳重？"

果然还是太严肃了吗？孟太医有些头疼地摸了摸脸颊酒窝的位置，努力挤了挤脸。

一旁的医官露出见了鬼的表情，赫然倒抽了一口冷气。

"他刚刚是想笑吗？"他心中狂吼着，"我到底说了什么好笑的笑话，让从未笑过的孟太医想要对我笑一笑？"

那医官有些哆嗦地退了一步。

孟太医挤了几下嘴角，发现不太容易笑出来，心中不免有些苦闷。再低头看自己一身黑色的太医令官服，心头的烦闷愈发沉重。

张家人素来不喜黑色，他当年到了张家，为了讨得众人喜欢，一直都穿着显嫩的颜色，尤其是张茜好绿色，他几乎是常年一身青衣。

其实他最喜欢黑色，所以入了太医局之后，无论是常服还是官服都是黑色的，这让他很是满意。

"不知还来不来得及……"孟太医喃喃自语。

"呃……什么可来得及？是要催催药童吗？"医官满脸迷惑。

"不知可否来得及去换身衣服。"孟太医缓缓说道。

"是刚刚打翻的药碗弄脏了衣服吗？"医官热情地去摸孟太医的袍服，"让下官看看脏了哪里，也许整一整，不需要去换衣服。"

他一边摸着孟太医身上的官袍，一边笑着抬头："陛下现在是一刻都离不开您，您最好还是不要在这个关头离开才好。啊……衣襟确实有些歪了！"

孟太医皱了皱眉头，很是不喜医官的热情，但想到自己已经几天没有回过住处，身上衣衫凌乱倒是真的，让医官理一理也好，如果可以，他甚至想去沐浴更衣，把这一身熏出来的药味儿洗净。

另一边，张茜在刘凌的指引下，在二十年多年后，第一次迈出了静安宫的大门。

她十几岁入宫，进宫时还是个豆蔻少女，一晃多年过去，都已经年过不惑，活生生熬到了现在。

可这道宫门、这道宫墙，甚至连宫墙上停着的鸟儿，都和当年没有什么区别。

张茜就这么一边摸着沿路各种熟悉的事物，一边露出怀念的表情，缓缓地跟着刘凌穿越大半个宫城，向着紫宸殿而去。

刘凌此时在宫中的地位，已经和储君无异，路过的宫人和侍卫见了他，无不遥遥行礼，甚至有避让到宫道之外的。

正因为如此，这位让刘凌甘愿屈居身后，甚至让他露出恭敬表情的中年女子，就越发让人觉得好奇。

张茜心思单纯，又善医，所以虽已经年过不惑，可外表看起来，不过就是三十岁出头的妇人。尤其如今这初春时节，她身着一身绿色的宫服，举止优雅，根本无法让人将她和奴婢、差役之流联系起来，有些宫女已经在猜测是不是有什么宗室公主或封地上的国公夫人入宫了。

但看这方向，又不太像是从宫外来的。

就这样，张茜一路带着好奇的神色跟着指引的宫人及刘凌到了紫宸殿。一踏入紫宸殿里，廊下那个面容清癯的黑衣男人就这么跳入了她的眼帘。

几乎不需要言语，哪怕隔着几十年的时光，双方一望彼此，便知对方是谁。

孟太医的脸朝向张茜的方向，他努力地挤了挤嘴角，最终却挤出一个能让小儿止啼的怪异表情。

孟太医专注着殿外的动静，所以一眼就发现张茜来了，可絮絮叨叨的李医官还在帮孟太医整理着身上的衣袍，满脸都是热络的奉迎神情。

这一幕看在张茜的眼里，让她忍不住瞪大了眼睛。

刘凌和孟太医都以为张茜露出如此"惊喜"的表情，是因为终于见到了相熟之人，心中都大感温暖。

原本还满脸怪异的孟太医不知怎么的，自然而然地露出了他那久违的酒窝，浅浅地笑了起来。

可原本应该"激动"的张茜，却在心中难以置信地咆哮着。

师哥居然让男人为他亲昵地整理衣袍！

那男人为师哥整理衣袍时，师哥居然会笑得这么含情脉脉！

他刚刚看她的时候还是一脸被"抓到了"的古怪表情，那男人拍拍他的衣袖，他就不在意了！

我的神仙啊！

张茜努力压下心中因先帝而对断袖之癖而生出的厌恶，不停地劝解着自己。

那是师哥，那是师哥……就算他四十好几都没成亲，你也不能歧视他……

张茜哆嗦了几下嘴唇，挤出一个近似"惨烈"的笑容，心中大叫：哪怕他真有断袖之癖，你也不能歧视他！

第三十七章
甜的？咸的？

刘凌领张太妃来紫宸殿之前，想过很多。

他琢磨着，自己的父皇恐怕会对张太妃的到来有些不喜，也许还会表现出别扭的态度，更有甚者，父皇可能旁敲侧击地问《起居录》的事情。

他想过很多种可能，但独独没有想过父皇会如此心平气和地与张太妃见面，甚至见到张太妃来了，还破天荒地起身去迎接。

要知道即使是吕寺卿和几位朝中的老臣，只要一进了紫宸殿，都断没有父皇去迎接的理儿，哪怕张太妃有可能看出父皇的病灶在哪里，也不见得父皇就会为此纡尊降贵。

父皇究竟为何如此做，就只有天知道了。

张太妃一进了紫宸殿，并没有急着向皇帝行礼，而是环视了一圈，露出"原来这里是这样"的表情，才不紧不慢地按照礼仪去行礼。

此时刘凌才想起来，张太妃从未得过宠，一直居住在后宫，可能从没有来过皇帝起居的寝宫，更别说进入内殿了。

在她们那个时候，被召去皇帝的寝宫，恐怕还是一件人人避之不及的事情。

刘未搀扶起张太妃，提起手边的纸笔，在纸上书下："虽多年不见，张姑姑风采一如往昔。"

没有女人不喜欢这样的话，张太妃顿时笑得眉眼弯弯："您倒是长到这么大了，我一时差点没有认出来。"

气氛居然这么融洽，刘凌在啧啧称奇的同时，不动声色地找了一个角落坐下，托腮看着父皇和张太妃一人写字，一人回应。

也许用纸笔抒发自己的想法比用嘴说更自在，也更容易表达出自己的情感，刘未很坦率地写出了自己的意思："张姑姑，御医们都说朕这病治不好了，您若有法子，想治，您就治；如果您也治不好，告诉朕毛病在哪里就行，不必忌讳。"

"我会尽力。"张太妃看后点了点头，继续问，"您现在的眼睛似乎也出了些问题。"

刘未苦笑，点了点头。

张太妃也不啰唆，伸手就去拉刘未的手腕。一旁的宦官吃了一惊，连忙伸手去挡，却见刘未左手一抬，制止了他的动作，反倒顺应她的动作，把自己的两只手臂都送了过去。

张太妃似是没有看见这些小动作，抓着刘未的一只手腕，悬于腕上，开始诊起脉来。

殿中鸦雀无声，刘未为了避讳其他人的刺探，早把闲杂人等都屏退了，留下的都是心腹宫人，如今这些人齐齐看着这位老太妃，希望她能说出什么激动人心的消息。

然而张太妃诊了一刻有余，眉头越蹙越深，到最后甚至摇了摇头，对着刘未露出了同情的表情。

"也不知道您用了多少药，已经坏了身子的根本，如今只是视物模糊，口不能言，再过一段时间，恐怕您的鼻子将闻不到气味，耳朵听不见声音，嘴巴也尝不出味道，一点点变成木头一般的人。"张太妃叹了口气，"你的五脏六腑已经都衰弱得很厉害了啊。"

刘未听到张太妃的话，如遭雷击，眼神一下子涣散了开来。

没有一个太医告诉皇帝接下来会变成怎样，他们只是语焉不详地说风邪入脑后可能会瘫软在床，最好静养，却没像张太妃说得这样可怕。

想想也很正常，皇帝掌握着御医的饭碗，一旦皇帝震怒，官没了是小事，很可能命都不保，何必让皇帝更加烦忧，惹祸上身？

张太妃也没想到刘未的情况这么糟糕，遥遥看向刘凌，见他已经惊呆在了当场，心中也有些惋惜。

这孩子心善，知道后总要难过一场的。

刘未出神了一会儿，在纸上写了四个字："还有多久？"

"为陛下治病的几位御医都是圣手，已经减缓了您病情的恶化速度，但天下没有哪种毒药是能把人的五脏六腑一起损坏的，这毒性如此古怪，如果找不到原因，恐怕陛下坚持不到半年，就会变成活死人。"张太妃大概是觉得刘未可怜，继续说道，"大致的情况，我已经听三儿说过了，八物方是道门用的方子，有许多奥妙不为外人得知，您能让人把您服的药拿来，再把配药之人请来和我见一见吗？"

事关性命，哪里有什么不能见的，刘未立刻命人去内尉署里提李明东来，又让岱山拿了剩下的八物方药物给张太妃看。

所谓八物方，不是药丸，也不是药散，而是一种药液，用一根竹筒封着，摇之无声，似是很黏稠，可打开一看又稀薄得很，煞是神奇。

张太妃向来喜欢偏门奇方，见到这样的药，自然是见猎心喜，摇晃了几下之后，伸进手指蘸了些药出来，含着手指舔了舔。

"张姑姑小心，还不能确定这里面有没有被人动手脚。"刘未抿了抿唇，提笔疾书。

"陛下放心，我张家辨毒，向来是亲自尝试的，毒死了，那是学艺不精。"张太妃自信地笑着，咂巴了下嘴，眨了眨眼睛，疑惑道，"怎么是甜的？"

刘未不知为何就笑了出来，大约是想到了小时候的事，写了一封手谕，递给了身边的岱山。

岱山原本还以为是什么大事，低头一看，皇帝竟只是让他命人去端几种点心来，又命几位御医进殿共同讨论，岱山满头雾水地奉着手谕去忙活了。

没一会儿，太医院的孟太医、陈太医、方太医、孙太医等几位太医入了殿，见张太妃吸着手指，犹如孩童一般，都是一怔。

孟太医常年冷面冷心，如今见了张太妃的样子，似是异常不喜，那表情又严肃了几分，常人看了，还以为他对张太妃有什么意见。

陈太医和方太医对皇帝召个"外人"来对他们指手画脚都有意见，但是一向处事严谨的孟太医却似乎没有什么异议，本来就让几位太医诧异，如今见了孟太医这个样子，心中总算是大安。

刘未见他们进来了，也不写什么，只是指了指张太妃身边的位置，示意他们旁听。

辨药不是那么容易的事情，只见张太妃一点一点地蘸着药，细细分辨。

她虽已经年过不惑，但外表却不显老，而且能进先帝宫中的，无一不是长相出众的美人，这么一个成熟的妇人在殿中舔着自己的手指，没一会儿，几个太医就有些面红耳赤地低下了头。

孟太医莫名有些烦躁，喉咙也痒得很，又痒又紧。

"肉芝、独摇芝、云母、云沙、巨胜、石芝、雄黄，还有一味不知是什么。"张太妃舔了舔唇，"这方子真是古怪，一边泄气一边补气，居然还能阴阳平衡，创下这方子的一定是个高人。"

听到张太妃的结论，陈太医连忙接话："还有一味是钟乳，只是用得极少，又是石液，所以不易尝出。"

张太妃恍然大悟地点了点头："原来是钟乳石液啊！如今的太医局真是厉害，这样稀少又不易保存的药材也有。这种药当年是不会存入御药局里的，都是要用时，再去为宫中置办药材的皇商那儿取。"

"这都是太医令大人的建议，自十年前起，宫中御药局就开始常备各种稀有药材，每年将那些不易保存的替换出去，所以大部分药材，太医局里都有备下。"

陈太医笑着指了指身边的孟太医。

张太妃扭过头看了自己的师哥一眼，笑语吟吟道："有备无患，太医令大人倒是知道救人如救火的道理。"

孟顺之动了动嘴角，最终却只是对张太妃拱了拱手，算是谢过她的夸奖。

没一会儿，李明东被内尉署的人提了来。他一进屋子，顿时让所有人吃了一惊。

他被内尉署官员审讯了几天几夜，进来便是遍体鳞伤他们也不会诧异。可如今被提进来的李明东，哪里还有半点得意扬扬的影子，不过是披着人皮的行尸走肉罢了！

李明东两眼无神，因为太长时间没有睡觉，眼下黑青得吓人，头发也落了大半，脸上更是呈现出一种吓人的死灰色。

若说刘未是五脏六腑虚弱得厉害，这李明东就是精气神亏损到了极点，能站在那里，都已经是奇迹了。

刘未见这人变成这样，有些嫌恶地皱了皱眉。张太妃大概是想问他一些什么，但看到李明东失魂落魄的样子，心中也有些为难。

孟太医曾答应过李明东会照顾他的家人，并发了重誓，以换取他在关键时候不说出是自己提供的方子，如今见李明东还没有死，也有些诧异于他求生意志之顽强。

"把八物方的药给他喂一点，让他回话。"刘未提笔写道。

李明东被灌了一大口八物方的药，只不过片刻的工夫，脸上的死灰色就褪去了不少，气息也平缓了不少。

张太妃心中虽然反感这样的审讯方式，但她现在已经学会了视而不见，只一心一意地问李明东当时是怎么炮制的药物，在什么时辰炮制，用了多少药材、多长时间，等等。

李明东在内尉署里几天，早已经回答问题回答成了条件反射，几乎张太妃一张口问完，他就立刻说出答案，半点没有犹豫的样子。

张太妃问到了自己想要的结果后，叹了口气，扭头看向刘未："陛下，此人已经离死不远了，让他睡上片刻，蓄养些精神吧。如果治病时还用得上他，他却死了，那实在是遗憾得很。"

刘未厌恶地看了眼站着的李明东，犹豫了片刻，还是点了点头。立时就有宫人将李明东五花大绑，拖去了门外，大约是在紫宸殿里寻一无人的宫室看管，以备随时问话。

张太妃得了方子和结果，和几位太医辨证了一会儿，商议了几套治疗的方案。眼下他们只能一个个试，哪个效果好用哪个，没有别的法子。

"我道这位女神医能有什么法子，不过都是老生常谈罢了！"方太医满脸嘲讽地反驳，"我们现在做的也都是这些，现在想要的是能让陛下赶快好的法子！"

"方太医此言差矣，所谓病来如山倒，病去如抽丝，这位……这位……呃，能够独自判断出这么多，已经很是厉害了。我们也是几个人一起辨证，才得出这么多结论的。"陈太医持有不同的意见，"而且她提出的方法颇有奇特之处，我们试试也无妨！"

他扭过头问孟太医："太医令，您觉得呢？"

孟顺之看着张太妃一边从盘子里若无其事地拿着点心吃，一边坐在皇帝赐下的座位上和他们商议药方，一时走了神，听到陈太医问他，微微怔了一会儿，才点点头："我觉得你说得没错。"

孟太医都表现出了肯定之意，方太医即使再怎么不乐意，也只能眼睁睁看着张太妃挥笔写了几个方子，和太医院其他几个太医商讨用药事宜。

刘凌也懂医术，在一旁听得茅塞顿开，刘未的表情也越来越轻松，无论如何，现在的情况都还算是乐观。

没一会儿，诸位太医都面露颇有收获之色，匆匆去偏殿准备新的方子。孟太医临出殿前，似有眷念地看了张太妃一眼，这才踏出了殿中。

从头到尾，他也只和张茜见了两面而已，想要单独说话更是没有机会。

紫宸殿里又安静了下来，刘未看了看张太妃，还未提笔写什么，就见张太妃似乎想到了什么，突然一怔，放下手中的蜜酪酥，脱口而出："啊，难怪是甜的！"

"什么？"

刘凌刚刚送走诸位太医，一回到殿中，听张太妃说出这么一句话来，有些愕然。

刘未更是紧张地看向张太妃。

"是蜜酪！蜜酪！"张太妃兴奋地挥舞着手中的蜜酪酥。

刘凌无奈地捂了捂额头："张太妃，我知道这是蜜酪做的，您不必说好几遍！"

难道在冷宫里连点心都没有，把张太妃彻底憋坏了？

父皇不会怪她御前失仪吧？

"用的是云母，不是云英，所以出事了！"张太妃丢下手中的蜜酪酥，"还有石芝，石芝也不对，石芝性苦，这八物方甜而带涩，难怪我尝不出钟乳石液的味道！"

刘未这下子总算是听出了张太妃在说什么，脸色一下子变得铁青，匆匆拿起纸笔写下："张姑姑的意思是，这八物方果然被李明东做了手脚？"

"云母倒不见得是做了手脚，只是那石芝，绝对有问题。"张太妃一生诚于医道，最恨有人使药变成毒，说话自然也就不再遮掩。

她知道以刘未对医道的了解，是不可能明白她说的是什么意思的，于是说得也就越发清楚明白："云母有五色，一般的医者，五色都称云母，只是颜色不同，也有略微的不同。青色名为云英，以桂葱水化之而用，春季服用；赤色名为云珠，置于铁器之中，夏季服之；五色并具而白色名为云液，玄水熬之为水，秋天服用；五色并具而多黑者为云母，以蜜搜为酪，冬季服之；晶莹纯白名磷石，最是少见，可以四时长服。这八物方里仅仅说'云母八钱炮之'，制药之人可能用的是五色并具而多黑的云母，而陛下刚刚用这药时恰巧就在冬日，自然是符合时宜，没出什么问题，可现在已经到了春天……"

刘未张了张口，露出不可思议的表情。

"张太妃，您的意思是，现在用的八物方，应该改用桂葱水浸泡过的云英才是，是不是？"刘凌立刻领会。

"是这样。如果有磷石，倒也不必改变方子。"张太妃呼了口气，"五云之事记载甚少，一般医者很难获悉，但凡药方，五云虽有区别，也笼统以'云母'概称，只有道家方士为了阴阳五行变化，详细地将它们区分为五行类属，我极少接触这个，所以一时没有想起来，直到吃了这盘蜜酪酥。

"我少时最喜欢以尝药之名去家中药房拿佐药的东西吃，记得家中曾经用蜜酪浸泡过云母，我吃完蜜酪后才知道闯了大祸，好在当时正是冬天和春天相交之时，我父亲换了一味云英，这才没误了别人的病情。"张太妃继续说，"所以我才说八物方中云母出错有可能只是偶然，因为他用的确实是云母。可那石芝，若合君臣佐使之道，应当是苦中带酸，如今却满是涩味，应当是被人用硝石埋于地下过，改了它的药性，所以乱了八物方的阴阳平衡，使大补之药变成了大毒之物！"

听到这里，刘未依旧瞠目结舌，额上青筋直冒，口中"嗬嗬"不停，提笔写下几个字。字迹力透纸背，显然心神极受震动。

一旁的岱宗接过纸，抬起头来，读出纸上的旨意。

"陛下有令，让内尉继续审！"

第三十八章
谜语？故事？

孟帆一生从不信命。

当年他父母双亡，家中找人为他算命，算命的先生说他命犯天煞，孤苦一生，无儿无女，六亲断绝。他一直觉得是无稽之谈，即使到后来张茜入宫，祖父祖母病逝，他从此孑然一身，他也不认为是自己"煞"到了他们，只能怪时也命也，机缘巧合罢了。

他救过无数人，也害过别人性命，他行事随心所欲，但也很少主动去害别人。一直以来，除了张茜，他几乎没有什么在意的事情。

然而直到见到张茜的那一刻，他才知道，其实他也会害怕。

孟帆万万也没想到，皇帝居然会低下身段，从冷宫里把张茜请出来，如果这世上有谁能看出八物方的问题，便只能是她。

他这一身本领，这偏门的手段，原本就是从张家学来的。年少时他好奇的东西，她或多或少涉猎过，她就像是注定要来克制他的，每次他做了什么坏事，最终她总能发现。

可每次发现，她都执意认为他是无意的，哪怕为此吃了大亏，她也绝不会怀疑他的善意。

听到皇帝要宣张茜入紫宸殿时，他手中正端着一碗催发云母药性的药，在听到她要来后，他干脆利落地把药打翻了。

如果在张茜为皇帝医治的时候出了差错，她会没命，他不能冒这个险，哪怕是他自己也不能伤害她一分一毫，连让她掉根头发都不行。

年少时疯狂的占有欲和得不到的那种刻骨铭心，在漫长的等候中，他其实已经渐渐淡忘了。他一直在苦苦等候的，不过就是紫宸殿外她对他的激动一笑，让她知道他一直还在等她而已。

如今愿望已经达成，刘凌登基不过是时间的问题，他已经满足了。

所以当内尉府的人凶神恶煞地冲入偏殿时，孟帆只不过是整了整身上刚刚换过的绿色衣衫，对着身边的李医官微微颔首："后面的事，就拜托你了。"

李医官几乎是孟帆一手提拔起来的，他替他回太医局的住处拿来更换的衣袍不过是半个时辰之前的事情，半个时辰后却看到了宫中人人避之不及的内尉们冲来抓人，只能惊慌失措地不停呼喊："你们是不是抓错人了？太医令大人兢兢业业，为人最是严谨，怎么可能弄错药？你们要找也是找李明东啊！或者去找供药的药商，买药的又不是我们孟大人！"

"你滚开！"内尉一脚踢开这烦人的医官，"陛下有令，所有相关人等都得严查！不光孟太医，方太医、陈太医都得进去，你再烦人，连你一起抓了！"

"你们怎么这么不讲道理……"

"李兴，出去吧，再过两年，你也要升任太医了。"孟太医叹了口气，"我去去就来，没有事的。"

"可是孟太医……"李医官怆然涕下，"这叫什么事啊！这叫什么事啊！"

皇帝还在病中，太医局里的太医被绑了一半，里面只留着个不明身份的女人，这女人一句话，太医局就被毁了！

可孟太医却吩咐他，让他嘱咐太医局的人不要为难她，还要多多协助她，甚至让他……

这女人是妖精吗？竟能翻手成云覆手成雨！

孟帆看李医官的表情就能知道他在想什么，无奈地摇了摇头，在一干医官和药童的目送下，顺从地跟着内尉们离开了偏殿。

孟太医的时代，已然落幕。

正在紫宸殿里检查刘未眼睛的张太妃听到外面的吵闹声，忍不住扭过了头，好奇地问道："外面在吵什么？"

刘未没有提笔，刘凌心中有些不安，但还是老实地开口："李明东供出了八物方里两味药的来历，跟太医局里的太医有关，大概是内尉在抓人。"

即使是在张太妃少女时代，太医局也经常有太医犯事，有时候是用药不慎，有时候是倒卖药材，有时候则是谋财害命，她的父亲是太医令，这些事情她听得也多了，倒没有什么不忍的表情，反倒点了点头。

"如果真是八物方有问题，确实该细查。只是用药行医这种事，有时候也有不少机缘巧合，万万不可错怪了好人。"

听到她的话，刘未嗤笑一声，似乎觉得"错怪好人"这种事在宫中是不可能存在的。

"好了，陛下可以睁眼了。"张太妃也是随口一说，没放在心里，"您这情况，想要大好是不可能的，病情可能还会一步步恶化，但一两年内应当没有性命之忧，不过如果大喜大怒，恐怕还会有危险，还是静养吧。"

她郑重道："您想要理政是不可能了，就算想要理事，也只能让身边的人读给您听。我听三殿下说，外面的情况十分糟糕，如果您真想力挽狂澜，维持现在这种情况，半年不恶化已经是极限，如果您硬要坚持，怕是撑不到两年……"

"半年吗？"刘未心中思忖。

半年的时间……恐怕是不够的。

他偏头看向刘凌。

但老天有眼，还能给他半年，够自己将他送上那个位子！

所谓子嗣，不就是为了这个而存在的吗？

张茜虽然心思单纯，但她对病人的心理有一种天然的直觉，见到刘未露出这种若有所思的表情，就知道他肯定是不会乖乖静养的。

不过她也不愿意劝解，这种事情，还是让给忠臣良将、佳儿佳女去做吧！

八物方的毒性已经入了刘未的身体，想要弥补缺憾，除非真有神仙降临凡世，施展仙法才行。所以张太妃能做的，唯有"将错就错"，设法找来新的云英和石芝，剔除八物方里有毒的部分，重新配置正确的八物方。

这药原本就是拿来吊命的，刘未拿它提神，只能说用了它其中一种功效，但刘未现在真正是病入膏肓了，再用这药，也是正好。

八物方只是道门之药，不是什么神仙方，能维持几个月的时间，就已经到了极限，所以张茜才有此一语。

刘未心中已经对自己的未来有了心理预设，此时倒也看开了一点，还能提笔和张太妃寒暄："如今太医局不可信任，全靠张姑姑照拂，您想要什么赏赐，不妨说来，如果朕能做到的，一定如你所愿。"

刘凌不知道刘未写了什么，可看到一旁的张太妃眼睛里突然爆出灿烂的光彩，便知道是大喜事，忍不住屏住呼吸听她会说什么。

"我知道要求别的您也为难，我也没什么要求，陛下能不能给冷宫里赐一些珍馐佳肴、新鲜蔬果呢？"

刘凌一怔，刘未也是一怔。

张太妃却并不觉得自己说这个有什么丢人的，兀自沉浸在自己的心思之中。

"我们已经很久没有吃过什么新奇的果蔬了，以前三儿……三殿下在的时候，有时候还会送些苹果和橘子进来，但毕竟数量太少，一个还要好几个人分。静安宫的果树早就死了，也结不出什么果子……"她伤感地说道，"薛姐姐她们都觉得这些口腹之欲并不是我们最困难的地方，可我一直认为，人要吃的是人该吃的东西，才有人的尊严。逢年过节，应当是欢庆之时，我们却只能粗茶淡饭，不，有时候甚至无米下锅。陛下，您没有饿过肚子吧？我以前也没有过，但自从我们进了静安宫后，饥饿和寒冷就一直和我们为伴，如果可以的话，我希望以后我们都不必饿肚子。"

刘凌听着张太妃的话，想起自己当年在含冰殿饿到不行，不得不卖乖去静安宫里讨饭的日子，忍不住鼻中一酸，落下泪来。

宫里有多少人真的饿过肚子呢？她们原该是无忧无虑度过一生的名门贵女，如果不是入了宫，恐怕此刻要么儿女承欢膝下，要么家中兄弟姊妹其乐融融，又何必如此煎熬？

刘未心中更是五味杂陈，他张了张口，才想起来自己说不了话，提笔在纸上写道："当年……"

"当年"二字落下，刘未突然顿住了笔，将那两个字重重划掉，重新书了一个大字。

"好。"

张茜欣喜地对着刘未行了个礼，一抹奇特的微笑挂在她的脸上，她似乎已经能想象到薛芳摇着她的肩膀大骂"你那么辛苦出去一趟，就为了向刘未要来这些破东西"的表情，可她却一点都不后悔。

王姬为碧粳米落过泪。

薛芳为一条火腿任由宫中的内侍拿走了她最爱的画。

窦太嫔头上的首饰一点点没了，换来的只不过是一筐梨而已。

她们想要的根本就不是那些食物，而是借由这些东西，回想起还自由的时候，吃着这些东西时的场景。

自在得仿佛还在自家的闺房之内，可以肆无忌惮地大快朵颐。

刘未吩咐岱山记下赏赐之事，让他立刻去办，又嘱咐刘凌将张太妃送去紫宸殿的偏殿先住下，直到他身体安稳一点，再送回冷宫。

刘凌明白他的意思，张太妃无论是医术还是资历都足以震慑这些医官，况且她还有杏林张家传人的身份，太医局出了事，太医们群龙无首，翻不出什么风浪。

可他无法告诉自己的父皇，刚刚被内尉押出去的孟太医，曾是张太妃青梅竹马的师哥，孟太医留在宫中，很有可能就是因为这个师妹。

他完全不知道该怎么告诉张太妃这件事，也不知道要怎样去面对孟太医。

他的初衷原本是好的，可如今……

"三儿，你怎么看起来心事重重的？"踏出寝殿的张太妃纳闷地看着刘凌。

"没什么，我在想太医院里的太医们都在协助内尉彻查八物方之事，张太妃最近恐怕要累一点。"刘凌冷静地道。

"我累什么，不是还有师……呃，孟太医吗？"张太妃看了看左右，发现一直都有太医来来去去，没敢喊出那个称呼，只是高兴地笑着，"明天开始，我是不是就可以跟他一起炼制正确的八物方了？"

"这个……"刘凌为难地摸了摸鼻子，"他是太医令，局中出了这样的事情，恐怕要先去处理李明东怎么做手脚的事。"

张太妃"啊"了一声，露出了失望的神色："原来是这样。"

"我先送您去父皇安排的住处，然后去内尉署看看……"刘凌感觉自己快要说不下去了，"您跟我来……"

"殿下，您看那边。"张太妃好奇地指了指廊下转弯处抱膝而坐的一个医官，"那医官是不是我们刚进门时，帮孟太医整理衣冠的那个……"

相好？

刘凌闻声看去，点了点头："那是李医官，当年是孟太医召入太医院的医学生，算是孟太医的半个弟子吧，已经跟着孟太医许多年了。"

"许多年了啊……"

张太妃又多看了李医官两眼。

也许是对张太妃的目光有所感，那医官也看了过来。当见到张太妃时，他怔了怔，突然一下子跳起了身子，朝着刘凌和张太妃走了过来。

一旁的侍卫自然不会让他这样冲到皇子的身边，连忙出列阻拦，张太妃心中有其他猜测，对待李医官倒有些自己人的亲切，低声和身旁的刘凌说："你让他过来，我想知道他要干什么。"

难道是来认师叔的？

她可从来没有过小师侄啊！

刘凌吩咐侍卫放了那个医官过来，却见李医官径直到了张太妃身前，从怀中掏出一张纸来，直接递到张太妃之手，硬邦邦地说道："这是太医令大人离开之前嘱咐下官交给您的，说是他研究了许多年的一个方子，听闻您是张家传人，想要和您探讨探讨。"

他警惕地看了看四周，尤其是刘凌："太医令说，这是他一辈子的心血，希望您能保密，不要让别人偷了去。"

张太妃迷茫地接过了那张纸，还未打开，就听见李医官接着说道："既然是太医令的心血，您还是在无人的地方再看吧！"

"你这医官，我难道还要偷学什么医术不成！"刘凌好笑，"你不必这么小心，我明白你的意思。"

李医官对两人也没有多热络，东西递完转身就走。

"一辈子的心血？"张太妃突然感觉那张纸沉甸甸的，心中不由得升起了疑问。

"他为什么不亲自来跟我说？"

＊　　＊　　＊

"你到底为什么要这么做？"闻讯赶到内尉署的吕鹏程满脸震惊，"这根本不像你会做的事情！"

"我不明白你在说什么。"孟太医冷淡地道，"李明东找我要云母，我知道他在为陛下看脉，所以就卖了个人情，我怎么知道云母还有这么多种。"

"你会不知道？"吕鹏程压低了声音，"我信你才有鬼！"

孟太医一言不发。

"陛下到底还有多少时间？"吕鹏程凑到栏杆旁，小声地询问着。

孟太医看了吕鹏程一眼，挑了挑眉："如今我不在紫宸殿当值了，您该去问当值的人。"

"孟顺之！"吕鹏程有些烦躁地一拍栏杆，"事情有轻重缓急你知道吗？我也在想法子保证冷宫不会出事，我得有时间！"

"吕寺卿，三殿下奉陛下旨意来了。"内尉署的内尉长匆匆进了囚室，面露为难之色，"您看您是不是……"

"我知道了，我这就从后门走。"吕鹏程郁闷地回身看了孟太医一眼，连忙跟着差吏从另一条路离开。

吕鹏程走了不过半刻钟的时间，刘凌在狱卒的指引下，一步步下了石阶，来到了内狱。

孟太医有些讶然地看着刘凌，似是不明白皇帝为什么会让他来。

"我骗他们说父皇让我来看看的。"刘凌做了个鬼脸。

孟太医露出了然的神色。

刘凌如今如同储君，自然和以前大不相同，也不会有人真去皇帝身边核实他说的话。

谁都知道皇帝现在身体不好，一点就着。

"我不知道孟太医知不知道八物方的事情，也不想问李明东和你有什么关系。"

刘凌的表情突然正经了起来，他侧了侧脑袋："但张太妃若知道你下了狱，肯定会很伤心。"

孟太医的神色暗了暗。

"张太妃说，云母和云英时令不同的事情，世上极少有人知道，云母用错，是情有可原，石芝出了问题，却一定是有人蓄意做了手脚。方太医身份不明，但您也摘不干净，最好的结果，就是父皇罢免了您的官位，将您流放到边境之地或军中去做军医。最坏的结果……"刘凌欲言又止。

"不要让她知道我的事，我走之前已经让李兴吩咐太医局其他人，为我留最后一点颜面，对外便说我去协助内尉安排李明东的事情，横竖皇帝也留不了她太久，她又不爱打听什么，能瞒一时算一时吧。"孟太医苦涩一笑，"如果我真有什么意外，就和她说，李明东的事情牵扯太大，我办事不力，用人不慎，被罢了官，已经回乡去了。"

"我懂了。"刘凌点了点头，"我会尽力遮掩。"

唯有这样，张太妃的内疚之心才会少一点。

"您保重。"

＊　　＊　　＊

偏殿里，张太妃满脸紧张地打开了那张满是药香的方纸，心中怦怦乱跳。

什么"毕生心血"之类，张太妃心中是不怎么信的，师哥更有可能是借药方的名义，要跟自己传递什么消息。

薛家、赵家、王家都有遗孤，张太妃心中其实也有一点期盼，希望当年祸起时，能有谁也藏起了一两个张家人。

她觉得这世上既有办法又能冒着危险做这个的，恐怕只有从小在张家长大的师哥，说不定这封信，写的就是张家后人的消息。

然而打开这张药方，张太妃却是满脸迷茫，因为里面只写着半阕词。

她莫名地瞪大了眼睛，最后忍不住读了出来。

"悬壶远志天涯路，半夏里，莲心苦，月色空青人楚楚。天南星远，重楼迷雾，青鸟飞无主。

"清歌断续宫墙暮，薄荷凉，浮萍渡，腕底沉香难寄取。彷徨生地，当归何处，忘了回乡路。"

这……这是什么？

"莲心，半夏，空青，天南星，重楼，青鸟，续断，薄荷，浮萍，沉香，生地，当归，茴香……"

全都是药名，不过依现在的张太妃看，全都"要命"。

张太妃看了又看，看了又看，越看脑袋越疼，最终烦躁地将头往桌上一磕。

咚！

"嗷啊！"张太妃哀号。

我笨，整个张家都知道，你都费了这么大心思送了信给我，就不能写得明白些吗？！

这么难的谜题，我怎么可能猜得出来啊！

第三十九章
中毒？自尽？

刘凌并不想问孟太医的动机是什么，也不想问他为什么对李明东不管不顾，因为这些内尉们都会问出来。

刘凌隐约能猜出孟太医突然出手，和父皇往冷宫里派金甲卫有关。如果父皇有可能危害到冷宫里的张太妃，孟太医乱了阵脚，自然会做出此等事。

这世上想要他父皇死的人太多了，应该说，从坐上那个位子的那天起，御座上的人就注定了跟明枪暗箭一生为伴，所以他父皇在听到"失误"二字的时候，才会笑得那么讽刺。

但内尉们从李明东那里审讯出的结果，还是让刘凌吃了一惊。

原来八物方竟是孟太医指点李明东去找的。

原来八物方的云母，满太医局只有孟太医有。

原来孟太医早就安排好了李明东全家，所以李明东才死撑着不愿意供出他来。

这消息传出来的时候，莫说刘凌，就连刘未都有些接受不了。

毕竟对刘未来说，他待孟太医，实在是不薄。

母亲当年留给他的老人，他对他们一直是很客气的。哪怕袁贵妃在世时孟顺之帮着她做了不少手脚，他也是睁一只眼闭一只眼，从未想过要将孟顺之如何，所以孟顺之才能在那个位子上一坐就是几十年。

正因为刘未给了孟太医那么多的优待，如今被孟太医反插一刀后，他才会那么失望和愤怒。

相比之下，那个方家一直放在太医局的内线，反倒算不上什么了，至少连让刘未动一动眼皮子的工夫都没有。

"岱总管，父皇那……"刘凌见岱山从紫宸殿出来，犹豫了一会儿，还是凑了上去，"有没有说如何处置……"

"我的殿下哟，这件事您就别管了，要避嫌您知道吗？"岱山压低了声音，拉着刘凌到了一边，"那位张太妃医术了得，太医局如今又不被信任，陛下更不愿意姑息了！

"方家反了，到处都有战事，陛下的心情原本就不好，孟太医……唉，是不是误会，都木已成舟了。"岱山带着不赞同的语气，"他谨慎了一辈子，怎么到头来这样糊涂！"

刘凌抿了抿唇，知道事情已经无法挽回。

"岱总管！三殿下！啊！"一位内尉慌慌张张奔来，还没到殿前，脚下一个趔趄就摔倒在地。

"何事慌张？！实在是不成体统！"岱山皱着眉头，看那内尉连滚带爬地跑了过来，满脸都是慌张之色。

"死……死了！"

"什么死了！"刘凌莫名其妙。

"孟……孟太医死了！服毒自尽了！"那内尉一脸"见鬼了"的表情，"我们还没给他上刑呢！我们只是拿了那夹板吓了他一下！"

"快去报陛下！"岱山也慌了，一下子拽起那个内尉，"进去说！"

刘凌站在廊下，不敢置信。

孟太医就这么死了？还是自尽的？

"张太妃现在在哪儿？"刘凌询问身边的戴良。

戴良脸上一副迷茫的表情："太妃娘娘？应该在太医局的药房吧。"

"你过去一趟，不管你用什么办法，一定要跟在她身边，不要让孟太医死了的消息传到她那里。"刘凌压低了声音嘱咐他，"我不杀伯仁，伯仁却因我而死，我怕张太妃接受不了。"

戴良了然地点了点头，拍了拍自己的胸脯："包在我身上，殿下放心吧！"

说罢，他转身就走。

刘凌如今奉命监国，这时候正是上朝的时间，刘凌请过安后是要去宣政殿的，可听到这样的消息，他的脚怎么也迈不动了。大约等了一盏茶的时间，等见到薛棣和岱山两人匆匆忙忙地从紫宸殿里出来，他才算是心中定了定。

"殿下，您怎么还在这里？赶快去上朝吧！"岱山招呼刘凌，"陛下命我和薛棣去太医院召两个太医，到内尉署验尸。"

"啊？"刘凌愣了愣。

"孟太医进去时是被搜了身的，全身上下没有带任何东西，连根针都没有，怎么会无缘无故中毒？陛下怕是内尉署有人灭口，借刑讯的机会给了他毒药，所以陛下命老奴和薛舍人去看看。"岱山对刘凌很是恭敬，"殿下等着也没用，还是先上朝吧！"

"好。"刘凌看了看天色，天已经亮了，"我先去宣政殿。"

薛棣看着刘凌一步步走远的身影，心中若有所思。

岱山和薛棣到了内尉署，早有诚惶诚恐的内尉长出来迎接，看他那个表情，简直就要哭出来了。

也难怪他是这副表情，内尉在朝中内外皆有凶名，进去后能出来的极少，即使出来也要掉一层皮，但正因为如此，他们刑讯都很有技巧，有时候还要太医局帮忙配置一些吊命和止血的药，在审讯过程中死掉的人几乎没有。

谁知道这孟太医还没被折腾呢，自己就死了！

两个跟来的太医都是太医局的，但资历都不高。由于八物方，太医局里的太医被抓了一半，多是为皇帝治病的御医，来的太医听到孟顺之死了就已经被吓得不行，更别说来内尉署验尸。

岱山和薛棣被人引着走到拷问的刑房一看，地上直挺挺躺着的，不是孟顺之还是谁？

两个太医壮着胆子凑近一探，孟太医的脉搏、气息全无，脸色呈现出一种可怕的青黑，显然中的毒极为猛烈，一瞬间就毒发了，根本不给人救命的机会。

想到孟太医平日里对待医官向来严厉，如今却死得如此窝囊，两个太医一边检查孟太医的情况，一边窃窃私语，很是唏嘘。

"如何？有没有可能是别人？"岱山关切地询问。

"不排除有这种可能。"一个太医叹了口气，"这毒不常见啊，这么烈的毒性，显然知道孟太医是杏林国手，一点都没有给他自救的机会。"

薛棣蹲下身子，仔细检查了孟太医的指甲、手臂等处，发现胳膊上有些瘀青，遂让另一个太医把孟太医的衣服脱了下来。只见孟太医的胳膊、腰、腿等处都有青色的条状痕迹。

"他被人捆过？"

内尉长的表情更加惊慌了。

"这……这是正常的啊，刑讯过程中怕犯人挣扎，或是咬舌自尽，嘴里要卡住衔木，身上也要被捆绑……"

"那就是说，他根本不可能自己服毒自尽。"薛棣冷笑了一声，"你让一个嘴巴里塞着东西，身上被绑着的人，如何服毒自尽？只能是先被喂了毒药，然后才上了刑！"

326

"劳烦两位将军了！"岱山看了看身边两位金甲卫，"带走！"

"我什么都不知道！我是在外间看着小的们上刑的，我没进去啊！"内尉长被两个金甲卫像是提小鸡一样提了起来，大叫着，"我和他无仇无怨，我为何要害他？"

"你去和陛下解释吧！"

＊　＊　＊

宣政殿。

宣政殿的御座之下，如今被安放了一张椅子，这张不起眼的楠木椅子，正是刘凌监国时的座位。

说是监国，其实大部分时间刘凌都派不上用场，只要听着殿下百官们的奏报，然后看着庄骏和其他几位主官一一分析利弊，然后刘凌会命身边的舍人逐一记下，带回去读给皇帝听，这便是监国的过程。

不过其中也有好处，这些大臣为了让刘凌听懂，说得都很是浅显，解释得也十分仔细，以前刘凌听政时，可没有这样的待遇。

"所以，三月十七的殿试，殿下一定不能疏忽。今年各地都有战事，殿试的题目不妨从这个方面选取。"兵部侍郎谏言道。

"正因为各地都有战事，士子们可能早有预备，所以题目不能用这个，而应该从吏治着手！"礼部尚书不高兴地说，"现在吏部缺员厉害，应当及早培养可以派上用场的官员才是！"

"就算三鼎甲，要想入吏部历练也还要几年，出了吏治的题目又有什么用？"

"怎么无用？你问学文的士子如何打仗，那才是荒唐！"眼见着几部大员要吵起来了，刘凌赶紧发话，"诸位大人的意见，我已经全部记下了，至于殿试的题目，待下朝后我会去紫宸殿和父皇仔细商议。换下一个奏议！"

"是，殿下。"

"哎！"

几个大臣见又这么和稀泥过去了，只能叹了口气，看着庄骏开始下一个话题。

虽然皇帝已经病了好几天，但朝政有了章程，倒没有多混乱。只是朝会进行了一半的时候，中书省来人在外通报，这种事情也很寻常，往日刘未上朝时，要是遇见紧急的奏折，中书省也会派人送来，让皇帝能立刻在朝会中处理，算是急事急办。

只是现在是刘凌监国，加急的奏折并不能得到批示。照理说中书省不该送来这些加急的文件，而是等庄骏下朝后送递紫宸殿才是，所以朝中的大臣们才满是

· 327 ·

疑惑的表情。

　　奉旨协助刘凌监国的门下侍郎庄骏出了门去，接过外面的急报，脸色一下子就严峻了起来。

　　只见这位年过半百的宰辅迈进殿中，环顾四周，脸色苍白得可怕。

　　他看着殿上的刘凌，微微躬了躬身子："殿下，舒州的急报，秦王殿下在前往秦州就藩的路上遇袭失踪，如今生死不明。"

　　"什么？"刘凌惊得从座位上猛然站起，"这不可能！"

第四十章
生地？ 当归？

二皇子失踪，宰辅脸色白得可怕，自然是有原因的。

刘未给三位皇子各指了一位伴读，给老大指的是方国公府的魏坤，已经跟随肃王去了肃州；给老二指的是庄扬波，他刚刚满九岁，已经跟着老二去了藩地。

庄扬波年纪尚小，若是庄家父子求情，其实他也是可以不用去秦州的。只是大皇子已近废人，方家已无人能为二皇子求情，庄骏身为宰辅，又了解皇帝的心思，断不敢在这种关头提出这样的要求，只是准备日后再徐徐图之，想法子将孙子调回京城。

就为了这个，庄家儿媳妇哭得死去活来，恨不得将家里的所有东西都给儿子带走。庄扬波是家中独苗，年纪又小，庄敬给儿子安排了七八个下人，光身手不错的护卫就有四个，就是怕他路上出什么问题。

二皇子离京和大皇子离京不同。大皇子被封肃王后，各方都按照礼制有条不紊地将一切准备好了。只不过去藩地的路途有些遥远，大皇子在路上会有些辛苦罢了。

可秦王受封是在方孝庭犯事之后，并且皇帝要求秦王在三日之内出京。秦王等于被流放了，带的人马不及肃王的一半不说，就连沿路迎接都安排得慌里慌张，加上有方党这层关系，沿途官员都不敢攀交。

所以说秦王出事，是在意料之外，可又在情理之中。

得了这么个消息，朝也不必上了，提早散了朝后，庄家父子同刘凌一起，去向皇帝汇报这件事。

当年庄敬也曾在路上被方孝庭的人马袭击过，全靠皇帝提前准备才没事，而后神机弩送往南方，也是皇帝提早布置。此时他们都有些侥幸心理，希望其中又有皇帝的动作。

然而刘未听到消息后，惊得摔了手中的杯子，顿时让所有人的心都沉了下去。

二皇子刘祁，是真的出事了。

"陛下……"岱山搀扶住满脸不敢置信的刘未，心里明白他为什么这么吃惊。

如今他病入膏肓不能生育，三子之中，大皇子已傻，三皇子年幼，二皇子还需历练。可一转眼间，二皇子也出了事，三者去二，只存其一。

如果此事不是三皇子动的手脚，那三皇子的运气，未免好得让人觉得可怕。

如果此事是三皇子动的手脚……岱山的身子微微一颤。

那二皇子出事，陛下也只有一个人可以选择了。

天命是什么？

天命有时候不是胜者为王，而是剩者为王！

"陛下，现在是否该调动禁军去舒州查找秦王的下落？"事关自己的儿子，庄敬没有他父亲那么沉得住气，"秦王的护卫既然说是下落不明，说不定和臣当年一般，侥幸逃出了生天……"

刘未踱了踱步子，和身边的一位老汉动了动嘴唇。

这是朝中特意为刘未找来的奇人异士。这个人原本是在京中卖艺的，他的本事是"读唇"，虽不能百分百正确，但说出个大概意思却没有问题，至少眼睛开始视物模糊的皇帝，不用时时都提笔写字了。

"陛下说，各州府张榜，私下也派人去打探。"

"各州府张榜？"庄骏愣了愣，"那天下人岂不是都知道秦王出事了？"

刘未点了点头，又动了动口。

"陛下说，如有逆贼借秦王生事，则秦王已死。"那老者满脸惶恐。

这一下，刘凌心中一寒，脸上不免表现了出来，惹来了刘未的不快。

他看了刘凌一眼，突然望了望身边的老者，很是郑重地缓慢动着自己的嘴唇。

那老者静静等到刘未说完，又向刘未复述了一遍，才开口对其他三人说："陛下说，这道旨意由殿下拟诏，盖中书省的章，昭告天下。"

"父皇，如果二哥没有出事，只是藏了起来，而逆贼却借二哥的名义生事，又该如何？"刘凌想了想，提出一种可能，"张榜的事情，是不是可以先暂时缓一缓？先命人征召幸存的护卫进京，再在舒州打探二哥的下落，如果……"

刘未摇了摇头，伸手做了个制止的动作，指了指门外。

他竟没给刘凌解释的机会，就令他马上去做。

刘凌看了看像是苍老了好几岁的庄老大人，再看看眼眶已经湿润的庄敬，咬了咬唇，只能领命。

咚！

出了紫宸殿的刘凌，不甘心地捶了外面的宫柱一记，传出了好大一声响。

来往过路的宫人吓了一跳，恐惧地看着面色难看的刘凌，惊得躬下身子退避三丈，根本不敢上前一步。

直到这个时候，他们才发现，这位性格温和的殿下，也是有脾气的。

"殿下！"在廊下候着的戴良连忙上去劝阻，"不要伤了自己的身子！"

他拉过刘凌的手一看，只见刘凌右手的指节处已经红肿得厉害。他慌里慌张地要去请张太妃，却被刘凌突然一把拉住。刘凌摇了摇头，道："这是小事，父皇有令，我们先去找薛舍人拟诏。"

皇帝的身体出了问题，身为中书舍人的薛棣便受到了极大的重视，他原本就是伺候皇帝笔墨和拟诏、抄写奏折的舍人，皇帝眼睛不好，又不能说话，现在他便成了皇帝的眼睛、皇帝的手，一些机要的折子，都是由他在中书省安排妥当的。

当听到刘凌说出秦王的事情后，他思忖了一会儿，说出了和刘未一样的结论：

"我知道殿下可能很难接受，但陛下的决定是正确的。

"不管是什么人，因为什么袭击了秦王的队伍，他的意图绝不会是好意。如果秦王殿下没有死在当场，有很大的可能便是被他们掠去了。现在方党正在各地兴风作浪，要是反贼在攻城略地时将秦王当作人质，沿途的地方官到底是开门，还是不开？"薛棣说道，"如果开了门，则城池不保；可不开门，秦王如果有失，皇帝怪罪下来，恐怕就不仅仅是丢乌纱帽的问题了。"

"薛舍人说的，我也明白。但如果二哥没有被抓住，朝廷却对天下昭告他已经死了……"刘凌皱起眉头，"岂不是……"

"如果秦王没有死，朝廷却宣告他已经死了，秦王殿下便成了没有什么用的庶人。一个没有什么用的庶人，谁又会去伤害他的性命、限制他的自由、胁迫他去做什么事情？唯有让所有人都以为秦王死了，秦王才能浑水摸鱼返回京中，又或者寻求可靠官员的帮助，逃出生天。"薛棣轻笑，"殿下，陛下如此做，不是在伤害秦王殿下，而是在保护他啊！"

原来如此，他还以为父皇放弃了二哥！

刘凌恍然大悟，羞愧地对着薛棣躬下了身子："多谢薛舍人替我解惑！"

"下官惶恐。"薛棣赶紧上前搀扶，"殿下宅心仁厚是好事，可有的时候，看似无情的手段，才是唯一能解决问题的方法。从方党起了反心之时起，秦王殿下就已经处在进退两难的局面，即使他平安到了秦州，也许未来也会有许多变数。如今这样，您大可不必内疚。"

"话虽如此……"刘凌黯然。

薛棣何等聪明，一眼就看出刘凌对自己监国后，必须放逐二皇子出京的结果一直抱有内疚之心，如今二殿下又出了事，皇帝却执意要让他亲自去处理此事，更是让他心中煎熬。

刘凌确实不是横行霸道的材料，但他却懂得时时自省，察纳雅言。代国这几代皇帝的政治才能都极为出色，然而从惠帝起，三代的帝王，均是固执己见之人，手段也绝不温和，所以刘凌这种仁厚的性子便显得弥足珍贵。

只是现在天下处在风雨飘摇之际，靠温和手段已经不管用了。他年纪小，没有见识过多少帝王手段，教他的人恐怕也没想过事情会这么发展，教导刘凌未免太过中规中矩，恨不得把他往圣人的方向引导。偏偏皇帝时间也不多了，圣人手段一点用都没有，如此之下，皇帝急于求成，恨不得一夜之间将他培养成什么枭雄君主，也是自然。

莫说皇帝了，现在这局面，让外人看了也分外着急。

薛棣摸了摸下巴，心中有些担忧。

现在这父子俩还没发现问题的严重性，等再过一阵子，皇帝能理政的时间越来越少，恐怕只会对刘凌越来越苛刻，越来越心急，到时候，恐怕还要出更大的矛盾。

皇帝都希望儿子能像自己，可一旦臣子都开始协助储君，皇帝心中的落差变大，便开始难以心理平衡，这也是历来储君和皇帝必须走过的一道坎，只有迈过去了，朝廷才能平稳地过渡。

然而从现在的情况看起来，无论是皇帝也好，刘凌也好，都没有做好准备。皇帝身体抱恙是突然而来，并没有一段时间的铺垫，他自然死活都不愿意放权；刘凌虽在监国，但没有储君的名分，总是名不正言不顺，大臣们也不敢太尽心尽力。

说到底，不过是皇帝不死心，内心深处还是不愿意将这个位子就这么交给别人，总想再挣扎一下。

如此一想，薛棣隐隐觉得如果当时李明东的药直接毒死了皇帝，说不定局面虽坏，却不会埋下这么多的隐患，他也就不必这么担忧了。

"薛舍人，既然事不宜迟，那我们现在就拟诏如何？"听了薛棣一番话，刘凌已经明白父皇这么做的深意，自然不会再心生排斥，"我该如何写？"

"殿下可以这样写……"薛棣收起各种心思，开始耐心地教导起刘凌。

* * *

内尉署。

孟太医究竟是服毒自尽，还是遭人杀害，如今已成了无头公案，因为死人是不会说话的，而当天的行刑之人都一口否认曾经对孟太医做了手脚，即使是内尉长因此被罢了官，都得不到其中的答案。

但太医院充当仵作的太医及薛棣的推论却做不得假。孟太医那天既然被人塞住了嘴巴又被捆绑了起来，十有八九不是自杀，而是凶手用了极厉害的毒，让孟太医当场毙命，回天乏术。

以往内尉署里死了人，都是犯人的家人上下打点，内尉长拟写条陈，由家人将尸首领走，也算是内尉署一门发财的生意。如今内尉长因为此事下了狱，内尉署中一片混乱，也就没有人管孟太医尸首的事情，还是太常寺卿怜悯孟太医一生孤苦，最后还不得善终，冒着被皇帝迁怒的危险亲自去求了道恩旨，给孟太医留了个全尸。

只是孟太医从小父母双亡，祖父和祖母也已经去世很多年，他无妻无妾，无儿无女，连个领尸身的人都没有，最后还是太医院里以李医官为首的一干徒子徒孙攒了些钱，将孟太医的尸首从内尉署"买"了出来。

京郊外的义庄里。

"李兴，你真准备扶孟太医的棺椁回乡？"一位医官难以置信地惊呼，"我们冒着陛下震怒的危险把孟太医的尸身捞出来已经是仁至义尽了，你都快要升任太医了，何苦这时候扶灵回乡？他又不是你爹！"

扶灵回乡说起来容易，可人们都觉得在路上遇见棺材是很晦气的事，很多时候甚至因此产生争执。所以大部分扶灵的人都选择从傍晚开始通宵赶路，日出后在义庄或荒郊野外露宿，请这些专门负责送灵回乡的力士也是花费不菲。

民间对这些专门送灵的人有个称呼，叫作"赶尸人"，倒不是说他们真的赶着尸体走，而是他们夜晚扛着棺材赶路，白天又住在义庄里，实在是太过诡异，各种传言也就越发多了起来。

相比较之下，如果朝中有为国献身的或者德高望重的官员去世，大多可以由各地驿站的驿卒逐站护送，直至从官道回乡，甚至可以停灵在驿站，就绝没有这样辛苦了。

如果孟太医没有犯事，还是以太医令的身份病故，以他的资历和身份，皇帝是绝对会下令由朝中之人扶灵的。可现在他是罪人的身份，谁接下了这个烫手山芋，就代表谁要放弃自己的大好前途，还要散尽家财，耗费许多的时间，去做这件晦气的事情。

"你们不懂，我当年医死了人，犹如过街老鼠一般，人人争相喊打，是孟太医为我辩驳，说我那般用药并无不妥，而是病人身体异于常人，所以突然暴毙，我才没有落得以死谢罪的下场。从那以后，孟太医便是我的再生父母……"李医官哽咽着说道，"我入太医院，原本就是为了报恩的，只是我本事实在是不济，说是要报恩，结果还是孟太医照拂我多一点。我这前途原本就是因孟太医而得，如今为他丢了，也没什么。"

"你自己想好。"一干和他共事多年的医官纷纷劝说着，"我们都花了钱买了棺材，你将他葬在京郊就是了！孟太医已经没有家人了，就算葬回祖坟说不定也断绝了祭祀，还不如葬在京郊，你还能时时去扫墓。"

"他一直记挂着家中那棵山楂树，我送他回乡，把他葬在那棵山楂树下，也算是了了他的心愿。"李医官坚持己见，"你们不必劝我，我已经想好了，也递了辞书给太常寺卿，他已经准了。"

"你啊！唉！"同进的医官们恨铁不成钢，又骂又劝，见他吃了秤砣铁了心，只能作罢。

眨眼间天色近黑，义庄里全是尸体，实在是晦气。其他医官见李医官还要为孟太医守灵，一个个都觉得他是魔怔了，又怕是中了邪，劝说无效后，便纷纷告辞离去。

待人全部走了，李医官擦掉脸上的眼泪，面容一下子谨慎了起来。

他警觉地出了门，向四周看了看，见义庄的守夜人在远处打着瞌睡，连忙返回屋里，用一根木棍闩好门，这才小心翼翼地走回棺材旁边，从怀里取出一根连着小球的带线签子出来，放在棺材旁边的灵桌上。

这些签子也不知道是什么打造的，约有食指长短，看起来像是郎中用的银针，却要粗上不少。李医官将东西放好，立刻探身入棺材，深吸了一口气将孟太医从棺材里抱出，并解开了他的上衣，令其赤裸着上身趴在地上。

孟太医是个成年男人，李医官又不是什么体力过人之辈，这一番动作后，李医官累得不轻，一边喘着粗气，一边伸手在孟太医脑后的头发里仔细寻找。

"找到了！"李医官露出激动的表情，从脑空穴之中抽出一根细长的针来。

长针一被拔出，李医官丝毫不敢迟疑，立刻将那根长签子扎在刚刚细针埋着的位置，用手指捏了捏鱼鳔胶做成的小球，将其中注入的药液挤进中空的签子里。

做完这里，李医官又如法炮制，在孟太医的手臂、额头、手背等处的经脉里注入了药液，直到小球中空无一物，李医官才瘫坐在孟太医的身旁，满脸疲惫之色。

这种死遁的方法十分危险，一百个人里能有一个最终清醒过来已经是老天开眼。假死不代表心跳没有了，只是极其缓慢，只要验尸的人有些耐心，一直监听着，总能察觉到脉象。

那时候情况已经非常危险，孟太医甚至已经料到了自己的结局，索性孤注一掷，把这般危险的法子用在了自己的身上。

李医官其实也不知道孟太医为什么数十年如一日在私下里寻找让人假死的法子，孟太医甚至早就安排好了太医院里几个专门负责检验尸首的太医，明面上他们和孟太医没有什么往来，实际上却对孟太医俯首帖耳。

事发之前，孟太医指点李医官在他死后去找吕寺卿求情，让吕寺卿看在昔日的交情上，想法子让自己能回乡安葬，所以李兴才能借由吕寺卿的路子，让太常寺卿大发慈悲，安排好了后事。

李医官曾猜测过，孟太医是不是想暗度陈仓，在宫里用假死的方法偷一个人出去，但后来想想又觉得实在是无稽，所以从未深想过。

谁能料到这偏门的法子，如今却是这样派上了用场？

李医官按着自己的脉搏，紧张地计算着时间，然而几千下过去了，孟太医脸上的青色并没有减退，手臂和额头等处注入的药液也像是毫无作用，甚至开始慢慢往外渗出。

李医官用手指堵了这处，堵不住那处，越堵越是心焦，懊悔之下伏倒在孟太医的身上，抑制不住地号啕大哭。

假死的方子，向来只存在于民间的志怪传说之中，就算孟太医所学甚杂，也只能提前在脑后埋针，延缓药性发作的时间而已。

然而这种时间难以预测，也许审讯第二天就到，也许审讯拖了数日也没有开始，要想抓准时机，除了对医术的自信，还要有足够的运气。

李医官听到孟太医在刑讯过程中出了事，便知道他忍到了那时才催动药性，可他却没想到将孟太医的尸身弄出来没那么容易，原本该是三日之内唤醒的，硬是拖了五六日！

一个活生生的人，五天不吃不喝也离死不远了，更别说还几乎没有呼吸。

见孟太医醒不过来，假死变真死，怎能让他不悲从中来？

李医官这么一哭，外面原本还在疑惑的守夜人才算是放了心。但凡义庄里守尸的，不声不响的是少数，大部分人都是要大哭特哭一番，没声响的，说不定第二天就跑了，丢下一具无人认领的尸体。

“听说生前还是给皇帝看病的……”守夜人摇了摇头，“还不是要找赶尸的弄走！”

李医官大哭特哭，将心中的惶恐和悔恨都哭了出来，直哭得眼睛刺痛，鼻腔生疼，连呼吸时都会觉得肺痛。

然而他毕竟是医者，对于人的身体情况有一种天然的敏感。他哭着哭着，突然感觉身下孟太医的尸身似乎是渐渐暖和了起来，他连忙抹着眼泪将耳朵贴在了孟太医的胸膛上。

只见孟太医脸上的青黑正在一点点褪去，但心跳依然微不可闻，他摸了摸孟太医颈后的脉象，怎么摸都是死了，忽悲忽喜之下，他连自己的呼吸都忘了，直到憋得不行，才狠狠吸了一大口气。

"也许能活！"他咬了咬牙，取下腰间的针袋，抽出一根银针，直接扎进孟太医的人中，"死马权当活马医了！"

＊　　＊　　＊

义庄不能停灵太久，好在李医官之前就请好了赶尸人，等人手一到，便抬起孟太医的棺椁，向着他的家乡而去。

孟太医生前并不清贫，他无家无累，袁贵妃和皇帝的赏赐、自己的俸禄等，这么多年积攒下来，也有不少。加之他死后，虽然因罪人的身份有颇多忌讳，可当他的友人们知道李医官要扶灵回乡时，几乎都派了人送来了厚厚的仪礼，这些财帛如今都在李医官的身上，用来支付孟太医的丧事开销，剩下的，便是在孟太医的族中置办一些祭田，用祭田的出产换取族中对孟太医的祭祀。

李医官并不是个稳重的性子，但孟太医死后，他简直就像是换了个人，一手寻找赶尸人、置办棺椁、找套车，里里外外，安排得十分妥当。就连太医局的人都很惋惜，毕竟太医局现在人手少了大半，而这位医官跟着孟太医这么多年，医术还是靠得住的。

但他们心里也明白，孟太医因八物方一案身死后，李医官即使能当太医，想要再进一步或得到皇帝信任也是不可能了。如今送孟太医回乡，他好歹还得了个名声，日后被哪家权贵请去做个家医，不见得就比在宫中差，所以并没有怎么挽留他。

李医官扶着孟太医的棺椁，领着一群赶尸人，披星戴月地离开了京城，向着南方而去，只是离开京城后不久，那群赶尸人就辞别而去，独留这位义人在荒郊野地的乱葬岗里，守着一具薄棺。

月光下，李医官小心地从棺椁里连拉带刨弄出一个人来，赫然就是之前中毒而亡的孟顺之！

"师父，您小心！"像是闻到了什么，李医官的鼻子动了动，再看向孟顺之的腰下，忍不住露出了苦笑，"怎么又……唉！这可没干净的换洗衣服了！"

孟顺之两眼呆滞，嘴巴不停翕动，可对李医官的话却充耳不闻，古怪得犹如之前得了离魂症的大皇子一般。

　　然而大皇子还有奴婢侍奉，好歹锦衣玉食，而棺椁里出来的孟顺之，哪里还有一点点像是个活人？

　　"师父您再坚持几天，待我在这里刨一具尸身，再换一批赶尸人扶您的'灵'回乡，就去安置好您……"他深吸了口气，看了看月光下的乱葬岗，脸上的苦涩之色更重了。

　　"悬壶远志……"

　　"咦？师父你在说话？"李医官一喜。

　　"青鸟飞无主……"

　　"什么？什么？"

　　"彷徨生地……"

　　"师父！"李医官眼泪潸然而下，"您究竟在说什么啊！"

　　死里逃生的孟顺之形容枯槁，满头白发，整个眼眶全部凹了下去，俨然地狱里爬出来的恶鬼，可他的表情却异常平静，只是不停在用微不可闻的声音自言自语。

　　苍冷的月色下，含着泪在掘尸的青年，随意摆在乱葬岗中的棺材，下身搭着一块白布坐着的枯瘦老头，组成了一幅诡异又凄凉的画面。

　　夜风中，隐约能听到被风吹得破碎的嘶哑诗句，飘荡在乱葬岗的上空。

　　"……彷徨生地，当归何处，忘了回乡路……"

第四十一章
尊严？性命？

庆州地界。

人说春雨贵如油，然而对于此时的庄扬波和刘祁来说，这春雨简直就是一场噩梦，淋得他们瑟瑟发抖。

离之前那场屠杀已经过去十几天了，两个少年在禁卫的保护下往西奔逃，一路都有人追赶，禁卫越来越少。到了庆州地界时，最后一队的禁卫只来得及将他们藏到一户乡野间的农家里，接着就率队去引开追兵。

刘祁不知道来追杀他们的是什么人，但他知道这些人并非普通的山贼流寇之流，普通人绝没有那样的身手。

那一群黑甲骑兵倒在其次，为首那个高大的黑衣人一出手就飞剑摘了禁卫将军的首级，这已经可以称得上神乎其技。而后黑衣人身后那群装扮各异的怪人或撒毒，或用暗器，一个照面又放倒了一片。

若不是副将看情况不对立刻带着他们撤走，说不定他也就和那位禁卫将军一般，被黑衣人用剑钉死在当场。

只是这些人似乎极为擅长追踪之术，他们一路上的行踪总是被不停发现，好在他们藏身于农家之后开始下雨，雨水冲刷掉了他们路过的痕迹，这才总算是逃过一劫。

"阿嚏！"庄扬波一边哆嗦着，一边委屈地哀求，"殿下，我能不走了吗？这鞋好磨脚……"

他低头看着自己的草鞋，眼泪都快下来了。

他出门时，家里人怕他吃苦，身上穿的、带的无不是上等货色，一双鹿皮小靴还是他母亲亲自做的。可如今，他也只能穿着路人好心施舍的草鞋走路，将一双脚磨得又是水泡又是血痕。

"不要喊我殿下，喊我二哥。"刘祁皱着眉头看了看天色，狠心摇了摇头，"不能停，看天色这雨要下大，再找不到躲雨的地方，我们会被淋出风寒来的。"

"呜呜呜……我要找个驿站……呜呜呜……"

"可恶！都怪那些刁民！等本王到了庆州府，一定要派人去把那一群寡廉鲜耻之徒统统抓起来！"刘祁恨声道。

"他们都跑了……"庄扬波拆台，"都不知道跑到哪里去了！"

"我知道他们跑了，你不必提醒我！"刘祁没好气地翻了个白眼，"快走快走！"

"可是我脚疼！"庄扬波跷起脚丫子给刘祁看，原本白白嫩嫩的脚指头已经不成样子，白嫩的脚趾上满是鲜红的血痕、水泡，显得格外触目惊心。

"算了，我背你！"刘祁自己也穿着草鞋，当然知道庄扬波的痛苦，"你到我背上来！"

"那怎么行？我爹要知道了，肯定揍死我！"庄扬波猛地摇头，"我还是自己走吧！"

"叫你上来就上来，怎么那么啰唆！"

一番拉扯后，庄扬波满是内疚和害怕地趴在了刘祁的背上，和他一起朝着庆州府的方向而去。

他们原本没有这么狼狈，虽说是逃命，两人身上银钱还是有的，刘祁身上更是有证明身份的符牌，只要找到官道上的驿站亮明身份，自然有驿丞亲自保护他们去最近的州府衙门。

然而他们错误地低估了人心的可怕。

他们躲避黑衣人和黑甲骑兵的追杀时，仅剩的几位禁卫军担心他们会出事，只能就近将他们藏在了一处农家的废弃屋子里，连托付给可靠之人的时间都没有。他们兵分几路引开追兵后就没有回来，庄扬波和刘祁实在饿得不行，只好出去找吃的。

这一走出去，就遇见了这个村子里的村民。

刘祁和庄扬波虽然一路逃命，样子极为狼狈，但他们毕竟从小锦衣玉食，身上的衣着配饰又极为华贵，竟引得这村子的人起了坏心，以好心给他们吃的为名将他们骗到了家里，不着痕迹地打探他们的身份。

刘祁自然不敢说自己是秦王，只说和家里的弟弟一起出来玩，跟家中侍卫奴仆走散了，所以只能在原地等他们找过来，这一说就坏了事，听说是跟家人走散的，那户收留他们的人家趁夜就把刘祁和庄扬波就寝后脱下的衣衫鞋袜以及细软财物全部偷了，卷着他们所有值钱的东西跑了路。

第二天刘祁和庄扬波醒来，只见得借住的农家里空空荡荡，无论是身上的衣服还是脚下的鞋子，甚至于玉带、发簪、贴身的银袋和身上表明身份的信物全部都被偷得干干净净。

最惨的还是庄扬波，刘祁还算警觉，贴身放着的几片金叶子没有被摘走，庄扬波却是只剩贴身戴在脖子上的玉佩了。

两个少年遭遇此等恶意之人，可谓是屋漏偏逢连夜雨，可当他们赤着脚出去想要为自己讨回公道时，这个村子里的人却纷纷矢口否认这户人家里住过人，还将他们赶了出去。

这初春时节，虽说没有冬日那般严寒，可春寒料峭，两个少年没一会儿就冻得浑身发冷，幸亏路遇一个善心的老婆子，将他们带回家去，给他们一点吃的，将家中早丧之子的衣服给了他们两件，又给他们编了两双草鞋，这才算是有衣服蔽体、有鞋子可以走路。

他们原本想要去最近的城镇找太守禀明身份，可是他们没有沿路的路引，连官道都上不去，也进不了城。就算有路引，他们也没办法支付进城的买路钱，连城门都进不去。

刘祁最后只能一咬牙，将身上藏着的金叶子拿去贿赂城门官。可老天爷就像是想教两个孩子什么叫"人心不古"一般，守城门的城门官收了他的金叶子不但不放他们进城，反诬赖他们是偷了富贵人家的小贼，要把他们抓起来搜他们的身，还是刘祁见势不对拽着庄扬波就跑，才逃过了一场牢狱之灾。

一路几番波折，刘祁再也不敢拿出仅剩的那片金叶子，甚至让庄扬波也把自己的玉佩藏好，不能让外人看到。

这时候他们已经在庆州边界，庄扬波想起他的姨夫在庆州府做官，有这层身份，应当好通报一点，两个孩子便一路问路，朝着庆州府而去。

只是他们从小到大哪里吃过这种苦，若不是两个孩子体质都还不错，这一路饥寒交迫又饱受惊吓，只怕早就病了。

"殿……二哥……"庄扬波趴在刘祁的肩头，软糯的声音轻轻响起，"您说那些要杀我们的是什么人？看起来好像我爹书里的那种剑侠……"

"自古侠以武犯禁，不过是一群胆大包天之辈罢了。"刘祁闻言冷哼了一声，有些不甘心地说，"大概是哪里来的反贼，集结了一群江湖人士，想要我的性命。"

"如果是要您的性命，您的行驾那么明显，直接一剑飞来对着您就是了，何必要杀了卢将军？"庄扬波一想到卢将军在他面前身首分离的场景就忍不住打了个寒战。

"谁知道？也许是他一直护卫在我身前的原因。"刘祁道。

"上次刺杀三……三哥的也是一群江湖人士，为什么这些草莽之徒会做这种事……"庄扬波扁了扁嘴，"在他们自己的地盘玩儿不好吗？"

"我倒不惧怕那些江湖人士，这些人虽有自己的手段，但都是乌合之众，人数也不会多，我反倒在意那些黑甲骑兵。那些骑兵看起来都是久经沙场的老兵，那些马也不像是临时调来的马，这么一大批人马是怎么进入舒州地界的……"

刘祁顿了顿，"看样子，舒州也不太平了。禁卫军护着我往西走是对的。"

南边是秦州，北边是京城方向，这两边都说不定还有人在前面等着截他，往东边，方党正在造反，他更不可能自投罗网，唯有向西迂回前进，设法回到京中。

舒州死了那么多人，瞒是瞒不住的，父皇肯定要派人出来寻找，他只要不离得太远，接洽到可靠的官府中人，就能跟随京中的特使回去。

庄扬波的姨夫既然在庆州府，便可以冒险一二。

刘祁也是少年，一直背着庄扬波很快就吃力到站不住，好在前面终于看到了一个街亭，有不少路人在歇脚，刘祁松了口气，将庄扬波放了下来，牵着他走了进去，找了个没人的角落窝着。

两个孩子到了街亭第一件事就是脱掉了脚上的草鞋，这草鞋不碰水还好，一碰水就无比磨脚，要不是脚底踩了硬石更疼，他们情愿赤脚走。

他们虽生得不错，可衣着一看就是贫苦人家的大人改了自己衣服穿的，蓬头垢面，和乡野普通的小子也没什么区别，进了街亭没有引起多少人的注意，只是庄扬波一碰到脚就哭，引得几个人回头。

刘祁一颗心提着，生怕其中有追杀他们的歹人，但见街亭坐着的大多是行脚的商人和普通的赶路人，和他们一样是避雨的，面色上放松了一点，但警惕之心却一点也没少。

庄扬波抹着眼泪捂着肚子喊饿，刘祁见躲雨的行人大多拿出了自己带的干粮在啃，腹中一时雷鸣如鼓，羞得满脸通红，只能小声安慰庄扬波，其实自己也饿得够呛。

这雨一时半会儿不会小，坐在街亭里避雨的又三教九流什么人都有，说着说着不免就开始扯起自己沿路的见闻来。

"你们听说没有？舒州地界好像出事了！"

"你怎么知道的？"

听到事情和舒州有关，刘祁立刻竖起耳朵仔细听着。

"我本来是要运货去舒州的，可是舒州有一段驿道被封了，来回都有官爷把守，根本不让过去，可凶了！这不，我只好去庆州府看看有没有相熟的生意人把我这点货收了……"

"可知道是什么事？"有人好奇地问。

"听说是死了人，连路都染红了。我就是个走脚的，又不是官老爷，谁会跟我说啊！"那商人摇头，"死在驿道上，也是走了霉运。"

驿道也是有专门的军队维护的，每日都会巡视，所以但凡有点钱的，情愿花点钱买条路引，在驿道上通行，不会去走那些偏僻的小道，被贼人打劫了还是小事，许多山林里是真的有狼和老虎的，真的是用生命在赶路。

"舒州出事没什么，你们听说没有？梁州也反了！"一个中年男人神神秘秘地说，"听说里面还有个王爷呢！"

"什么？"

"王爷？"

"王爷不都在京城和封地里待着吗，哪里冒出来的？"

"二……二哥……"这下庄扬波也不哭了，"他们在说什么？"

"嘘，别说话，听着！"刘祁难得对庄扬波疾声厉色，心头升起不好的预感。

"我从梁州过的时候，梁州好几个县都反了。梁州本来贼寇就多，官府又不作为，前一阵子不到处抓方党吗？好几个县令和太守都被抓了，隔壁州的人反了，抢了官府的官仓和武库，这梁州一帮子人也跟着学，趁官府里没长官，挑了旗子反了，领着一大伙人抢官府里的粮食和银子……"那人说到这等敏感的事情，也不敢高谈阔论，压低着声音，表情有些不安，"这梁州反了的头子有个诨号，叫'霸王山'，梁州多山，据说每个山里都有他的人，来往客商不花钱打点，就别想过梁州地界。这人抢了官府里的粮食和银子也知道不会有什么好结果，干脆带着大批的人马，投奔隔壁徐州的陈武去了！"

"哈！"

"嘁，陈家怎么可能收土匪？"

徐州的陈家也是大族，当初听到徐州也挑了旗子反了，刘祁还十分吃惊。和那些因为连连灾荒买不起粮食而反的暴民不同，陈家数代经营，田地开阔，家中又一直有子弟出仕，不是什么穷困的人家，会反，出乎许多人的意料。

陈武举族反了，理由是当地官府盘剥太过，抢占佃户，致使他们大批田地无人耕种，赋税又重，他们有人有钱有地盘，很快就和方家搭上了头，虽然没有在一条船上，但要说没有什么盟约，那就是笑话了。

"陈家原本不会收土匪，好歹也是有名望的人家，但不知怎么就是收了。收了没多久，陈家就对外放了话，说是秦王在他们手上，他们要保护秦王回京，要沿路官府行个方便……"他摇了摇头，"我都不知道哪里居然冒出来个秦王。"

有从京城方向来的行路人，立刻满脸得意地开口解惑："你这就不知道了，还真有个秦王，就是当今天子的第二子，最近刚被封了秦王，出京就藩去了！"

"咦？真有？"

"怎么封王一点动静都没有？"

"是那位方……的二皇子？"

一群人窃窃私语。

"二哥……"庄扬波看着刘祁铁青的脸色，不安地拽了拽他的袖子，"他们也许说的是别人？也许是别人冒名……"

刘祁默然不语。

"这些人沿路还在贴文书，我读书少，反正看不懂，听别人说，这些人说京中的皇帝被三殿下给害了，还派了人去杀就藩的秦王。秦王死里逃生被他们救了，他们一路要护送秦王回京，要……要什么来着……"他揉了揉脑袋，一拍巴掌，"叫'清君侧'！"

"胡说！"庄扬波难以忍受地叫了起来。

刘祁见势不妙，连忙捂住庄扬波的嘴巴，傻笑着说："不好意思，我弟弟小时候烧坏了脑子，总喜欢胡言乱语，勿怪！勿怪！"

见是两个一身破衣的少年，也没几个大人要特意为难他们，嘲笑了几句就继续高谈阔论。

"这天下，要乱了。"一个老者感慨道，"安定了这么多年，好好的太平盛世……"

"太平个屁，都快吃不起饭了！"

"就是，现在这粮价高得老子都想骂娘！"

一群人骂骂咧咧，刘祁越听越是烦躁，庄扬波见他表情这么阴沉心中也是害怕，不停地拽着他的袖子。

好不容易等雨小了，刘祁迫不及待地站起身，扯着庄扬波就走。

"二……二哥，你慢点！慢点！"庄扬波眼泪都下来了，"天都快黑了，你要带我去哪儿啊？"

"赶路！"

这处街亭已经离最近的城镇不远了，但由于下雨之后道路泥泞，其中的艰辛可想而知。刘祁原本是个外冷内热的人，对待庄扬波很是宠溺，可从街亭出来后就像是换了个人，面对庄扬波的痛苦和求情充耳不闻，只是不停催促他走快一点。

到了这个时候，庄扬波终于也不喊苦不喊累了，擦干眼泪拖着脚步跟在刘祁后面，路上有人骑着驴子从他们身边过，见庄扬波双脚磨得稀烂，好心想要载他一段，却被刘祁拒绝了。

他拒绝这种好意也是没法子，自他带着庄扬波上路以来，因为庄扬波长得特别玉雪可爱，老是有人打探他的事，还问能不能卖了他。似乎因为先帝，时下各地都有断袖之风，长得漂亮又年纪小的男孩子比女孩子能卖得价钱更高，便有人专门去各地淘换这些男孩子。

刘祁原本不理解，还以为他们是要买庄扬波去当下人，只能用"自家弟弟不卖"来搪塞，后来想买他的人穷追不舍，又想下手来抢，刘祁才隐约明白买奴仆不会花这么多心思，从此不敢让庄扬波离开他眼皮子底下一时一刻。

庄扬波是他的侍读，要不是受了自己的连累，原本应该在京中好生过他宰辅之孙的日子，如果他逃出生天，却把庄扬波给丢了，先别说自己良心这关过不去，日后庄家父子要知道其中的隐情，他也没什么好日子可过。

短短几日的工夫，无论是刘祁还是庄扬波都犹如脱胎换骨一般，无论是警惕性还是对这人世间残酷的认识，都不再是刚刚离京时那种模样。

刘祁甚至觉得自己离京时诅咒父皇和刘凌有些幼稚，和民间这些卖儿鬻女、饥寒交迫的贫民比起来，父皇将他送去秦州为王，已经是再优待不过了。

若是贬为庶人，流放乡野，日出而作，日落而息，自己不一定受得了这个苦。事实上，要不是想要回京讨个公道以及不能让庄扬波出事的念头一直激励着他，他早就撑不住了。

两人几乎是毫不停歇地赶着路，终于在太阳落山之前赶到了最近的城镇。说是城镇，其实也不过就是个没有多少人的小县，只不过在连接庆州和舒州的道上，所以有些人烟。

刘祁和庄扬波一没有路引二没有余钱，只能缩在城门的门洞下，盘算着明日怎么混进城去。

再拿金叶子是绝对不可能了，他们这般衣衫褴褛，拿出去也只会被人当作偷的抢的金子，说不定还会被抓起来。

可没有钱，又没有路引，想进去根本不容易。

咕噜咕噜。

咕噜咕噜。

庄扬波的肚子突然像是打雷一样又响了起来。

刘祁扭头看了他一眼，为难地看了看四周，见四周都是和他一般等着明早开城门入城的各色人等，有人已经在啃着吃的，想要上前讨吃的话怎么也说不出口。

"忍一忍……"他安慰着庄扬波，"明天，等明天，我一定给你弄些吃的。"

刘祁只恨自己没有三弟的身材和力气，否则去卖把苦力也能赚些钱。如今他拖着庄扬波，根本都没有人会请他做工。

他将庄扬波抱在自己怀里，像母亲小时候对他那样一下一下摸着他的头发，温声细语地安慰他，告诉他到了庆州府，就不会再挨饿了。

庄扬波抽抽搭搭，却没有像白天那样大哭或埋怨，只是小身子一抖一抖的，看起来格外可怜。

两人窝在门洞下凄凄惨惨，突然间听到"哐当"几声，落下几枚铜钱来。

刘祁诧异地抬起头，只见面前站着一个十七八岁的少年，衣着褴褛满身怪味，脸上的表情吊儿郎当，一见刘祁抬起头来，有些兴味地挑了挑眉。

"见你也不是个蠢的，怎么出来讨饭，都不带个碗？"

"啊？"刘祁闻言一呆。

"想进城讨饭，行头得先带齐了，否则城门官再好心也不会放你们进去。"那少年皱了皱鼻子，"没见过这么笨的同行……"

刘祁眨了眨眼。

"把衣服扯得再破点，去找个破碗破棍子，讨饭就要有讨饭的样子，肚子都叫得像是打鼓了，还要什么脸面！"

少年摇了摇头，边朝着门洞另一侧走，边自言自语："老子也是中了邪，自己都是讨饭的，还给他们送钱……"

"二哥，我们是不是被人当叫花子了？"庄扬波看着面前几枚铜钱，眼泪又哗啦一下下来了，"呜呜呜，我被人当叫花子了吗？祖父要知道一定打死我……"

"唉，哪里会打死你？心疼死你才是啊。"刘祁看了看身前的几枚铜钱，几次伸出手去，又缩了回来。

"庄扬波，你饿不饿？"

"嗯，好饿，肚子都疼了……"庄扬波抹了抹眼泪。

刘祁的手张开又握拳，握拳又张开，最终还是弯下身子，把地上那几枚铜钱捡了起来。

另一侧面前支着碗的少年看他拿起钱，脸上露出了既失望又后悔的表情，间或还仰头望天，长吁短叹。

刘祁将几枚钱捏在手里，苦涩一笑。

"想不到，我也有讨饭的一天。"

图书在版编目（CIP）数据

寡人无疾 . 3 / 祈祷君著 . — 南昌：百花洲文艺出
版社，2018.9
ISBN 978-7-5500-2955-2

Ⅰ . ①寡… Ⅱ . ①祈… Ⅲ . ①长篇小说－中国－当代
Ⅳ . ① I247.5

中国版本图书馆 CIP 数据核字（2018）第 177366 号

寡人无疾 3

GUAREN WU JI

祈祷君 著

出 版 人　姚雪雪
责任编辑　袁　蓉　刘玉芳
装帧设计　▌**VIOLET**
　　　　　Q1152979738
排版制作　刘珍珍
出版发行　百花洲文艺出版社
社　　址　南昌市红谷滩世贸路 898 号博能中心 Ⅰ 期 A 座 20 楼
邮　　编　330038
经　　销　全国新华书店
印　　刷　北京嘉业印刷厂
开　　本　700mm×980mm　1/16
印　　张　22
版　　次　2018 年 10 月第 1 版
印　　次　2018 年 10 月第 1 次印刷
字　　数　393 千字
书　　号　ISBN 978-7-5500-2955-2
定　　价　42.00 元